Carolin Schairer

SO WIE IM FILM

Carolin Schairer

SO WIE IM FILM

Roman

ULRIKE **HELMER** VERLAG

Printausgabe gedruckt auf säurefreiem,
alterungsbeständigem Werkdruckpapier.

ISBN 978-3-89741-449-5

Originalausgabe
© 2021 Copyright Ulrike Helmer Verlag, Roßdorf b. Darmstadt
Alle Rechte vorbehalten
Covergestaltung: Atelier KatarinaS / NL
unter Verwendung des Fotos »Aufnahme von Beinen einer Frau«
© duftomat / photocase.de

Ulrike Helmer Verlag
Blütenweg 29, 64380 Roßdorf b. Darmstadt
E-Mail: info@ulrike-helmer-verlag.de

www.ulrike-helmer-verlag.de

Prolog

Tapp-tapp-tapp-tapp.

Meine Laufschuhe trafen im gleichförmigen Rhythmus auf die Holzplanken. Über mir stritten sich ein paar Seemöwen um eine Beute. Von rechts hörte ich das Rauschen des Meeres. Der frische Wind hier auf der Kanareninsel blies mir meine blonden, kurzen Locken ins Gesicht. Ich schmeckte Salz auf den Lippen.

Plötzlich ein Schrei. Laut. Gellend. Panisch.

Ich fuhr herum. Rund zwanzig Meter entfernt sah ich den dunklen Lieferwagen und zwei Männer. Der eine war bullig und kahlköpfig, der andere, mit Bart, wirkte nicht weniger muskulös. Grob packten sie die Frau, mit der ich die letzte Nacht verbracht hatte.

Es war eine schöne Nacht gewesen mit unkompliziertem, berauschendem Sex. Den hatte ich gewollt und bekommen. Doch sie war mir nahe gekommen, viel zu nahe, war mir unter die Haut gekrochen, hatte mich kurz außer Kontrolle geraten lassen. Das bereute ich zutiefst. Daher war ich losgelaufen, einfach weg von ihr.

Nun war sie es, die nicht mehr die Kontrolle behalten konnte.

Sie schrie, sie zappelte, war aber ohne jede Chance. Sekundenlang kämpfte ich mit mir selbst, während ich fassungslos zusah, wie sie von den Männern zum Lieferwagen geschleppt wurde. Sollte ich eingreifen? Sollte ich schreiend auf sie zulaufen?

Obwohl ich nicht einmal Pfefferspray bei mir trug, machte ich ein paar zaghafte Schritte in Richtung des Geschehens. Ich stoppte, als der Bärtige zu mir herübersah.

Sein Gesicht strahlte unerbittliche Härte aus – und die Entschlossenheit eines Menschen, der zu allem bereit war. Selbst auf die Entfernung erkannte ich ihn als den Mann, der schon einmal meinen Weg gekreuzt hatte. An der Felskette von La Pared hatte er Touristen ausgeraubt. Trotzdem tat ich noch ein, zwei Schritte. Ich konnte sie ihnen doch nicht einfach so überlassen!

Etwas blitzte auf. Der Bärtige trug an seinem Gürtel einen Pistolenhalter – mit einer Waffe, die in der Sonne reflektierte. Ich war machtlos.

Geduckt sah ich zu, wie die Männer sie in den Lieferwagen warfen. Wenigstens wollte ich mir alles einprägen: die Schiebetüren, die sich hinter ihr schlossen, den breitbeinigen Gang des Kahlköpfigen, die ruppigen Bewegungen des Bärtigen. Das durchdringende Quietschen der Kupplung, als sich der Wagen in Bewegung setzte.

Ich versuchte, das Autokennzeichen zu identifizieren, doch alles, was ich erkannte, war das weiße E auf blauem Hintergrund links und – ganz vage – die erste Ziffer. Es konnte eine 5 sein, genauso gut aber auch eine 6. Und schon war der Wagen weg.

Es war still. Selbst die Möwen kreischten nicht mehr.

Alles kam mir mit einem Mal unwirklich vor: der helle Sand, die Grashalme, die sich davon abhoben wie feine Säbel, die jemand in den Boden gesteckt hatte, um sein Revier zu verteidigen, die Sonne und der blaue Himmel.

Die Umgebung wirkte wie eingefroren. Ein Schauder jagte mir über den Rücken.

Tock-tock-tock-tock-tock.

Dieses Klopfen, schnell, hastig, bebend. Das einzige Geräusch in einer Welt, die in Schockstarre verfallen war. Ein paar Sekunden vergingen, bis ich begriff, dass es mein eigenes Herz war.

Da rannte ich los. Ich musste Hilfe holen, die Polizei alarmieren, etwas unternehmen, ehe noch mehr wertvolle Zeit verstrich.

Einige Wochen zuvor

Claudio

Schwungvoll setzte ich meinen Namen unter die Papiere, die das Ende meiner elfjährigen Ehe besiegelten. Alexander tat es mir gleich.

»War's das?«, fragte er dann und warf einen demonstrativen Blick auf seine Armbanduhr, wie immer, wenn er andere wissen lassen wollte, dass er ein vielbeschäftigter Mann war.

»Ja«, bestätigte die Richterin. Sie sah zu, wie Alexander mir in den Mantel half, und fügte hinzu: »Ich wünschte, alle Scheidungen gingen so einvernehmlich und friedlich über die Bühne!«

»Die Mantel-und-Degen-Szenen haben wir schon zu Hause ausgefochten. Wir wollen die Arbeitszeit der Justiz und Ihre Geduld schließlich nicht überstrapazieren.«

Alexander schickte der Richterin, einer gepflegten Dame um die fünfundfünfzig und damit seine Altersklasse, ein Zwinkern, das sie wie ein pubertierendes Schulmädchen kichern ließ, und bewies mir damit wieder einmal, welche Wirkung er auf Frauen hatte. Mit seiner hochgewachsenen, sportlichen Statur und den ebenmäßigen Gesichtszügen war Alexander ein gutaussehender Mann, der trotz grauer Haare eine gewisse Jugendlichkeit und Vitalität ausstrahlte. Die ihm eigene Dominanz verbarg er gewöhnlich hinter einer Mischung aus Witz und Charme, was ihn für viele Frauen nahezu unwiderstehlich machte.

Sein Spruch von Mantel-und-Degen-Szenen, was auch immer ich mir darunter vorstellen sollte, war natürlich blanker Unsinn. Es hatte so gut wie keine Meinungsverschiedenheiten zwischen uns gegeben. Dafür hatten wir in den vergangenen Jahren ohnehin zu wenig Zeit miteinander verbracht.

Ich beließ es bei einem unverbindlichen Lächeln, ehe wir gemeinsam das Gerichtsgebäude in Wien-Döbling verließen. Vor der Türe wartete Sofia, meine Nachfolgerin an Alexanders Seite, gemeinsam mit ihrem überspannten Windhund Fiffy. Der weitgeschnittene Nerzmantel verbarg ihren Babybauch, den Hauptgrund für unsere zügige Scheidung, noch ziemlich gut. Während sich der Windhund vor hysterischer Freude, Alexander zu sehen, fast mit seiner eigenen Leine erwürgte, strahlte Sofia mich an, als wären wir die besten Freundinnen.

»Fesch siehst du aus!«, sagte sie, indem sie übergriffig an meinem kobaltblauen Kaschmirschal herumzupfte. »Coole Farbe! Ist der neu? Und warst du beim Friseur? Deine Haare fallen heute so schön!«

Aber natürlich, ich habe mich extra für die Scheidung hübsch gemacht!

Der Spruch lag mir auf der Zunge, doch eine unerwartete Schwermut hinderte mich daran, ihn über die Lippen zu bringen. Dass ich mit meiner Unterschrift gerade eben mein persönliches Scheitern als Ehefrau bestätigt hatte, wurde mir erst jetzt bewusst. Mein einsilbiges »Nein« beantwortete beide Fragen. Den Schal hatte mir meine Schwester Hedwig vor vier Jahren zum dreißigsten Geburtstag geschenkt. Ihre Großzügigkeit hielt sich in engen Grenzen. Hedwig war mit Albert Graf von Brechtesau zu Witten verheiratet, einem der größten Grundbesitzer Baden-Württembergs, geizte aber, als hätte sie nur das Einkommen ihrer Haushälterin zur Verfügung. Was mein angeblich heute so schönes Haar betraf, so wirkte sich vermutlich die Luftfeuchtigkeit positiv auf meine Locken aus.

Trotzdem kam ich mir neben Sofia mit ihrem frischen, makellosen Teint, ihren sorgfältig gestylten Augenbrauen und den vollen, rotgefärbten Lippen vor wie ein in die Jahre gekommenes Aschenputtel. Ich hatte noch nie zu den Frauen gehört, die Stunden vor dem Badezimmerspiegel verbrachten, und neben einer Vierundzwanzigjährigen war es ohnehin schwer genug, sich nicht alt zu fühlen.

Ein kleiner böser Funke ließ ein Bild vor meinem inneren Auge auflodern: Alexander und Sofia vor genau diesem Gebäude, beide um zehn Jahre älter, mit einer dritten, viel Jüngeren, die genauso blond, genauso hübsch, genauso *vorzeigbar* wäre wie wir in ihrem Alter. Doch dann sah ich, wie Alexander Sofia in die Arme schloss und voller Inbrunst küsste, und verwarf den Gedanken wieder. Er liebte sie anscheinend wirklich, und sie ihn.

Einen Moment lang fühlte ich mich verloren. Dann nahm ich die Gestalt wahr, die zügig auf uns zukam, einen Trolley hinter sich herziehend. Mein Herz machte unwillkürlich einen Satz. Rote, tief ins Gesicht gezogene Ballonmütze, Blue Jeans und fast bis zum Knie reichende Schnürstiefel – das war unverkennbar Claudio! Ich fiel ihm regelrecht in die Arme, selten so froh wie in diesem Augenblick, ihn zu sehen. Sein Dreitagebart kratzte an meiner Wange.

»Prinzessin«, murmelte er an meinem Ohr, während mich seine schlaksigen Arme fest umschlossen. Ich klammerte mich an ihn wie eine Ertrinkende und konnte noch immer nicht fassen, dass er hier war.

»Du glaubst doch nicht im Ernst, dass ich dich an diesem Schicksalstag allein lasse?«, flüsterte er. Dankbar und glücklich, dass dieser wunderbare Mensch mein Freund war, und in der Gewissheit, dass mir niemand näher stand als er, drückte ich ihm ein Küsschen auf die Wange.

Wir lösten uns aus der Umarmung. Claudio hielt meine kalte Hand in der seinen.

»Ist ... ist das ... ich meine ... wirklich ... sind Sie das? Claudio LePré? Der Regisseur?«

Sofia war völlig aus dem Häuschen. Aufgeregt kramte sie aus ihrer Handtasche einen kleinen Taschenkalender und einen silbernen Kugelschreiber hervor.

»Könnten Sie … ich meine … würden Sie mir … ein Autogramm vielleicht?«

Gewöhnlich war Sofia, die Frau mit dem Bachelor in Germanistik, durchaus in der Lage, ganze Sätze zu bilden, doch Claudios bloße Anwesenheit schien die dafür relevanten Gehirnareale bei ihr zu blockieren. Während sie noch mit sich rang, ob sie Claudio Kugelschreiber und Block einfach so aufdrängen konnte, schüttelten sich Alexander und mein Freund bereits die Hand.

»Ich hatte keine Ahnung, dass du in Wien bist«, sagte Alexander. »Welche Dreharbeiten haben dich hergelockt? Ein weiteres oscarreifes Projekt?«

»Ich bin rein privat hier«, stellte Claudio klar, ohne eine Miene zu verziehen. »Schließlich muss so ein Anlass anständig gefeiert werden!«

Alexanders Mundwinkel zuckten – nicht amüsiert, wie ich in seinen Augen las, sondern missbilligend. Die Idee, dass Claudio allein wegen mir gekommen sein könnte, war für ihn anscheinend völlig abwegig. Für Claudios Humor hatte er sich selten begeistern können. Überhaupt war ihm dieser Mann in meinem Leben immer ein Dorn im Auge gewesen, auch wenn ich das nie hatte verstehen können.

Im selben Augenblick schwang die Türe des Gerichtsgebäudes auf. Die Richterin trat mit einer anderen Frau heraus, vermutlich einer Kollegin. Für ein, zwei Sekunden blieb sie stehen und schaute zu uns herüber, dann sagte sie etwas zu ihrer Begleiterin. Auch wenn ich es nicht verstand, war sonnenklar, worum es ging: um unsere ach-so-friedliche, harmonische Scheidung. Da Claudio noch immer meine Hand hielt, musste sie in ihm zwangsläufig meinen neuen Partner sehen, während sie Sofia hoffentlich für Alexanders nicht-existente Tochter aus erster Ehe hielt. Der kleine Funken Bosheit in meinem Inneren wünschte sich genau das. Schon die einundzwanzig Jahre Altersunterschied, die Alexander und mich trennten, waren mir gelegentlich makaber erschienen. Dass er für den Rest seines Lebens eine Frau neben sich sah, die satte einunddreißig Jahre jünger, fiel mir noch immer schwer zu verstehen. Was redete er mit diesem Kind, das selbst eines erwartete?

»Bitte, du musst mich nicht siezen.« Claudio hatte mit Sofia Erbarmen, nahm ihr den Kalender ab und schüttelte ihr die lederbehandschuhte Hand. »Für dich nur Claudio. Schließlich sind wir in gewisser Weise doch beide Freunde von Lena.«

Ich unterdrückte den Impuls, ihm kräftig gegen das Schienbein zu treten. Sofia als Freundin zu bezeichnen, ging eindeutig zu weit. Für mich würde sie nie mehr sein als die Person, die meinen Mann daran erinnert hatte, dass er in seiner Ehe so einiges vermisste.

»Lena?« Sofia runzelte irritiert die Stirn. Claudio hatte anscheinend wirklich ihr Denkvermögen gelähmt.

»Helene«, half Alexander ihr auf die Sprünge. In unseren elf gemeinsamen Jahren war er nie dazu bereit gewesen, mich mit einer zeitgemäßen Abwandlung meines Namens anzusprechen. Damit verhielt er sich nicht anders als meine Eltern und Geschwister.

Claudio hatte ein paar Zeilen und seinen Namen in den Kalender gekritzelt und gab ihn seiner Besitzerin zurück.

»Für Sofia. Mögest du auf dem Opernball lieber elegante Pirouetten drehen als die Lage der Notausgänge checken. Dann ist dir die Liebe von Alexander dem Großen gewiss! Claudio LePré, professioneller Wahrsager und Regisseur.«

Sofia, die den Text laut vorgelesen hatte, sah erst Claudio fragend an, dann, als er ihr eine Erklärung schuldig blieb, ihren zukünftigen Gatten.

»Was soll das bedeuten?«

»Im Grunde nichts, was mit dir zu tun hat.« Alexander zog den Kragen seines Mantels nach oben – eine typische Geste, wenn er von etwas genug hatte wie jetzt eindeutig von Claudio, der ihn amüsiert angrinste. »Claudio wünscht mir eine Frau, die weniger schrullig ist als Helene, und überschätzt möglicherweise seine eigenen Fähigkeiten. Das ist alles.«

Claudios Grinsen wurde breiter.

Ich ärgerte mich in diesem Moment sowohl über Claudio, der ein Geheimnis von mir preisgegeben hatte, als auch über Alexander, der mich ungeniert als schrullig bezeichnete. Ja, ich sah mich generell nach den Notausgängen um, wenn ich an einer Veranstaltung mit vielen Leuten teilnahm – und zwar, weil mir genau das im Falle einer Massenpanik oder eines unvorhersehbaren Vorfalls mein Leben retten würde.

»Mir wird allmählich kalt.« Ich trat demonstrativ von einem Fuß auf den anderen. »Wollen wir nicht mal gehen?« Das richtete sich ausschließlich an Claudio, doch Sofia, der weiterhin die Bewunderung für meinen Freund, den international bekannten Regisseur, ins Gesicht geschrieben stand, fühlte sich sofort mit angesprochen.

»Oh ja! Gehen wir irgendwo was trinken«, schlug sie mit beinahe kindlicher Euphorie vor. »Ich meine … ihr trinkt was. Ich sitz nur bei einem Glas Wasser dabei. Bin ja etwas ausgebremst.«

Sie deutete auf ihren Bauch.

Claudio grinste erst mich an, dann sie. Er setzte an, um etwas zu erwidern, doch Alexander kam ihm zuvor.

»Liebling, ich habe im *Fabios* einen Tisch für zwei reserviert«, sagte er und legte fast schon väterlich den Arm um die Schultern der werdenden Mutter. »Und auch Helene wird andere Pläne haben.«

»Oh, schade.« Sofia wirkte aufrichtig enttäuscht, was gewiss nicht mit mir zu tun hatte. Ihre Augen klebten an Claudio LePré. »Ich hätte so gern mehr über Sie … über dich erfahren! Über deine Filme, meine ich. *Crazy Cruising* war sooo toll! Der hat die zwei Oscars völlig zu Recht bekommen! Ich meine, das ist echt so … innovativ. So völlig abgedreht. So …«

»Liebling. Der Tisch im *Fabios*.« Alexander drängte zum Aufbruch. Mit einem letzten Blick auf uns sagte er: »Man sieht sich.«

Ich fragte mich, bei welcher Gelegenheit. Unsere Hausstände hatten wir bereits vor sieben Monaten auseinanderdividiert, er residierte weiterhin in der Familienvilla am Türkenschanzpark und ich wohnte seither in einer Altbauwohnung in der Innenstadt. Es gab eigentlich keinen Grund mehr, Kontakt zu halten, einvernehmliche Scheidung hin oder her.

»Auf Wiedersehen«, sagte ich flach.

Ich sah den beiden nach, wie sie mit dem zappelnden Hund den kleinen Park durchquerten.

»*Auf Wiedersehen?*« Claudio stieß mir seinen Ellbogen in die Seite. »Sag mal, was ist mit dir? – Du warst immerhin elf Jahre mit ihm zusammen!« Er sah mich von der Seite an, runzelte die Stirn. »Ich weiß ja, dass deine Familie genetisch bedingt einen Stock im Arsch hat, aber kommt du dir nicht selbst etwas zu formell vor?«

»Herrgott, was hätte ich denn sagen oder tun sollen?« In gespielter Verzweiflung streckte ich die Hände gen Himmel, während ich insgeheim selbst schmunzeln musste. *Auf Wiedersehen* war wirklich die falsche Verabschiedung, denn eigentlich wollte ich Alexander gar nicht wiedersehen. »Ihm schluchzend um den Hals fallen und unter Tränen bitten, die Scheidung rückgängig zu machen?« Ich hakte mich bei Claudio unter. »Gehen wir was essen. Lust auf Sushi?«

»Wenn es ein Lokal mit einer dunklen Ecke ist, in der mich keiner mit Autogrammwünschen behelligt, dann gerne.«

»Mit der dunkelsten Ecke der Welt!«, versicherte ich. »Schon aus Eigennutz!«

»Aus Eigennutz? Wieso, was hast du vor …?«

Er betrachtete mich skeptisch von der Seite, während ich nur auf den richtigen Moment wartete, um meinen Angriff zu starten. Langsam erwachten meine Sinne aus dem Koma, in das sie durch die steife Atmosphäre im Gericht und die Begegnung mit Alexander nebst Sofia versetzt worden waren. Ich freute mich so, dass Claudio da war! Am liebsten wäre ich quer durch den Park getanzt, was gewöhnlich gar nicht meiner Art entsprach. Der Übermut in mir schlug Purzelbäume.

Wir hatten gerade den Gehsteig erreicht, da beantwortete ich voller Leidenschaft Claudios Frage: Ich biss ihn in den Hals.

Damit hatte er nicht gerechnet. Er quietschte wie ein verwundetes Schweinchen, und ich bog mich vor Lachen. Die Leute auf der Straße drehten sich verwundert zu uns um. Ein paar blieben stehen und starrten uns an wie zwei Außerirdische. Einer zückte bereits sein Handy, um ein Foto zu schießen.

»Du bist so …!«, setzte Claudio an, dann wurde er sich des allgemeinen Interesses bewusst. Er hielt das nächstbeste Taxi an und schubste mich ins Innere, ehe er die Türe von innen zuzog.

Ich lachte noch immer. »Ich … bin … was?«, quetschte ich zwischen meinen Lachsalven hervor.

»Entsetzlich! Furchtbar! Teuflisch!«, kam es zurück.

Claudio griff sich an die Stelle, an der ich ihn gebissen hatte. Sie war gerötet, mein Zahnabdruck war deutlich sichtbar.

»Hast du den Typen mit der Kamera gesehen?« Claudio zückte ein Etui mit einem Taschenspiegel und besah sich die Bissstelle. »Toll! Wirklich ganz toll«, stellte er sarkastisch fest. »Du und ich, das wird das Titelbild der morgigen KRONEN ZEITUNG oder irgendeiner dieser Gratis-Postillen, und mit deinen Lippen an meinem Hals, meine Süße, bin ich für die Männerwelt erst einmal out! Und zwar nicht im Sinne von *Coming-out*, wenn du verstehst, was ich meine!«

»Gut!«

Ich wischte mir meine Lachtränen aus den Augen, dann wurde mir bewusst, dass wir stadtauswärts fuhren. Bisher hatte keiner von uns beiden dem Taxifahrer gesagt, wohin es gehen sollte. Höchste Zeit, das nachzuholen.

»Erster Bezirk. Kärntner Ring, Grand Hotel, bitte.«

*

Die dunkle Ecke, die sich Claudio gewünscht hatte, lag im obersten Stock des Hotels. Ich mochte das japanische Restaurant dort, weil die verwinkelte Bauweise für ausreichend Privatsphäre sorgte. Ideal für Celebritys, die eine Zeit lang dem öffentlichen Interesse entfliehen möchten.

Galant wies Claudio auf die Sitzbank an der Wand. Er wusste, dass ich es nicht ertrug, mit dem Rücken zum Raum zu sitzen. Das Restaurant war um diese Zeit recht voll. Vermutlich verdankten wir nur meinem Namen und meinen häufigen Besuchen, dass wir ohne Reservierung einen Tisch bekamen.

Ich gab Claudio Zeit, die Speisekarte zu studieren, und betrachtete ihn währenddessen. Die rote Ballonkappe hatte er inzwischen abgenommen. Seit wir uns vor vier Monaten zuletzt gesehen hatten, war sein mittelbraunes Haar schütter geworden. Graue Strähnen hatten sich eingeschlichen. Für jemanden, der seinen Wohnsitz in L.A. hatte, kam Claudio mir auffallend blass vor. Um seine Augen herum entdeckte ich erstmals Falten. Er war nur vierzehn Tage älter als ich, doch jetzt kam es mir vor wie vierzehn Jahre. Das Leben auf der Überholspur hinterließ Spuren.

Unwillkürlich dachte ich an unsere erste Begegnung, die vor zwanzig Jahren auf dem dämmrigen, kalten Gang eines alten Gebäudes stattgefunden hatte, dessen vergitterte Fenster symbolisch waren für den Geist des gesamten Hauses. Schloss Nippe in der Nähe von Koblenz war als Nobelinternat nicht nur für seine exzellente Ausbildung, sondern hauptsächlich für Strenge und Disziplin bekannt. Meine Eltern zahlten die horrenden Gebühren, weil es an meiner vorherigen Schule, einem Internat am Chiemsee, zu ein paar unschönen Vorfällen gekommen war. Eigentlich hatte ich nur ein paar Unterschriften unter Atteste gesetzt, die Mitschülerinnen vom Sportunterricht befreiten, und zwei Zeugnisse gefälscht – im Übrigen nicht einmal meine eigenen. Zwei Freunde hatten mich um Hilfe gebeten, weil sie von meiner Begabung für Unterschriften wussten. Für überzeugende Kopien brauchte ich natürlich Blanko-Zeugnis-Formulare. Meine Eltern und der Direktor bezeichneten meine Suche im Schulsekretariat später als Einbruch. Das war lächerlich, denn das Schloss ließ sich mühelos knacken und die Schränke standen offen. Aufgeflogen war die Sache nur deshalb, weil einer der Buben – von Gewissensbissen geplagt – alles seinen Eltern beichtete. Mein Wechsel nach Schloss Nippe war daher beschlossene Sache, noch ehe ich mich überhaupt verteidigen konnte.

Für Claudio war es dagegen eine Ehre, auf Schloss Nippe aufgenommen zu werden. Er war einer der wenigen Stipendiaten, für die der Förderverein das Schulgeld übernahm. Wir liefen uns zum ersten Mal am Tag der Einschreibung über den Weg, als er mit seiner Mutter Irmgard gerade das Sekretariat verließ und ich in Begleitung meiner Eltern im Begriff war, es zu betreten. Meine Mutter rümpfte dezent die Nase, als sie an ihnen vorbeiging, und auch mir fiel auf, dass die beiden eigentlich gar nicht hierher passten.

Claudio war schmächtig und blass. Er trug einen schwarzen Anzug, der ihm mindestens zwei Nummern zu groß war, und dazu ausgetretene Halbschuhe. Sein Gesichtsausdruck war wach, aufmerksam, interessiert. Er wirkte intelligent, aber möglicherweise lag das auch an der Brille mit den dicken Gläsern, die auf seiner Nase prangte. Sein braunes Haar schrie nach einem Friseurbesuch.

Seine Mutter dagegen sah ein bisschen so aus wie die Menschen aus den Nachmittagstalkshows, die ich mir gelegentlich heimlich reinzog: leicht übergewichtig, mit strähnigem, schulterlangem Haar, das eine lange Historie stümperhafter Tönungsversuche hinter sich hatte, und feuerrot bemalten Lippen. Make-up und Kleidung verrieten, dass sie sich durchaus Gedanken über ihr Outfit gemacht hatte: Zur schwarz-blau gemusterten Leggins trug sie einen dunklen Umhang, den man mit etwas gutem Willen als weit geschnittenen Gehrock hätte interpretieren können. Auf ihren weißen, klobigen Turnschuhen prangten Glitzersteine.

Später, als meine Eltern noch mit den Formalitäten beschäftigt waren, trafen Claudio und ich im Schlosspark aufeinander. Ich, das verwöhnte Mädchen im Faltenrock, mit der weißen Bluse und den Perlohrringen, hatte mich hinter einer Baumgruppe versteckt, um heimlich zu rauchen; er wartete auf seine Mutter, die in Erfahrung bringen wollte, wann der nächste Bus zum Bahnhof ging.

Ich erzählte ihm großspurig, dass mein Vater Diplomat sei und ich schon die halbe Welt gesehen hätte. Was durchaus stimmte. Ich bin in Kairo geboren, habe in Marokko und Tunesien gewohnt, wurde in Hongkong eingeschult und war dann drei Jahre lang in einer Schule in Dubai. Danach ging es für uns nach Paris und anschließend – wenig spektakulär – nach Berlin. Da der nächste Auslandsaufenthalt jedoch bereits feststand und es für mich und meine Geschwister immer schwieriger wurde, unsere schulische Laufbahn in den verschiedenen Ländern fortzusetzen, besuchten wir seit dem Wechsel ins Gymnasium allesamt Internate.

Claudio dagegen war bis dahin aus München-Giesing nicht herausgekommen, was man ihm auch anhörte. Er hatte Mühe, hochdeutsch zu sprechen, und rollte auf verstörende Weise das *R*.

Er fand es sehr aufregend, dass ich adeliger Herkunft war, und nannte mich von da an *Prinzessin*. Dass mein *von* nur auf niedrigen Landadel zurückging, störte ihn dabei nicht. Er fühlte sich ab Tag eins wie der Ritter, der mich beschützen wollte, und ich dachte damals noch: Wer da wohl wen beschützen wird? Denn aufgrund seiner schlichten Abkunft und der Arglosigkeit, mit der er auf andere zuging, kam er mir vor wie das perfekte Mobbing-Opfer an einer Schule für Kinder aus reichem Hause.

Ich irrte mich. Durch seine Intelligenz und die Fähigkeit, schnell mit anderen in Kontakt zu kommen, hatte er auf Schloss Nippe schon bald mehr Freunde als ich. Er beobachtete gut und lernte rasch. Nach ein paar Monaten war Claudio in seiner Schuluniform und seinem Auftreten nicht mehr von uns zu unterscheiden.

Und nun, fast zwei Jahrzehnte später, saßen wir hier in Wien gemeinsam in einem Lokal und waren noch immer die besten Freunde.

»Also, Prinzessin, jetzt mal ehrlich: Wie geht es dir?«

Wir hatten unsere Bestellung inzwischen aufgegeben. Claudio nippte an einem Mineralwasser, ich saß vor einem Glas Weißwein.

»Gut.« Ich nickte automatisch, als müsste ich mir meine Behauptung bestätigen. »Ich weiß es nicht«, korrigierte ich mich dann, denn immerhin war Claudio ein echter Freund. »Es ist nicht so, dass ich Alexander vermissen würde. Trotzdem komme ich mir im Moment etwas einsam vor.«

Claudio nickte bedächtig.

»Du hättest ihn von Anfang an nicht heiraten sollen. Ich habe dich damals gewarnt, weißt du noch? Ich habe dir gesagt, er ist nicht der Mensch, der dich langfristig glücklich macht.«

»Ja, das hast du.«

Auch ich erinnerte mich an diesen verhängnisvollen Abend in einer Münchner Bar, zwei Tage vor meiner Hochzeit, obwohl ich es am liebsten für immer vergessen hätte. Die Zunge gelockert vom Alkohol, hatte ich Claudio etwas anvertraut, das ich niemals irgendjemandem hatte erzählen wollen. Ich bereute meine Offenheit bereits, als ich trunken und müde in meinem Hotelbett lag. Claudio hatte mich nie mehr darauf angesprochen. Aber ich wusste, dass er es nicht vergessen hatte. Dass es in ihm arbeitete, dass er nur auf den richtigen Augenblick wartete, um mich damit zu konfrontieren.

Nun war ich geschieden.

Die leise Furcht, er könnte meinen, dieser Augenblick sei nun gekommen, nahm in meinem Inneren Gestalt an. Ich fühlte Claudios Blick nachdenklich auf mir ruhen und wappnete mich.

»Du hast ihn nie wirklich geliebt«, stellte er einfach nur fest.

»Wir sind gut miteinander ausgekommen. Das ist mehr, als die meisten Eheleute nach zehn Jahren guten Gewissens behaupten können.«

»Was ist mit Liebe? Mit Leidenschaft?«, fragte er dann, und mir brach prompt der Schweiß aus. Das war genau das Minenfeld, auf das ich mich nicht begeben wollte.

»Mein Leben ist gut, wie es ist, Claudio.«

»Ich mache mir Sorgen um dich«, gab er freimütig zu. »Du bist so allein. Ich würde mich besser fühlen, wenn ich wüsste, dass jemand für dich da ist.«

Nun musste ich doch lachen.

»Claudio, bitte! Du redest, als sei ich pflegebedürftig!«

»Ja«, bestätigte er. »Beinahe wäre es so gekommen, oder? Stichwort Pflege: Wer war denn für dich da, als du vor ein paar Monaten den Reitunfall hattest? Als du auf der Intensivstation lagst und zweimal operiert werden musstest? – Alexander war mit Sofia auf den Bahamas, Jo auf Weinreise in Südafrika und ich mitten in Dreharbeiten! Ganz abgesehen von deiner ach so liebevollen Familie, die so getan hat, als wäre der Unfall nur eine Kleinigkeit!«

»Es war jetzt auch nicht lebensbedrohlich«, spielte ich die Verletzung herunter, obwohl ich es besser wusste. Auch wenn mein Sturz vergleichsweise glimpflich ausgegangen war, hatte ich inzwischen gelernt, dass eine Leberruptur – abhängig vom Schweregrad – durchaus tödlich enden konnte. Insgeheim musste ich Claudio zudem recht geben: Die Zeit in diesem Krankenhaus und hernach im Reha-Zentrum waren die längsten zweieinhalb Monate meines Lebens.

»Mir geht es wieder blendend«, versicherte ich ihm. »Ich gehe regelmäßig laufen und sitze fest im Sattel.«

Claudio wirkte weiterhin skeptisch.

»Und sonst?«, erkundigte er sich, nachdem er einen Schluck aus seinem Wasserglas genommen hatte. »Irgendwelche neuen Bekanntschaften? Irgendwelche Kontakte? Was machst du den ganzen Tag, jetzt, wo du Alexander nicht mehr zu Geschäftsessen und auf gesellschaftliche Veranstaltungen begleitest?«

»Ach, das Übliche.« Ich hob die Schultern. »Reiten. Fitnessstudio. Ab und zu ein bisschen Kultur: Konzerte, Theater … ich habe hier schon einen Bekanntenkreis, keine Sorge.«

»Sind es nicht eher Alexanders Bekannte?«

»Es sind die Exen seiner Bekannten, wenn du's genau wissen willst. Ich bin quasi hochoffiziell in die Runde der Verlassenen aufgenommen worden.«

»Klingt ja prickelnd.«

Er gab sich wenig Mühe, seinen Sarkasmus zu verbergen, und ich konnte ihm nicht einmal widersprechen. Manchmal fühlte ich mich in der Gesellschaft dieser Frauen, die ihren Ex-Männern hinterhertrauerten, aber gleichzeitig über sie schimpften, herrlich deplatziert. Sie stritten mit ihnen um Kinder, Geld und Immobilien, vertrieben sich ihre Lebenslangeweile mit Shopping und Charity und hatten kaum ein anderes Ziel, als dem nächsten vermögenden, einflussreichen Alphamann ein Eheversprechen zu entlocken.

»Du willst also hier in Wien wohnen bleiben und so weitermachen wie bisher?«

»Tja.« Ich hob die Schultern. »Das wäre die eine Option. Es ist eine schöne Stadt mit hoher Lebensqualität.«

»Und was wäre die andere?«

Ich verschränkte meine Hände ineinander und schaute ein paar Sekunden auf die Tischplatte, während die leise Jazzmusik im Hintergrund plötzlich überdeutlich an mein Ohr drang.

»Die andere ist, nach Niederbayern zu ziehen und die Leitung des Museums zu übernehmen.«

»Bitte, was?« Claudio stellte sein Glas so schwungvoll auf den Tisch zurück, dass es beinahe überschwappte. »Das ist nicht dein Ernst, oder? Du willst nach Niederbayern ziehen? Etwa zu deinen Eltern? Und von welchem Museum sprichst du überhaupt?«

»Ich habe dir doch erzählt, dass mein Vater im Laufe der Jahre eine Sammlung antiker asiatischer Artefakte aufgebaut hat. Er will sie jetzt der Öffentlichkeit zugänglich machen. Die Stadt Landshut hat ihm dafür Räumlichkeiten zur Verfügung gestellt.

21

Derzeit laufen noch Umbauarbeiten. Die Eröffnung ist für Mitte nächsten Jahres geplant. Vater hat mir angeboten, die Ausstellung zu kuratieren.«

»Seit wann kennst du dich mit asiatischer Kunst aus?«

Claudio sah mich über den Rand seines dunklen Brillengestells ungläubig an.

»Bisher fast gar nicht«, gab ich zu. »Aber ich könnte mich einlesen. Immerhin wäre das eine Aufgabe.«

Auch ohne die zwei steilen Falten, die sich auf seiner Stirn gebildet hatten, war klar, was mein bester Freund von dieser Idee hielt.

»Es wäre durchaus etwas zu tun«, sagte ich. »Das Museum muss bekannt gemacht werden, braucht ein Gesicht nach außen. Jemand, der es repräsentiert.«

»Mehr wirst du ohnehin nicht tun können, als dein Gesicht vor Kameras zu halten und ein paar salbungsvolle Worte zu sprechen. Du wirst nichts selbst entscheiden dürfen, sondern wie eine Marionette in der Hand deiner Familie zappeln.«

»So schlimm wird es schon nicht werden«, erwiderte ich halbherzig.

Eine asiatische Kellnerin brachte unsere Sushi-Platten an den Tisch und bereitete unserem Gespräch vorübergehend ein Ende. Eine Weile fachsimpelten wir über die diversen Sushi-Variationen, die in ihrem Facettenreichtum über das übliche Angebot japanischer Lokale weit hinausgingen. Ich betrachtete das Museums-Thema schon als erledigt, als Claudio es wieder aufgriff.

»Ich will nicht, dass du das machst«, erklärte er ohne Umschweife. »Es ist die schlimmste Entscheidung, die du treffen könntest. Du gäbest damit dein Leben auf! Solange du in den Klauen deines Clans bist, ist dein Weg vorgezeichnet: Du wirst bis zu deinem Lebensende tiefunglücklich und unausgefüllt sein. Du wirst dich tagtäglich in den Erdboden langweilen und irgendwann wieder in den Armen irgendeines adeligen Langeweilers landen. Lena, ich bitte dich, du hast nur dieses eine Leben!«

»Claudio.« Ich legte meine Hand auf seine. »Wenn ich etwas aus der Beziehung mit Alexander gelernt habe, dann, dass ich für die Ehe nicht geschaffen bin. Ich brauche diese Art von Nähe nicht.«

»Das ist doch Quatsch. Er war einfach nur der völlig falsche Mensch für dich. Du bist keines dieser dekorativen Püppchen, deren Leben mit drei Kosmetikterminen und zwei Charity-Events die Woche ausgefüllt ist. Aber genau so eine Frau braucht Alexander.«

»Nun, die hat er mit Sofia nun auch bekommen.«

Ich sah zu, wie Claudio mit einem Ura-Maki kämpfte. Schließlich schob er es ganz in den Mund und war erst einmal mit Kauen beschäftigt, während ich nach einem unverfänglichen Gesprächsthema suchte. Wenn ich nicht rasch eingriff, würde er nur noch tiefer schürfen.

»Dein neues Filmprojekt –«

»Du solltest über –«

Wir sprachen beide gleichzeitig, brachen beide abrupt ab und sahen uns an. Ich wollte gerade von Neuem beginnen, aber Claudio war schneller.

»Du solltest darüber nachdenken, ob du deine Präferenzen nicht endlich auslebst. Das Leben ist zu kurz, um sich zu verbiegen, und ich frage mich, was du eigentlich zu verlieren hast. Um die Liebe deiner Familie kann es ja wohl kaum gehen, man kann bekanntlich nichts verlieren, was man nie hatte. Abgesehen davon, bist du eine erwachsene Frau.«

In mir wurde alles zu Eis. Ich legte die Stäbchen zur Seite und starrte auf mein letztes Maki, als wäre es eine Giftspinne, die mich gleich anspringen würde. Kurz war ich versucht, einfach aufzustehen und zu gehen. Dann wurde mir wieder bewusst, dass es Claudio war, der mir gegenübersaß, der Mensch, der mir am nächsten stand. Ich atmete tief durch.

»Du übertreibst. Meine Familie hat zwar die Herzlichkeit nicht für sich gepachtet, aber letztendlich halten wir zusammen.«

23

Es war besser, sich auf die Familie zu konzentrieren, als den ersten Teil seiner kleinen Ansprache zu vertiefen.

»Ist das so?« Claudio tupfte sich die Lippen mit der Serviette ab. »Bisher hatte ich eher den Eindruck, du wirst deinen Ruf als schwarzes Schaf nicht los.«

»Das ist lange her.« Ich rang mir ein Lächeln ab. »Ich war zwar ein rebellischer Teenager, aber mittlerweile haben sich sämtliche Wogen geglättet. Desiree, meine Schwägerin, hat mich vor Kurzem sogar gefragt, ob ich Patentante werden will.«

Die Frau meines zwei Jahre älteren Bruders Heinrich war im siebten Monat schwanger, der Nachwuchs wurde für Anfang Februar erwartet.

»Wolltest du nicht aus der Kirche austreten, jetzt, wo du geschieden bist? Du hast mit diesem Verein nichts am Hut, hast du mir bei unserem letzten Treffen erklärt.«

»Ich habe mich ja auch noch nicht entschieden.«

Dass ich den Austritt hinauszögerte, hatte zwar weniger mit meinem Zweifel bezüglich der Kirche, als mit meiner katholischen Familie und dem Museum zu tun, doch wenn ich Claudio das sagte, goss ich nur Öl ins Feuer.

Die Bedienung kam und erkundigte sich, ob wir die Dessertkarte wünschten. Stattdessen zahlten wir und zogen uns in meine Wohnung zurück, ehe Claudio in einer Bar womöglich erkannt wurde und sich überenthusiastischer Fans oder sogar der Presse erwehren musste. Unser Zusammensein war privat und sollte es auch bleiben.

Wir verbrachten einen entspannten Nachmittag auf meinem Sofa und mit vorsorglich gekühltem *Moët & Chandon*. In meiner Ehe mit Alexander hatte ich gelernt, stets für feierliche Anlässe und Besuche gerüstet zu sein. Nachdem wir mein Leben bereits im Restaurant durchgekaut hatten, überließ ich es nun Claudio, von sich zu erzählen. Von einem erfolgreichen Regisseur gab es sicherlich ohnehin mehr zu berichten.

Dabei hatte er zu Schulzeiten als Computerbrain gegolten.

Das Rechenzentrum von Schloss Nippe war gut ausgestattet gewesen, früh hatte dort das damals noch ziemlich neue Internet Einzug gehalten. Ich hatte mich nie sonderlich dafür interessiert, aber Claudio gründete mit ein paar Jungs eine Art exklusiven Nerdclub und verbrachte Stunden am Rechner. Damals hatten alle damit gerechnet, dass Claudio nach dem Abitur Informatik studieren würde.

Umso größer war die allgemeine Überraschung, als er sich in Berlin auf der Film- und Fernsehakademie bewarb und prompt aufgenommen wurde. Zwar hatte er in den letzten Schuljahren mit Bravour die Theatergruppe geleitet und mit seinem unkonventionellen Umgang mit Goethe, Schiller oder Shakespeare für Kontroversen gesorgt, doch niemand hatte jemals geglaubt, dass er die Darstellerei als berufliche Laufbahn einschlagen würde.

Bereits in seiner Ausbildung weckte er das Interesse von Leuten aus der Filmwirtschaft, gewann mit Kurzfilmen erste Nachwuchspreise. Er nannte sich nun LePré, weil er seinen Geburtsnamen Hasenzagl für nicht karrieretauglich hielt.

Als frischgebackener Absolvent bekam er dann recht zügig die Gelegenheit, sein Können unter Beweis zu stellen, und das für die 457. Folge einer etablierten Krimireihe, die seit Jahren ihre Zuschauer an den Vormitternachtsschlaf verlor. Claudios hippe Inszenierung eines Nullachtfünfzehn-Eifersuchtsmordes verhalf dem Sender zu einem Quotenhoch und ihm selbst zu weiteren prestigeträchtigen Projekten. Mit nicht mal sechsundzwanzig Jahren war Claudio plötzlich das Wunderkind der deutschen Filmbranche. Es mangelte nicht an Aufträgen, und er hätte in Deutschland fortan ein ziemlich komfortables Leben haben können.

Doch kurz vor seinem siebenundzwanzigsten Geburtstag kehrte mein Freund Europa den Rücken und begann in Kalifornien einen Neustart: mit einem Aufbaulehrgang an einer renommierten Filmakademie, mit kleineren Projekten, gefolgt von Arbeiten für einen Fernsehsender. Vor knapp vier Jahren kam dann der Durchbruch. *Crazy Cruising* zog die Zuschauer in den USA in Massen in die Kinos, und auch in Europa und einigen asiatischen Ländern war der Film ein voller Erfolg. Ein Jahr später spielte ein Folgestreifen ebenfalls Millionen ein. Sein bisher größter Erfolg jedoch war jener Film, in dem ein Mann im festen Glauben, nur noch wenige Monate zu leben zu haben, alles nachholte, was er im bisherigen Leben versäumt hatte – und dabei einigen alten und neuen Weggenossen ungeniert die Meinung geigte.

Ich bewunderte Claudio. Aber ich mochte seine Filme nicht. Das wusste er und akzeptierte es. Es waren keine Spielfilme, sondern im Grunde inszenierte Doku-Dramen, die sich haarscharf am ethischen Abgrund entlangbewegten, weil nichtsahnende Menschen dabei unbarmherzig vorgeführt wurden.

Claudio und ich hatten darüber lange Debatten geführt, aber nie zu einem Konsens gefunden. Was für ihn künstlerisch und vertretbar war, blieb für mich ein schonungsloser, die ureigensten Persönlichkeitsrechte verletzender Übergriff, der einzig und allein dazu diente, ungebildete Massen à la *Dschungelcamp* und *Frauentausch* zu unterhalten. Dass Claudio wegen seines dynamischen Schnitts auch noch Preise bekam und von Intellektuellen aus allen Ländern in den Himmel gehoben wurde, leuchtete mir nicht ein.

Trotzdem hielt ich ihn für ein Genie. Er war der genialste, vielseitigste und klügste Mensch, den ich kannte. Alexander hatte mir manchmal im Scherz vorgeworfen, ich hätte eigentlich Claudio heiraten sollen, nicht ihn. Ich hatte das stets mit einem Lachen abgetan, doch im Grunde lag er damit gar nicht verkehrt. Ich liebte Claudio und hätte mir ein Leben an seiner Seite durchaus vorstellen können, wenn es für ihn ebenfalls denkbar gewesen wäre. Dass er sexuell anders orientiert war, hätte für mich kein Hindernis bedeutet. Wie sich in den vergangenen Jahren herausgestellt hatte, kam ich auch ohne Sex ganz gut zurecht.

Claudio allerdings war im Grunde seines Herzens ein Einzelgänger und auf seine Filmprojekte fixiert. Mittlerweile nutzte er beinahe alle Society-Events, die sich in der Branche boten, um Kontakte zu machen. Dass er jedes Mal schnellstmöglich galant durch den Hinterausgang verschwand, schien kaum jemandem aufzufallen. Claudio liebte seine Wohnung – aktuell ein Loft im Zentrum von L.A. – und teilte sie mit keinem. Für ihn gab es nichts Schlimmeres als die Vorstellung, nach Hause zu kommen und erwartet zu werden. Folglich waren seine Beziehungen – wenn dieser Ausdruck überhaupt passte – nur von kurzer Dauer.

An diesem Nachmittag auf meiner Couch erzählte er mir von einem Regieassistenten namens Pedro, der ihn aktuell glücklich machte, schob aber sogleich nach: »Das ist nichts für immer; der ist erst dreiundzwanzig, der will noch mehr vom Leben.«

»Du meinst, er will sich noch sexuell ausleben?«

»Bestimmt.« Claudio grinste, wurde dann aber ernst. »Ich fühle mich alt. Älter, als du dir vorstellen kannst.«

»Vielleicht ist es doch an der Zeit für eine feste Beziehung?«

»Ich bin nicht wie du.« Er verzog den Mund, doch das angedeutete Lächeln erreichte seine Augen nicht. »Ich kann das nicht, und ich will es nicht. Mein Leben ist erfüllt genug.«

»Meines auch.«

»Nein«, widersprach er. »Du bist ein Beziehungstyp.«

Wir steuerten unweigerlich wieder auf das Thema zu, das mir schon im Lokal Bauchweh beschert hatte.

»Jetzt kommt erst mal das Jahresende«, sagte ich leichthin. »Danach sehen wir weiter.« Ich würde ihn ohnehin nicht überzeugen.

»Ja. Danach sehen wir weiter.« Seine Stimme klang nachdenklich, er sah mich lange an. »Was machst du an Weihnachten?«, erkundigte er sich schließlich.

»Zu meiner Familie fahren.« Ich wusste, dass er das nicht verstehen würde. Das Zucken seines rechten Augenlids bestätigte es. »Es sei denn, du hast spontan Zeit für mich. Dann buche ich sofort einen Flug und verbringe Weihnachten mit dir unter Palmen.«

»Prinzessin, da muss ich dich enttäuschen. Ich bin von den

Zehenspitzen bis zum Scheitel mit Arbeit und Terminen eingedeckt. Außerdem kommt meine Mutter.«

Dass dies ein Widerspruch in sich war, fiel ihm anscheinend
nicht auf. Mir versetzten seine Worte einen leichten Stich. Irmgard und ich kannten uns. Konnten wir das Fest nicht zu dritt
verbringen?

»Wie schön«, hörte ich mich dennoch sagen.

»Wir könnten Silvester miteinander verbringen«, schlug er
unerwartet vor. »Entweder werde ich auf dieser Filmparty am
Broadway Theater sein oder auf einer Yacht vor Key West. Sie
gehört einem Produzentenpaar. Coole Typen! Die hätten sicher
kein Problem damit, wenn ich jemanden mitbringe; da werden
sowieso um die zwanzig, fünfundzwanzig Leute an Bord sein.«

Kurz sah ich mich tatsächlich an Claudios Seite im eleganten Cocktailkleid durch einen Theatersaal schweben oder auf
einem Partyboot mit einer Horde gutaussehender und interessanter schwuler Männer die Hüften schwingen, einen Drink in der
Hand. Dann schüttelte ich heftig den Kopf, weil mir zwei Dinge
klar wurden. Erstens: Ich hatte bereits etwas vor. Zweitens: Was
er mir da anbot, war völlig absurd und eigentlich eine weitere
Kränkung.

»Danke, aber da bin ich mit Jo auf Fuerteventura«, erwiderte
ich und bemühte mich, mir meine Enttäuschung nicht anmerken
zu lassen. »Außerdem ist es unmöglich, so knapp vor Silvester
einen Flug zu ergattern – ob nun nach New York oder Miami,
was auch immer du spontan entscheiden würdest.«

Einen Augenblick lang wirkte er beinahe verlegen. Er merkte,
dass ich ihn durchschaut hatte.

»Immerhin haben wir uns heute gesehen. Ich bin für dich da,
wann immer du mich brauchst.«

»Ja. Danke.«

Mehr wusste ich nicht dazu zu sagen. Das Hochgefühl, das
mich bei Claudios Ankunft erfüllt hatte, war verflogen. Ich hatte seine verstohlenen Blicke auf die Uhr bemerkt, die Ungeduld,

die von ihm Besitz ergriff, und auch die Tatsache, dass er in Abschiedsformeln sprach. Er würde nicht bleiben.

»Hej, Prinzessin. Mach nicht so ein Gesicht. Ich komme wieder.«

Er hob mein Kinn mit beiden Zeigefingern und lächelte mich an. Seine braunen Augen schimmerten im Licht der Stehlampe, die mein Wohnzimmer in gemütliches Dämmerlicht tauchte.

»Nur *wann* du kommst, ist die Frage.« Ich sah zur Seite.

Wir erhoben uns gleichzeitig. Ich begleitete ihn in den Vorraum und sah dabei zu, wie er in seinen schwarzen Parka schlüpfte und die Ballonmütze aufsetzte. Mit einem Mal fühlte mich genauso wie vor ein paar Stunden, als sich Alexander und Sofia vor dem Gerichtsgebäude küssten.

Eine ungewohnte Woge an Emotionalität flutete meinen Körper. Ich fühlte, wie mir Tränen in die Augen stiegen, und presste die Lippen aufeinander. Hastig wischte ich mir über die Wange und hoffte, dass Claudio nichts merkte. Vergebens.

Er war gerade dabei gewesen, seine Schnürstiefel zu binden, richtete sich nun aber auf und zog mich an sich. Ich vergrub mein Gesicht in seinem Wollschal und schniefte. Es würden Wochen oder gar Monate vergehen, bis dahin sah ich ihn nur dann und wann über Skype. Obwohl er mich in den Armen hielt, fehlte er mir schon jetzt.

Irgendwann hatte ich mich wieder im Griff. Mit geröteten Augen löste ich mich aus der Umarmung.

»Ich weiß. Ich bin dumm«, sagte ich mit verlegenem Lächeln.

Er blieb ernst. »Du bist einsam. Dagegen sollten wir etwas unternehmen, Prinzessin.«

Sofort war ich in Alarmbereitschaft. Ich trat zwei Schritte zurück.

»Untersteh dich!«

Er hob beschwichtigend die Hände. »Alles gut. Ich werde keinen Versuch machen, dich zu verkuppeln. Versprochen!«

Dann fiel die Tür hinter ihm ins Schloss.

Jo

Mein Flieger landete um kurz nach zwölf Uhr Ortszeit am Flughafen von Puerto del Rosario, Hauptstadt der kanarischen Insel, auf die mich Jo mit zweifelhaften Versprechungen – Ruhe, Erholung, Natur – gelockt hatte. Fuerteventura war nicht meine Idee gewesen und ich wusste noch immer nicht recht, was ich in dieser kargen Vulkanlandschaft eine Woche lang tun sollte, doch in erster Linie war ich einfach froh, dem nebelverhangenen, kalten Mitteleuropa den Rücken zu kehren. Jo würde erst am frühen Abend von Heathrow aus eintreffen. Also nahm ich den Mietwagen in Empfang und war knapp vierzig Minuten später in unserem Hotel in Corralejo, einem Ort an der Nordküste.

Ich bezog mein Zimmer, packte aus. Vom Fenster aus hatte ich direkten Blick auf das schäumende Meer. Im Vorgarten des Hotels bogen sich die Palmen im Wind. Trotzdem waren einige Liegebetten am Strand besetzt. Mir stach eine Frau im bunten, kimonoähnlichen Strandkleid ins Auge. Sie stand auf einem der Holzstege, die über den goldenen Sand in Richtung Meer führten. Ihr langes, schwarzes Haar wehte.

Ein Mädchen in einem Park. Das dichte, schwarz glänzende Haar vom Wind zerzaust, den Blick in die Ferne gerichtet, den Kopf voller Sorgen.

Die Erinnerung überkam mich so unerwartet und heftig, dass ich taumelte. Für einen Moment stützte ich mich am Fenster ab. Meine Hand hinterließ einen hässlichen Abdruck auf der Scheibe.

Wie aus dem Nichts tauchte nun ein Mann auf und sprach die

Frau auf dem Steg an. Sie drehte sich um, hatte ein Lächeln im Gesicht. Die beiden küssten sich.

Und ich landete wieder im Hier und Jetzt.

Atmete tief durch.

Ich durfte den Geistern der Vergangenheit keinen Raum geben. Seit meiner Scheidung schlichen sie sich wieder öfter in meine Gedanken.

Ablenkung war das beste Mittel dagegen. Eilig zog ich meine Sportkleidung und die Laufschuhe an. Wenig später joggte ich den Strand entlang, genau dort, wo das Wasser den Sand gerade nicht erreichte und der Boden noch einigermaßen hart war. Es war dennoch anstrengender als erwartet. Trotzdem lief ich weiter, was ich auch sonst hätte tun sollen. Zeit ohne Vorgaben konnte ich nicht gut aushalten. Meine Internatszeit hatte mich da stark geprägt. Unsere Tage waren sehr strukturiert gewesen: Aufstehen um 6.30 Uhr, Frühstück um 7 Uhr, Unterrichtsbeginn um 7.30 Uhr. Um 12.30 Uhr gab es Mittagessen, um 14 Uhr begann die Studierstunde. Ab 16.30 Uhr fanden die Sportkurse und sonstigen Aktivitäten wie Chorsingen, Musizieren, Theatergruppe oder der Fotokurs statt. Von 18 Uhr bis 19 Uhr hatten wir Zeit für uns selbst. Die meisten von uns waren dann meist schon zu erschöpft, um sie anders zu nutzen, als auf den Betten, oder, wenn es das Wetter zuließ, im Park herumzuliegen. Ab 21.30 Uhr herrschte strenge Bettruhe. Nur am Wochenende ging es etwas entspannter zu.

Schloss Nippe hatte zu dieser Zeit einhundertachtzig Schülerinnen und Schüler aus dreiundzwanzig Nationen. Ein Drittel davon waren Deutsche, eine weitere große Gruppe war aus Amerika, teilweise mit weit zurückreichenden deutschen Wurzeln, dann folgten zahlenmäßig Briten, Spanier, Chinesen und Südkoreaner. Unterrichtet wurde in Englisch; für mich kein Problem, ich kannte es nicht anders.

Es gab einen Jungen- und einen Mädchentrakt. Auch wenn wir in den Kursen und bei den außerschulischen Aktivitäten zu-

31

sammen waren, galt ein striktes Verbot gegenseitiger Besuche in den Zimmern. Nicht einmal die Kollegstufe, auf der viele bereits die Volljährigkeit erreicht hatten, war davon ausgenommen.

Ich teilte mein Zimmer mit einer deutschen Unternehmertochter namens Astrid, zu der ich nie wirklich Zugang fand. Sie war alles, was ich nicht war: diszipliniert, ehrgeizig und zielstrebig. Während sich Astrid in unserer knapp bemessenen Freizeit in deutsche Literaturklassiker vertiefte oder in einem der Musikzimmer Cello übte, saß ich missmutig auf dem Bett und stopfte Chips und Schokoriegel in mich hinein, weil es leichter war, an Essbares zu kommen als an Zigaretten. In der Kollegstufe gab es zwei Typen, die zu überteuerten Preisen Marlboro und Lucky Strike verkauften – und noch so einiges mehr, das mich aber nicht interessierte. Manch andere dagegen schon. Ich bekam bald einen Blick dafür, wer sich diese bunten Ecstasy-Tabletten einwarf oder regelmäßig Kokain schnupfte.

Ich hasste Sport, der hier so großgeschrieben wurde, und erfand alle erdenklichen Ausreden, um mich vor dem Schwimmunterricht, dem Leichtathletik-Training und sämtlichen Ballspielen zu drücken. Kreislaufzusammenbrüche und Verstauchungen zu simulieren, fiel mir leicht. Nur am Reitunterricht, den ein mit dem Internat kooperierender Hof in der nächsten Ortschaft anbot, fand ich Gefallen. Einmal die Woche durfte ich mich in den Sattel schwingen. Es war wenig, aber besser als nichts. Wenn ich bei den Pferden sein durfte, fühlte ich mich nicht mehr ganz so einsam.

Natürlich knüpfte ich auf Schloss Nippe Freundschaften – diese Art von Freundschaften, die sich ergaben, weil man denselben Kurs besuchte oder zu einer Gruppenarbeit verdonnert wurde. Doch einen echten Zugang zu meinen Mitschülern bekam ich nie. Die meisten waren wie Astrid: zielstrebig, wettbewerbsorientiert und sich vollkommen darüber bewusst, einer elitären Schicht anzugehören.

Lediglich zu Claudio hatte ich ein engeres Verhältnis. Ich ließ mich von ihm zum Fotokurs und zur Theatergruppe überreden. Weder im Umgang mit der analogen Spiegelreflexkamera noch auf der Bühne bewies ich Talent. Aber ich mochte es, Zeit mit Claudio zu verbringen. Er war witzig, brachte uns bei Projektarbeiten auf tolle Ideen und fand innovative Lösungen für Probleme, mit denen sich sonst niemand auseinandersetzen wollte.

Bald galten wir als Paar. Einige machten anzügliche Witze oder schmierten die Tafel mit unseren Namen und Herzchen voll, wenn kein Lehrer in der Klasse war. Wir verzichteten auf eine Klarstellung. Eine Weile dachte ich tatsächlich, ich sei in ihn verliebt, und stellte mir vor, wie es wäre, ihn zu küssen. Doch die Vorstellung, dass sich unsere Zungen berührten, rief in mir nichts als Ekel hervor.

In diesen ersten Monaten im Internat war Claudio meine einzige Bezugsperson. Ich war unglücklich und hasste die Welt. Und er schien intuitiv zu spüren, was in mir vorging, und war immer da, wenn ich in meinem persönlichen Unglück zu versinken drohte.

An diese harte Zeit auf Schloss Nippe dachte ich zurück, als ich mich jetzt – frisch geduscht und mit einer luftigen Sommerhose und Polo-Shirt bekleidet – auf den Weg zu Jos Zimmer machte.

Ich hatte kaum geklopft, da wurde die Türe auch schon aufgerissen. Jos hochgewachsene, hagere Gestalt zeichnete sich dunkel im Rahmen ab, während das Zimmer hinter ihr vom Licht eines kleinen Lusters erfüllt wurde.

»Lena!«

Wir umarmten uns kurz und ich konnte Jos schweres Parfum riechen, das kaum zu einer Frau passte, die nur ein Jahr älter war als ich. Dann trat Jo zur Seite und ließ mich hinein.

Sie hatte eine kleine Suite gebucht, bestehend aus Wohn- und Schlafraum. Ihre Koffer standen noch unangetastet im schmalen Durchgang zum Schlafzimmer. Ein schwarz-weiß karierter Tweedmantel lag achtlos über die Lehne des Polsterstuhls geworfen.

»Tut mir leid. Ich hätte dich erst auspacken und ankommen lassen sollen.«

Sie winkte ab. »Unsinn. Ich freu mich, dass du da bist. – Lust auf einen Drink? Die Minibar ist recht ausgestattet.«

Es war typisch für Jo, dass sie das bereits herausgefunden hatte.

»Wie hast du die Anreise in diesem Ding nur ausgehalten?«, erkundigte ich mich mit einem Blick auf den Mantel über dem Stuhl, während Jo bereits ein Kognak-Fläschchen auf zwei Gläser aufteilte. »In der Sonne hatte es knapp über zwanzig Grad!«

»Ich bat den Taxifahrer, die Klimaanlage herunterzudrehen«, erwiderte sie unbeeindruckt. »Vermutlich hielt er mich für verrückt, aber damit kann ich leben. Ich hoffe nur, er bekommt keinen Schnupfen!«

Wir stießen an. Der Kognak hatte eine leicht holzige Note und hinterließ einen ungewohnt rauchigen Geschmack.

»Hm … geht so«, kommentierte Jo, die mit Kognak gewiss mehr Erfahrung hatte als ich. Sie stellte ihr Glas auf den grazilen Couchtisch und musterte mich von unten bis oben.

»Die Scheidung schmeichelt dir. Und der neue Haarschnitt auch. Wer hätte gedacht, dass dir kurze Haare so gut stehen?«

»Die Friseurin«, antwortete ich trocken, und wir lachten beide.

Vor dem anstrengenden, deprimierenden und vor allem desillusionierenden Weihnachtsfest im Familienkreis hatte ich mich in einem Anflug plötzlicher Kühnheit von meinem langen Haar getrennt. Nach einer unendlichen Abfolge von Shamponaden, Kopfmassagen und Pflegekuren sowie einer zwanzigminütigen Schnippelei sah ich im großen Spiegel vor mir eine Frau, die aussah, als hätte sie den Tag auf einem Surfbrett an der australischen Küste verbracht. Die Friseurin, die sich laut Visitenkarte Stylistin nannte, hatte meine vergessenen Locken zum Leben erweckt. Insgesamt wirkte mein Haar dank des Stufenschnitts im Nacken voller und durch den Wegfall der ausgebleichten Strähnen auch ein paar Nuancen dunkler.

Während ich mich selbst relativ schnell an mein neues Aussehen gewöhnt hatte und mich über die Zeitersparnis bei der Morgentoilette freute, nörgelten Mutter und meine ältere Schwester Hedwig die gesamten Feiertage herum. Die neue Frisur lasse mich unweiblich wirken, lautete der Hauptvorwurf, und ich sei zudem noch viel zu jung dafür. Ich ließ sie reden, weil ich wusste, dass kein Argument der Welt sie von ihrem Urteil abgebracht hätte.

Dass Jo mein neues Erscheinungsbild gefiel, fühlte sich da wie eine kleine Streicheleinheit an. Im Unterschied zu mir hatte sie sich kaum verändert. Im Großen und Ganzen sah sie noch immer aus wie das Mädchen, mit dem ich mich im Reitstall angefreundet hatte.

Damals war sie nur noch dünner gewesen und hatte kaum Busen, dafür aber Akne. In ihren ausgewaschenen Reithosen, mit Schlammspritzern überzogenen Lederstiefeln und nach nassem Hund riechenden Wollpullis wäre sie problemlos als Pferdepflegerin und Stallhilfskraft durchgegangen – bis sie den Mund auftat. Denn ihre Aussprache und die gestelzte Betonung entlarvte sie als das, was sie war: ein Mitglied der britischen Upperclass.

Außer dem Reiten verband uns keine außerschulische Aktivität. Sie war eine Klasse weiter als ich und erschien mir immer unnahbar und arrogant, weshalb ich nie das Gespräch mit ihr gesucht hatte.

Natürlich kannte ich ihren vollen Namen: Elizabeth Joanne Catherine Houndsville-Montgomery. Angeblich war sie über Ecken mit dem englischen Königshaus verwandt.

Ihr fiel auf, dass ich nicht wusste, wie man ein Pferd sattelt – was sie restlos amüsierte und mich noch mehr in Rage versetzte. Immerhin kam sie mir zur Hilfe, und nachdem wir uns eine Weile angezickt hatten, wurden wir Freundinnen. Abgesehen davon, dass sie weit mehr von Pferden verstand als ich und selbst vor den breitesten und höchsten Oxern nicht zurückschreckte, wusste Jo, wo und wie sie an die günstigsten Zigaretten kam. Der Reitlehrer versorgte sie regelmäßig mit Nachschub, wovon in Folge auch ich profitierte.

Fast zwanzig Jahre später rauchte sie noch immer. Ihre unreine Haut gehörte allerdings der Vergangenheit an. Jo war nach wie vor keine Schönheit, hatte sich aber in eine gepflegte Frau verwandelt, die Goldschmuck liebte und die, wenn sie nicht gerade in Reithosen mit speckigem Lederbesatz steckte, gerne teure Kleidung trug – aktuell ein geblümtes Kleid aus der Kollektion eines aufstrebenden britischen Designers, von dessen Talent sie schwärmte, der meinen Geschmack aber so wenig traf wie ihr Parfum.

Zwei Stunden später hatte sie ihr Blümchenkleid gegen einen eleganten Jumpsuit und die Perlohrringe gegen auffällige Kreolen eingetauscht. Ich trug noch immer meine beige Hose und das Polohemd und kam mir neben ihr beinahe vor wie Aschenputtel. Wir saßen am Fenster des Hotelrestaurants mit Blick in den Vorgarten. Die Sicht auf das Meer war von einer kleinen Steinmauer und ein paar Palmen verdeckt, die nach Einbruch der Dunkelheit von Scheinwerfern beleuchtet wurden. Die Flasche Rioja im Weinkühler war nur noch halb voll. Den ersten Gang hatten wir bereits vertilgt und warteten nun gespannt auf den Hauptgang. Die Küche des Restaurants schmückten immerhin zwei Michelin-Sterne.

Bisher hatten wir nur über unser gemeinsames Hobby geplaudert, den Reitsport. Während ich mich nach dem Schulabschluss vorrangig auf das Springreiten konzentriert hatte und dank erstklassiger Pferde und einer exzellenten Trainerin immerhin auf internationalen Turnieren starten konnte, war Jo einen völlig anderen Weg gegangen. Sie hatte sich vom Turniersport zurückgezogen und hielt sich stattdessen auf ihrem Landsitz nordöstlich von London eine Meute Foxhounds. Die von ihr organisierten Schleppjagden mit den rund vierzig Hunden waren legendär.

»Wie war Weihnachten bei deiner Familie?«, wechselte sie nun das Thema.

Ich nahm einen tiefen Schluck Wein. »Nun, immerhin habe ich es überlebt.«

Jo zog die Augenbrauen hoch. »So schlimm?«

»Nein. Eigentlich nicht. Es war nur …« Ich seufzte, suchte nach den passenden Worten. »Im Prinzip wie immer, nur dass es jedes Mal noch unangenehmer wird.« Ich atmete durch, dachte über meine eigenen Worte nach. »Vielleicht liegt es aber auch an mir selbst. Immer, wenn ich zu einem dieser Familientreffen fahre, hoffe ich, dass sich etwas geändert hat. Dass sie nun … normaler … glücklicher geworden sind. Aber dann sitze ich dort und sehe, dass es eher schlimmer geworden ist. Mutter pflegt ihre hausgemachten Depressionen und ihr Image als Pessimistin, Vater ignoriert sie und hält Monologe über seine Kunstsammlung, das Museum und irgendwelche Beratertätigkeiten. Meine Schwester Hedwig und ihr Graf sind Kopien meiner Eltern: Er steht mitten im gesellschaftlichen Leben, sie an seiner Seite. Wenn sie sich alleine wähnen, höre ich sie miteinander zanken oder die Kinder zusammenschreien. Mein Bruder Harald versucht verzweifelt, sich aus Mutters Klauen zu befreien, wird von ihr aber weiter behandelt wie ein Kleinkind – er ist vierundzwanzig, das muss man sich mal vorstellen! Ich kann nur für ihn hoffen, dass er nach seiner Ausbildung im diplomatischen Dienst nach Burkina Faso oder Papua-Neuguinea versetzt wird – irgendwohin, wo sie nicht ständig hinter ihm her telefonieren kann.« Ich merkte, dass ich mich in Rage geredet hatte, und drosselte meine Stimme. »Jedenfalls bin ich froh, dass ich jetzt mit dir hier bin.«

Jo lächelte warmherzig.

»Das bin ich auch. Schließlich haben wir uns seit Monaten nicht gesehen. Du hast dieses Jahr an keiner einzigen Jagd teilgenommen.«

»Der Unfall«, erklärte ich etwas zu rasch. »Hector kann noch nicht voll belastet werden.«

Bei meinem schweren Reitunfall im Mai hatte sich auch mein Pferd verletzt; die Trainerin hegte Bedenken, ob es je wieder in höheren Leistungsklassen einsetzbar war.

»Du hättest eines meiner Pferde haben können.«

»Hmm, ja.«

Ich war erleichtert, dass in diesem Augenblick der Hauptgang serviert wurde. Jo hatte eine Dorade mit Kräuterfüllung bestellt, ich Meeresfrüchte auf Pinien-Basilikumschaum. Beides war kunstvoll angerichtet. Wir bewunderten gegenseitig unsere Teller, ehe wir uns den ersten Bissen auf der Zunge zergehen ließen.

Ich wollte Jo nicht sagen, was ich mir selbst kaum eingestehen konnte: Der Unfall, bei dem ich zwischen Pferdeleib und Hindernisstange geraten und fast erdrückt worden war, hatte etwas in mir verändert. Die Angst saß seither mit im Sattel. Ab da war ich nicht mehr gesprungen. Dass ich in Hectors Verletzung eine glaubwürdige Ausrede hatte, kam mir äußerst gelegen.

»Du hattest wirklich eine Pechsträhne«, stellte Jo nüchtern fest. Sie meinte damit nicht nur den Unfall, sondern auch, dass mein Zweitpferd, eine noch junge, aber vielversprechende Stute, ein Jahr zuvor an einer Kolik verstorben war. »Hast du dich schon nach Ersatz umgeschaut?«

Ich kaute auf einem Stück Tintenfisch herum, obwohl es butterweich war. »Das steht im Moment nicht zur Diskussion«, sagte ich schließlich.

Jo bedachte mich mit einem kurzen, prüfenden Blick. Dann begriff sie. In unseren Kreisen galt es als eines der größten Tabus, über Geld zu sprechen. Geld war zu selbstverständlich und gleichzeitig ein viel zu heikles Thema.

»Ziehst du deshalb die Sache mit dem Museum in Betracht?«

Ich blinzelte überrascht.

»Woher weißt du das?«

»Ich habe Claudio getroffen. Er hat mir davon erzählt.«

»Wann?«

Ich stutzte. Von seinem Kurzbesuch bei mir in Wien aus war Claudio gleich nach München zu seiner Mutter geflogen; danach gleich zurück in die USA. Oder etwa doch nicht?

»Vor Weihnachten. In London«, antwortete Jo unbefangen. »Wir hatten einen netten Abend in einer Bar in Soho.«

Dass sich die beiden getroffen und über mich gesprochen hatten, störte mich weniger als der Umstand, dass Claudio mir nichts von dem Treffen erzählt hatte. Natürlich konnte er sich treffen, wo und mit wem er wollte. Doch Jo war eine gemeinsame Freundin, warum hatte er es also nicht erwähnt?

Ich spülte meinen Ärger mit dem letzten Schluck Wein herunter und sah zu, wie ein dienstbeflissener Kellner das Glas nachfüllte.

»Claudio findet das mit dem Museum keine Lösung«, sagte Jo. »Und ich ehrlich gesagt auch. Du hältst es kaum vier Tage mit deiner Familie aus. Wie willst du dich dauerhaft mit ihnen arrangieren?«

»Ich würde nicht bei meinen Eltern einziehen, nur mit meinem Vater zusammenarbeiten«, stellte ich klar. »Außerdem ist es nicht gerade so, als ob ich viele Alternativen hätte.«

»Was ist mit Alexander? Fühlt er sich nicht mehr für dich verantwortlich?«

Das war Jos elegante Umschreibung für die Frage nach den Konditionen unserer Scheidung.

»Wir haben uns gütlich geeinigt. Er hat mir den Reitsport ermöglicht. Hector gehörte im Grunde ihm. Nun ist er offiziell in meinem Besitz.«

Jo zog erneut die Augenbrauen hoch. Sie seufzte. »Ein verletztes Pferd. Ich kann nicht fassen, dass du das so akzeptiert hast!«

»Ich wollte keinen Rosenkrieg.«

»Es geht nicht darum, was du willst, sondern darum, was erforderlich ist.« Jo hatte ihren Teller geleert und tupfte sich den Mund mit der Stoffserviette ab. »Manchmal muss man an sich selbst denken.«

Sie wusste, wovon sie sprach. Nachdem sie ihren Abschluss in der Tasche hatte, verstrichen gerade einmal zwei Jahre, ehe sie sich mit Archie Fitzgerald verlobte. Ihre Eltern, zu denen sie ohnehin ein angespanntes Verhältnis hatte, sahen das als astreinen Skandal: ein Mann, der älter war als Jos eigener Vater und nicht aus Adelskreisen stammte. Sie stellten sie vor die Wahl: Entlobung oder Enterbung. Jo entschied sich für Archie und verbrachte mit ihm fünf glückliche Jahre, von denen sie immer noch emotional zehrte. Dann erlitt Archie beim Golfen einen Herzinfarkt. Jo erbte ein Millionenvermögen und mehrere Immobilien – allerdings erst nach einem hässlichen, über drei Jahre dauernden Rechtsstreit mit dessen drei Kindern aus erster Ehe, die das Testament ihres Vaters anfochten.

Meine Situation war eine gänzlich andere. Alexander hatte mir vieles ermöglicht und wenig verlangt. Insgeheim fühlte ich mich schuldig, weil ich ihm letztlich versagt hatte, was in einer Ehe selbstverständlich sein sollte: Liebe. Leidenschaft. Vertrauen. Ihn auch noch finanziell auszubeuten, schien mir nicht angebracht.

»Ich würde die Sache mit dem Museum ja nicht ewig machen«, sagte ich nun und gab mich dabei überzeugter, als ich es war. »Nur vorübergehend, bis sich etwas anderes findet.«

»Ah ja?« Unverhohlene Skepsis stand in Jos Gesicht. »Woran genau denkst du da? Doch nicht etwa an einen richtigen Job?«

»Das wäre eine Möglichkeit.«

Sie lachte. »Eine wenig aussichtsreiche, soweit ich das beurteilen kann. Wie viel Semester hast du Anglistik studiert? Drei, vier?«

»Fünf.«

»Na, wunderbar!«, erwiderte sie trocken. »Ich werde mich gerne für dich umhören, ob sich da etwas findet.« Dann lehnte sie sich nach vorne und berührte flüchtig meine Hand. »Du sollst wissen, dass du immer bei mir willkommen bist. Wir könnten das mit den Jagden in Zukunft gemeinsam aufziehen. Ich könnte Hilfe gut gebrauchen.«

Das war Jo, meine Freundin mit dem großen Herzen. Die Vorstellung, auf ihre Unterstützung angewiesen zu sein, war jedoch absurd und würde unserer Freundschaft langfristig schaden. Das wussten wir insgeheim beide, auch wenn sie es in diesem Moment wirklich ernst meinte.

»Danke, Jo«, sagte ich daher sanft. »Aber ich denke nicht, dass die Jagd das Richtige für mich ist.«

Sie lächelte erleichtert.

*

»Oh, sorry!«

Fast gleichzeitig zogen die Frau und ich unsere Hände wieder zurück, die im selben Moment nach der kleinen Schaufel beim Rührei hatten greifen wollen. Am Frühstücksbuffet herrschte für ein Hotel dieser Preisklasse überraschender Andrang. Andererseits lag das möglicherweise auch an der Uhrzeit. Um Viertel nach neun fühlten sich wohl fast alle bereit, in den Tag zu starten.

Ich trat einen kleinen Schritt zurück, um der Frau den Vortritt zu lassen. Sie schaufelte sich eine großzügige Portion auf ihren Teller, auf dem sich bereits angebratener Speck, frittierte Zucchinischeiben, in Öl eingelegte Auberginen und mit Käse überbackene Tomaten häuften. Alles schwamm in goldglänzendem Fett. Dabei ernährte sie sich der Figur nach eher von Äpfeln und Salat. Ein kobaltblaues Stretchkleid schmiegte sich eng an ihren schlanken Körper und machte kein Geheimnis aus ihrem wohlproportionierten Gesäß und einer Oberweite, die für eine so zierliche Person durchaus respektabel war.

Sie war fast einen halben Kopf kleiner als ich, obgleich sie Schuhe mit leichtem Absatz trug. Ein südländischer Typ mit olivbraunem Teint und dunkelbraunen, vollen Haaren, die bis über die Schulterblätter reichten.

Ein amüsiertes Lächeln tanzte über ihre vollen, roten Lippen, als sie mich jetzt ansah. »Das ist nicht für mich«, antwortete sie auf meine unausgesprochene Frage, wie ihre Linie und die Speisen auf ihrem Teller zueinanderpassten. »Ich würde niemals etwas so Grauenvolles essen wie dieses Fertigrührei. Wissen Sie eigentlich, wie so etwas hergestellt wird? Aus Volleipulver und massenhaft Zusatzstoffen! Kein Wunder, dass es schmeckt, als würde man Karton essen.«

Kurz war ich perplex – nicht nur, weil eine Wildfremde mir einen Vortrag über Ernährung hielt, sondern auch, weil sie mich ohne zu zögern auf Deutsch angesprochen hatte. Mein kurzes *Oh, sorry* konnte ihr meine Muttersprache nicht verraten haben. Dass sie mich mit irgendjemandem Deutsch hatte sprechen hören, war ausgeschlossen. Seit meiner Ankunft sprach ich nur Englisch, und das ohnehin akzentfrei.

Offenbar sah ich mit meinem blonden Haar, dem Poloshirt und der weißen Dreiviertelhose deutscher aus als gedacht.

»Ah ja?«, erwiderte ich distanziert und wollte mich abwenden, doch sie war mit ihrem Vortrag noch nicht fertig.

»Sie können Omelette, weiches Ei oder Spiegelei direkt am Tisch bestellen, wussten Sie das nicht? – Das ist ganz frisch und original vom Huhn, ohne Chemie.«

Gewöhnlich schätzte ich es nicht, ungebeten belehrt zu werden. In diesem Fall aber hielten mich dunkle, lebhafte Augen und ein charmantes Lächeln davon ab, mich mit einem kühlen *Danke* abzuwenden und zu gehen. Die Frau kam mir außerdem irgendwie bekannt vor. Vielleicht hatten wir uns schon mal auf einem Charity-Event oder während einer Reitveranstaltung gesehen.

»Kennen wir uns von irgendwo her?«, fragte ich mit ehrlichem Interesse.

Ihr Körper versteifte sich, das Lächeln erfror.

»Ich wüsste nicht, woher«, sagte sie. Der abweisende Unterton in ihrer Stimme stieß mich unweigerlich vor den Kopf.

»Tut mir leid. Dann habe ich Sie verwechselt.«

Ich wandte mich ab und ging zu den Broten. Die Lust auf Fertigrührei hatte sie mir erfolgreich ausgetrieben.

»Für das, was auf deinem Teller liegt, warst du aber ganz schön lange weg.«

Jo sah verwundert auf, als ich mich wieder an den Tisch setzte. Auf ihrem zuvor randvollen Teller lag nur noch ein halber Muffin.

»Diese Hotelbuffets überfordern mich immer völlig«, erwiderte ich, was die Wahrheit war. Kurz überlegte ich, ob ich ihr von meiner Begegnung mit der schönen Unbekannten erzählen sollte, ließ es dann aber sein. Was gab es da schon zu sagen?

Eine Kellnerin kam und brachte Kaffee. Während ich an der Tasse nippte und meine Lebensgeister erwachten, glitt mein Blick suchend durch den Saal. Die Frau war nirgendwo mehr zu entdecken.

*

Nach dem Frühstück erschloss ich joggend die Altstadt von Corralejo, die sich um einen kleinen Hafen drängte. Einige pittoreske Häuser, ein paar Bistros und Cafés, vereinzelte Geschäfte – viel bot der Touristenort hier nicht. Die eigentliche Einkaufsmeile befand sich laut Hotelplan außerhalb des Zentrums.

Zurück im Hotel duschte ich, schlüpfte in Shorts und T-Shirt und zog mit Bikini, Handtuch, Handy und einer älteren Ausgabe des TIME MAGAZINE aus der Hotelbibliothek an den Strand.

Jo hatte es sich dort bereits in einer Liegemuschel bequem gemacht. Es hatte vierundzwanzig Grad, doch ebenso wie gestern wehte ein frischer Wind, dennoch sonnte sie sich im Badeanzug. Ihr Roman hatte sie so in Bann gezogen, dass sie mich erst bemerkte, als mein Schatten über ihr Gesicht fiel.

»Oh, da bist du ja!« Sie setzte sich auf und rutschte bereitwillig auf eine Seite der Korbliege, die für ein verliebtes Pärchen gewiss ideal, für Freunde aber eher etwas zu kuschlig war. Ich winkte ab und zog mir einen Liegestuhl heran.

»Da wird es dich wegblasen«, prognostizierte sie skeptisch. »Manche Windböen sind recht unangenehm.«

Tatsächlich waren nur wenige Liegebetten besetzt. Ein Kellner des Hotels servierte einem Paar in der vorderen Reihe Cocktails in dekorativer Aufmachung. Jo winkte ihn prompt herbei.

»Für uns dasselbe.«

»Danke, für mich nicht«, korrigierte ich, ehe er die Bestellung aufnahm. Um ein Uhr Mittags war meine Lust auf Alkohol noch schwach ausgeprägt. »Lieber einen Orangensaft. Frisch gepresst.«

»So gesund«, scherzte Jo, nachdem er uns den Rücken gekehrt hatte. »Wir haben Urlaub, schon vergessen?«

»Das heißt nicht, dass ich ihn im Delirium verbringen will.«

Ich sah zu, wie sich Jo eine Zigarette anzündete. Sie brauchte mehrere Versuche, um dabei dem Wind zu trotzen. Dass es ihr im Laufe des Vormittags schon mehrmals gelungen war, bewies der halbvolle Aschenbecher auf dem Beistelltisch.

Mein Orangensaft war genauso hübsch dekoriert wie Jos Cocktail – mit Schirmchen, Strohhalm und einem kleinen Fruchtspieß. Jo zückte ihr Handy, und wir schossen ein Selfie mit den Drinks in den Händen und schickten es Claudio. Für einen Moment waren wir nicht mehr Mitte dreißig, sondern vierzehn und fünfzehn. Es dauerte nicht lange, und ein Foto von Claudio ging auf Jos Handy ein. Es zeigte ihn unter einer Palme. Er würde Silvester also auf der Yacht in Miami verbringen, nicht in New York.

Ich betrachtete das Foto lange, ohne genau zu wissen, weshalb. Irgendetwas daran irritierte mich.

»Findest du nicht auch, dass er krank aussieht?«

Jo nahm das Handy und steckte es zurück in ihre Tasche. Über uns kreischte eine Möwe, die schon seit einer Weile ihre Kreise über dem Strandabschnitt zog.

»Er ist sicher nur überarbeitet«, erwiderte sie dann. »Die paar Tage Erholung über Silvester werden ihm guttun.«

Ich zog an meinem Strohhalm und blickte gedankenverloren auf das Meer, das immer wieder schäumend ein paar Meter Strand unter Wasser setzte, ehe es sich still zurückzog. Noch vor ein paar Tagen hätte ich Jos Meinung geteilt. Jetzt war ich mir nicht mehr so sicher. Blass war Claudio immer, was vor allem daran lag, dass er frischer Luft wenig abgewinnen konnte. Bei unserem letzten Treffen aber hatte er erschöpft gewirkt – und auf seltsame Weise blutleer. Wenn wirklich übermäßiger Stress die Ursache für seinen Zustand war, hatte ich so meine Zweifel, dass ein paar Tage auf einem Boot helfen würden. Claudio konnte sich auf diese Art nicht erholen. Es fiel ihm ebenso schwer wie mir, einfach nur herumzusitzen.

Auch jetzt wusste ich bereits, dass ich es nicht ewig auf diesem Liegestuhl am Strand aushalten würde. Der Wind ließ mich in meinen dünnen Sachen frösteln. Ich wunderte mich, wie Jo es im Badeanzug aushielt. Britinnen hatten eben ein anderes Kälteempfinden.

Jo klappte ihr Buch zu.

»Wenn ich das hier so lese, komme ich zu dem Schluss, dass die Emanzipation an uns spurlos vorübergegangen ist«, sagte sie. »Dieser Roman ist Mitte des neunzehnten Jahrhunderts erschienen!«

Ich warf einen kurzen Blick auf das Cover und runzelte die Stirn. *Wuthering Heights – Sturmhöhe* von Emily Brontë.

»Ich bin keine Literaturexpertin, aber soweit ich es in Erinnerung habe, geht's da um eine unerfüllte Liebe, verbitterte Menschen und kaputte Familien.«

»Das Kernthema ist doch, dass Catherine ihrem Heathcliff einen Mann vorzog, den sie nicht liebte, der aber Geld und Ansehen hatte. Also ging es sehr wohl darum, sich gut zu verheiraten«, hielt Jo dagegen. »Und das ist damals wie heute so. Ich meine, sieh dich mal um: so wie Cathy entscheiden sich noch immer viele Frauen. Wenn du zum Beispiel an unsere Mitschülerinnen denkst … mit einigen bin ich noch lose in Kontakt, und ich kann dir versichern, dass ein Großteil davon Cathy alle Ehre macht!«

Ich dachte an mich selbst. Steckte auch in mir eine Catherine? – Es war besser, diesen Gedanken nicht laut auszusprechen. Er würde automatisch die Frage nach dem Heathcliff meines Lebens aufwerfen …

»Manche von ihnen haben aber auch Karriere gemacht und den Mann geheiratet, den sie lieben.«

»Zum Beispiel welche?«

Jo wollte nicht locker lassen.

»Lillian McLoyd – sie ist Journalistin und schreibt für das TIME MAGAZINE und einige Tageszeitungen. Oder Nicole Dubois! Sie heißt jetzt mit Nachnamen Bernard und leitet die Marketingabteilung von Louis Vuitton in Asien. Luana Wong ist Aktienanalystin in Hongkong und mit einem Engländer verheiratet. Deborah Hin–«

»Stopp!« Jo hob die Hand. »Ich rede nicht von *solchen* Leuten. Ich spreche von *unserer* Gesellschaft.«

Was sie meinte, waren unsere Mitschülerinnen aus Adelskreisen. Ich dachte nach. Tatsächlich fiel mir ad hoc keine einzige ein, die eine erwähnenswerte Karriere hingelegt hatte.

»Siehst du«, sagte Jo triumphierend. »Für uns war von vornherein nur Heirat vorgesehen. Ich für meinen Teil bin froh, dieses Kapitel erfolgreich abgehakt zu haben.«

Sie nahm ihr Cocktailglas, saugte am Strohhalm und wirkte dabei äußerst zufrieden.

»Ich hätte gerne ein paar Jahre mehr mit Archie gehabt«, fuhr sie fort, als sie das nun leere Glas zurück auf das Tischchen stellte. »Du weißt: Ich habe ihn wirklich geliebt. Allerdings war uns beiden von Anfang an klar, dass uns nicht viel Zeit blieb. Sein Tod kam ja nicht unerwartet. Er hatte einen Herzfehler, habe ich dir das erzählt?«

Nein, hatte sie nicht. Das war mir völlig neu.

»Das tut mir leid«, sagte ich automatisch und hatte unwillkürlich das Bild dieses alten, aber lebhaften Mannes vor Augen, der einer überaus glücklich wirkenden Jo im weißen Kleid den Ring an den Finger steckte. Es war ein bewegender Augenblick gewesen.

»Nun, wie auch immer. So sind die Tatsachen. Ich bin jetzt Witwe und will es auch bleiben«, stellte Jo nüchtern fest. »Und weißt du, warum? Weil ich endlich tun und lassen kann, was ich möchte. Als ledige Frau wollen dich alle verkuppeln. Du wirst bei Partys und Empfängen neben Junggesellen platziert und verbringst die nervigsten Stunden. Bist du aber Witwe, lässt man dich in Ruhe. Und falls sich doch jemand vorwagt und meint, er müsse dich zurück auf den Heiratsmarkt zerren, quetschst du dir ein paar Tränen heraus und sagst, dass es für dich nur den einen gab und dass dein Herz voller Trauer ist.« Sie fasste sich mit einer theatralischen Bewegung auf die linke Brust. »Und so hast du Ruhe vor lästigen Kuppeleien, lebst dein Leben, wie es dir gefällt, vögelst, wen du willst, und brauchst dir von niemandem dreinreden lassen. Herrlich!«

Während mich ihre unverblümten Worte erst einmal sprachlos machten, schüttelte sie seelenruhig das Kissen in ihrer Korbmuschel auf und machte es sich dann wieder bequem, die Hände hinter dem Kopf verschränkt.

»Also, ich kann das nur empfehlen!«, setzte sie zu allem Überfluss hinzu.

»Äh … wie bitte? Du meinst, Witwe zu werden? Hätte ich Alexander etwa umbringen sollen?«

»Besser wär's gewesen«, erwiderte sie trocken. »Aber jetzt ist es dafür zu spät. Du bist geschieden, nicht verwitwet, du bist Mitte dreißig, und du hast langfristig gesehen ein finanzielles Problem.«

Jo hatte wirklich Talent darin, heiße Themen zu umschreiben.

»Und was genau empfiehlst du mir jetzt?«, fragte ich so dümmlich, wie ich wohl auch aussah.

»Na, dein Leben einstweilen zu genießen. Du suchst dir jemanden fürs Bett und nebenher einen geeigneten Sponsor.«

»Den ich dann umbringe, um Witwe zu werden.«

Jos Cocktail musste recht hochprozentig gewesen sein. Am Vorabend hatte sie doch noch ziemlich vernünftig gewirkt, was meine Zukunft betraf.

»Ich meine es ernst, Lena.« Sie musterte mich streng. »Du bist jetzt quasi Single. Du kannst dich nach Herzenslust austoben. Egal, ob Kellner, Bademeister, Stallbursche oder Gärtner – Hauptsache, er sieht knackig aus und macht später keine Probleme. Die besten One-Night-Stands hast du mit denen, die auch nur Sex wollen, also nicht gefühlsduselig werden, und die du danach nicht mehr wiedersehen musst – beispielsweise, weil sie am anderen Ende der Welt wohnen.«

»Danke für die Tipps«, erwiderte ich ironisch. »Ich stelle fest, du bist eine echte Expertin.«

»Im Gegensatz zu dir sicher«, sagte Jo ungerührt. »Du weißt ja, früh übt sich. Während du auf Schloss Nippe noch mit Farah Abba-Najjar im Park gesessen und unter der Platane über die Schlechtigkeit der Welt philosophiert hast, habe ich meine praktischen Erfahrungen diesbezüglich gesammelt.« Sie grinste.

Ich nicht. Bei der Erwähnung von Farah brach mir kalter Schweiß aus. Jo erzählte irgendetwas von einem Küchengehilfen auf Schloss Nippe, doch ich hörte nicht mehr zu. Das Meer drang plötzlich überlaut an mein Ohr und überdeckte ihr belangloses Geplauder. Der Sand begann vor meinen Augen zu flimmern.

Und dann sah ich Farah, wie sie den Strand entlangspazierte, mit wehendem Haar und in einem blauen Kleid. Sie trug ihre Sandalen in der Hand und ließ die nackten Füße von den Wellen umspülen, die in einem geheimen Rhythmus über den Sand schwappten und kleine, weiße Schaumkronen hinterließen. Dann bog sie auf den Holzsteg ab, der an den Liegestühlen vorbei zurück zur Promenade und zum Hotel führte. Sie kam direkt auf mich zu. Meine Kehle wurde trocken.

Das kann nicht sein, sagte mein Verstand. Das ist nicht echt. Ich wandte meinen Kopf so heftig zur Seite, als hätte mir jemand eine Ohrfeige verpasst. Jos Stimme drang nun wieder ganz klar zu mir durch – sie war noch immer bei Stelldicheins mit Küchengehilfen. Die Frau im blauen Kleid war nur noch wenige Schritte von mir entfernt. Ich erkannte jetzt deutlich ihr Gesicht.

Es war nicht Farah. Natürlich nicht. Es war die Frau, die mir am Frühstücksbuffet begegnet war und mich über Fertigrührei aufgeklärt hatte. Sie schenkte mir ein kurzes Lächeln, als sie an mir vorbeiging.

Auf Jos Wunsch hin setzten wir uns eine halbe Stunde später ins Hotelbistro. Jo bestellte *Surf & Turf* und leerte ihren Teller bis auf das letzte Salatblatt. Ich zwang ein paar Muscheln in Weißweinsoße herunter, ehe ich mich auf die Toilette entschuldigen musste.

Blass, mit roten Augen und einem schalen Geschmack auf der Zunge stand ich kurze Zeit später vor dem Spiegel. Ich sah krank und fertig aus, wozu gewiss auch die uncharmante Neonbeleuchtung beitrug. Ich spülte mir den Mund aus, spritzte mir kaltes Wasser ins Gesicht und zwickte mir Farbe in die Wangen. Zum ersten Mal in meinem Leben bedauerte ich, dass ich nicht zu den Frauen gehörte, die ständig Rouge und Lippenstift mit sich herumtrugen.

Irgendetwas stimmte nicht mit mir.

Ich musste aufhören, überall Farah zu sehen.

Die Erinnerung an eine Tote tat mir nicht gut.

Selina

Nach dem ersten Strandtag zeigte sich Jo glücklicherweise bereit, die Insel zu erkunden. Während wir den Montag in der Hauptstadt Puerto del Rosario verbrachten, Skulpturen bekannter und unbekannter Künstler bestaunten, die Hafenpromenade sowie die Fußgängerzone entlangschlenderten und schließlich in einem kleinen Lokal an der Plaza de España fangfrischen Fisch aßen, fuhren wir am Dienstag, dem letzten Tag dieses Jahres, weiter gen Süden.

In aller Ruhe spazierten wir durch den Oasis Park, einen Tierpark mit botanischem Garten. Jo verbrachte eine ganze Stunde damit, Giraffen mit Äpfeln und Karotten zu füttern, die der Park seinen Besuchern zum Kauf anbot, während ich ihr geduldig zusah und mich still darüber amüsierte, wie sie sich mit ein paar Kindern um die besten Plätze am Gehege stritt. Als wir gegen vier Uhr endlich den Zoo verließen, war ich erleichtert und Jo rundum begeistert.

Das Hotel hatte zu Silvester einen Galaabend mit Band angesetzt. Da wir bis dahin noch einige Stunden Zeit hatten, fuhren wir weiter bis zu einer winzigen Ortschaft namens La Pared; dort sollte es die spektakulärsten Wellen geben und Surfer, die ihre Künste zur Schau stellten.

Die Wellen vor der Steilküste erwiesen sich tatsächlich als spektakulär, wogegen die paar Surfer, die sich noch im Wasser tummelten, dem Anschein nach mehr damit beschäftigt waren, nicht zu ertrinken, als auf ihren Brettern elegant über das Wasser zu gleiten.

Jo und ich folgten daher dem Wegweiser zu einem Lokal, das etwas unterhalb der Ortschaft vor einem Felsplateau lag, und ergatterten einen der letzten Plätze auf der Sonnenterrasse. Zwischen den Felsen kraxelten zahlreiche Menschen herum, was mich neugierig machte.

»Was gibt es da zu sehen?«, fragte ich den Kellner und hatte erstmals Gelegenheit, mein nicht ganz so perfektes Schul-Spanisch auszupacken.

»Das Meer«, erklärte er schulterzuckend. »Aber wilder als da vorne.« Er wies mit dem Kinn in die Richtung, aus der wir gekommen waren.

»Komm, lass uns zahlen und selbst schauen gehen«, schlug ich vor.

»Oh nein, nicht mit mir!« Jo wies entrüstet auf ihre Füße in den chicen Riemchen-Sandalen, die bereits den Abstieg zum Strand mit den Wellenreitern übelgenommen und die Haut an den Fersen wund gescheuert hatten. »Geh ruhig; ich warte auf dich.«

»So wichtig ist es auch wieder nicht.«

Ich wollte sie nicht alleine lassen, doch sie winkte ab.

»Lass mich hier noch ein wenig die Sonne genießen. Ich bin zufrieden.« Sie fasste in ihre Handtasche und zog ein Taschenbuch heraus. »Und falls es mir doch langweilig werden sollte, bin ich bestens gerüstet.«

Offensichtlich hatte sie inzwischen das Genre gewechselt. Dem Titel und dem blutverschmierten Messer auf dem Cover nach handelte es sich um einen besonders grausigen Krimi. Auf *Sturmhöhe* folgte nun also die Inspiration, wie man einen reichen Ehemann um die Ecke bringen konnte. Ein Glück für Alexander, dass ich die Scheidungspapiere vor diesem Urlaub unterschrieben hatte …

Die Felsen sahen aus der Ferne herausfordernder aus, als sie tatsächlich waren. Schmale Wege führten durch das Gestein; nur an wenigen Stellen musste man klettern, was in Turnschuhen kein Problem darstellte. Schließlich erreichte ich eine Plattform, die vom Lokal aus nicht zu sehen war, und gesellte mich zu den Schaulustigen, die von den gigantischen Wellenbrüchen weit unten Fotos schossen und Videos drehten. Eine Weile war auch ich von den tosenden, schäumenden und gurgelnden Kräften, die die Natur hier zur Schau stellte, fasziniert. Dann wurde es mir zu langweilig, und ich stieg weiter das Felsmassiv empor. Die engen Wege teilten sich, führten in Sackgassen, den Hügel hinauf oder zurück an die ungesicherte Steilküste.

Und plötzlich war es da, dieses untrügliche Gefühl. Ein unangenehmes Kribbeln stieg mir bis zum Nacken hinauf. Ich spürte Blicke im Rücken. Schutzsuchend lehnte ich mich gegen den nächsten Felsen. Meine Augen suchten die Umgebung ab. Ich entdeckte niemanden und nichts. Aber meine Intuition sagte mir deutlich, dass da jemand war, der mich beobachtete.

Dabei gab es keinen Grund, mich zu verfolgen – außer, irgendwer vermutete in dem kleinen Lederrucksack, den ich bei mir trug, einen prall gefüllten Geldbeutel. Leute, die Touristen bestahlen, gab es überall. Je mehr ich darüber nachdachte, desto wahrscheinlicher schien mir die Erklärung, dass gerade ein semiprofessioneller Taschendieb auf eine günstige Gelegenheit wartete. Hier, auf einem schmalen Pfad zwischen Felsen und Steilküste und abseits von der belebten Plattform, war ich eine leichte Beute. Zumindest hatte er keinen Anlass, anderes von mir anzunehmen.

Angst hatte ich nicht, aber ein mulmiges Gefühl, als ich mich – den Fels weiterhin im Rücken – langsam von der Steilküste weg in Richtung Inland bewegte. Ich war erst wenige Meter weit gekommen, als ich eine Frau schreien hörte.

Meine Vorsicht verpuffte. Wer auch immer es auf mich und meinen Rucksack abgesehen haben mochte, war nun anscheinend auf ein anderes potenzielles Opfer gestoßen. Ich hastete los.

Als ich an einem Felsen vorbei um die Ecke bog, sah ich die muskulöse Statur eines Mannes und neben ihm die zierliche Gestalt der Frau im kobaltblauen Kleid. Zwischen ihnen baumelte eine weiße Handtasche, an der beide zerrten. Der Ausgang war klar, auch wenn die Frau beinahe panisch einen der Henkel umklammerte und dabei »Loslassen! Loslassen!« schrie.

»Hej!«, rief ich scharf.

Der Mann ließ so abrupt los, dass die Frau nach hinten taumelte und auf dem Boden landete. Ihr Widersacher starrte mich mit wildem Blick an. Seine Haut war sonnengebräunt. Er trug einen dichten, dunklen Bart. Neben seiner Nase prangte eine dicke, schwarze Warze. Auf seinem T-Shirt war ein Totenkopf gedruckt. Er sah genau so aus, wie man sich einen drittklassigen Verbrecher vorstellte.

Ich rechnete damit, dass er mich angreifen würde. Doch stattdessen rannte er an mir vorbei und verschwand zwischen den Felsen.

Eilig ging ich auf die Frau zu, die noch immer am Boden saß und zu meinem Erstaunen mehr verdutzt als schockiert wirkte. Sie ergriff meine ausgestreckte Hand und ließ sich auf die Füße ziehen. Ihre grazilen Ballerinas waren für diesen Bergausflug mindestens ebenso ungeeignet wie Jos Riemchen-Sandalen.

»Sind Sie okay?«

»Ich … ich weiß nicht … ich«, sie atmete tief durch, »ich denke schon.«

Sie machte einen Schritt auf mich zu, verzog aber sogleich das Gesicht vor Schmerz.

»Vielleicht doch nicht. Mein Knöchel … ich bin beim Hinfallen umgeknickt. Können Sie feststellen, ob er gebrochen ist?«

»Bitte, was? – Ich bin doch keine Ärztin!«

Irritiert sah ich ihr zu, wie sie sich zum nächsten halbhohen Stein schleppte und ihr staubiges Kleid etwas anhob, was mich noch mehr irritierte, da es einen Blick auf den Knöchel nicht annähernd behinderte.

»Bitte. Schauen Sie doch mal, ob er geschwollen ist …« Sie schaute mich von unten aus dunklen, großen Augen an.

War das ein Trick? Sofort erwachte mein Misstrauen. Die Vorstellung, dass sie vielleicht mit dem Bärtigen unter einer Decke steckte und diese kleine Szene dazu diente, meine Wachsamkeit zu untergraben, erschien mir gar nicht mehr abwegig. Automatisch machte ich ein paar Schritte zurück, mein Handy in der Hand. Die Nummer der spanischen Polizei hatte ich nicht parat, aber ich konnte Jo alarmieren. Ich würde mich hier nicht zum Opfer machen lassen!

»Ich rufe Hilfe«, log ich.

Meine Finger tippten schon los, da hörte ich Stimmen, die näherkamen: Männer und Frauen, dem Lärm nach eine Gruppe. Schon bogen sie um die Ecke. Es waren sechs junge Leute, offenkundig Niederländer, die uns kaum zur Kenntnis nahmen, sondern nur Augen für den Ausblick hatten. Kein Wunder, die Sonne neigte sich gerade als glutroter Ball dem Horizont entgegen.

Selbst wenn der Bärtige zurückkommen würde, so hatte ihm die Gruppe nun den Plan vermasselt.

»So schlimm hat es meinen Fuß bestimmt nicht erwischt, schauen Sie doch bitte kurz.«

Ich schob mein Misstrauen zur Seite, steckte das Handy weg und kniete mich vor ihr auf den Boden.

Ihre Haut fühlte sich warm und weich an, als ich von der Fessel abwärts bis zum Knöchel tastete. Er war nicht geschwollen, so viel stand fest, und auch gewiss nicht gebrochen, denn sie konnte das Gelenk noch in alle Richtungen bewegen.

»Ich würde sagen, verstaucht«, sagte ich und richtete mich auf. »Eine Kühlpackung, etwas Schonung, dann wird es wieder gut.«

Wo ich mich schon beinahe anhörte wie eine mütterliche Kinderärztin, würde ich als Belohnung für das Stillhalten wohl gleich einen Lutscher hervorzaubern. Die mütterliche Anwandlung verflog, als mein Blick auf die übereinandergeschlagenen Beine meiner Patientin fiel. Ihr Kleid war noch weiter nach oben gerutscht. Zwischen ihren Beinen blitzte ein schwarzes Spitzenhöschen auf.

»Bitte, bleiben Sie noch ein bisschen«, bat sie entgegen ihrer Körperhaltung beinahe schüchtern. »Was, wenn der Mann zurückkommt?«

»Das wird er nicht.«

Ich wies mit dem Kinn in Richtung der Leute, die nun Bierdosen und Chipstüten auspackten und zur untergehenden Sonne gafften.

Trotzdem setzte ich mich zu ihr auf den Felsbrocken. Er bot kaum genug Fläche, unsere Schultern und Knie berührten sich. Ich war froh, dass meine Beine in einer langen Hose steckten.

»Gut, dass Sie mir folgen«, sagte sie dann leichthin. »Am Anfang war's mir fast etwas unheimlich, aber jetzt bin ich froh. Der Typ hätte mich ausgeraubt und wer weiß was noch, wenn Sie nicht zur Stelle gewesen wären.«

»Bitte? Ich folge Ihnen? Seit wann denn das?!«

»Na, seit unserer Begegnung am Frühstücksbuffet. Danach haben Sie mir am Strand aufgelauert, und jetzt treffen wir uns rein zufällig hier. Das ist schon etwas auffällig.«

Ich lachte trocken und suchte in ihrer Miene nach Anzeichen für Ironie. Vergeblich. Sie mochte hübsch aussehen, aber sie war zweifelsohne nicht ganz bei Sinnen.

»Und warum genau sollte ich das tun? Sie verfolgen, meine ich?«

Jetzt lachte sie und sah mich dabei an, als wäre ich diejenige, die sich einen Scherz erlaubt.

»Das ist doch offensichtlich! *Kennen wir uns nicht irgendwoher?*« Sie ahmte meine Stimme treffend nach. »Weil Ihr plumper Anmachspruch nicht gezogen hat, suchen Sie jetzt nach einer Möglichkeit, doch noch bei mir zu landen. Vielleicht haben Sie diesen Mann sogar engagiert, um als Retterin in der Not aufzukreuzen?«

Diese Frau war wirklich nicht ganz dicht!

Schade, stellte ich mit einem Anflug von Bedauern fest, denn sie war wirklich nett anzusehen mit ihren gebräunten, schlanken

Beinen, ihrem schönen Dekolleté und dem hübschen Gesicht. Ich hätte an dieser Stelle einfach gehen sollen, doch das Bedürfnis, hier etwas richtigzustellen, hielt mich zurück.

»Sie gehören eindeutig zu den Leuten, bei denen der Wunsch die Realität überlagert«, sagte ich im nachsichtigen Kinderärztin-Modus.

Ich betrachtete die Sonne, die nun die Wasseroberfläche küsste, und rechnete schon nicht mehr mit einer Erwiderung, als ich sie sagen hörte: »Und wenn es so wäre? Wenn wirklich *ich* Sie kennenlernen will? Würden Sie dann mit mir, nun«, sie zögerte etwas, »etwas trinken gehen?«

Kurz war ich versucht, ihr einen Besuch beim Psychiater zu raten, doch der unschuldige, fast kindliche Blick und die leise Hoffnung, die in ihrer Stimme mitschwang, machten es mir unmöglich, sie auf diese verletzende Weise abzuweisen. Irgendwie imponierte mir ihr Mut. Es war äußerst kühn und couragiert von ihr, eine x-beliebige andere Frau so unverhohlen anzusprechen, ohne dass diese ein Interesse an gleichgeschlechtlichem Kontakt signalisiert hatte. Zumindest war ich, was mich betraf, davon sehr überzeugt. Ja, ich war ein sportlicher Typ. So hatte es meine Mutter immer formuliert, wenn ich kein Interesse an Kleidern zeigte. Ich trug Hosen, Turnschuhe, Polohemden und selten Schmuck. Aber das sagte meiner Meinung nach nichts über meine sexuelle Orientierung aus.

»Danke, das ist ein sehr nettes Angebot«, erwiderte ich deshalb. »Aber ich verbringe den Urlaub mit meiner Freundin; sie wartet in diesem Lokal auf mich.« Jo wunderte sich wahrscheinlich ohnehin schon, wo ich so lange blieb.

»Das ist ... schade.«

Gemeinsam schauten wir zu, wie die Sonne im Meer versank, während tief unten die Wellen tosend gegen die Felswand klatschten. Als würde jemand einen Dimmschalter betätigen, wurde das gelbe Licht von der hereinbrechenden Dunkelheit verdrängt. Die Niederländer packten zusammen. Das Schauspiel war vorbei.

Ich erhob mich. Sie tat es mir gleich und klopfte sich den Sand vom Kleid.

»Zumindest hatte ich einen wunderschönen Sonnenuntergang mit Ihnen«, sagte sie, ein dünnes Lächeln auf den Lippen. »Und das war das romantischste Erlebnis, das ich seit langer Zeit genießen durfte. Vielen Dank.«

»Gerne.«

Dass es mir ebenso ging, behielt ich lieber für mich. Ich wollte keine Glut schüren. Wir gingen gemeinsam zurück. An einer Wegkreuzung, auf der auch die Leute von der Plattform zu uns stießen, blieb sie stehen.

»Ich muss dorthin«, sagte sie und deutete auf einen Parkplatz. »Danke nochmal für die Hilfe. Und … nun, ich beneide Ihre Partnerin.«

Ich hätte die Umstände wohl richtigstellen sollen, beließ es aber bei einem unverbindlichen Lächeln. Sie entfernte sich ohne das kleinste Hinken. Von wegen Knöchelverletzung!

Die Außenterrasse war inzwischen geschlossen, Jo hatte sich ins Innere des Restaurants zurückgezogen. Vor ihr stand ein abgegessener Teller mit Garnelenschalen.

»Ich habe mir schon Sorgen gemacht«, empfing sie mich. »Stell dir vor, was einem französischen Paar hinten bei den Klippen passiert ist: Sie wurden ausgeraubt! Handy weg, Geld weg, Kreditkarten weg, ja, sogar die Reisepässe sind geklaut! Sie waren völlig aufgelöst, die Armen. Der Wirt hat sie zur nächsten Polizeistelle geschickt, um Anzeige zu erstatten.«

Puh! Da waren meine unbekannte Verehrerin und ich ja gerade noch einmal davongekommen.

»Will die Polizei nicht das Gelände absuchen?«

»Der Wirt sagte, das hätte keinen Sinn, der Räuber wäre sowieso schon wieder über alle Berge. Die Polizei käme da erst gar nicht.« Jo hob die Schultern. »Tja, andere Länder, andere Sitten.«

Auf der Fahrt zum Hotel erzählte ich ihr eine Kurzversion

meines kleinen Abenteuers an den Klippen. Dass die Frau mir eindeutige Avancen gemacht hatte, ließ ich aus. Das brauchte niemand zu wissen, auch Jo nicht.

*

Die Vorgabe für das Silvesterdinner am Abend lautete Black Tie, ein Dresscode, dem ich nicht besonders viel abgewinnen konnte, da er mir ein großes Opfer abverlangte: Für Damen waren Kleider vorgeschrieben. Da uns der Dresscode vorher bekanntgegeben worden war, hatte ich jedoch entsprechend gepackt und mich für ein bodenlanges, schlicht geschnittenes schwarzes Abendkleid entschieden. Eine dunkelgraue Bolerojacke bedeckte meine nackten Schultern. Um meinen Hals lag ein Silbercollier, das mir Alexander am Anfang unserer Ehe bei einem Kurztrip nach Rom geschenkt hatte, dazu passten die kleinen Silberstecker aus dem Erbe meiner Großmutter. Ich hatte Make-up aufgelegt, die Nägel rot lackiert und meine kurzen Locken mit etwas Gel nach hinten gekämmt. Kurzum, für meine Verhältnisse hatte ich viel Aufwand betrieben, um Jo den Gefallen zu tun, an diesem Gesellschaftsevent teilzunehmen.

Jo tanzte gern, sie freute sich sicher schon auf die angekündigte Big Band. Ich konnte nur hoffen, dass man uns an einem Tisch mit angenehmen Leuten platzieren würde – und Männern, die mehr Interesse an einer humorvollen, reichen, englischen Witwe hatten als an einer geschiedenen Deutschen, die allenfalls auf höfliche Konversation Wert legte.

Ich klopfte an die Tür von Jos Suite in Erwartung, sie gleich im Abendkleid und mit aufgestecktem Haar zu sehen. Doch die Frau, die mir blass und in einem Morgenmantel die Tür öffnete, erinnerte mich eher an die weibliche Version von Gevatter Tod.

»Um Himmels w–«

»Komm rein.«

Jo ließ sich kraftlos auf das Sofa sinken, während ich die Tür schloss.

»Die Garnelen«, sagte sie. »Es waren die Garnelen in diesem Lokal. Mir ist übel, ich habe mich schon dreimal übergeben … na, ich erspare dir weitere Details.« Sie sah mich zerknirscht an. »Es tut mir wirklich leid. Aber ich kann unmöglich zu diesem Dinner.«

»Oh«, rief ich, wenn auch eher aus Selbstmitleid. Auf keinen Fall würde ich mit völlig unbekannten Leuten an einem Tisch sitzen und Silvester feiern! Ich musste mir eine passende Ausrede einfallen lassen, um meinen Kopf buchstäblich aus der Schlinge zu ziehen.

Denn Jo würde darauf bestehen, dass ich zum Dinner ging. Vermutlich hoffte sie, dass ich dort einen Mann kennenlernte, der meine künftigen finanziellen Probleme löste oder mit dem ich wenigstens – wie hatte sie es heute genannt – *a really good fuck* haben würde. Das einzige, was ich an diesem Abend noch wollte, war irgendetwas Handfestes zu essen und ein Glas Wein. Ich hatte seit dem kurzen Imbiss im Oasis Park nichts mehr zu mir genommen und einen Riesenhunger, was mit einem langgezogenen Sechs-Gänge-Menü sowieso nicht gut vereinbar war.

»Soll ich nicht lieber bei dir bleiben?«, erkundigte ich mich und musste meine Sorge nicht einmal spielen. Jo sah wirklich krank aus. »Oder einen Arzt holen?«

»Der Hotelarzt kommt, ich habe schon angerufen«, entgegnete Jo mit schwacher Stimme. »Ich denke wirklich nicht, dass du irgendetwas für mich tun kannst. Ich fühle mich so schwach, ich –«

Sie hielt sich die Hand vor den Mund, sprang auf und rannte ins Badezimmer. Minuten später hörte ich die Klospülung, dann das Rauschen des Wasserhahns. Als Jo wieder zurückschlich, war sie ein wandelndes Synonym für Elend.

»Ich könnte einfach hier bei dir bleiben«, versuchte ich es noch mal. »Ich mache es mir hier im Wohnzimmer bequem, du liegst nebenan, und ich bin sofort zur Stelle, wenn du etwas brauchst.«

»Nein … bitte, ich möchte nur schlafen. Der Arzt wird sich um mich kümmern. Geh nach unten und feiere; es reicht doch, wenn eine von uns die Party verpasst!«

Ich sah ein, dass weitere Diskussionen zwecklos waren, stand auf und überließ sie widerstrebend ihrem Schicksal.

Kurz darauf betrat ich den Festsaal. Ein Blick genügte, um mich galant den Rückzug antreten zu lassen. Es war Viertel nach neun, die Gäste saßen an den zugewiesenen Tischen – Achtertische! –, und die Big Band setzte gerade zum Eröffnungstusch an. Nichts, was ich haben musste!

Die Bar erwies sich als Zufluchtsort all jener, die vor dem Spektakel im Speisesaal geflüchtet waren. Bereitwillig setzte ich mich auf die kleine Sitzbank hinter dem letzten verfügbaren Tisch und hatte damit das gesamte Lokal im Blick. Allem Anschein nach war ich nicht die Einzige, die keine Lust auf das Galadinner hatte. Rund vierzig Leute füllten den engen Raum. Auf einer kleinen Bühne seitlich der Bar stand ein Flügel. Ein mittelmäßiger Klavierspieler versuchte sich in untermalender Jazz-Musik.

Während ich noch die Weinkarte studierte, auf der Suche nach einem offenen Rotwein, fiel ein Schatten über den Tisch. Ich hob den Kopf, meine Bestellung bereits auf den Lippen, doch es war nicht der Kellner, sondern meine neue Bekannte.

Sie sah mich an, ein vorsichtiges Lächeln auf den roten Lippen.

»Ist dieser Platz für Ihre Freundin reserviert?« Sie deutete auf den freien Platz und legte ihre Hand auf die Stuhllehne.

Ich hätte sie anlügen können. Doch nichts lag mir in diesem Augenblick ferner.

So verrückt sie auch war, sie hatte etwas an sich, das mein Interesse weckte. Und sie war sexy in ihrem weinroten Cocktailkleid, das kaum über das Knie reichte und vom oberen Brustansatz bis zum Hals aus Spitze bestand. So richtig, richtig sexy.

A really good fuck.

Jos Worte kamen mir in den Sinn. Die Vorstellung, etwas zu tun, was ich mir jahrelang nicht gestattet und sogar aus meinen Gedanken verbannt hatte, nahm Gestalt an.

Und sie wollte es doch. Das hatte sie an den Klippen durchklingen lassen, oder etwa nicht?

Ich schenkte ihr mein bisher offenherzigstes Lächeln und eine einladende Geste.

»Bitte. Setzen Sie sich doch. Ich würde mich freuen, wenn Sie mir Gesellschaft leisten.«

Sie nahm Platz. Im selben Augenblick kam auch schon der Kellner.

»Einen Hamburger ohne Zwiebel, eine Flasche Wasser und eine Flasche Bermejo Tinto Barrica«, orderte ich. Jetzt, da ich in Gesellschaft war, erwies sich die Wahl des Weines als relativ einfach.

»Für mich dasselbe«, bat sie, korrigierte sich aber sogleich, als sie die Irritation im Gesicht des Kellners bemerkte: »Den Hamburger ohne Zwiebel, meine ich. Das mit dem Getränk dürfte sich ja schon erledigt haben.«

Ich nickte lächelnd. Auf einmal kam sie mir sehr jung vor, wie sie nun da saß, die Hände ineinander verschränkt. Jung und etwas nervös, denn noch ehe sie etwas sagte, sah sie zweimal über ihre Schulter zum Ausgang.

»Warten Sie auf jemanden?«, erkundigte ich mich. Am Tisch neben der Tür saß ein Paar mittleren Alters beim Bier, er mit Schnurrbart, zwischen ihnen ein aufgeschlagener Reiseführer und eine Spiegelreflexkamera. »Kennen Sie die beiden?«, schob ich nach.

»Nein.« Die Antwort kam schnell, fast zu schnell. »Sie sind mir nur wegen ihrer Outfits aufgefallen – wie zwei Wanderer, die sich durch Zufall in diese Hotelbar verirrt haben.«

Eine treffende Beschreibung.

Sie öffnete ihre Handtasche und legte ihr Handy auf den Tisch.

»Entschuldigen Sie. Meine ältere Schwester liegt in den Wehen, mein Schwager hat sie vor rund zwei Stunden ins Krankenhaus gefahren. Und ich will nicht verpassen, dass ich Tante werde.«

Die erste private Information. Das gab mir ein gutes Gefühl. Sie wirkte plötzlich so mädchenhaft, nicht mehr wie die durchtriebene Femme fatale. Wie alt mochte sie sein? – Nicht älter als fünfundzwanzig, sechsundzwanzig Jahre, schloss ich aus ihrem faltenfreien, aber erwachsenen Gesicht.

»Ein Silvesterbaby«, stellte ich fest. »Das erste Kind Ihrer Schwester?«

»Ja.«

»Dann wird es vielleicht doch eher ein Neujahrsbaby.« Als ich ihren überraschten Blick bemerkte, fügte ich erklärend hinzu: »Beim ersten dauert es meistens länger.«

»Oh. Haben Sie da etwa Erfahrung?«

Sie wirkte leicht geschockt. Ich lachte.

»Nur indirekt. Ich habe auch eine Schwester, und die hat bereits vier Kinder.«

»Oh mein Gott.« Sie schlug sich die Hand vor den Mund. »Was für ein Alptraum!«

»Sie sagen es. – Übrigens, ich bin Lena. Wenn wir schon den Silvesterabend miteinander verbringen, sollten wir doch unsere Vornamen kennen und uns duzen.«

»Selina.«

Der Kellner kam und ließ mich den Wein kosten, dann füllte er die Gläser.

Selina und ich stießen an. In das leise Klirren der Gläser mischten sich die ersten Takte des neuen Stücks, das der Klavierspieler im selben Augenblick anstimmte.

»Köstlich.« Selina warf einen Blick auf das Etikett der Flasche, die der Kellner dezent platziert hatte. »Ich glaube nicht, dass ich schon jemals einen Wein von Lanzarote getrunken habe.«

»Ich auch nicht«, gab ich zu. »Daher war ich neugierig.«

Neugierig war ich auch in anderer Hinsicht.

»Was machst du hier eigentlich so alleine? Urlaub auf einer ruhigen Insel, um dem Silvesterkrach in Deutschland zu entkommen? Die karge Flora und Fauna bewundern? Oder suchst du nach irgendwelchen Sehenswürdigkeiten, die einen über vierstündigen Flug rechtfertigen?«

Sie lachte leise.

»Nichts von alldem«, antwortete sie dann ernst. »Ich bin aus beruflichen Gründen hier. Ich habe mich mit einem wichtigen Geschäftspartner getroffen.«

»Hier? Ach!«

Einen Moment lang war ich perplex. Dass ausgerechnet die nördlichste Ecke dieser ruhigen Kanareninsel ein Ort für Geschäftstreffen war, erstaunte mich nun doch.

Dann ging mir ein Licht auf. Wie blind war ich eigentlich gewesen! – Die figurbetonte Kleidung, das sorgfältige Make-up, ihre gesamte Attitüde … Ich war doch schon des Öfteren dieser Art von Frauen begegnet, die sich in Hotelbars an finanzstark wirkende Männer heranmachten und ihnen von irgendeinem Business erzählten, das sie hergeführt hätte. Dass sich eine wie sie an eine Frau ranmachte, war allerdings ungewöhnlich.

»Ich arbeite für eine NGO, die sich mit Umweltagenden, Naturschutz und den negativen Folgen der Globalisierung auseinandersetzt.« Erstmals lag in ihrer Stimme eine scharfe Note, als hätte sie meine Gedanken gelesen. »Unsere Geschäftspartner und Informanten legen teilweise großen Wert auf Diskretion.«

Ich war dankbar um das Dämmerlicht, das im hinteren Teil der Bar herrschte. Die Röte war mir in den Kopf gestiegen.

»Und du? Was hat dich und deine Freundin nach Fuerteventura verschlagen?«

Nun klang sie wieder wie das nette, interessierte Mädchen von nebenan.

»Die angenehmen Temperaturen und die Tatsache, dass ein vier bis fünf Stunden dauernder Flug für eine Woche Urlaub gerade noch erträglich ist.« Getrieben von dem Bedürfnis, etwas klarzustellen, das für den weiteren Verlauf des Abends nicht ganz unerheblich war, fügte ich hinzu: »Im Übrigen ist sie *eine* Freundin, nicht meine Freundin.«

»Gut zu wissen.«

Selina lachte und entblößte dabei eine Reihe blitzweißer Zähne, deren Farbton gewiss nicht den Launen der Natur, sondern einem Bleaching geschuldet war.

Der Kellner brachte das Essen. Der Hamburger sah frisch und appetitlich aus, die Steak Frites, die in einem kleinen Blecheimer serviert wurden, waren allem Anschein nach selbstgemacht. Eine Weile aßen wir schweigend, während die Klaviermusik angenehm den Raum erfüllte.

»Deinen Geschäftstermin hast du also schon hinter dir, und trotzdem bist du geblieben«, griff ich den Faden schließlich wieder auf. »Du wolltest Silvester also nicht zu Hause verbringen?«

»Eigentlich schon. Aber es scheiterte an den Flügen. Unsere Geschäftspartner vereinbaren diese Termine in der Regel sehr kurzfristig; wir müssen uns nach ihnen richten. Nicht immer ist dann ein passender Rückflug buchbar. Manchmal dauert es Tage. Morgen Nachmittag geht's für mich zurück nach Berlin.«

Wie ideal, schoss es mir durch den Kopf. Berlin lag zwar nicht am anderen Ende der Welt, aber immerhin weit genug weg von Wien, als dass sich unsere Wege nochmals kreuzen würden. Und am nächsten Tag würde sie abreisen, was etwaige Gefühlsduseleien quasi unmöglich machte.

»Und so musstest du auf Kosten deines Arbeitgebers ein paar qualvolle Nächte in einem Fünf-Sterne-Hotel verbringen«, erwiderte ich ironisch. »Welch' Opfer!«

»Ja, in der Tat. Ich war schon kurz davor zu verzweifeln. Aber dann kamst du und hast mich aus meiner Einsamkeit gerettet. Und davor, ausgeraubt zu werden.«

Wieder lächelte sie mich an, und ich wunderte mich im Stillen, wie leicht sie den Vorfall vom Nachmittag weggesteckt hatte.

»Warst du eigentlich bei der Polizei und hast Anzeige erstattet?«

»Weswegen?« Sie blinzelte verwirrt. »Ach, du meinst wegen dieses Vorfalls? – Nein. Das bringt doch nichts. Außerdem könnte ich den Mann nicht gut beschreiben; ich war so damit beschäftigt, meine Tasche zu retten, dass ich ihm nicht wirklich ins Gesicht geschaut habe.«

»Ich könnte ihn beschreiben.«

»Nein, nein.« Sie schüttelte den Kopf. »Lass nur. Keine Polizei.«

Ich runzelte die Stirn. Die Art, wie sie es sagte, ließ für mich nur einen Schluss zu.

»Du möchtest nicht, dass dein Name irgendwo auftaucht?«

»Exakt.« Sie sah mich ernst an. »Es ist wegen meines Jobs. Wie ich schon sagte, Diskretion ist da alles. Offiziell bin ich nie hier gewesen.«

»Klingt nach James Bond, Agent 007«, bemerkte ich trocken. Ich gewann den Eindruck, dass sie etwas übertrieb. Eine NGO, die sich mit Umweltprojekten beschäftigte, war schließlich kein Geheimdienst. Aber sie war jung und fühlte sich gewiss sehr wichtig, weil ihr Arbeitgeber sie ans Ende von Europa geschickt hatte, um einen Geschäftstermin wahrzunehmen, den aufgrund der Feiertage vermutlich sonst niemand hatte übernehmen wollen.

»Nun, die Lizenz zu töten habe ich nicht.«

»Wie beruhigend.«

Um das Thema zu wechseln, kam ich auf Berlin zu sprechen. Ich kannte die Stadt, schließlich hatte ich mich an der Humboldt-Universität durch fünf Semester Anglistik gekämpft und kannte noch diverse Bars, Clubs und andere Orte, an denen ich mich damals gerne aufgehalten hatte. Wir stellten fest, dass wir – zeitversetzt – dieselben Lokale besucht hatten, plauderten über Szeneviertel und wie sie sich verändert hatten, entdeckten Gemeinsamkeiten. Sie liebte gutes Essen und wusste überraschend viel über Weine; sie reiste gern in ferne Länder und beschritt dabei Pfade, die abseits der typischen Touristenrouten lagen, hatte ein Faible für das Theater und liebte lateinamerikanische Tänze. Ihre Mutter war Deutsche, ihr Vater aus Venezuela; sie war in Köln geboren und aufgewachsen, vor ein paar Jahren dann nach Berlin gezogen.

Selinas erfrischende Offenheit dämpfte mein generelles Misstrauen im Umgang mit neuen Bekanntschaften. Dass ich wenig von mir preisgab, schien ihr nicht aufzufallen. Andererseits war ich freilich auch von Jugend an in oberflächlichem Smalltalk geübt.

Doch trotz allem, was ich von ihr erfuhr, wurde sie mir im Laufe des Abends immer rätselhafter. Einerseits geizte sie nicht mit ihren sexuellen Reizen und wollte mir offensichtlich gefallen, andererseits aber wirkte sie so natürlich und unschuldig, dass ich mich zeitweise fragte, ob ich nicht etwa zu viel in die Situation hineininterpretierte. Dann aber flirtete sie wieder mit mir, machte zweideutige Bemerkungen und lächelte mich auf eine Art und Weise an, die mein Verlangen schürte, sie auf ihre schönen, vollen Lippen zu küssen. Jos Missgeschick mit den Garnelen schien mir mittlerweile wie ein Zeichen des Himmels. Nach meinen wilden Jahren in Berlin, in denen ich einfach alles hatte vergessen und hinter mir lassen wollen, war ich Alexander immer treu gewesen. Mein Bedürfnis, mit jemand anderem zu schlafen, verkümmerte Jahr um Jahr – bis ich gar keinen Sex mehr wollte. Irgendwann kam ich zum Schluss, im Grunde wohl asexuell zu sein, denn es fehlte mir in meinem selbsterwählten Nonnenleben an nichts.

Jo hatte mit ihren Ausführungen zum Vögeln und dem *good fuck* meine Libido wohl sanft aus ihrem Dornröschenschlaf erweckt. Dass zeitgleich eine attraktive, willige Frau wie Selina meinen Weg kreuzte, sah ich nun als wunderbaren Zufall – auch wenn Jo garantiert nicht an eine Bettgenossin gedacht hatte.

Ich hatte mich meiner Bisexualität nie geschämt. Vor mir selbst jedenfalls nicht. Gleichzeitig wollte ich dieses Thema nicht diskutieren, weder öffentlich noch im Freundeskreis. Nur Claudio wusste davon, und selbst das war mir bereits zuwider. Nicht, weil ich es vor ihm verbergen wollte, sondern weil er überzeugt, ja geradezu besessen von dem Gedanken war, ich wäre in einer Beziehung mit einer Frau besser aufgehoben als in den Armen eines Mannes.

Der erste Partner, mit dem ich mich offiziell gezeigt hatte, war Alexander. Alles davor lief diskret ab, unabhängig davon, ob ich mit Mann oder Frau zusammen gewesen war. Selten hatte es sich um mehr gehandelt als um einen One-Night-Stand, und gerade die Frauen, mit denen ich geschlafen hatte, waren wenig interessiert, ihre Neigung publik zu machen. Keine davon würde ich als Lesbe bezeichnen. Die meisten waren einfach nur experimentierfreudig.

Ich hatte Claudio oft genug in Bars und auf Feste begleitet, bei denen sich die LGBTQ-Szene einfand, und ich hatte einen gewissen Radar für lesbische Frauen entwickelt, ohne mich dabei an Klischees orientieren zu müssen. Aus Selina aber wurde ich nicht recht schlau. Einerseits schien sie nur Augen für mich zu haben und sich der Blicke, die ihr manche Männer hier zuwarfen, gar nicht bewusst zu sein. Andererseits fehlte ihr diese selbstbewusste, unabhängige Ausstrahlung, die ich an lesbisch lebenden Frauen insgeheim bewunderte.

Als sich unsere Flasche Wein gegen halb elf Uhr neigte, sie aber nichts weiter unternommen hatte, als mich auf stille oder verbale Weise anzuflirten, begriff ich, dass es wohl an mir lag, den ersten Schritt zu tun. Ich bestellte das Mousse au Chocolat, das auf der Tafel über der Bar als Tagesempfehlung angepriesen wurde, und verlangte einen zweiten Löffel.

»Eigentlich bin ich noch vom Hamburger und den Pommes

satt«, gestand Selina, als uns der Kellner den Rücken gekehrt hatte.

Ich stützte das Kinn auf meine ineinander gefalteten Hände, lehnte mich leicht nach vorne und lächelte sie an. Ein paar Sekunden hielt sie meinem Blick stand, dann blinzelte sie irritiert. Auf ihrer Stirn machte sich eine kleine, steile Falte breit. Ihre Unentschlossenheit reizte mich umso mehr. War sie nun Femme fatale oder braves Mädchen?

»Das Dessert wäre ein guter Grund, dich neben mich auf die Bank zu setzen«, schlug ich mit gesenkter Stimme vor, obgleich ich mir ziemlich sicher war, dass das Spanisch sprechende Paar am Nebentisch sowieso kein Wort verstand.

»Oh« Sie schaute mich aus großen Augen an. Dann endlich erhob sie sich, und obgleich von unserem Mousse au Chocolat noch jede Spur fehlte, glitt sie neben mich auf die schmale Bank. Der leichte, florale Duft ihres Parfums stieg mir in die Nase. Unsere Schenkel und Schultern berührten sich, nur getrennt von zartem Kleiderstoff und dem Bolero-Jäckchen, das ich umgehängt trug.

»Was für ein hübscher Ring.«

Ich ließ meine Finger über ihren Handrücken wandern. Ihre Haut war weich und gepflegt, ihre Finger lang und feingliederig. Das Schmuckstück war ein schmaler Silberring mit einem blauen Opal. Ein schönes Stück, allerdings nicht von allzu hoher Qualität.

»Der ist von meiner Großmutter aus Venezuela. Ein Schmied aus dem Dorf hat ihn angefertigt.«

Ich strich weiter über Selinas Handrücken und schob mein linkes Bein enger an das ihre. Sie erwiderte den Druck, dann lachte sie plötzlich auf, ohne nachvollziehbaren Grund. Im selben Augenblick brachte der Kellner das Dessert.

»Willst du?«

Ich deutete auf die Himbeere, die prall und pink auf dem Mousse saß. Fast schon gehorsam öffnete Selina den Mund. Als ich ihr die Himbeere sanft auf die Zunge legte, schlossen sich ihre Lippen kurz um meine beiden Fingerspitzen. Ihr Blick hatte jetzt jede Unschuld verloren. Eine Woge heißen Verlangens durchflutete meinen Körper. Ich trennte mich von dem Jäckchen. Nun berührten sich auch unsere nackten Schultern. Ein Kribbeln fuhr über meine Haut. Ich spürte die Hitze, die von ihr ausging.

Schweigend löffelten wir die Nachspeise. Als der Klavierspieler eine Pause einlegte, ertönte draußen ein unverkennbares Zischen und Knallen. Selina warf einen Blick auf ihr Handy.

»Es ist kurz nach elf und die ballern schon rum?«

»Das ist das Feuerwerk für die Deutschen«, informierte ich sie über die absurden Auswüchse des Tourismus, die ich der Teilnehmerkarte zum Galaabend entnommen hatte. »In Deutschland ist gerade Mitternacht. Daher schießen sie jetzt das erste Feuerwerk ab und eine Stunde später das zweite.«

»Nicht ernsthaft!«

Selinas Gesichtszüge verrieten deutlich, was sie davon hielt.

Ich zuckte mit den Schultern.

»Schau dich um. Es gibt hier durchaus Landsleute, die mit dem Prost Neujahr nicht noch eine Stunde warten wollen.«

Tatsächlich wurde an drei, vier Tischen schon mit Sekt angestoßen. Das Ehepaar mit den Wanderklamotten saß immer noch am Ausgang. Ich hielt sie dem Aussehen nach für Deutsche, doch hatten sie sich keinen Sekt kommen lassen. Die Kamera lag noch immer auf dem Tisch. Als hätten sie meinen Blick bemerkt, sahen sie kurz herüber, widmeten sich aber gleich wieder dem Reiseführer, den sie mittlerweile auswendig kennen mussten.

Ich fühlte mich in der Bar plötzlich unwohl. Gleichzeitig schalt ich mich selbst wegen meiner ewigen Paranoia. Wir waren hier nicht auf Schloss Nippe oder bei einer verdeckten Operation.

Entschlossen berührte ich Selina sanft am Arm.

»Lass uns gehen«, schlug ich leichthin vor. »Von meinem Balkon aus hat man einen wunderbaren Blick auf das Feuerwerk.«

»Tatsächlich?«

Ich spürte ihre Hand auf meinem Oberschenkel. Auch durch den Stoff hindurch konnte ich die Wärme fühlen, die von ihr ausging.

»Lass mich das übernehmen«, sagte sie hastig, als der Kellner mit der Rechnung kam. »Ich deklariere es als Geschäftsessen; dann zahlt das die Firma.«

Dann trug sie dem Kellner noch eine Flasche *Moët & Chandon Rosé Imperial* mit zwei Gläsern auf – den hatte ich immer bestellt, als ich mit Claudio früher in Berlin durch die Bars gezogen war. Auch wenn ihre Firma zahlte, fühlte ich mich etwas unbehaglich. Das Kleid, der Schmuck und was ich bisher über Selina erfahren hatte, identifizierten sie als eine Frau, die sich ihren Lebensunterhalt erarbeiten musste. Meine monatliche Apanage aus der Familienstiftung war gewiss höher als ihr Einkommen. Betreten sah ich zu, wie sie ihre Zimmernummer und Unterschrift unter die Rechnung setzte.

Augenblicke später bestiegen wir den Lift nach oben. Die Türen hatten sich kaum hinter uns geschlossen, als Selina auf mich zutrat. Sie umarmte mich nicht, da sie die Flasche in der einen, die Gläser in der anderen Hand hielt, doch sie schob ihre Lippen sanft auf die meinen. Sie waren so weich, wie ich sie mir vorgestellt hatte, und sie schmeckten nach einem Hauch Schokolade und Rotwein. Ich wollte den Kuss gerade vertiefen, als die Türen des Lifts nochmals aufschwangen. Wir fuhren auseinander.

Ein älteres Ehepaar stieg zu; Engländer, die sich – welch ein Klischee! – über das viel zu scharf gewürzte Dinner echauffierten. Die Frau klagte über Sodbrennen und wollte nur noch ins Bett. Selina verdrehte hinter ihrem Rücken die Augen.

Im zweiten Stock stiegen wir aus. Ich legte meine Hand zwischen Selinas Schulterblätter und lotste sie wortlos zu meinem Zimmer.

Drinnen stellte sie eilends Flasche und Gläser auf den einzigen kleinen Tisch im Raum, warf ihre Tasche auf den Boden und streifte ihre High Heels ab, während ich die Vorhänge zuzog und das Licht dimmte. Dann fielen wir uns auch schon in die Arme und versanken in einem schier endlosen Kuss. Ihre Lippen, ihre Zunge, die an meine drängte, ihre Brüste, die sich gegen meinen Oberkörper schoben – all das entfachte in mir eine Leidenschaft, die ich lange Jahre nicht mehr gespürt hatte. Brennend vor Lust zog ich ihr das Cocktailkleid aus. Meine Hände zitterten leicht, als ich die kleinen Häkchen löste, die es am Rücken zusammenhielten. Ich wusste selbst nicht, woher meine Nervosität rührte. Weil es schon viel zu lange her war? Weil sie die mit Abstand schönste Frau war, mit der ich eine so intime Situation erlebte? Oder weil etwas daran schmerzliche Erinnerungen in mir wachrüttelte?

Ich stieg aus meinem Kleid, zog sie erneut in die Arme. Meine Hände wanderten über ihren nun nahezu nackten Rücken, verharrten am BH, lösten den Verschluss. Sie atmete tief ein, und als sie wieder ausatmete, brannte ihr heißer Atem in meiner Halsbeuge.

Küssend ließen wir uns auf das Bett fallen. In meinem Unterleib zog es vor Verlangen. Ich streichelte über Selinas makellosen, jungen Körper, ihren flachen Bauch, küsste ihre Lippen, ihren Hals, ihr Dekolleté, ihre Brüste. Ich genoss ihre sanften Berührungen, ihre zärtlichen Küsse. Sie hatte die Augen geschlossen, als wollte sie sich nur darauf konzentrieren, mich zu fühlen, zu schmecken und zu riechen.

Die Gier zwischen meinen Beinen duldete keinen Aufschub mehr. Mein schnelles, lautes Atmen mischte sich mit lustvollem, gierigem Stöhnen. Ich presste mich an sie und begann, mich an ihr zu reiben. Auch sie atmete nun schneller.

Plötzlich flogen ihre Augenlider auf. Sie schob mich mit sanfter Gewalt von sich, sprang vom Bett und hastete zu ihrer Tasche.

»Mein Handy«, erklärte sie schnell, als sie meine Verwirrung bemerkte. Schon hatte sie das Smartphone in den Händen.

Ich hatte kein Klingeln gehört und wunderte mich. Ging es etwa immer noch um den Anruf des Schwagers?

»Neues von der Babyfront?«

Sie schüttelte den Kopf.

»Nein. Ich schalte es aus.« Ich sah, wie das Display schwarz wurde. Sie ließ es wieder in ihrer Tasche verschwinden und kam zurück zum Bett, ein kokettes Lächeln auf den Lippen.

»Ich will in den nächsten Stunden nicht gestört werden.«

»Ah ja? – Da hast du dir ja ganz schön etwas vorgenommen«, scherzte ich, erleichtert, dass mir kein Neugeborenes einen Strich durch die Rechnung gemacht hatte.

Sie ließ sich neben mich auf das Laken gleiten, und wir fuhren da fort, wo wir aufgehört hatten. Meine Finger umklammerten ihr Gesäß, als ich wenig später mit einem heiseren Keuchen kam. Ich ließ den Kopf aufs Kissen sinken und wartete, dass mein bebender Körper zur Ruhe kam. Sie lag still neben mir, eine Hand auf meinem Rücken, und sah mich aus ihren dunklen Augen einfach nur an.

Ein verschwommenes Bild tauchte vor mir auf: die dunklen Augen einer anderen Frau, aber mit demselben ruhigen, tiefsinnigen Ausdruck. Ich schüttelte das Bild ab. Die Frau neben mir hieß Selina.

»Tut mir leid«, sagte ich leise und strich ihr über die Wange. »Normalerweise bin ich nicht so egoistisch. Es ist lange her.«

»Wie lange?«

»Sehr lange.«

Mehr brauchte sie nicht zu wissen.

»Du bist wunderschön, wenn du kommst«, flüsterte sie und hauchte mir einen Kuss auf die Wange.

»Du gewiss auch«, erwiderte ich, eine leichte Verlegenheit überspielend. »Und davon werde ich mich jetzt überzeugen!«

Ich begann, ihre Brustwarzen mit der Zunge zu liebkosen, während meine Hand über ihren flachen Bauch streichelte, den Weg zwischen ihre Schenkel fand und schließlich unter ihr Höschen glitt. Die Feuchte, die mich empfing, erweckte auch bei mir neue Begierde.

Ich ließ meine Hand vor- und zurückgleiten, umspielte ihre Perle, spürte, wie sie sich unter meiner Berührung verhärtete. Selina drängte sich seufzend an mich und umfasste meine Schultern. Ich küsste sie, während ich schneller, fordernder wurde, den Druck auf ihre empfindlichste Stelle erhöhte. Ihr Stöhnen füllte den Raum und vermischte sich mit meinem eigenen.

Mein Körper war in einem Rauschzustand. Ich wollte sie erobern, sie besitzen, in sie eindringen. Als ich genau das tat, bog sie sich mir willig entgegen. Gleichzeitig drehte sie sich leicht zur Seite und legte ihren rechten Oberschenkel über meinen. Ich konnte fühlen, wie das Blut in ihren Adern pulsierte.

Meine Finger erspürten die feuchte Hitze in ihrem Inneren. Ich bewegte mich auf ihr und in ihr. Ihr Keuchen, durchbrochen von heiseren, kehligen Lauten, brachte mich schier um den Verstand. Ich hatte kein Empfinden mehr dafür, wo mein Leib begann und ihrer aufhörte; es war, als wären wir ein einziges großes Ganzes, das brannte und verschmolz – und schließlich explodierte in einem Funkenschlag orangefarbener Feuertropfen, die brennende Stellen auf unserer Haut hinterließen, ehe sie am Boden verglühten.

Eine ganze Weile hielt ich sie still in den Armen. Ich fühlte ihren rasenden Herzschlag an meiner Brust. Mein eigenes Herz galoppierte ebenfalls. Als ich schließlich ein Bein zur Seite schob, bemerkte ich, wie nass das Leintuch war, und spürte ihre Verlegenheit.

»Ich bin äußerst überrascht«, flüsterte ich und grinste.

Sie lachte leise, war aber immer noch verlegen.

»Ich auch. Das war das erste Mal. Ich wusste nicht, dass ich dazu in der Lage bin.«

»Du verstehst dich wirklich darauf, mir zu schmeicheln. Ich fühle mich wie die Sexgöttin in Person.«

»Das bist du.« Sie lachte wieder, diesmal schon etwas gelöster. »Das war der beste Sex meines Lebens.«

Nun lachte auch ich.

»Das kannst du so nicht sagen. Du hast noch viele Jahrzehnte vor dir. Da kann noch viel passieren.«

»Es kann nicht noch besser werden.« Sie wirkte völlig überzeugt. »Das war vollkommen.«

»Hmm.« Ich musterte sie amüsiert. »Willst du auf dem Status quo beharren, oder soll ich dich vom Gegenteil überzeugen?«

»Vom Gegenteil?«

»Davon, dass doch noch eine Steigerung möglich ist.«

»Oh.«

Ich wusste jetzt schon, dass ich dieses kleine, erstaunte *Oh*, das einen fixen Platz in ihrem Vokabular zu haben schien, lange nicht vergessen würde.

»Ein Versuch kann ja nicht schaden«, setzte sie nun spitzbübisch hinzu und schob ihre Beine zwischen meine geöffneten Schenkel.

Mehrere Höhepunkte später, als draußen längst die letzte Silvesterrakete am Himmel unbeachtet verpufft war, tranken wir einen Schluck Champagner. Er hatte inzwischen Zimmertemperatur und schmeckte fad.

Einen Augenblick dachte ich an Jo und fragte mich, ob es ihr wohl besser ging. Sollte ich anrufen oder zumindest eine *Happy New Year*-SMS schreiben? – Ich verwarf den Gedanken, weil ich zu träge war, um aus dem Bett zu steigen und mein Handy aus der Tasche zu kramen. Ich dachte auch an Claudio. Gewöhnlich riefen wir uns zum Jahreswechsel kurz an. Wie viel Uhr war es in Miami? Hatte er auf der Yacht überhaupt Empfang? Wohl nicht, denn auch mein Mobiltelefon hatte nicht geläutet. Oder er hatte ebenso wenig versucht, mich zu erreichen. Ich konnte es in ein paar Stunden immer noch nachholen. Im Augenblick war es schöner, meine Nase in Selinas kräftigem Haar zu vergraben und den Duft ihres Shampoos zu inhalieren. Es roch nach Frühling.

Ihre Hand lag auf meinem Schenkel.

»Du reitest, oder?«, fragte sie unvermittelt, als mich die Stille, die jetzt den Raum füllte, beinahe schon schläfrig gemacht hatte.

»Ja«, antwortete ich überrascht. »Wie kommst du darauf?«

»Deine Beine. Sie sind sehr muskulös.«

»Du hast ein gutes Auge dafür.«

»Das muss ich. Ich bin ausgebildete Physiotherapeutin. Ich weiß, wie sich Muskulatur bildet und durch welche Sportarten.«

»Ich dachte, du arbeitest für diese hochgeheime NGO ...«, erwiderte ich belustigt und überrascht zugleich.

»Nach der Schule wollten meine Eltern, dass ich etwas Solides lerne«, erklärte sie bereitwillig. »Sie entschieden, dass Physiotherapeutin ein Beruf mit Zukunft ist. Ich hatte keine Wahl, als mich in mein Schicksal zu fügen.« Sie seufzte. »Lange habe ich das nicht ausgehalten. Alten Männern die Gliedmaßen einzurenken und ihren behaarten Rücken zu massieren ist nichts für mich. Einige wollten sich dauernd mit mir verabreden und haben mich dann beim Chef mit irgendwelchen erfundenen Beschuldigungen angeschwärzt ... behaupteten, ich hätte sie unhöflich behandelt, wäre grob gewesen und so. Es war wirklich demütigend.«

Während ich mir an diesem Abend manches Mal nicht sicher gewesen war, ob Selina wirklich die Wahrheit erzählte – diese persönliche Geschichte glaubte ich ihr ohne jeden Zweifel.

Es war schmeichelhaft, dass sie so viel Vertrauen zu mir hatte, aber gleichzeitig weckte es auch eine leise Angst in mir. Beim One-Night-Stand sollte man möglichst wenig voneinander wissen. Abgesehen von der Erwähnung meiner gebärfreudigen Schwester hatte ich mich mit Informationen über mein Leben absichtlich sehr zurückgehalten.

»Irgendwann ist es eskaliert«, fuhr sie fort. »Einer dieser Typen – er war fast achtzig und hatte erst einen Schlaganfall hinter sich – fasste mir zwischen die Beine und versuchte mich zu küssen. Als ich mich weigerte, ihn weiterhin zu behandeln, hat er meinem Chef erzählt, ich hätte ihm Geld aus der Jackentasche gestohlen und wolle ihm nun etwas anhängen, damit er von einer Anzeige absah. Mein Chef hat ihm tatsächlich geglaubt und schmiss mich raus.«

»Hast du keine bessere Stelle als Physiotherapeutin gefunden? Das ist doch ein weites Feld. Es gibt sicher auch Jobs, in denen du nur weibliche Spitzensportler betreust.« Ich schmunzelte. »Beispielsweise die Damen des nationalen Springkaders.«

»Oh, wenn ich dich auf der Liege gehabt hätte, wäre das ja was gewesen!« Sie zeichnete mit dem Finger zärtlich meine Lippen nach. »Du reitest Springen?«

»Ja. Aber nicht im Springkader. So gut war ich nie. Außerdem hatte ich Ende Mai einen Turnierunfall, seither ist meine Karriere … nun, sagen wir: auf Eis gelegt.«

Kaum ausgesprochen, bereute ich meine Worte. Springreiterin. Turnier. Unfall im Mai. Zu viel Information. Aus den drei Komponenten ließ sich mit etwas Spürsinn meine Identität rekonstruieren. Über den Unfall, bei dem sogar ein Rettungshubschrauber zum Einsatz gekommen war, hatten nicht nur Reiterfachzeitschriften, sondern auch die lokale Presse berichtet.

»Deshalb also diese OP-Narbe.« Sie fuhr mit dem Finger langsam die kleine Spur entlang, die mir am Oberbauch als Erinnerung an den Unfall geblieben war. »Das tut mir leid für dich. Ich weiß, wie das ist, wenn man seine Perspektive verliert.« Sie schluckte. »Ich wollte immer Fußballerin werden.«

Ich staunte. Mit diesem Körper hatte ich sie eher Schwanensee tanzen als einem Ball hinterherrennen sehen.

Sie musste mir meine Irritation angesehen haben, denn sie beteuerte sogleich: »Ich war wirklich gut. Flink und wendig! – Bis ich mir mit vierzehn bei einem Radunfall das Bein brach. Dann war es vorbei mit dem Traum vom Fußballprofi.«

Das erklärte die lange, blasse Narbe an ihrem Oberschenkel.

»Meine Eltern verbrachten viel Zeit mit mir bei der Physiotherapie«, fuhr sie fort. »Wahrscheinlich dachten sie deshalb, das sei ein toller Job. Und so schließt sich der Kreis.«

»Aber jetzt bist du ja Agentin 007«, scherzte ich, erleichtert darüber, dass sie lieber über sich sprach, als weiter Fragen zu stellen. »Ende gut, alles gut.«

»Ja«, sagte sie, klang aber wenig überzeugt.

Dann kam von ihr nichts mehr. Sie hatte mir den Rücken zugewandt, lag jedoch noch dicht angeschmiegt mit dem Kopf auf meinem rechten Arm. Ihr Haar kitzelte auf meiner Haut. Ich spürte, wie sich ihr Körper ruhig und gleichmäßig hob und senkte.

Ein Bild schob sich vor mein inneres Auge: Farah, wie sie so bei mir gelegen hatte, damals in dieser Nacht in Berlin, zusammengerollt wie ein verwundetes Tier und voller Angst. Gemeinsam hatten wir in die Dunkelheit gelauscht und gehofft, dass er endlich käme. Ich hatte beruhigend auf sie eingeredet, aber beinahe genauso viel Furcht empfunden wie sie. Keinen Moment hatte ich daran gezweifelt, dass er kommen würde. Doch mit jeder Minute, mit der diese schier endlose Nacht sich noch länger dahinzog, stieg meine Panik. Panik, dass sie uns vor ihm finden würden. Und auch wenn ich mehr Angst um Farahs Leben hatte, so fürchtete ich doch auch um das meine. Sie würden es wie einen Unfall aussehen lassen, und Farah wäre nicht mehr in der Lage, das Gegenteil zu bezeugen.

Schlagartig wurde mir Selinas Nähe zu viel.

Wir hatten einen netten Abend verbracht, tollen Sex gehabt. Nun war es Zeit, dass sich unsere Wege trennten, ganz so, wie ich es in meinen wilden Jahren immer gehandhabt hatte.

Trotzdem wollte ich nicht grob sein. Sie war offen und ehrlich gewesen, wirkte so unbedarft und ohne Vorbehalte. Ich wusste von ihr mehr als von so manch anderer Liebhaberin. In meinen Jahren in Berlin hatte ich von vielen Frauen nicht einmal den Namen erfahren – und mich auch nicht dafür interessiert.

Vorsichtig zog ich meinen Arm hervor. Selinas Kopf sackte auf das Kissen. Auf meinem Weg ins Badezimmer blieb ich stehen und betrachtete sie ein paar Sekunden lang.

Wie außergewöhnlich hübsch sie war! Hübsch, zart, schlank, dazu dieses dunkle Haar und der olivbraune Teint. Ihre Mundwinkel zuckten leicht, während sie schlief.

Ich zog ihr die Bettdecke über die Schultern, beinahe wie bei einem Kind, das sich nicht erkälten sollte, und wunderte mich, warum ich sie nicht einfach weckte und fortschickte.

Im Badezimmer entfernte ich die Reste meines Make-ups und legte das Silbercollier ab, das ich noch immer um den Hals trug. Die Frau, die mir aus dem Badezimmerspiegel entgegenblickte, kam mir fremd vor – so kühl, so distanziert, so unwirklich, als zeige sie sich nur mit einer Maske vor dem Gesicht. War das wirklich ich?

Mein Spiegelbild begann zu verschwimmen. Als ich mir die Tränen aus den Augenwinkeln gewischt hatte, zuckte ich zurück. Denn die Frau, die mich jetzt ansah, war Farah. Sie wickelte eine Strähne ihres langen, dunklen Haares um die Finger und lächelte ihr melancholisches, verhaltenes Lächeln.

Auch dieses Bild verschwamm. Als es wieder klar wurde, war da immer noch Farah. Jetzt hielt sie den Blick gesenkt. Und dann floss Blut aus ihrer Nase, ihren Ohren und überall dort, wo die Steine sie getroffen hatten.

Schluss! Weg! Aus!

Ich presste meine schweißnasse Handfläche gegen das Glas, als könnte ich die Erinnerung einfach wegdrücken. Als ich die Hand wieder wegnahm, sah ich nur mich selbst, blass und ungeschminkt.

In meinem langen Schlaf-Shirt ging ich zurück ins Zimmer.

Selina schlief noch immer. Ich setzte mich zu ihr auf die Bettkante und berührte ihre nackte Schulter in der Hoffnung, dass sie davon aufwachte und ich sie aus meinem Zimmer und meinem Leben verabschieden konnte. Doch sie zuckte nicht einmal, selbst als ich ihr über die Wange strich.

Ich wollte nicht nachdrücklicher werden. Das hatte sie nicht verdient. Also kroch ich resigniert zu ihr ins Bett. Unter der gemeinsamen Decke war es unmöglich, sich nicht zu berühren. So spürte ich Selinas warmen Körper dicht an meinem, während mich die Erinnerungen an Farah überrollten: Wie wir im Park gesessen und uns die Köpfe zerbrochen hatten über das Leben, das sie nach dem Schulabschluss erwartete, aber auf keinen Fall führen wollte – über das, was wir füreinander empfanden und wie unser Traum von einer gemeinsamen Zukunft doch noch wahr werden könnte.

Farah träumte davon, eine internationale Menschenrechtsanwältin zu werden und sich speziell für die Rechte von Frauen einzusetzen. Dann würde sie in einem Penthouse in Manhattan wohnen und die Wochenenden in ihrem Haus in Long Island verbringen. Sie wusste sogar schon genau, wie es aussehen sollte: modern, mit einer riesigen Glasfront, durch die man vom großen, weißen Sofa aus einen direkten Blick aufs Meer hatte.

Mein Traum war die Pferdezucht und eine olympische Goldmedaille im Springreiten. Doch das behielt ich für mich und fügte mich stattdessen in Farahs Träume, weil ich sie liebte und für mich nichts schlimmer war als die Vorstellung, sie zu verlieren. Vielleicht ahnte ich aber auch damals schon, dass ich es reiterlich nie ins Spitzenfeld schaffen würde. Farahs Traum schien dagegen vergleichsweise realistisch, wären da nicht ihre besonderen Umstände gewesen …

Als ich aus wirren Träumen erwachte und die Augen öffnete, dämmerte es bereits. Ich brauchte ein paar Sekunden, um zu realisieren, warum ich nicht alleine im Bett lag und wer diese nackte Frau war, die sich jetzt räkelte, gähnte, die Lider aufschlug und mich anlächelte.

»Guten Morgen. Gut geschlafen?«

Sie war eindeutig kein Morgenmuffel. Ich auch nicht, aber die morgendliche Anwesenheit eines anderen Menschen in meinem Bett irritierte mich dermaßen, dass ich nur ein unverständliches Brummen von mir gab. Selbst Alexander und ich hatten – abgesehen von gemeinsamen Hotelaufenthalten – getrennt geschlafen.

Selina schien sich an meiner Wortkargheit nicht zu stören. Sie rutschte dichter an mich heran, legte ihren Arm um meinen Nacken und küsste mich. Der Wunsch, sie loszuwerden, wurde von wiedererwachender Leidenschaft überlagert. Mehr als nur bereitwillig ließ ich zu, dass sie sich meinen Hals entlangküsste hinab zu den Brüsten, ihre Hand auf meiner feuchten Mitte. Wie geschickt und zugleich sanft sie sein konnte, hatte sie mir schon bei unserer ersten heißen Runde bewiesen. Nun drang sie in mich ein, ohne sich lange mit Zärtlichkeiten aufzuhalten. Der ungewohnt feste Druck ihrer Finger ließ mich nach Luft schnappen.

Sofort hielt sie inne, doch ich zog sie an mich, küsste sie und öffnete meine Schenkel, um ihr noch tieferen Zugang zu gewähren. Ihre Finger fanden schnell einen Rhythmus, bei dem ich mich fallen lassen konnte. Die Augen geschlossen, überließ ich mich völlig ihren Berührungen, die in mir ein neues Feuer entfachten. Zu der Gewissheit, dass sie mich mühelos abheben ließe, gesellte sich ein anderes, überraschendes Verlangen: Ich wollte nicht alleine zu den Sternen fliegen. Ich wollte es mit ihr erleben, wollte, dass sie dasselbe empfand wie ich, wollte mit ihr verschmelzen und eins werden, genauso wie beim ersten Mal, als wir es miteinander getan hatten.

Ich wendete mich zu ihr, fand ihre Mitte und drang ebenfalls in sie ein. Sie war nass und weich und empfing mich mit einer Bereitschaft, die meine Lust weiter in die Höhe trieb. Sie stöhnte in mein Ohr und meinen Mund, als ich mich in ihr zu bewegen begann.

Mit Mühe zögerte ich meinen Höhepunkt hinaus. Dann, als ich an ihrem heftigen Atem und der Anspannung ihres Körpers spürte, dass auch sie soweit war, stieß ich ein letztes Mal in sie.

Wir verloren uns gleichzeitig in diesem Rausch aus ungezügelter Begierde und Erleichterung, aus Leidenschaft und Hingabe.

Ihr Atem hatte sich noch nicht beruhigt, als sie feucht von Schweiß und Lust auf mich sank.

»Halte mich ganz fest«, flüsterte sie und wollte mich auf die Lippen küssen. Doch ich drehte schlagartig den Kopf zur Seite, denn plötzlich war da Farah, die mich küssen wollte.

Da verlor ich die Kontrolle. Tränen liefen über meine Wangen. Haltlos schluchzte ich ins Kissen und weinte, weil alles in mir erstarrt war vor Fassungslosigkeit und Verzweiflung.

»Lena! Lena, was ist denn?«

Eine fremde Stimme riss mich gewaltsam zurück in die Gegenwart. Ich lag nicht mehr mit Farah in dieser drittklassigen Absteige in Berlin, sondern in meinem Hotelbett auf Fuerteventura, und die Frau, die sich jetzt aufgesetzt hatte, war Selina.

»Geh!«, herrschte ich sie unter Tränen an. »Geh einfach!«

»Nein, ich …«, begann sie zu protestieren, aber ich blieb unerbittlich.

»Geh mir aus den Augen!«

Sie musste verschwinden, niemand sollte mich so sehen, am allerwenigsten eine Fremde, die mich anstarrte wie ein verstörtes Kind. Ich wollte sie von mir wegschieben, doch sie sperrte sich.

»Lena, was ist in dich gefahren? Lass uns doch reden …«

Es war genug. Mein Widerwille und die Scham, dass sie mich so aufgelöst erlebte, waren stärker als alles andere.

»Lass mich allein und hau ab!«

Ich versetzte ihr einen groben Schubs. Sie verlor das Gleichgewicht und rutschte von der Bettkante. Dumpf prallte ihr Körper auf dem Parkettboden auf, begleitet von einem überraschten Schrei.

»Du bist doch irre!«, hörte ich sie rufen.

Aber immerhin zog sie sich jetzt an. In Windeseile sammelte sie ihre Klamotten zusammen. Sie sah mich dabei nicht an. Ich saß reglos und starrte vor mich hin, aber innerlich bebte ich noch immer.

Erst als die Tür hinter ihr zufiel und ich allein war, begann ich mich zu beruhigen.

Richard Gere

Knapp eine Stunde, nachdem ich Selina so unsanft rausgeschmissen hatte, saß ich noch immer auf dem Hotelbett. Ich dachte an Farah und an den Abend, an dem ich zum ersten Mal ihren Namen gehört hatte. Es war am Ende der Sommerferien, die meinem ersten Schuljahr auf Schloss Nippe gefolgt waren. Wir trafen uns mit meinem Vater, der damals Botschafter in Saudi-Arabien war, in London.

Die ganze Familie hatte beim Inder gesessen, die Bäuche gefüllt mit köstlich-würzigem Essen, wie wir es liebten. Es war unser letzter Abend als Familie. Danach würden Hedwig und Heinrich in ihr Internat am Chiemsee zurückkehren, ich auf Schloss Nippe und mein kleiner Bruder Harald mit meinen Eltern nach Riad fliegen. Ausnahmsweise war an diesem Abend jeder zufrieden: meine Mutter, weil sie tagsüber bei *Harrods* die Kreditkarte zum Glühen gebracht hatte, mein Vater, weil sie ihm dadurch tagsüber nicht mit irgendwelchen Wünschen auf die Nerven gegangen war, Heinrich, weil er mit der hübschen jungen Kellnerin flirten konnte, Hedwig, weil die Eltern ihr einen Malediven-Trip in Aussicht gestellt hatten, wenn sie im nächsten Frühsommer das Abitur schaffte, und Harald, weil es diese unglaublich süße Mandelcreme auf der Karte gab, von der er Tonnen essen konnte, ohne dass ihm schlecht wurde.

Sogar ich war zufrieden. Die vergangenen fünf Wochen hatte ich auf unserem Familiengut in Painting nichts anderes getan, als im benachbarten Reitstall alle Pferde zu trainieren, die mir als Urlaubsbetreuung anvertraut worden waren. Außerdem hackte ausnahmsweise keiner darauf herum, was ich damals am Chiemsee doch Unerhörtes getan hatte. Meine sogenannte Urkundenfälschung und alles, was damit in Verbindung stand, schienen allmählich in Vergessenheit zu geraten.

Die Nachspeise war noch nicht serviert, als Vater das Wort an mich richtete: »Helene, im neuen Schuljahr wird die Tochter eines saudischen Prinzen an deine Schule kommen: Farah Abba-Najjar bint Nur ad-Din. Ihr Vater ist Europa, besonders Deutschland, sehr zugetan und ein wichtiger Partner für den Westen – in wirtschaftlicher, aber auch politischer Hinsicht. Es ist ihm wichtig, dass seine Kinder einen Eindruck vom westlichen Leben bekommen und sich später auf internationalem Parkett bewegen können. Ich habe ihm Schloss Nippe empfohlen und ihm versprochen, dass du persönlich dafür sorgen wirst, dass sich Farah dort schnell einlebt.«

»Ja, okay«, sagte ich und dachte im selben Augenblick, dass er das vergessen konnte. Ich hatte dort inzwischen eigene Freundschaften geknüpft, allem voran mit Claudio und Jo, ich brauchte keine neuen Freundinnen – schon gar nicht welche von der Sorte, die mir mein Vater aufs Auge drückte.

Alles in mir schrie damals nach Auflehnung und Protest.

Hier und heute auf diesem Hotelbett wunderte ich mich, was aus diesem rebellischen Teenager geworden war. Eine Frau, die einen Mann heiratete, um es der Familie recht zu machen! Eine Begleiterin für Sektempfänge und Geschäftsessen, wie ein Accessoire, das man herzeigte! Mit einem Stammbaum, der in gewissen Kreisen fast so viel Ehrfurcht erweckte wie der eines Rassehundes beim jährlichen Züchtertreffen. Eine Frau, die nach außen hin stets die Form wahrte, die sich selbstbewusst und souverän zeigte – die aber dann in den Armen einer nahezu Unbekannten plötzlich die Beherrschung verlor und von ihrer Vergangenheit überrollt wurde.

Ich verstand selbst noch immer nicht, was da passiert war. Selina und Farah sahen sich durch die zierliche Figur und den dunkleren Ton von Haut und Haar rein optisch betrachtet auf gewisse Weise ähnlich. Darüber hinaus hatten sie jedoch nichts gemeinsam. Farah war ruhig, beherrscht, tiefgründig und immer etwas melancholisch. Selina dagegen wirkte lebhaft, unbefangen, offen, ja sogar etwas kindlich. Wie also hatte sich Farah in dieses Bett drängen können?

Ich hatte noch niemals zuvor an sie gedacht, wenn ich in meinen Jahren in Berlin mit einer auf einem Zimmer verschwunden war – selbst wenn eine dunkle Haare besaß oder eine gewisse Melancholie ausstrahlte. Und überhaupt konnten durch Sex gar keine Erinnerungen geweckt werden, weil Farah und ich ihn in unserer Beziehung immer ausgeklammert hatten. Zu Farahs Vorstellungen von Romantik gehörte es, sich bis zur Hochzeitsnacht aufzuheben, und meinen damaligen Einwand, dass Homosexuelle ohnehin nicht heiraten durften – im Jahre 2002 war dies noch nirgendwo möglich –, überging sie stets.

Gegen halb neun fand ich endlich die Kraft, die Vorhänge aufzuziehen. Die Sonne war noch hinter ein paar Wolken versteckt; der Strand wirkte seltsam diesig und verlassen. Nicht einmal die Liegestühle waren in Reih und Glied gestellt. Nach der Silvesterparty schien Corralejo im Tiefschlaf zu verharren.

Das galt wohl auch für Jo. Ich landete sofort auf der Mobilbox, als ich sie anrufen wollte. Ich legte auf, ohne eine Nachricht zu hinterlassen. Im Grunde war mir die Vorstellung, ihr jetzt im Frühstückssaal gegenüberzusitzen und so zu tun, als ginge es mir gut, ein Gräuel.

Claudio hatte vor über zwei Stunden ein Selfie geschickt. Er grinste in die Kamera und hielt mit der anderen Hand ein Sektglas hoch.

Hallo Prinzessin, sind irgendwo auf dem Meer, habe gerade ein bisschen Empfang, aber zum Telefonieren reicht's nicht. Wahrscheinlich seid ihr Schlafmützen auch schon längst im Bett. Somit: Prosit Neujahr und beste Grüße an die liebe Jo, die soll dir dumme Ideen ausreden. XOXO, C.

Nach dem Lesen fühlte ich mich noch niedergeschlagener. Wenn ich mit jemandem hätte reden können, dann mit ihm, doch mein Freund schlief vermutlich gerade seinen Silvester-Schwips aus, irgendwo zwischen Miami und South Bimini auf einer Yacht im Ozean. Ich schob das Handy zurück auf das Nachtkästchen, ohne zurückzuschreiben. Plötzlich wusste ich auch gar nicht mehr, was ich ihm hätte erzählen sollen. Dass ich nach zehn Jahren Abstinenz eine Frau abgeschleppt hatte? Er würde mich nur wieder in die Homo-Schublade stecken. Dass ich dabei obendrein an ein Mädchen dachte, von dem er wusste, dass es meine große Liebe gewesen war, hätte ihn wahrscheinlich genauso verstört wie mich selbst.

Ich musste mit alldem allein fertigwerden, damals wie heute.

Bewegung schien mir die beste Möglichkeit, um den Gespenstern der Vergangenheit zu entkommen. Grübeln würde mich nur noch tiefer herunterziehen. Ein paar Minuten später stand ich in Laufschuhen und Sportklamotten vor dem Hotel. Nachdem ich an den Tagen zuvor immer zum Hafen gelaufen war, entschied ich mich diesmal spontan für die andere Richtung. Die Planken, die eine Art Strandpromenade imitierten, gaben unter jedem Schritt ein knacksendes Geräusch von sich. Anfangs irritierte mich das. Dann hatte ich mich daran genauso gewöhnt wie an den Wind, der hier ein ständiger Begleiter war, und fand in mein übliches Tempo.

Mein Blick verfing sich an einem hässlichen, mitten in den Dünen aufragenden Hotelhochhaus, ein paar hundert Meter vor den Toren der Stadt, darum bemerkte ich die schmale Gestalt, die mir entgegenjoggte, erst im letzten Augenblick.

Abrupt blieb ich stehen. Sie ebenfalls. Selina, auch in Leggins, Shirt und Laufschuhen. Ihr Haar hatte sie zu einem Zopf geflochten; sie war außer Atem. Allerdings sah ich keine Schweißflecken unter ihren Achseln. Lange konnte sie nicht unterwegs gewesen sein.

Ein paar Sekunden schauten wir uns einfach nur an. Ein

ungewohnt ernster Ausdruck lag auf ihrem Gesicht, als sie das Schweigen als Erste brach.

»Lena, wir müssen nochmal miteinander reden. Es tut mir furchtbar leid, was passiert ist. Das war alles so nicht geplant.«

Ich runzelte die Stirn. Ihre Worte ergaben für mich keinen Sinn.

»Ich fand dich anfangs einfach nur attraktiv«, fuhr sie fort. »Und interessant. Aber jetzt …« Sie atmete tief durch, fuhr sich nervös mit der Zunge über die Lippen. »Ich sehe dich jetzt anders. Als Mensch, meine ich. Es geht nicht darum, ob wir tollen Sex hatten oder darum, wie du heißt. Ich dachte wirklich, ich kann das … einfach so unverbindlich … ich wollte es eigentlich nicht … aber es ist dann irgendwie passiert und jetzt … jetzt denke ich, dass es falsch war!«

Wundervoll.

Anscheinend ging ihr gerade auf, dass sie für One-Night-Stands nicht gemacht war. Schämte sie sich jetzt dafür oder kam sie mir jetzt womöglich gleich mit einer Liebeserklärung? Leichte Panik stieg in mir auf. Ein Freund von Claudio hatte mir damals diesen Witz erzählt, dass eine lesbische Frau gleich zum zweiten Date den Umzugswagen mitbringt, weil Frauen Gefühle und Sex einfach nicht trennen könnten. War ich nun an so ein Exemplar geraten?

Sie ließ mich nicht lange im Unklaren.

»Ich mag dich, Lena. Du bist so viel mehr, als was du nach außen hin zeigst. Das haben mir auch deine Tränen bewiesen.« Ihre Stimme klang bestimmt. »Ich weiß, das klingt seltsam und überstürzt, aber bitte gib uns eine Chance! Lass uns schnell die Koffer packen und abhauen – irgendwo hin, wo uns keiner findet. Stell dein Handy aus. Sag niemandem, wo du bist, und lerne mich richtig kennen. Ich werde dir dann alles erklären.«

Hatte ich sie anfangs nur sentimental gefunden, war ich mir nun sicher, dass mit ihr mental definitiv etwas nicht stimmen konnte. Den Eindruck hatte ich ja zeitweise schon an den Klippen gehabt. Agentin 007 hatte anscheinend ein Faible für schräge Szenarien.

Es war an der Zeit, sie zu ernüchtern.

»Selina, ich habe dich heute Morgen rausgeschmissen«, rief ich ihr in Erinnerung. »Und das wollte ich sogar schon viel früher tun, aber du warst eingeschlafen und ich wollte dich nicht mit Gewalt aus dem Bett zerren. Mit uns war's nett, aber das war's auch. Für mich ist das erledigt. Mit anderen Worten: Nur weil ich mit dir im Bett war, will ich dich nicht gleich heiraten!«

Sie machte ein Gesicht, als hätte ich ihr eine Ohrfeige verpasst.

»Du hast geweint!«, hielt sie mir entgegen. »Das war echt! Und jetzt tust du so, als würde das alles nichts bedeuten. – Warum? Sind dir deine Tränen peinlich? Schämst du dich, ein echter Mensch mit Problemen zu sein und keine High-Society-Vorzeigelady?«

Ihre letzten Worte ließen meine Alarmglocken schrillen. Ich hatte ihr nicht meinen vollständigen Namen genannt. Trotzdem wusste sie offenbar, wer ich war. Die Sache gefiel mir nicht.

Ich sah mich um. Plötzlich beschlich mich wieder das Gefühl, beobachtet zu werden. Doch außer uns gab es hier nur ein paar Möwen, die über uns ihre Kreise zogen.

»Lena … es ist alles nicht so, wie du denkst«, begann sie von Neuem, diesmal mit gequälter Stimme. »Bitte gib mir die Möglichkeit, es dir zu erklären … in Ruhe, irgendwo weit weg von hier.«

Ich fühlte mich unwohl. Dazu trug auch der Kastenwagen mit dunkel getönten Scheiben bei, der in die Seitengasse eingebogen war, die zum Strand führte, und direkt auf uns zuhielt. Vermutlich ein Lieferant, doch die Anspannung in mir wollte sich nicht legen.

»Leb wohl.«

Ich ließ Selina stehen und begann zu laufen – allerdings nicht stadtauswärts, sondern zurück zum Hotel. Ich würde meine

Laufrunde in Richtung Hafen fortsetzen und diese Verrückte und den unheimlichen Lieferwagen hinter mir lassen.

Ich schalt mich selbst wegen meiner Paranoia.

Es war im Grunde doch lächerlich: Was für Kriminelle sollten sich ausgerechnet für mich interessieren? – Alexander gehörte zwar als CEO einer österreichischen Bankengruppe, die unter seiner Führung erfolgreich nach Osteuropa expandiert hatte, durchaus zu einem Personenkreis, der immer auf der Hut sein musste. Unsere Villa in Döbling war daher mit hochfunktionalen Alarmanlagen ausgerüstet. Doch seit der Scheidung war ich längst kein attraktives Opfer mehr. Ob mein Ex bereit wäre, für mich auch nur einen Cent Lösegeld lockerzumachen, stand in den Sternen.

Dann hörte ich den gellenden Schrei.

Ich fuhr herum – und erstarrte, als ich sah, was sich da abspielte.

*

»Ayuda! ... Hilfe! ... Rufen Sie die Polizei!«, stammelte ich auf Spanisch, als ich Minuten später verschwitzt und außer Atem an der Hotelrezeption stand. »Eine Frau ist entführt worden!«

Der junge Rezeptionist sah mich verständnislos an. Ich wiederholte den Satz auf Englisch, ohne dass er in Bewegung kam. Erst als er sich hilfesuchend an seinen älteren Kollegen wandte, begriff ich, dass ihn die Situation überforderte – dass ich ihn überforderte. Ich zwang mich zur Ruhe, während ich seinem Kollegen schilderte, was passiert war. Mein Puls raste.

»Señora, sind Sie sicher, dass diese Frau nicht freiwillig mitgefahren ist?« Der ältere Rezeptionist sah mich fast schon mitleidig an. »Vielleicht haben Sie das missverstanden?«

»Wie bitte? – Eine Frau, die an Händen und Füßen in einen

Lieferwagen gezerrt wird und dabei schreit, als ginge es um ihr Leben – klingt das für Sie nach einer freiwilligen Aktion?«

Es war eine Entführung, da war ich mir sicher. In einem der beiden Entführer hatte ich zudem den Dieb von der Felskette in La Pared wiedererkannt.

Meine Stimme war lauter geworden und lockte einen Mann aus einem Hinterzimmer. Das Schildchen an seiner Brust wies ihn als den Leiter der Rezeption aus. Ein paar neugierig gewordene Hotelgäste glotzten zu uns herüber.

»Señora, beruhigen Sie sich bitte«, forderte der Chef und versetzte mich damit erst recht in Rage.

»Rufen – Sie – die – Polizei!«, schrie ich ihn an, während die Zahl der Sensationslüsternen wuchs. »Je mehr Zeit verstreicht, desto gefährlicher wird es für die Frau! Wenn Sie nichts tun, ist das unterlassene Hilfeleistung! Zumal es sich um einen Hotelgast handelt!«

»Die Señora war … ist Gast in unserem Hotel, sagen Sie?«

Erwachendes Interesse und Unbehagen lag in seiner Stimme.

»Richtig«, bestätigte ich. »Und jetzt rufen Sie bitte endlich die Polizei.«

Erleichtert nahm ich zur Kenntnis, dass er den jungen Rezeptionisten anwies. An mich gewandt, sagte er: »Bitte folgen Sie mir.«

Er lotste mich weg von der Rezeption und den Schaulustigen, den Gang entlang in ein kleines Zimmer, das aussah wie ein Konferenzraum.

»Warten Sie hier. Die Polizei wird gleich da sein.«

Dann war ich alleine. Unruhig lief ich in der Kammer umher. Das Warten machte mich ganz krank. Ich stellte mir vor, dass der Lieferwagen inzwischen bereits am Hafen ankam, wo sie Selina auf ein Schiff verfrachten und außer Landes bringen würden. Aber warum? Was hatte sie getan, und was wollten diese Männer von ihr?

Ein kleiner, etwas korpulenter Herr im Anzug unterbrach

meine Gedanken; dem Aussehen nach handelte es sich um einen Spanier.

»Carlos Gomez Garcia«, stellte er sich vor. »Ich bin hier der Hotelmanager. – Ich habe gehört, es gibt ein Problem …«

Er sprach Deutsch mit leichtem Akzent.

»Problem?«, fuhr ich ihn an. »Einer Ihrer Hotelgäste ist entführt worden! Vor meinen Augen! Und Ihre Mitarbeiter brauchen ewig, bis sie die Polizei rufen!«

»Die Polizei ist unterwegs.« Unbeeindruckt wies er auf einen der Stühle. »Bitte, setzen Sie sich. – Was darf ich Ihnen bringen? Wasser? Kaffee? Haben Sie überhaupt schon gefrühstückt?«

Nein. Aber wie sollte ich jetzt auch nur einen Bissen herunterbringen? »Wasser und einen Kaffee«, sagte ich daher und ergänzte etwas freundlicher: »Das wäre sehr nett.«

Es war nicht zielführend, sich hier jeden zum Feind zu machen.

Carlos Gomez Garcia hatte mir gegenüber Platz genommen.

»Wie heißt die Frau, die angeblich entführt wurde? Kennen Sie sie?«

»Flüchtig«, sagte ich, merkte aber selbst, dass ich es dabei nicht belassen konnte. Vermutlich hatte man uns am Vorabend gemeinsam in der Bar sitzen sehen.

»Ich habe gestern mit ihr zu Abend gegessen«, ergänzte ich daher. »Sie heißt Selina. Den Nachnamen kenne ich nicht. Aber sie wohnte seit mehreren Tagen hier im Hotel.«

Garcia zog ein Handy aus der Anzugjacke. Er sprach sehr schnell und undeutlich, aber ich bekam mit, dass er einen der Rezeptionisten anwies, die Gästedatei zu durchsuchen. Er blieb am Telefon. Über eine Minute verstrich, ehe die Antwort kam und sich auf der Stirn von Carlos Gomez Garcia eine steile Falte bildete. Eine weitere Minute verstrich. Die Falte war noch tiefer geworden.

»Es wohnt hier keine Dame namens Selina«, stellte er mich dann vor vollendete Tatsachen.

»Das kann nicht sein«, erwiderte ich automatisch, bis mir bewusst wurde, dass Selina gestern so einiges vor mir verborgen hatte. Warum also nicht auch ihren wahren Namen?

»Sie sagte, ihr Vater komme aus Venezuela«, fiel mir ein.

Zumindest hatte sie das behauptet. Während der Hotelmanager auch diese Information an seinen Mitarbeiter weitergab, wusste ich bereits, dass der Hinweis nicht weiterhalf. Erstens gab es in diesem Hotel sicher zahlreiche Frauen, die einen spanischen Nachnamen hatten, zweitens hatte sie mich in diesem Punkt ganz sicher belogen. Eine Frau, die zweisprachig aufgewachsen war, hätte mit dem Kellner gewiss spanisch gesprochen, sie aber hatte die Rechnung auf Deutsch verlangt und auch den Champagner auf Deutsch bestellt.

Ich konnte mich nachträglich noch dafür ohrfeigen, dass ich nicht schon da misstrauisch geworden war. Ich hätte merken müssen, dass etwas mit ihr nicht stimmte. Die ganze Sache kam mir jetzt absurd vor: dass ich von einer Frau angemacht wurde, die mir zufällig an Silvester in der Bar über den Weg lief. Am Vorabend hatte ich Selina – oder wie auch immer sie hieß – für naiv gehalten. Jetzt musste ich schmerzhaft erkennen, dass ich die Naive gewesen war.

Es klopfte. Herein kam ein Typ in Jeans und beigefarbenem Sakko, der von zwei Uniformierten begleitet wurde.

»Alejo Navarro Torres, Policia Canaria«, stellte er sich vor und nahm seine dunkle Sonnenbrille ab. Dann ließ er sich von Garcia erklären, worum es ging. Dass er mich, die Hauptzeugin, einfach so überging, machte mir den Mann, der rein optisch an den jungen Richard Gere erinnerte, nicht gerade sympathisch. Immerhin verstand ich sein Spanisch. Es war nicht so kehlig und hart wie das des Hotelchefs.

Richard Gere mit seinem sonnengebräunten Teint und dem athletischen Körperbau schien gar nicht erst auf den Gedanken zu kommen, dass ich einen Großteil seiner Worte verstand. Und die hatten es in sich. Im Dialog der beiden Männer ging es schon nach wenigen Sätzen nicht mehr um die Entführte, sondern um mich: Ob der Hotelmanager wisse, ob ich heute schon etwas getrunken habe. Ob ich gestern vielleicht zu lange und zu intensiv gefeiert hätte. Ob ich schon vorher sozial auffällig geworden wäre. Ob ich mit meinem Mann eingecheckt hätte oder alleine reiste.

»Jetzt reicht's aber!«, fuhr ich auf Englisch dazwischen. »Hier wurde eine Frau entführt und ich bin die Zeugin, also behandeln Sie mich auch gefälligst so!«

»Schon gut.« Gere hob beschwichtigend die Hände. »Ich muss mir ein Bild von der Situation machen. Sie ahnen nicht, was wir hier auf den Kanaren alles mit verhaltensauffälligen Touristen erleben. Da wird man mit den Jahren skeptisch.«

Das mochte wohl sein, es ärgerte mich aber noch immer. Betont lässig schlug er die Beine übereinander und lümmelte sich in den Stuhl gegenüber, als säße er daheim auf der Wohnzimmercouch.

»Dann erzählen Sie mal, was genau passiert ist«, forderte er mich immerhin auf, und ich wiederholte, was er im Wesentlichen bereits vom Hoteldirektor erfahren hatte. Mir fiel auf, dass er sich nicht einmal Notizen machte.

»Und diese Frau haben Sie gestern in der Hotelbar kennengelernt?«

»Ja … nein.« Ihm zu schildern, wie und unter welchen Umständen ich Selina begegnet war, kam mir mittlerweile sehr herausfordernd vor. »Wir haben gestern miteinander zu Abend gegessen, aber über den Weg gelaufen sind wir uns schon morgens … am Frühstücksbuffet und in La Pared. Da kam ich gerade rechtzeitig, als dieser bärtige Kerl, der auch bei der Entführung dabei war, versucht hat, ihr die Handtasche zu rauben.«

Im selben Augenblick begriff ich, dass es gar nicht um die Handtasche gegangen war. Vermutlich hatte der Mann es von vornherein auf Selina abgesehen!

Der Ermittler starrte mich perplex an.

»Ein versuchter Raub gestern in La Pared? Davon höre ich das erste Mal. Und das ist seltsam, denn davon müsste ich als Leiter der Polizeidienststelle wissen!«

»Es wurde doch einer angezeigt«, erwiderte ich überrascht, wobei es mir schwerfiel, geduldig zu bleiben. »Zwar nicht von uns, aber von einem Touristenpärchen.«

Die Augen des Mannes wurden schmal.

»Wenn in Ihrem Land jemand überfallen wird, rufen Sie dann die Polizei oder gehen Sie nach Hause, als ob nichts gewesen wäre?«

Ich kam mir dumm vor.

»Hören Sie … ich kam nur zufällig dazu«, versuchte ich zu erklären. »Der Typ ist weggelaufen, und sie war nicht an einer Anzeige interessiert. Es ging um ihre Tasche, nicht um meine, und letztendlich ist ja auch nichts passiert.«

»Sie hat also gesagt, keine Polizei? Und das hat Sie nicht misstrauisch gemacht?«

Ich rief mir die Szene in den Felsen in Erinnerung. Misstrauisch war ich durchaus gewesen, wenn auch aus anderen Gründen. Die Art, wie Selina mich angesprochen hatte, war mir zu offensiv gewesen. Doch das würde ich ihm sicher nicht erzählen. Wie er da vor mir saß, breitbeinig und mit selbstgefälligem Grinsen, gehörte er genau zu der Sorte Mann, dessen schmutzige Phantasien allein bei der Wiederholung unseres Wortwechsels Fahrt aufnahmen.

»Nein, das hat sie nicht gesagt«, widersprach ich. »Es war dann einfach kein Thema mehr.«

Dass er mich nur über Nebensächlichkeiten befragte, anstatt endlich eine Suchaktion in die Wege zu leiten, ließ mich vor Ungeduld fast platzen. Ich ballte meine Hände unter dem Tisch zu Fäusten und bohrte mir die Fingernägel in die Handflächen, bemüht, nicht die Beherrschung zu verlieren.

Der Hoteldirektor, der sich genauso wie die beiden Uniformierten im Hintergrund gehalten hatte, warf nun wieder etwas ein. Soweit ich verstand, wies er den Richard-Gere-Verschnitt wiederholt darauf hin, dass auf der Gästeliste keine Selina existierte.

»Wir saßen gestern an dem Tisch hinter der Bar«, schaltete ich mich ein. »Sie hat die Rechnung aufs Zimmer schreiben lassen.«

Ganz klar stand mir vor Augen, wie sie schwungvoll ihre Unterschrift unter den Rechnungsbetrag setzte – und plötzlich wusste ich auch wieder die Nummer!

»Zimmer hundertvierundzwanzig! Prüfen Sie das. Dann haben wir ihren Namen.«

»Wir werden sehen.«

Carlos Gomez Garcia wirkte wenig überzeugt, setzte sich aber in Bewegung. Auch der Ermittler nahm mich offenbar ernst. Immerhin schickte er die Uniformierten nun endlich zu der Stelle an der Strandpromenade, wo Selina entführt worden war – mit dem klaren Auftrag, sich nach Spuren umzusehen und weiteren Zeugen. Was Letzteres betraf, so war ich wenig zuversichtlich. Ein verlassener Parkplatz, eine Bauruine, die wohl irgendwann ein Hotel hätte werden sollen, ein brachliegendes Grundstück und zwei Häuser am Ende der Straße, bei denen die Rollläden heruntergelassen waren – da war niemand gewesen außer mir, Selina und den Entführern.

Richard Gere befragte mich ausführlich zu dem schwarzen Lieferwagen. Mir fiel außer der Tatsache, dass es ein spanisches Kennzeichen war, noch der Mercedesstern auf der Kühlerhaube ein. Prompt wurde mir ein Smartphone mit Bildern von verschiedenen Mercedes-Kleinbusmodellen vor die Nase gehalten. Konzentriert studierte ich die Fotos, ohne mich genauer festlegen zu können.

Die Tür ging auf. Der Hoteldirektor kam zurück. Ich erkannte an seinem Gesichtsausdruck, dass er keine guten Nachrichten brachte.

»Zimmer 124 ist an einen Amerikaner vermietet. Ein Mann.

Alleinreisend. Der Name auf der Restaurantrechnung ist unleserlich. Und weder der Kellner noch der Barkeeper können sich erinnern, Sie oder eine Frau in Ihrer Begleitung gestern bedient zu haben.«

»Wie bitte?«

Ich starrte ihn mit offenem Mund an. »Wir saßen da den ganzen Abend! Wir haben Hamburger gegessen … und Wein getrunken … sie bestellte eine Flasche Champagner …«

»Ah!«, kam von dem rundlichen Hoteldirektor. Auf seinem Gesicht machte sich Erkenntnis breit. »Wein, Champagner …!«

Wollte er mir etwa den Alkohol zum Vorwurf machen? – Das ging allmählich zu weit. Ich setzte zu einer scharfen Erwiderung an, doch der Ermittler kam mir zuvor. Die Überheblichkeit, die zuvor in seinem Gesicht gestanden hatte, wurde nun überlagert von Mitleid.

»Offenbar sind Sie an eine professionelle Betrügerin geraten«, erklärte er mit ruhiger Stimme und behandelte mich erstmals mit Respekt. »Eine, die sich in Luxushotels einschleicht und dort auf Kosten anderer konsumiert.«

Ich öffnete den Mund, um etwas zu sagen, schloss ihn aber wieder, weil mir die Worte fehlten. War es also das gewesen, was Selina mir sagen wollte? Dass sie mich als gutgläubiges Opfer identifiziert und ausgenutzt hatte. Und heute früh hatte das schlechte Gewissen sie übermannt …

»Es tut uns sehr leid, aber tatsächlich werden letztendlich Sie für die Kosten aufkommen müssen, wenn der echte Gast von Zimmer hundertvierundzwanzig die Rechnung zurückweist«, unterbrach der Hoteldirektor meinen Gedankengang. »Da die junge Dame wohl …«

Er ließ den Satz unvollendet, und ich verzichtete auf eine Erwiderung. Die Möglichkeit, dass ich einer Kleinkriminellen auf den Leim gegangen war, traf mich weit härter als eine Rechnung von nicht einmal einhundertfünfzig Euro.

Der Ermittler erhob sich und streckte mir die Hand entgegen.

Erst als ich sie ergriffen hatte, ging mir auf, dass er sich verabschiedete. Für ihn war der Fall anscheinend erledigt.

»Nehmen Sie es nicht persönlich. Wir haben diese Art von Betrug hier auf der Insel zwei- bis dreimal pro Monat.«

Sein Blick glitt an mir herunter. In meinem eng anliegenden Sportoberteil fühlte ich mich mit einem Mal seltsam nackt.

»Ich gebe zu, Sie entsprechen nicht dem klassischen Opfer. Das ist normalerweise männlich, etwas älter und alleinreisend. So, wie es aussieht, hat es Sie trotzdem erwischt.«

Konnte das wirklich sein? – »Aber die Entführung«, wandte ich ein. »Ich habe das doch mit eigenen Augen gesehen! Unabhängig davon, ob sie eine Betrügerin ist oder nicht, müssen Sie der Sache nachgehen!«

»Erklären Sie mir nicht meinen Job«, wies mich der Gere-Verschnitt zurecht und gab sich nicht länger mitleidig oder nachsichtig. »Wir sprechen hier von einer Frau, deren Existenz niemand außer Ihnen bestätigt. Niemand weiß, wie sie heißt, woher sie kommt und ob sie nicht mit irgendwelchen Banden zusammenarbeitet. Vielleicht hatte sie Streit mit Komplizen und das war der Grund für die Szene am Lieferwagen. Im Verhältnis dazu, was andere Gäste schon an solche Leuten verloren haben, sind Sie jedenfalls noch glimpflich davongekommen!«

So ganz überzeugen wollte mich seine Theorie nicht. Selina hatte schließlich mit mir durchbrennen wollen! Das würde ich diesem Typen aber garantiert nicht auf die Nase binden. »Umso interessierter müssten Sie sein, diese Kriminelle zu fassen«, startete ich einen neuen Versuch. »Es liegt doch in Ihrem Interesse, dass sie nicht weiterhin ihr Unwesen auf der Insel treibt!«

»Wird sie nicht. Solche Leute sind mal hier, mal da. Vermutlich ist sie schon auf der nächsten Insel«, erwiderte er resigniert. »Wir haben gar nicht genug Kräfte, um solche Bagatelldelikte zu verfolgen. Solange der Schaden unter tausend Euro bleibt, unternehmen wir daher nichts.«

Zumal wenn jemand die Zeche übernahm. Und darauf hatte

das Hotel ein Auge, das war mir durchaus bewusst. Ich konnte mir gut vorstellen, dass es mal einen Cocktail an der Bar berechnete, der nie getrunken, mal eine Platte mit Shrimps, die nie bestellt worden war, oder dass sich hinter Posten Nr. 123 eine Massage im Spa-Bereich verbarg, die nie in Anspruch genommen wurde. Die Gäste zahlten beim Auschecken einfach die Gesamtrechnung und waren mit ihren Gedanken längst am Flughafen.

Widerwillig ließ ich den Ermittler und seine uniformierte Eskorte ziehen und ging, da auch der Hoteldirektor die Sache für erledigt hielt, gedankenverloren zurück auf mein Zimmer.

Dort stellte ich mich als Erstes unter die Dusche. Während ich mir den trockenen Schweiß vom Körper wusch, dachte ich über Selina nach: Falls sie tatsächlich eine notorische Betrügerin war, die sich auch weiterhin auf Kosten anderer durchschmarotzen wollte, hätte es doch in ihrem Interesse gelegen, sang- und klanglos zu verschwinden – und zwar allein.

Viel plausibler schien mir dagegen, dass die kanarische Polizei den Fall herunterspielte, um hässliche Schlagzeilen im Zusammenhang mit dem beliebten Urlaubsparadies zu vermeiden.

Trotzdem: Das alles war hochgradig dubios. Und Selina hatte mich belogen – wie auch Farah mich damals belogen hatte.

Ich massierte das Shampoo so fest ins Haar, dass mir die Kopfhaut schmerzte. Ein Klopfen riss mich schließlich aus meinem Tun, ich warf den Bademantel über und rannte an die Tür.

»Ein gutes neues Jahr wünsche ich dir!«

Das beschwingte Lächeln verschwand sofort von Jos Lippen, als sie mir ins Gesicht blickte.

»Ist was passiert? – Ich habe inzwischen fünfmal auf deinem Handy angerufen. Du hast nicht abgehoben.«

Forschen Schrittes, wie es ihre Art war, betrat sie das Zimmer und schaute sich um, als gebe es etwas zu entdecken. Da dem nicht so war, ließ sie sich auf dem Stuhl nieder. Die Beine in Schrägstellung und an den Knöcheln überkreuzt, die Hände locker im Schoß, sah sie mich abwartend an. In ihrem hellblauen

Tüllkleid sah sie aus wie eine feine englische Lady, die darauf wartete, dass ihr eine Tasse Tee nebst dem neuesten Klatsch serviert wurde. Fehlte nur noch ein Hut mit großen Blumen.

»Geht es dir wieder besser?«

»Ach.« Sie winkte ab. »Das war nur eine leichte Magenverstimmung, nichts Ernstes. – Aber was ist mit dir? Du siehst aus, als hättest du ein Gespenst gesehen.«

»So ähnlich.« Ich sank auf das Bett, die einzige sonstige Sitzmöglichkeit im Zimmer. »Eine Frau, mit der ich gestern zu Abend gegessen habe, wurde heute entführt. Die Polizei hält sie aber für eine Betrügerin und will daher nichts unternehmen. Das war die Kurzversion.«

Jo blinzelte. »Oh!« Ihr Ausruf erinnerte mich spontan an Selina. »Und die lange?«

»Die erzähle ich dir beim Frühstück.«

Appetit hatte ich noch immer keinen, doch mein Magen fühlte sich inzwischen ganz flau an und mir war schwindlig.

»Frühstück?« Jo schnaubte. »Das ist längst vorbei! – Treffen wir uns in einer Viertelstunde im Bistro!«

Als ich dort wie vereinbart erschien, hatte ich mir bereits sehr sorgfältig überlegt, wie ich Jo von den Ereignissen berichten wollte, wo ich beginnen, wo aufhören würde und welche Teile besser unerwähnt blieben. Jo erwartete mich bereits mit einem Aperitif in der Hand und der aufgeschlagenen Speisekarte. Sie war anscheinend wirklich von ihrer Magen-Darm-Geschichte kuriert.

Ich bestellte Mineralwasser und ein Thunfischsteak mit Salat. Während wir auf das Essen warteten, begann ich zu erzählen. Es tat gut, mit jemandem darüber zu reden, der mich nicht behandelte, als würde ich unter Halluzinationen oder einem Aufmerksamkeitsdefizit leiden. Jo zweifelte keine Sekunde an meiner Version der Geschehnisse. Beinahe bekam ich ein schlechtes Gewissen, weil ich ihr einen bedeutsamen Teil der Geschichte verschwieg.

»Ziemlich viele Zufälle! Dass sie dich zufällig am Buffet anspricht, zufällig in La Pared trifft, zufällig in dieser Bar ist«, sprach Jo schließlich aus, was für mich inzwischen auch offensichtlich war. »Für mich klingt das so, als hatte es die Frau auf dich abgesehen!«

Ich nickte langsam. Es tat gut, dass Jo meine Zweifel teilte, auch wenn mich das im Moment nicht weiterbrachte. Ich dachte an die vergangene Nacht. Bei dem Gedanken, wie wundervoll es sich angefühlt hatte, mit Selina zu verschmelzen, wurde mir ganz heiß. Gleichzeitig quälte mich die Ungewissheit: Was, wenn diese Entführung doch kein Fake war? Wie konnte ich hier sitzen, wenn sie womöglich gerade um ihr Leben kämpfte?

Der Kellner servierte unsere Speisen. Ich stocherte in meinem Essen, während Jo den Gesprächsfaden wieder aufnahm.

»Es kann ja sein, dass sie eine ist, die Leute stalkt. Vielleicht hat sie dich auf einem Foto gesehen und auf eine günstige Gelegenheit gewartet, deine Bekanntschaft zu machen.«

Beinahe musste ich lachen. »Ich bin keine Prominente, Jo. Nicht mal in Österreich.«

»Ach, komm!« Sie winkte ab. »Du weißt, was ich meine. Als du mit Alexander zusammen warst, wurdet ihr ständig irgendwo abgelichtet … auf einem Ball, bei der Opernpremiere oder einem Charity-Event … Fotos von dir waren in zahlreichen Medien.«

»Mag sein. Aber seit unserer Trennung bin ich für die Presse nicht mehr interessant. Es ist Sofia, auf die sie sich jetzt stürzen.«

»Das glaubst auch nur du!« Jo schickt mir einen mitleidigen Blick über den Tisch. »Diese sensationslüsternen Schreiberlinge lassen einen doch nie aus den Klauen. Vielleicht arbeitet eine Redaktion bereits am Aufmacher, so á la: *Das geheime Liebesleben der Roßloch-Ex.*«

Ihr entging, dass ich bei dieser fiktiven Schlagzeile unwillkürlich zusammenzuckte. Wenn Selina tatsächlich Journalistin war, dann hatte sie jetzt wohl ihre Sensationsgeschichte. Ich wollte mir gar nicht vorstellen, was Alexander sagen würde, wenn ihm seine Medienbeobachtung diesen Artikel vorlegte. Möglicherweise würde er darin die Antwort auf all seine unausgesprochenen Fragen sehen – was nicht ganz falsch war, aber eben auch nicht ganz richtig.

»Falls es das gewesen sein sollte, kommt sie jedenfalls ohne Story nach Hause«, fuhr Jo unbekümmert fort. Sie lachte hämisch. »Sie konnte ja nicht ahnen, dass du das Leben einer keuschen Nonne führst.«

Schnell schob ich mir ein Stück Thunfisch in den Mund und kaute ausgiebig. Ich wollte nichts erwidern müssen. Jo anzulügen, widerstrebte mir genauso wie etwas auszusprechen, womit ich mich nicht auseinandersetzen wollte.

»Auf jeden Fall solltest du dir besser ein gewisses Misstrauen bewahren, was diese«, sie malte imaginäre Anführungszeichen in die Luft, »*Entführung* betrifft. Wer weiß schon, was wirklich dahintersteckt. Primär gilt, dich nicht selbst in Gefahr zu bringen.«

Ich unterdrückte ein Seufzen. Aus Jos Mund klang das alles so einfach und logisch. In meiner Erinnerung hörte ich Selinas Lachen, sah das Funkeln in ihren lebhaften, dunklen Augen, spürte ihren heißen Atem auf meiner Haut.

Lass uns schnell die Koffer packen und abhauen.

Das hatte wirklich noch niemand nach einer einzigen Nacht zu mir gesagt. Sosehr mich ihre Worte am Vormittag überrumpelt hatten, so nahe gingen sie mir jetzt.

Gleichzeitig rief ich mir gewaltsam in Erinnerung, was Selina sonst noch gesagt hatte, ehe sie entführt wurde. Es hatte nach einer Frau geklungen, die irgendeinen Auftrag zu erfüllen gehabt hatte und es hinterher bereute. Wie auch immer – sie war nicht ehrlich zu mir gewesen. Und ich hatte mich hinters Licht führen lassen.

Der Thunfisch war kalt, der Salat schmeckte bitter. Ich schob den Teller zur Seite. Jo berührte sanft meinen Arm.

»Mach dir nicht zu viele Gedanken. Du kennst die Frau kaum, und sie hat dich offenbar belogen, es ist also nicht dein

Problem, was mit ihr passiert ist. Es gibt vermutlich eine ganz harmlose Erklärung für das, was du da gesehen hast.«

Eine harmlose Erklärung dafür, dass eine in Panik schreiende Frau von zwei Männern in einen Lieferwagen mit abgedunkelten Scheiben gezerrt wurde? – Ich hob die Augenbrauen, sagte aber nichts. Denn Jo hatte in einem Punkt völlig recht: Es war im Grunde nicht mein Problem.

Zumindest versuchte ich mir das einzureden.

*

Etwas war anders.

Ich stand wie angewurzelt in meinem Hotelzimmer, die Schlüsselkarte noch in der Hand, und versuchte herauszufinden, was mich so verstörte. Das Bett war gemacht. Mein Schlaf-Shirt hing über der Lehne des Stuhls. Offenbar waren die Zimmermädchen mittlerweile hier gewesen. Doch das war es nicht, was mein Unterbewusstsein in Alarmbereitschaft versetzte.

Ich ließ meinen Blick umherschweifen. Und dann sah ich sie: Selinas große, weiße Handtasche. Sie stand auf dem schmalen Tisch, auf dem die Infomappe des Hotels und die TV-Fernbedienung lagen.

Hatte Selina sie etwa vergessen, als sie aus dem Zimmer gehastet war? Ich vermochte es nicht zu sagen. Fest stand nur: Vor und nach meiner Joggingrunde war mir die Tasche nicht ins Auge gesprungen.

Es war ein billiges Stück aus Kunstleder. Unwillkürlich dachte ich an Selinas Unterwäsche – zwar äußerst reizvoll, aber ebenfalls Massenware. Trotzdem hatte sie Champagner bestellt. Das sprach für die Theorie von der Hotelbetrügerin.

Mit fliegenden Händen öffnete ich den Reißverschluss und

leerte den Inhalt der Tasche auf mein Bett. Ein schmales Portemonnaie, ein Briefumschlag, ein USB-Stick, ein abgeschnittener Blister mit zwei Ibuprofen-Tabletten, eine Packung Taschentücher, ein Lippenstift, Wimperntusche und ein Brillenetui fielen heraus. Darin lag die Sonnenbrille, die Selina in La Pared getragen hatte. Im Portemonnaie steckten ein paar Münzen und ein abgegriffener Zehn-Euro-Schein.

Ich öffnete den Umschlag. Das Foto, das ich in den Händen hielt, zeigte eine Frau in einer hellblauen, verspielten Rüschenbluse. Ihre blonden Locken waren kunstvoll aufgesteckt. Silbergrauer Lidschatten und ein exakt gezogener Kajalstrich ließen ihre Augen größer wirken. Sie trug Perlohrringe und eine dezente Kette mit einem in Silber gefassten Saphir. Den Kopf leicht in den Nacken geworfen, lachte sie in die Kamera. Doch die Heiterkeit war nur Show.

Das Foto war vor zwei Jahren bei einem Charity-Picknick am Wörthersee aufgenommen worden, dessen Tombola-Erlöse minderjährigen Flüchtlingen zugutekommen sollten. Ich wusste das so genau, weil das Foto mich selbst zeigte. Es war an einem jener zahlreichen Events entstanden, zu denen ich Alexander begleiten musste, und meine innere Verstimmung rührte daher, dass ich dafür den Start bei einem Springturnier in Passau verpasste.

Ein freiberuflicher Pressefotograf hatte höflich darum gebeten, es schießen zu dürfen. Es war danach in einigen Zeitschriften erschienen und in eine Bilddatenbank gewandert, in der auch Fotos vom österreichischen Bundeskanzler und diversen Schauspielern standen. Theoretisch konnte es jeder kaufen, der bereit war, für die Bildrechte zu zahlen.

Da hielt ich nun den Beweis in den Händen: Selina hatte bewusst den Kontakt zu mir gesucht. Nur das Warum, das stand noch immer im Raum. Wenn sie wirklich Journalistin war – was bezweckte sie dann mit der Geschichte über unsere gemeinsam verbrachte Nacht? Die Tatsache, dass eine Angehörige österreichischen Adels mit Frauen schlief, würde wohl kaum ein Erdbeben verursachen. Ein paar Tage lang würde die Presse vielleicht darüber berichten, es gäbe sicher ein paar fragwürdige und sexistische Schlagzeilen in der KRONE und den Schmierblättern, die gratis an U-Bahn-Stationen auslagen. Das würde unangenehm sein, aber vorübergehen.

Was mich an dieser Theorie störte, war die Tatsache, dass Selina mir kaum persönliche Fragen gestellt hatte. War es nicht das Ziel einer Journalistin, möglichst viel Privates aus ihrem Gegenüber herauszulocken? Ich fasste nochmals in die Tasche. Irgendwo musste Selinas Handy stecken. Mir stand noch ganz genau vor Augen, wie sie es ausgeschaltet und wieder in die Tasche geschoben hatte. Ich öffnete das Innenfach, griff hinein – und hielt eine Schlüsselkarte in der Hand. Vom Mobiltelefon fehlte jede Spur.

Ohne lange zu überlegen, nahm ich die Schlüsselkarte an mich. Im ersten Stock übersah ich in meiner Hast beinahe den Putzwagen des *Roomservice*. Er stand vor Zimmer 118.

Ich klopfte an der 124. Einen Moment lang hegte ich die Hoffnung, dass mir Selina öffnen und sich für alles eine logische Erklärung finden würde, sowohl für das Foto als auch für die Entführung. Hinter der Tür blieb es still, selbst als ich laut auf Englisch »Zimmerservice!« rief.

Die Tür schnappte auf, kaum dass ich mit der Karte den blinkenden Knopf unterhalb der Klinke berührt hatte. Vorsichtig trat ich ein und zog die Tür hinter mir zu, um von außen keinen Verdacht zu wecken.

Das Zimmer war genauso aufgeteilt wie meines, mit Sicht auf den Strand, einem Boxspringbett links und zwei identischen Nachtkästchen. Auf dem Kleiderschrank gegenüber lag ein purpurfarbener Hartschalenkoffer. Ich öffnete die Schranktüren. Das kobaltblaue Kleid fiel mir sofort ins Auge. Darüber hinaus gab es ein paar sportlichere Teile wie Hosen und Shirts.

Richard Geres These von der Trickbetrügerin fiel in sich zusammen. Selina *hatte* hier in diesem Hotel ein Zimmer, und zwar dieses. Folglich hatte sie wohl auch nie vor, die Zeche zu prellen.

Am Waschbecken im Badezimmer stand ein Becher mit einer Zahnbürste. Zahnpasta – ein deutsches Fabrikat – lag daneben. In einem Waschbeutel, rot mit weißen Sternen, entdeckte ich Duschgel, Gesichtscremes, eine goldene Haarspange und Nagellack in einem markanten Kirschrot, das mir verdammt bekannt vorkam. Der kleine Beauty-Case daneben war prall gefüllt und hätte wohl so manche Visagistin vor Neid erblassen lassen. Ich sah mir die obersten Produkte genauer an. Bei Unterwäsche und Handtaschen mochte Selina ja sparen, beim Make-up war dies definitiv nicht der Fall.

Alle Schubladen waren leer, doch auf dem Schreibtisch fiel mir eine orangefarbene Kartonmappe ins Auge. Ich schlug sie auf. Ein E-Ticket lag darin, ausgestellt auf eine Selina Bergmair, für einen Flug, der in zwei Stunden von Fuerteventura nach Berlin gehen sollte.

Bergmair, das klang nicht gerade nach Venezuela. Trotzdem fand ich hier in diesem Zimmer die Bestätigung für alles, was Selina von sich erzählt hatte. Die Entführung war kein Missverständnis oder gar ein fulminanter Abgang, wie der kanarische Ermittler es flapsig ausgedrückt hatte.

Ich marschierte schnurstracks zur Rezeption. Die Schicht dort hatte offensichtlich gewechselt, aber mit den Tresenkräften zu diskutieren war ohnehin nicht mein Plan.

»Holen Sie Señor Gomez Garcia«, forderte ich bestimmt. »Sofort!«

Verunsichert sah die junge Rezeptionistin ihren Kollegen an.

»Der Direktor ist nicht mehr im Haus«, wusste dieser. »Kann ich Ihnen weiterhelfen?«

»Rufen Sie ihn an. Sagen Sie ihm, dass die entführte Frau durchaus ein Hotelgast ist. Es gibt Beweise. Er weiß, wovon die Rede ist.«

Der junge Mann sah mich an, als würde er lieber einen Psychiater herbestellen als seinen Chef, was bewies, dass Carlos Gomez Garcia es nicht einmal für nötig befunden hatte, sein Personal zu unterrichten, um nur ja keinen tourismusschädigenden Wirbel zu machen.

Ich lehnte mich über den Tresen und senkte die Stimme.

»Hören Sie mir gut zu! Richten Sie Ihrem Chef aus, wenn er nicht in zehn Minuten gemeinsam mit der Polizei vor mir steht, sorge ich persönlich dafür, dass er seinen Posten los ist! Glauben Sie mir: ich bin ausgezeichnet vernetzt. Das kostet mir nur ein paar Anrufe.«

Mein scharfer Tonfall und die Androhung von Ungemach verfehlten nicht ihre Wirkung. Der Mann verschwand ins Hinterzimmer. Durch die halboffene Tür sah ich ihn telefonieren. Er kehrte mit der Auskunft zurück, der Direktor sei gleich da, in Begleitung der Polizei. Ich sollte in der Lobby warten, aber ich wusste meine Zeit besser zu nutzen und nahm den Aufzug zu Jos Suite. Ich brauchte eine Mitstreiterin, eine, die mir gegen diese Front der Untätigen zur Seite stand.

»Du lieber Himmel, dann ist sie also wirklich entführt worden!« Jo machte große Augen. »Aber was hast du damit zu tun? Warum hatte sie dein Foto in der Tasche?«

»Das versuche ich gerade herauszufinden.« Ich zeigte ihr Selinas USB-Stick. »Du hast nicht zufällig einen Laptop hier?«

Den hatte sie nicht. Gemeinsam suchten wir die sogenannte Business-Ecke des Hotels, in der zwei PCs und ein Drucker standen – nur, um festzustellen, dass die USB-Schnittstellen hier aus Angst vor Viren deaktiviert waren.

Jo fackelte nicht lange. Mit dem Memory-Stick in der Hand marschierte sie zur Rezeption. Ich hielt mich bewusst im Hintergrund und sah sie eine Weile mit einem der Angestellten diskutieren, ehe sie ihm plötzlich einen Hundert-Euro-Schein über den Tresen schob, den er hastig in seiner Westentasche verschwinden ließ. Während sie ihm ins Hinterzimmer folgte, warf sie mir einen raschen Blick über die Schulter zu. Lass mich machen, sagte sie mir damit stumm.

Mir blieb nichts anderes übrig, als auf der Polstergarnitur in der Lobby ungeduldig auf den Direktor zu warten. Schließlich kam er zum Haupteingang hereingefegt – atemlos und mit hochrotem Gesicht. Seine Hand war feucht, als er mich mit wenig Begeisterung, aber offenbar in Erwartung von einer Menge Ärger begrüßte.

»Ich kann Ihnen nur nochmals sagen: Das Zimmer hat ein Mann gemietet«, beteuerte er. »Was soll ich da tun?«

»Kommen Sie mit«, forderte ich in auf. »Ich will Ihnen etwas zeigen, und danach reden wir weiter, wer dort wohnt.«

Sichtlich unwillig folgte er mir in den ersten Stock. Die Putzkolonne war inzwischen am hintersten Ende des Ganges. Ich zückte die Schlüsselkarte. Das Schloss sprang auf.

Als wir im Zimmer 124 standen, fiel mein erster Blick auf das Bett. Es war komplett neu eingedeckt, mit Tagesdecke, Willkommenskärtchen und der kleinen Pralinenschachtel, die jeder Gast bei seiner Ankunft auf dem Kopfkissen vorfand. Auf dem Tisch gab es keine orangefarbene Kartonmappe mehr, sondern eine frische Flasche Mineralwasser, davor das Kärtchen: *Be our guest.*

Entsetzt riss ich die Schranktüren auf. Selinas Garderobe war verschwunden, ebenso der purpurne Koffer. Auch im Badezimmer erinnerte nichts mehr an sie.

Während ich fassungslos um Worte rang, stand Carlos Gomez Garcia noch immer mit verschränkten Armen und verärgertem Gesicht auf der Türschwelle.

»Deshalb zitieren Sie mich hierher? Um mir ein leeres Zimmer zu zeigen?«

»Aber es war alles hier: Kleidung, Accessoires, ein Flugticket!«

»Dann wird der Herr eben mittlerweile ausgecheckt haben. Das Zimmer ist nur bis heute gebucht gewesen.« Er streckte die Hand aus. »Geben Sie mir die Karte, wie auch immer Sie daran gekommen sind. Sie haben keine Berechtigung, sich hier Zutritt zu verschaffen und in der Privatsphäre anderer Gäste herumzuschnüffeln.«

»Wie bitte?« Ich presste die Schlüsselkarte an mich wie einen kostbaren Schatz. »Sie sind ja nicht ganz dicht! Was wird hier eigentlich gespielt? – Ich *weiß*, was ich gesehen habe: die Kleidung meiner Bekannten –«

»Von der Sie nicht mal den Namen wissen«, fiel er mir hart ins Wort. »Es ist im Übrigen nicht verboten, als Mann Damenkleidung im Schrank zu haben, wenn Sie verstehen, was ich meine.«

Er grinste dreckig und fuhr sich mit der Zunge über seine wulstigen Lippen. Ich war kurz davor, ihm eine Ohrfeige zu verpassen, so ohnmächtig fühlte ich mich.

»Bergmair«, stieß ich hervor. »Sie heißt Bergmair. Auf dem Ticket stand Selina Bergmair.«

»Auf hundertvierundzwanzig wohnte ein Amerikaner, der offenbar gerade ausgecheckt hat, das sagte ich Ihnen doch schon.«

Gerade ausgecheckt … Energisch drängte ich mich an dem Direktor vorbei und lief auf die Zimmermädchen im Flur zu.

»Der Gast von hundertvierundzwanzig – wann ist er gegangen? Wie sieht er aus? Haben Sie ihn gesehen, mit ihm gesprochen?«

Ratlose Gesichter. Es dauerte etwas, ehe ich begriff, dass mein Spanisch wohl besser war als das ihre. Ich zwang mich, die Frage im Zeitlupentempo zu wiederholen.

»Große Mann mit viele … weiß nicht«, radebrechte eine von ihnen und zeichnete mit dem Finger die eigenen Augenbrauen nach. »Dunkel Haar und auch viel in Gesicht. Ist weg vor … weiß nicht.« Sie warf einen kurzen Blick auf ihre Plastik-Armbanduhr. »Zwanzig Minut? – Wir wollten in Zimmer, da is gekommen, hat gesagt, er noch nicht fertig, wir dann Zimmer machen. Also wir zurück und Zimmer gemacht.«

Ich musste den mysteriösen Bewohner um Haaresbreite verfehlt haben. Verdammt!

Wenn jemand etwas über Selina sagen und mir helfen konnte, Licht in dieses Gewirr zu bringen, dann doch sicher er! Zwei

Stufen auf einmal nehmend, hastete ich die Treppe nach unten zur Rezeption, getrieben von der irrationalen Hoffnung, ihn noch beim Auschecken zu erwischen. Doch dort war niemand außer dem Personal, das sofort angespannt wirkte, als es mich im Laufschritt nahen sah.

»Der Amerikaner von hundertvierundzwanzig«, herrschte ich den jungen Mann an, der sich vorhin schon hatte einschüchtern lassen. »Wo ist er?«

»Entschuldigen Sie, ich darf keine Auskunft geben über –«

»Wo ist er?«

Meine Stimme war lauter geworden. Die Reisegruppe, die in der Lobby mit ihren Koffern auf den Abholdienst wartete, starrte zu uns herüber.

»Der Herr hat ausgecheckt.«

Es sprach für den Rezeptionisten, dass er seine Schweigepflicht brach, bevor ich richtig unangenehm wurde.

»Hat er die Schlüsselkarte zurückgegeben?«

»Ja, natürlich.« Meine Frage schien ihn zu überraschen.

»Und die Rechnung? Hat er die bezahlt?«

»Äh … ja. Mit Master Card.«

Das wurde immer rätselhafter. Allerdings erinnerte ich mich jetzt, dass Selina bei unserer ersten Begegnung am Buffet gesagt hatte, das Rührei und der Speck wären nicht für sie selbst. War sie also mit einem Mann hier gewesen, einem, der sie beim Einchecken nicht als seine Begleitung hatte registrieren lassen?

»Wo wollte er hin? Hat er das gesagt?«

»Zum Flughafen, nehme ich an.« Für eine Millisekunde schaute der Angestellte zum Ausgang, dann sagte er bedauernd: »Ich kann Ihnen nicht helfen, tut mir leid.«

Er log, denn ich war seinem Blick gefolgt und sah, was er gesehen hatte: einen dunkelhaarigen Typen in Jeans und schwarzer Lederjacke, der auf ein Taxi zusteuerte. Er zog einen purpurfarbenen Koffer hinter sich her.

Ich rannte los. Ein junges Paar, das gerade auf den Weg zum

Lift war, konnte sich noch mit einem Sprung zur Seite retten, doch der Mann, der mir mit den Händen in den Jeanstaschen entgegenkam, war weniger reaktionsschnell und geriet ins Taumeln, als ich ihn streifte. Ohne zu zögern stürmte ich weiter und erreichte den Ausgang gerade, als sich das Taxi in Bewegung setzte. Ich erhaschte einen kurzen Blick ins Innere des Wagens – und erstarrte, als ich das prägnante Gesicht des Fahrgasts erkannte. Es war der bärtige Kerl von La Pared.

Intuitiv fasste ich in meine rechte Hosentasche. Da war er, der Autoschlüssel, den ich am Vortag einfach eingesteckt und dann vergessen hatte. Ich traf meine Entscheidung im Bruchteil einer Sekunde. Während das Taxi langsam auf die Schranke zufuhr, die die Hotelzufahrt in beide Richtungen sperrte, sprintete ich auch schon los.

Meinen Mietwagen hatte ich nach der Rückkehr aus La Pared an der Straße abgestellt, weil der Hotelparkplatz belegt war. Ich sprang auf den Fahrersitz und startete den Motor. Das Taxi bog nach links ab. Ich nahm die Verfolgung auf, wobei ich sorgfältig Abstand hielt. Es war gar nicht mein Ziel, den Bärtigen aufzuhalten. Er sollte mich dorthin führen, wohin sie Selina verschleppt hatten. Wenn er ihren Koffer dabeihatte, brachte er ihn zu ihr – oder aber er wollte ihn verschwinden lassen …

Das Taxi nahm die Küstenstraße in Richtung Puerto Rosario. Es herrschte kaum Verkehr. Dennoch drängte sich in einem Kreisverkehr ein Auto zwischen mich und das Taxi. Ich fluchte leise, sah aber dann den Vorteil: So würde meine Verfolgung weniger auffallen.

Je näher wir Puerto Rosario und den Hinweisschildern zum Flughafen kamen, desto unsicherer wurde ich. Der Bärtige war einer der Männer, die Selina zum Wagen gezerrt hatten, da gab es keinen Zweifel. Doch warum hatte er dieses Hotelzimmer gemietet und auch noch die Rechnung bezahlt? Was, wenn es für alles eine logische Erklärung gab?

Dann rief ich mir wieder Selinas panischen Schrei ins Gedächtnis, und dachte auch an mein Foto in ihrer Handtasche. Es gab viel zu viele dunkle Flecken für eine simple Erklärung. Selbst wenn das Ziel dieses Mannes tatsächlich der Flughafen sein sollte, war er im Moment meine einzige Chance, Licht in dieses Dunkel zu bringen. Notfalls würde ich mich ihm in den Weg stellen, ehe er hinter der Sicherheitskontrolle auf Nimmerwiedersehen verschwand.

Die Küstenstraße war längst auf ihre große Schwester, die FV-1 getroffen; Schilder und eine Siedlung tauchten auf. *Playa de Barlovento. Ermita de la Virgen de Pino.* Plötzlich bog das Taxi scharf rechts ab nach *Guisguey*, wie ein weiteres Schild verriet.

Immer weiter ging die Fahrt durch die karge, felsige Landschaft. Mittlerweile war klar, dass wir nicht an einem Touristen-Hotspot landen würden. Außer Steinen, einem ausgetrockneten Flussbett und ein paar Häusern, die mehr an Baracken erinnerten, schien es hier nichts zu geben. Im Rückspiegel sah ich immerhin ein einzelnes Auto. Zumindest kam hier ab und zu jemand vorbeigefahren.

Wir hatten den Weiler vor uns noch nicht erreicht, da blinkte das Taxi nach links und bog auf eine kleine Sandstraße ab. In einer Staubwolke verschwand es hinter einer künstlichen Anpflanzung von mehreren Palmen, hinter denen ich weißes Mauerwerk aufblitzen sah. Ihm noch zu folgen, ohne sofort aufzufallen, war unmöglich. Mit gedrosselter Geschwindigkeit fuhr ich geradeaus weiter und wollte gerade an den Rand fahren, um zu überlegen, was ich nun tun sollte, als mich ein schwarzer Mittelklassewagen überholte, scharf schnitt und zu einer Vollbremsung zwang. Unmittelbar hinter ihm kam ich zum Stehen. Meine Knie zitterten, und ich schalt mich eine Närrin. Sicher würde mir jetzt dasselbe Schicksal blühen wie der entführten Selina! Dann erst bemerkte ich ein mobiles Blaulicht auf dem Autodach. In dem Fahrer mit der dunklen Sonnenbrille, der nun aus dem Wagen stieg und breitbeinig auf mich zukam, erkannte ich den kanarischen Richard Gere.

Ich ließ das Beifahrerfenster herunter.

»Sie müssen –«, begann ich, doch er fuhr mir ins Wort.

»Sind Sie von allen guten Geistern verlassen? Was soll das werden? Erst bestellen Sie mich ins Hotel, dann rennen Sie mich dort über den Haufen, und gerade verfolgen Sie Leute quer über die Insel?«

Sein flüssiges, fast akzentfreies Englisch war bemerkenswert. Das fiel mir jetzt erst richtig auf.

»In dem Taxi sitzt der Mann, der Selina entführt hat! Er ist zu diesem Haus da abgebogen …«

Ich gestikulierte wild in die Richtung des Palmenhains.

»Señora Roßloch.« Er stützte einen Arm auf meinem Auto ab und betrachtete mich nachdenklich. Auch mein für Ausländer nicht ganz einfacher Name ging ihm recht glatt über die Lippen. »Der Mann, der in diesem Taxi sitzt, heißt Steven Kowalski und ist aus Connecticut. Er trifft sich hier auf Fuerteventura jedes Jahr zu Silvester mit europäischen Bekannten. Und diese Bekannten haben für zwei Wochen die Villa Blanca gemietet, die sich dort hinter dem Palmenhain verbirgt – ein wunderschönes Ferienanwesen mit Pool, Spa-Bereich und allem Drum und Dran. Schauen Sie es sich mal im Internet an. Könnte Ihnen vielleicht auch gefallen.«

»Aber …«, setzte ich an, doch wieder ließ er mich nicht zu Wort kommen.

»Er hat vom Taxi aus die Polizei verständigt, weil Sie ihm folgen. Er dachte, man will ihn überfallen, verstehen Sie?«

Ich verstand. Ich verstand, dass mich dieser Kowalski – wenn das überhaupt sein wahrer Name war – von der lästigen Zeugin zur potenziellen Täterin machen und ausschalten wollte.

»Aber er hat Selinas Koffer«, hielt ich Richard Gere entgegen und zwang mich, so ruhig, vernünftig und beherrscht wie nur möglich zu klingen, obwohl ich innerlich vor Wut bebte. »Er war in ihrem Hotelzimmer, hat ihre Sachen zusammengepackt und dann ausgecheckt.«

»Er war in *seinem* Hotelzimmer«, korrigierte mich Gere. »Und dort einen Koffer zu packen, ist keine Straftat.«

Der Mann wollte es einfach nicht begreifen.

»Es ist *ihr* Koffer. Mit *ihren* Kleidern. Nur fehlt von ihr immer noch jede Spur. Und warum? – Weil Sie nicht nach ihr suchen!«

»Weil die Frau, von der Sie sprechen, offiziell nicht existiert.« Gere verdrehte genervt die Augen. »So untätig war ich nämlich gar nicht. Ich habe mich im Hotel umgehört, mit dem Barkeeper gesprochen, die junge Dame interviewt, die vorm Frühstückssaal die Zimmernummern abfragt, mit dem *Roomservice* geplaudert. Mittlerweile bin ich zu einem Schluss gekommen.«

Leise Hoffnung keimte in mir auf. »Und zwar?«

Er richtete sich kerzengerade auf und betrachtete mich durch seine dunkle Sonnenbrille von oben herab.

»Sie bilden sich das alles nur ein. Es gibt keine Selina.«

Ich schnappte nach Luft.

»Wie bitte?«

»Ich habe auch Erkundigungen über Sie eingeholt«, ließ er mich nun großspurig wissen. »Sie sind frisch geschieden und machen hier Urlaub, vermutlich in der Hoffnung, einen heißen Spanier aufzureißen. Doch bisher blieb das ersehnte Sexabenteuer aus, und so erfinden Sie stattdessen eine aufregende Story und halten damit einen ganzen Stab auf Trapp, um sich die Zeit zu vertreiben und Aufmerksamkeit zu bekommen. Aber das funktioniert so nicht.« Er lächelte mich selbstgefällig an. »Die kanarische Polizei ist zwar nicht das FBI, aber auch wir haben Gespür dafür, wenn etwas zum Himmel stinkt. Und Ihre Geschichte, Frau Roßloch, stinkt zum Himmel!«

Es reichte. Und zwar endgültig. Ich startete den Wagen.

»Wissen Sie was: Sie können mich kreuzweise!«

Ich trat aufs Gaspedal. Mit einer gewissen Befriedigung sah ich, wie Richard Gere von einer Staubwolke eingehüllt zurückblieb.

Dieter Weisskopf

»Warum hast du ihm nichts von der Handtasche erzählt?«

Nach meinem Zusammentreffen mit diesem Polizisten war ich noch immer auf hundertachtzig, während Jo, die sich meinen Bericht von der Verfolgungsjagd interessiert angehört und mich danach mit Gin versorgt hatte, gedanklich schon einen Schritt weiter war. – Ja, natürlich. Warum eigentlich nicht? Das hätte ich wohl tun sollen. Andererseits hatte Richard Gere sein Bild über mich sowieso schon in Stein gemeißelt. Selinas Tasche wäre für ihn so real wie Selina.

»Das hätte nichts geändert«, sagte ich und unterstrich meine Worte mit einem resignierten Schulterzucken. »Jo. Ich bilde mir das nicht ein! Sie *ist* entführt worden und wird höchstwahrscheinlich in dieser Villa gefangen gehalten.«

»Natürlich bildest du dir das nicht ein.« Jo winkte den Kellner heran und bestellte zwei weitere Gin. Ich wollte ablehnen, doch er hatte uns schon wieder den Rücken zugedreht. »Allerdings finde ich seltsam, dass das Zimmer auf den mutmaßlichen Entführer gebucht wurde und er auch noch ihren Koffer packte. Das passt nicht zu einer Entführung, oder?«

»Natürlich nicht«, gab ich zu. »Genauso wenig, wie das Foto von mir zu alledem passt. Aber die einzige, die Licht in die Sache bringen könnte, ist Selina selbst.«

Der Gin wurde serviert. Es war erst halb fünf Uhr nachmittags, und schon der erste Drink hatte mich ganz duselig gemacht, aber jetzt, da das Glas vor mir stand, konnte ich nicht widerstehen. Dieser schmeckte mehr nach Muskat und Koriander als nach Wacholder. Jo hatte aus der umfangreichen Karte eine andere Sorte gewählt, eine, die mir weit besser schmeckte. Während ich vom Gin nippte, legte sich mein Ärger über Richard Geres unverschämte Analyse. Beinahe konnte ich schon darüber lachen, wie der Mann sich hier als Sigmund Freud aufspielte. Einen Moment lang schien mir alles ganz und gar unwichtig, ich wollte einfach nur meinen Urlaub genießen.

»Hier, das gebe ich dir zurück.«

Jo holte mich wieder in die Realität. Der USB-Stick aus Selinas Tasche lag vor mir auf dem Tisch. Vielleicht enthielt er Beweise für den Auftrag, den Selina bei mir verfolgte – und für ihre Existenz! Zum ersten Mal nahm ich den weißen Aufdruck richtig wahr: *NEAA – Network for Environmental and Anti-Globalizing Agendas.* Das musste ihr Arbeitgeber sein, jene NGO, für die sie angeblich tätig war.

»Hast du irgendetwas darauf entdeckt?«

Jo hob die Schultern. »Ein paar Fotos, teilweise unscharf, mit denen ich nichts anfangen kann. Und ein paar Zeitungsartikel, unter anderem zwei aus der SOUTH CHINA MORNING POST, in denen es um ein Naturschutzgebiet in Zhejiang geht. Das ist eine Provinz in Ostchina, hat mir das Internet verraten.«

Sie zog einen Packen DIN-A4-Blätter aus ihrer Tasche.

»Ich habe alles ausgedruckt, was auf dem Datenträger war. Hier«, sie reichte mir den Stapel. »Vielleicht fällt dir ja irgendetwas auf, was uns weiterbringt.«

Ich begann, die Ausdrucke durchzublättern. Großteils Aufnahmen von Flüssen, Wäldern und saftiggrünen Ebenen. Dass es sich um Bilder handeln musste, die in China gemacht worden waren, ließ das Foto einer chinesischen Kleinstadt an einer malerischen Flussmündung vermuten. Das nächste Blatt war ein Zeitungsartikel.

»Was ich nicht ganz verstehe, ist die Sache mit der Handtasche.«

Ich blickte auf.

»Ich meine, ihr wart doch an der Bar? Wie kommt dann die Handtasche in dein Zimmer?«

Zu gern hätte ich ihr irgendeine dumme, aber plausibel klingende Geschichte aufgetischt – ad hoc fiel mir jedoch keine ein. Also blieb mir nur die Wahrheit. »Weil wir danach noch in meinem Zimmer etwas getrunken haben.«

Jo blinzelte überrascht.

»Und dann ist sie gegangen und hat ihre Tasche bei dir vergessen?«

»Nein, da war schon ein wenig mehr.« Ich legte den Papierstapel auf den freien Stuhl neben mir und traf eine Entscheidung. Ich war nicht mehr verheiratet. Ich war erwachsen. Es gab keinen Grund, eine meiner langjährigsten und besten Freundinnen zu belügen. »Ich habe mit ihr die Nacht verbracht. Am Morgen gab es ein paar Unstimmigkeiten zwischen uns, und ich warf sie sozusagen raus. An ihre Tasche hat sie da wohl nicht mehr gedacht.«

An ihr Handy aber schon, rief mir die kleine Stimme in meinem Hinterkopf in Erinnerung.

Jo sah mich einfach nur an. Ich merkte, dass sie meine Worte noch nicht ganz erfasst hatte.

»Was soll das heißen: Du hast mit ihr die Nacht verbracht?«

Ich unterdrückte ein Seufzen.

»Jo, bitte – was das eben heißt!«

Wieder starrte sie mich an, diesmal mit offenem Mund.

»Also … ist das … ich meine … normal bei dir?« Jetzt schlug sie sich die Hand vor den Mund. »Tut mir leid. Tut mir wirklich leid. So war es nicht gemeint. Ich will sagen …« Sie gab auf, suchte hilflos meinen Blick. »Ich weiß gar nicht, was ich sagen soll. Du hast gerade mein Weltbild ins Wanken gebracht. Ich kenne … kannte dich anders. Du hast nie etwas angedeutet, in dieser Richtung!«

»Warum auch? Das sind reine Bettgeschichten.«

»Aber glaubst du denn dann, dass du vielleicht mit einer Frau an deiner Seite –«

Ich ließ sie nicht ausreden. Vorträge und Mutmaßungen dieser Art hatte ich mir bereits von Claudio anhören müssen. Das reichte.

»Nein, das ist für mich kein Thema. Ich sehe das ganz pragmatisch: Warum sollte ich die gesellschaftlichen Herausforderungen einer gleichgeschlechtlichen Beziehung auf mich nehmen, wenn ich an der Seite eines Mannes mit weit weniger Komplikationen durchs Leben gehe?«

Jos Mund, der offen gestanden hatte, klappte wieder zu. Sie griff nach ihrem halbvollen Ginglas, um es in einem Zug zu leeren.

»Wow!«, sagte sie dann und starrte auf den Boden, als gebe es dort irgendetwas zu entdecken.

»Krieg dich wieder ein.« Ich lächelte flüchtig. »So schlimm ist das nicht. Abgesehen davon, verliebe ich mich sowieso nicht – egal ob in Mann oder Frau.«

Ich hatte den Stapel mit den Ausdrucken bereits wieder in der Hand, als Jo ihre Sprache wiederfand.

»Mir ist es egal, mit wem du schläfst. Was mich schockiert, ist dein Gleichmut.«

»Sagt die Frau, die mir vor ein paar Tagen großspurig erzählt hat, sie werde nie mehr heiraten. Die, die mir einen *good fuck* empfahl.«

»Ich habe aber nicht gesagt, dass du dich nie verlieben sollst! Die Liebe ist doch das Salz in der Suppe!«

»Komm mir nicht mit Küchentipps.« Ich legte die Ausdrucke demonstrativ auf den Tisch und setzte mit Nachdruck hinzu: »Im Übrigen gibt es gerade Wichtigeres als mein nicht vorhandenes Liebesleben.«

»Wie du meinst.« Jo stand auf, ihre Zigarettenschachtel in der Hand. »Ich gehe mal eine rauchen.«

Ich verzichtete auf eine Erwiderung und nahm mir einen der Artikel vor. Er war vor rund drei Wochen in einer englischsprachigen Zeitung aus China erschienen. Es ging um ein Naturschutzgebiet in einer Provinz nahe Shanghai und um einen deutschen Geschäftsmann namens Dieter Weisskopf, der eine Fläche in der Größe von acht Fußballfeldern erwerben wollte, um sie für industrielle Zwecke zu nutzen. Bisher war er am Unwillen des chinesischen Staates gescheitert, das Gelände umzuwidmen und an ihn abzutreten, obwohl es auch andere Stimmen gab, die darin einen wirtschaftlichen Impuls für die gesamte Region sahen. Fünfhundert neue Arbeitsplätze wurden in Aussicht gestellt. Der Artikel endete damit, dass sich der Journalist in Details über die landschaftlichen Schönheiten der Provinz Zhejiang verlor. Dass die Fotos, die auf dem USB-Stick waren, dort aufgenommen worden waren, lag wohl auf der Hand. Der zweite Artikel aus einer anderen Zeitung lieferte keine neuen Fakten. Weisskopf wurde hier nicht einmal namentlich erwähnt; es war nur von einem Unternehmer die Rede.

Blieb noch immer offen, was ich mit alldem zu tun hatte und was Selina mit mir.

Das vorletzte Blatt zeigte keine chinesische Landschaft, sondern zwei Männer im Anzug. Sie schüttelten sich die Hände. Der eine war schätzungsweise vierzig, ein blasser Typ mit breiter Nase, wässrigblauen Augen und Bartansatz. Sein dunkelblauer Blazer wirkte, als wäre er eine Nummer zu groß. Er selbst reichte dem anderen Mann, dessen Sakko so grau war wie sein dichtes Haar, knapp bis zur Schulter, was ich bemerkenswert fand. Denn der ältere Herr, der da in die Kamera lächelte wie der freundliche Großvater von nebenan, war selbst nur 1,82 Meter groß und folglich kein Riese.

Ich wusste das so genau, weil ich ihn kannte.

Bei dem Mann, dessen kantige Gesichtszüge mit den Jahren weicher geworden waren, handelte es sich um niemand anderen als um Heinrich Eberhard von Marensperg-Töbeln. Mein eigener Vater.

Ich schluckte trocken und sah mir das Foto genauer an. Es war in einem Gewölbesaal aufgenommen worden. Rechts befand sich eine dunkle Marmorsäule mit gelb gestrichenem Sockel. Überhaupt war der ganze Saal in Gelbtönen gehalten. Auch das Parkett war hell, von schwarzen Streifen durchzogen. An der oberen Kante des Fotos erkannte ich einen großen Kristallluster. Auffällig war das großflächige Wandbild im Hintergrund, es zeigte Männer in herrschaftlicher Pose und historischer Aufmachung.

»Und? Irgendetwas Interessantes entdeckt?«

Jo kam an den Tisch zurück.

»Ja, allerdings.« Ich zeigte ihr das Foto. »Weißt du, wer das ist?«

»Nein. Sollte ich?«

»Eigentlich ja. Du hast ihn zwei, drei Mal gesehen. Zum Beispiel bei meiner Hochzeit.«

Auf Jos Stirn bildeten sich zwei steile Falten, während sie das Bild eingehend betrachtete.

»Ach …!« Sie nahm das Bild in die Hand und studierte es eingehend, dann hob sie den Kopf. »Warum hat diese Selina ein Foto von deinem Vater?«

»Das wüsste ich auch gern.«

»Wo ist es aufgenommen? Kennst du den Saal?«

»Nein. Aber das Foto ist nicht alt, mein Vater trägt die Krawatte, die ich ihm im Oktober zum Geburtstag geschenkt habe.«

»Wir sollten die Polizei informieren«, sagte Jo ernst. »Jetzt, wo wir neue Beweise haben.«

Ich lachte trocken. »Beweise? Wofür? – Nein, lassen wir diesen chauvinistischen Insel-Ermittler aus dem Spiel!« Ich packte die Ausdrucke zusammen und klemmte sie mir unter den Arm.

»Was willst du tun?«, erkundigte sich Jo, die meinen Aufbruch bemerkte.

»Ich weiß noch nicht«, erwiderte ich wahrheitsgemäß. »In Ruhe nachdenken. Und nach Infos zu dieser Organisation suchen, für die Selina arbeitet.«

»Okay. Wenn du Unterstützung brauchst, sag mir Bescheid.«

Auch sie erhob sich nun. »Ansonsten sehen wir uns um acht Uhr zum Essen?«

Ich nickte, war aber in Gedanken schon in Guisguey.

*

Bei Dunkelheit wirkte die Gegend um den Weiler herum noch verlassener als tagsüber, die Berge steiler und schroffer, ja, fast bedrohlich. Ich fuhr langsam und nur mit Standlicht an der schmalen Schotterstraße vorbei, in die das Taxi Stunden zuvor abgebogen war. Hinter den Palmen sah ich Licht.

Bei der nächsten Wendemöglichkeit machte ich kehrt und fuhr nochmals an der Zufahrtsstraße vorüber. Es hatte keinen Sinn. Die Palmen verdeckten das Haus fast vollständig.

Hundert Meter weiter stellte ich das Auto hinter einer Biegung ab, dann schulterte ich meinen prall gefüllten Rucksack und marschierte los. Der Mond am wolkenlosen Himmel reichte, um mir den Weg zu leuchten. Unter meinen Füßen knirschte der Kies.

Ich wusste, wie unklug es war, über das brach liegende Feld zu gehen. Weit und breit gab es keine Deckung, keinen Baum, keine Hütte. Wenn es an der Villa Kameras gab und sie auf der Lauer lagen, um unerwünschte Besucher abzuwehren, würden sie mich entdeckt haben, noch ehe ich das Tor zum Grundstück erreicht hatte.

Immerhin wusste ich nun, was mich dort erwartete: ein Anwesen mit drei Etagen, zwölf luxuriös ausgestatteten Zimmern, einem prächtigen Innenhof und einem Pool im hinteren Bereich des Gartens. Ich hatte Richard Geres Rat beherzigt und das Anwesen auf einer der Buchungsplattformen ausgekundschaftet. Umgeben von einem hohen Zaun, der zusätzlich mit Stacheldraht bewehrt war, bot es für Einbrecher kein willkommenes Ziel.

Das Kissen in meinem Rucksack würde mich gegen den Stacheldraht schützen. Außerdem hatte ich Pfefferspray in meiner Hosentasche, das ich sonst beim Joggen mit mir führte. Allerdings wollte ich eine Konfrontation auf jeden Fall vermeiden. Mein Plan war es, herauszufinden, ob Selina wirklich in dieser Villa festsaß, Beweisfotos zu schießen und mich damit unmittelbar an die Policía Nacional zu wenden. Die Kanaren hatten zwar innerhalb des komplexen spanischen Polizeiwesens einen eigenen Status, dennoch war, wie ich inzwischen wusste, Ermittler Gere nicht der einzige Exekutivbeamte, an den ich mich wenden konnte.

Als ich das Tor zum Grundstück erreichte, fand ich es zu meiner großen Überraschung offen. Auf dem gepflasterten Vorplatz standen zwei SUVs und – der schwarze Kastenwagen. Im Inneren sah ich den Schlüssel stecken. Wer immer ihn auch fuhr – er schien sich hier in völliger Sicherheit zu wiegen.

Mit dem Handy fotografierte ich alle Fahrzeuge inklusive der Nummernschilder ab. Ohne Blitzlicht – die Lampen, die das Gebäude anstrahlten wie ein öffentliches Denkmal, waren hell genug.

Der obere Stock war komplett beleuchtet. Im unteren waren die Vorhänge zugezogen. Plötzlich drangen Stimmen an mein Ohr. Ich presste mich an das kalte Metall des Kastenwagens, der vom Lichtkegel nicht erfasst wurde, und lauschte. Sie mussten im Innenhof sitzen, ganz in der Nähe des Durchgangs, der wie ein dunkler Tunnel in das Gebäude führte. Ich konnte nicht einmal verstehen, in welcher Sprache sie sich unterhielten. Was ich aber deutlich vernahm, war heiteres Gelächter.

So eine Entführung musste ja eine wirklich amüsante Sache sein! Gleichzeitig beschlichen mich Zweifel: Was, wenn Richard Gere recht hatte und hier einfach nur ein paar Freunde einen gemeinsamen Urlaub verbrachten? Was, wenn ich mich irrte und der Mann im Taxi gar nichts mit Selina zu tun hatte?

Nein. Nein, das konnte nicht sein.

Er hatte sie doch in den Wagen gezerrt. Der Mann mit dem

Bart und der Warze im Gesicht. Der Taschenräuber von La Pared.

Ich schlich um das Gebäude herum. An einer Stelle war die Mauer niedriger. Ich stellte mich auf die Zehenspitzen und lugte vorsichtig darüber. Um einen Schwenkgrill herum saßen vier Männer und zwei Frauen. Auf dem Tisch standen Teller und Salatschüsseln, es roch nach Holzkohle und gebratenem Fleisch. Im Schein des Grillfeuers erkannte ich unter der bunten Lampionkette den Kahlköpfigen, den Bärtigen – und Selina! Ein schmächtigerer Mann, dessen Gesicht im Schatten lag, saß ihnen gegenüber und lachte gerade über etwas, was die zweite Frau in der Runde gesagt hatte. Das Lachen kam mir bekannt vor, doch ich konnte es nicht zuordnen. Vielleicht jemand aus dem Hotel?

Wie auch immer. Viel wichtiger: Jetzt sah ich klar. Ich war einer Betrügerin aufgesessen und hatte mich zur Närrin gemacht! Eine unbändige Wut stieg in mir hoch, meine Furcht verflog. Am liebsten wäre ich sofort über die Mauer geklettert und in die illustre Gesellschaft hineingeplatzt, als sich mein Verstand meldete: Wer sagte mir, dass diese Leute nicht gefährlich waren?

Ich ging wieder in Deckung und tippte ein SMS an Jo. Es war inzwischen Viertel nach acht, vermutlich wartete sie ungeduldig im Hotelrestaurant auf mich.

Bin in der Villa Blanca. Entführung war Fake! Selina wohlauf, alle haben hier Spaß. Werde jetzt die Party sprengen!

Als ich es abschicken wollte, war der Empfang zu schwach. Zähneknirschend schlich ich zum Feld. Nun ging die SMS durch.

Das Pfefferspray vorsorglich in der rechten Hand, pirschte ich mich erneut an das Gebäude heran. Als ein versteckter Lichtmelder ansprang, blieb mir fast das Herz stehen.

Ich suchte Zuflucht hinter einem Mauervorsprung und schlich mich in den Durchgang. Hinter mir führte eine Tür ins Innere des Gebäudes. Langsam bewegte ich die Klinke. Abgeschlossen.

Vorsichtig lugte ich auf die Terrasse. Dort hatte das Lichtsignal Hektik ausgelöst. Alle waren aufgestanden, gestikulierten, wechselten leise, kurze Sätze, die wie Befehle klangen. Ich versuchte, Selina auszumachen, konnte sie aber nicht mehr entdecken. Mit klopfendem Herzen lief ich weiter.

Nun hatte ich den ganzen Innenhof im Blick. Einen Schritt noch, und ich würde auf der Terrasse stehen. Noch hatte mich niemand bemerkt. Der Bärtige stand mit dem Rücken zu mir. Ein Mann, dessen Gesicht ich nicht erkannte, ließ sich gerade wieder auf der Sitzbank beim Grillfeuer nieder. Er verschränkte die Hände ineinander und lehnte sich leicht nach vorne. Im Erdgeschoss brannte nun Licht.

Die Tür, die über den Innenhof zum rechten Flügel des Hauses führte, flog schwungvoll auf. Die Frau, die hinausstürzte, dicht gefolgt von dem Kahlköpfigen, war Selina.

»Lassen Sie mich jetzt endlich gehen!«, schrie sie aufgebracht. »Ich habe Ihnen nichts mehr zu sagen!«

»Das sehen wir anders.« Der Mann stand von der Bank auf. Der Schein der Lampions erhellte kurz sein Gesicht. Blass, breite Nase, weiche Gesichtszüge. Dazu die nicht allzu große Statur mit den breiten Schultern. Es war derselbe, der meinem Vater auf dem Foto die Hand schüttelte.

»Was zum Teufel …!«, donnerte eine tiefe Stimme hinter mir. Ein kräftiger Arm, der grob den meinen packte. Mein Pfefferspray fiel scheppernd zu Boden.

Zeitgleich legte sich ein Hebel in meinem Inneren um. Mein Körper übernahm die Regie. Es war, als hätte ich erst gestern Selbstverteidigung trainiert und nicht zuletzt vor siebzehn Jahren.

Ich winkelte den Arm ab, riss ihn nach oben und befreite mich aus dem Griff des überraschten Angreifers. Die Arme in Abwehrhaltung, sprang ich einen Schritt zurück, holte aus, trat ihn kräftig in die Eier und ließ gleichzeitig meine geballte Faust in sein Gesicht donnern. Ich konnte hören, wie die Nase krachte, während der Mann sich auch schon schmerzverkrümmt nach unten beugte. Blut schoss ihm aus der Nase.

Ich hörte Selina erschrocken aufschreien.

»O mein Gott«, sagte der Kahlköpfige fassungslos, und mir war, als würde irgendwer das Wort Notarzt flüstern, doch möglicherweise bildete ich mir das auch nur ein. Ich stand unter Hochspannung, bereit, den nächsten Angreifer niederzustrecken.

Trotz des Adrenalins, das mir durch die Adern schoss, wusste ich, dass ich schleunigst verschwinden musste. Der Typ mit der gebrochenen Nase hatte vorher definitiv nicht mit auf der Terrasse gesessen. Von dem Kerl, dessen Gesicht ich nicht gesehen hatte, fehlte jede Spur, genauso wie von der zweiten Frau. Ob im Haus wohl noch Verstärkung wartete?!

»Komm!«, schrie ich Selina zu. »Wir müssen hier weg!«

Doch kaum dass sie einen Schritt auf mich zugetan hatte, riss jemand sie grob zurück. Es war der Mann vom Foto, von dem Foto mit meinem Vater. Sie wehrte sich mit Händen und Füßen, aber ihr unkoordiniertes Gezappel war alles andere als effizient. Er drehte ihr den Arm brutal auf den Rücken, und sie brach in ein schmerzerfülltes Heulen aus.

Lauf, rief meine innere Stimme, lauf und schau nicht zurück!

Ich schob mich rückwärts in den Hausdurchgang, bereit, mich umzudrehen und zu meinem Wagen zu sprinten.

Da zerriss ein lauter Knall die Stille. Selinas Peiniger hielt eine Waffe in die Luft gereckt. Jetzt nahm er sie herunter und richtete sie auf mich.

»Wenn Sie nicht sofort herkommen«, erklärte er mit ruhiger Stimme, »ist die nächste Kugel für Sie.«

Ich schluckte. Ich hatte keine Chance. Gleichzeitig dachte ich an Jo. Hoffentlich unternahm sie irgendetwas – wenn ich auch nicht wusste, warum eigentlich. Mein letztes SMS hatte nun wirklich nicht nach einer Notlage geklungen.

Meine Knie zitterten leicht, als ich mich zur Sitzgruppe bewegte, den Bewaffneten fest im Blick, und mich auf seine großspurige Handbewegung hin in einem Korbstuhl niederließ.

»Steven. Hier, nimm. Unser neuer Gast scheint nicht ganz ungefährlich zu sein.«

Der Bärtige ergriff die an ihn weitergereichte Pistole. Augenblicke später fühlte ich das kühle Metall an meiner Schläfe.

Ich zwang mich zur Ruhe, obgleich ich begriff, wie naiv ich gewesen war. Nun saß ich in der Falle. Oder doch nicht?

Mein Verstand arbeitete auf Hochtouren.

Der mit der blutigen Nase verschwand im Haus. Als er an mir vorbeiging, erhaschte ich einen Blick auf sein verschmiertes Gesicht. Ich hatte ganze Arbeit geleistet, was mich mit Triumph erfüllte.

»Ich weiß nicht, wer Sie sind und warum Sie glauben, meine Privatsphäre stören zu dürfen«, begann der, der in die Luft geschossen hatte, und mir fiel jetzt auf, dass er sein R beim Sprechen leicht rollte. Ohne Zweifel kam er aus dem Süden Deutschlands, auch wenn er sich Mühe gab, dies zu kaschieren. »Aber jemand, der hier heimlich aufkreuzt und meinen Cousin krankenhausreif schlägt, genießt nicht gerade einen Vertrauensvorschuss. Das verstehen Sie sicher.«

»Wer sind Sie?« Ich sah ihn scharf an. Was verband diesen Mann und meinen Vater? Er erwiderte meinen Blick mit derselben unnachgiebigen Härte.

»Wer sind *Sie*, dass Sie hier auf mein Grundstück eindringen?«

Dieses Spiel konnten wir ewig spielen. Ich war gut darin.

»Warum rufen Sie nicht die Polizei, wenn ich angeblich eingebrochen bin?«

Er schnaubte.

»Damit die Sie mit Samthandschuhen anfassen und gegen eine kleine Geldbuße wieder auf freien Fuß setzen? – Pah! Leute wie Sie verstehen nur die harte Tour!«

Das klang in meinen Ohren reichlich melodramatisch dafür, dass ich im Grunde genommen doch nur ungebeten sein Haus betreten und mich gegen seinen gewaltbereiten Cousin verteidigt hatte.

»Warum haben Sie diese Frau entführt?«

Ich wies mit dem Kinn auf Selina, die angespannt dasaß, die Arme vor der Brust verschränkt. Mir fiel auf, dass sie nicht mehr ihre Joggingkleidung trug, sondern das kobaltblaue Kleid. Offenbar hatte man ihr Gelegenheit gegeben, sich umzuziehen. Ich fand das äußerst verstörend.

Jetzt lachte er.

»Entführt? – Sie ist mein Gast.«

»Das stimmt nicht!«, rief Selina, aber wir übergingen beide ihren empörten Einwurf.

»Soso! Und Ihre Gäste lassen Sie immer von Schlägertrupps in Kastenwägen abholen?«, erkundigte ich mich betont liebenswürdig. »Das ist eine merkwürdige Gastfreundschaft.«

»Wenn sich hier jemand merkwürdig verhält, dann Sie und diese Dame da. Erst locken Sie mich zu einem Treffen auf die Insel, ködern mich unter Vorspiegelung falscher Tatsachen, werfen mir dann unglaubliche Dinge an den Kopf und versuchen, mich zu erpressen. Und auf einmal soll ich hier der Fiesling sein?« Mit gerunzelter Stirn sah er mich an.

Ich drehte den Kopf leicht nach rechts. Die Pistole bohrte sich tiefer in meine Schläfe. Mein Gesprächspartner verstand den bedeutungsvollen Blick.

»Das muss sein«, erklärte er, ohne mit der Wimper zu zucken. »Erstens haben Sie gezeigt, zu welcher Brutalität Sie fähig sind, zweitens habe ich genug davon, mir von Öko-Terroristen auf der Nase herumtanzen zu lassen. Ich bin Geschäftsmann und werde von Leuten wie Ihnen, denen es nur darum geht, ihre wirren Ideologien durchzusetzen, wie ein Krimineller behandelt! Aber bei mir sind Sie an den Falschen geraten!«

Öko-Terroristen.

Ich warf Selina einen fragenden Blick zu. Sie schwieg und wirkte mit ihrem Gesichtsausdruck und den verschränkten Armen wie ein bockiges Kind.

»Leuten wie Ihnen«, fuhr der Mann fort und meinte eindeutig Selina und mich, »ist jedes Mittel recht, um Macht zu bekom-

125

men. Sie torpedieren die Wirtschaftsbeziehungen zwischen Groß-
mächten, aber Ihre politische Verblendung fördert nur Elend und
Hunger in der Welt und treibt ganze Landstriche in die Armut.«

»So ein Unsinn«, zischte Selina aufgebracht. »Sie sind derjenige, der Elend und Armut fördert! Sie sind ein Verbrecher!«

»Ein Verbrecher?« Er lachte trocken. »Ich habe nichts getan,
was gegen das Gesetz wäre. Nur, weil ich nicht nach der Pfei-
fe Ihrer terroristischen Vereinigung tanze, lasse ich mir keinen
Stempel aufdrücken!«

Für mich drehte sich das Gespräch allmählich im Kreis.

»Und was haben Sie jetzt vor? Wollen Sie uns etwa umbringen? Dann lassen Sie sich gesagt sein: Fünf gute Freunde kennen
meinen Live-Standort, um mich jederzeit orten zu können! Und
wenn ich nicht binnen zwei Stunden im Hotel zurück bin, werden sie die Polizei einschalten!«

»Umbringen?« Er sah mich mit dem Ausdruck eines Menschen an, dem etwas gänzlich Abwegiges unterstellt worden war.
»Ich bin doch kein Mörder. Ich will nur ungehindert meiner Arbeit nachgehen. Und damit ich das kann, werde ich Sie beide eine
Weile als Gäste beherbergen.«

Ein hämischer Unterton schlich sich in seine Stimme.

»Den Komfort einer Villa Blanca kann ich Ihnen natürlich
nicht gewähren. Aber Sie mögen bestimmt Schiffsreisen. Die
nächsten Wochen im Frachtraum eines Fischkutters werden ganz
sicher die spannendsten Ihres bisherigen Lebens sein.«

»Damit kommen Sie niemals durch!«, begehrte Selina auf.
»Mein Boss wird Ihnen auf den Leib rücken, Ihnen unangenehme
Fragen stellen –«

»Ihren Aufenthaltsort werde ich ihm gern verraten«, fuhr er
hart dazwischen. »Denn wenn die NEAA noch einmal wagt, meinen Deal zu verhindern, lasse ich Sie über Bord werfen.«

Selina schnappte nach Luft. Ich überlegte indessen, ob sich
auch im Haus, falls dort noch mehr Leute waren, Waffen auf uns
richteten. Wie auch immer …

»Und jetzt geben Sie mir Ihr Handy«, forderte er und streckte mir die Hand entgegen.

Mein Rucksack vor meinen Füßen.

»Es steckt im Innenfach«, log ich, während ich mit leiser Sorge Selinas Schuhwerk betrachtete. Im Gegensatz zu mir trug sie hochhackige Sandaletten, keine Turnschuhe. Es würde schwierig werden, doch zurücklassen konnte ich sie nicht. Dazu hatte ich viel zu viele Fragen an sie.

Der Kahlköpfige bückte sich und zog den Reißverschluss des Rucksacks auf.

Drei Meter bis zum Durchgang. Davor der Kastenwagen mit dem Schlüssel.

Das kalte Metall der Pistole an meiner Schläfe.

Mein Wagen oben an der Straße.

Mein Handy, das keineswegs im Rucksack, sondern in meiner Sweatshirtjacke steckte …

Während der Kahlköpfige das zusammengeknautschte Kissen aus dem Rucksack hervorzog und verdutzt betrachtete, suchte ich Selinas Blick. Hier war unsere Chance! Die Aufmerksamkeit der drei Männer galt immer noch meinem Rucksack. Doch Selina sah unter sich. Ich fixierte sie, endlich schaute sie mich an. Wortlos signalisierte ich, dass sie sich bereit machen sollte, doch in ihren furchtsamen Augen standen nur Fragezeichen.

»Da ist kein Handy«, stellte der Kahlköpfige jetzt fest.

»Doch. Ganz unten im Fach«, beharrte ich mit fester Stimme, spürte aber, das er skeptisch wurde. Gleichzeitig nahm ich wahr, dass der Druck des Metalls auf meiner Schläfe nachgelassen hatte, auch dem Bärtigen war das Handy gerade wichtiger als ich.

Jetzt oder nie! Besser würde es nicht werden.

Mit voller Kraft rammte ich meinen Ellbogen nach hinten. Ein Schmerzensschrei, die Pistole flog aufs Pflaster. In Windeseile nahm ich sie an mich und entsicherte die Waffe, als hätte ich das erst am Vortag geübt. Manche Dinge sind eben wie Fahrradfahren, man verlernt sie nie.

»Komm!«, rief ich Selina zu, und diesmal reagierte sie schneller. Sie flüchtete sich hinter mich.

Die Männer starrten uns mit großen Augen an. Der Bärtige machte einen Schritt auf mich zu. Ich richtete die Pistole auf ihn.

»Tu das nicht, Steven«, griff ich den Namen auf, mit dem er zuvor angesprochen worden war. »Ich bin eine ausgezeichnete Schützin!«

Steven wirkte unschlüssig, doch eine Geste seines Bosses gebot ihm Einhalt.

Langsam bewegte ich mich rückwärts durch den Tunnel zur Vorderseite der Villa, Selina an meiner Seite. Erst, als wir den Vorhof erreicht hatten, drehte ich mich um.

Mit einem »Los, nichts wie weg!« rannte ich zum Kastenwagen. Ich hatte die Tür auf der Fahrerseite schon aufgerissen, als ich merkte, dass Selina fehlte. Tatsächlich lag sie ein paar Schritte weiter im Sand, einer ihrer Stöckelschuhe mit abgebrochenem Absatz daneben. Schritte hallten im Durchgang; die Männer waren uns auf den Fersen.

Ich hastete zurück, riss Selina hoch, schleppte sie zum Wagen und bugsierte sie hinüber auf die Beifahrerseite, während ich den Schlüssel umdrehte. Der Motor sprang an, aber die mechanische Handbremse klemmte!

»Hier!« Ich legte die Pistole in Selinas Schoß ab, zerrte mit beiden Händen die Bremse frei und gab Gas. Keine Sekunde zu früh, denn die Männer waren schon da. Der bärtige Steven sprang beherzt vor den Wagen und wurde in letzter Sekunde vom Kahlköpfigen zur Seite gerissen, der meine Entschlossenheit erkannt hatte.

Hinter uns knallte ein Schuss.

Selina schrie und duckte sich auf dem Beifahrersitz. Die Waffe lag auf ihrem Schoß wie ein Fremdkörper.

»Nimm das Ding in die Hand!«, herrschte ich sie an, während der Kastenwagen über die Schotterstraße rumpelte. Mein Herz raste. Ich zweifelte nicht daran, dass sie uns folgen würden, stellte aber im Rückspiegel fest, dass sie immer noch vor dem erleuchteten Haus standen und wild gestikulierten. Es sah aus, als würden sie streiten. Hoffentlich taten sie das möglichst lange.

Ich bog auf die Hauptstraße ab und schielte zur Villa. Hinter dem Palmenhain war es dunkel. Alle Lichter im Haus waren erloschen.

Ein Stück weiter brachte ich den Kastenwagen hinter meinem dort abgestellten Mietauto zum Stehen.

»Raus. Umsteigen. Und nimm die Pistole mit!«

Selina gehorchte wie ein zutiefst eingeschüchtertes Kind. Ihre Finger hielten die Waffe, als sei es ein Sprengsatz, der jede Sekunde explodieren könnte, weshalb ich sie ihr lieber wieder abnahm und sicherte.

Soviel zur Agentin 007 und toughen Öko-Terroristin! Ohne mich wäre sie im Frachtraum eines Schiffes versauert! Unglaublich, dass die meisten Frauen ihr vermeintliches Schicksal so kampflos akzeptierten.

Ich fuhr die Straße so flott entlang, wie es die Kurven und die fehlende Straßenbeleuchtung zuließen, und rechnete jederzeit damit, dass die Scheinwerfer unserer Verfolger im Rückspiegel aufblitzen würden. Doch die ganze Strecke von Guisguey kam uns weder ein anderes Auto entgegen, noch zeigte sich eines hinter uns.

An der Kreuzung zur FV-1 wollte ich links nach Corralejo abbiegen, doch Selina, die bisher nur still und blass neben mir gesessen hatte, stieß einen spitzen Schrei aus.

»Nein ... nein ... ich muss zum Flughafen.«

»Jetzt?« Die digitale Anzeige am Armaturenbrett zeigte 22:25 Uhr. »Geht überhaupt noch ein Flieger?«

»Es gibt dort ein Schließfach. Da ist mein Pass drinnen und einiges andere. Außerdem muss ich meinen Chef verständigen. Er wird mir den nächstmöglichen Flug buchen.«

Ich bog zum Flughafen ab und bedachte Selinas Worte. So einfach ließe ich sie auf keinen Fall davonkommen. Dass sie mir noch einiges zu erklären hatte, schien sie aber nicht einmal in Erwägung zu ziehen.

»Rolf? Gott sei Dank, du bist noch wach!«, tönte es neben mir. Zu meiner Überraschung hielt sie plötzlich ein Handy in der Hand. »Es ist etwas schiefgegangen. Weisskopf blockt völlig, dem geht es nur um seinen Profit«, hörte ich sie sagen. »Er hat mich entführt und bedroht. Zum Glück konnte ich mich befreien.«

Ich bedachte sie mit einem kurzen sarkastischen Blick, den sie aber ignorierte.

»Bin jetzt auf dem Weg zum Flughafen. Ich muss hier weg, und zwar schnell! Er wird mich suchen. Er wollte mich bis zur Auktion als Geisel nehmen, um unser Eingreifen zu verhindern.«

Jetzt sprach der Mann. Eine tiefe, sonore Stimme, die trotz des brummenden Motors an mein Ohr drang. Ich konnte nicht verstehen, was er sagte, doch Selina schien einverstanden, denn sie sagte »Ja. Ja, ist gut«, ehe sie auflegte.

»Er gibt mir Bescheid, sobald der Flieger geht«, informierte sie mich. »Ich soll mich solange irgendwo verstecken. Er meint, der Flughafen sei zu unsicher, da würden sie als Erstes suchen.«

Ich nickte. Kluger Mann.

»Vielleicht finden wir eine Pension in Puerto Rosario, in der wir bis dahin bleiben können?«

»Wir?«, fragte ich überrascht. Mit welcher Selbstverständlichkeit sie in mir eine Komplizin sah! »Ich habe hier auf der Insel ein Hotelzimmer, schon vergessen?«

»Aber da können wir nicht hin. Da werden sie auch suchen.«

»Sie suchen nach dir, nicht nach mir. Von mir kennen sie nicht mal den Namen.«

»Du steckst da genauso drin.«

»Ach ja?«, tat ich überrascht. Natürlich steckte ich längst mit drin, immerhin war sie mit meinem Foto durch die Lande gezogen und hatte eines von meinem Vater auf dem USB-Stick. »Ich fürchte, das musst du mir genauer erklären. So, wie eine ganze Reihe anderer Fragen, die mir auf der Zunge brennen.«

Selina presste nur die Lippen aufeinander und schaute stur geradeaus. Die ersten Häuser von Puerto Rosario säumten den Straßenrand. Wir waren nicht mehr allein auf weitem Feld. Während das meine Beifahrerin beunruhigte, war ich froh, in der Stadt zu sein. Sollten die Männer doch noch auftauchen, wären wir inmitten anderer Menschen nicht einfach anzugreifen. Aus genau diesem Grund bog ich in Richtung Zentrum ab. Ich folgte den Wegweisern zu einem Parkplatz in der Nähe des Hafens. Dort standen etliche Mietwagen – umso besser! Mein Auto war damit nur eines unter vielen.

»Was hast du vor?«, fragte Selina alarmiert, als sie merkte, dass ich im Begriff war, auszusteigen.

»Wir suchen uns einen ruhigen Ort und dann führen wir ein ernstes Gespräch miteinander.«

»Du bleibst doch bei mir, bis ich hier weg kann, oder?« Sie griff nach meiner Hand. »Bitte! Ich habe Todesangst.«

Ich entzog ihr meine Hand und dachte an die Szene, die ich bei meinem Blick über die Mauer gesehen hatte. Eine Gruppe von Leuten bei Wein, Bier und Koteletts vom Grill. Todesangst?

Ohne ein weiteres Wort ging ich die vierspurige Hauptstraße entlang in Richtung Hafen. Selina folgte mir – barfuß, wie ich feststellte. Es wehte ein kühler Wind und ich sah, dass sie in ihrem Kleidchen fröstelte, konnte aber im Moment wenig Mitleid aufbringen. Dafür stand zu viel zwischen uns.

Bei dem Hotel, das ich ansteuerte, handelte es sich um einen grauen Hochhausblock mit Blick auf den Frachthafen. Es war mir bereits bei einem Ausflug mit Jo aufgefallen, weil es so anonym und hässlich wirkte.

Mit der Pistole unter dem Sweatshirt und meiner Geldbörse mit der Kreditkarte in der Hand fragte ich nach einem Zimmer für eine Nacht. Die Rezeptionistin sah auf Selinas Füße, dann zu mir und schob wortlos einen altmodischen Schlüssel mit Metallanhänger über den Tresen.

Das Zimmer entsprach ganz meinen Erwartungen: vergilbter

Wandanstrich, grauer PVC-Boden und ein schmales Bett mit geblümter Überdecke. Selina verschwand sofort im Bad.

Ich legte die Waffe vor mich auf das Bett und öffnete das Magazin. Der laute Knall beim Schuss in die Luft hätte mich bereits stutzig machen können, doch zu diesem Zeitpunkt war ich auf anderes fokussiert gewesen. Jetzt betrachtete ich die Patronen und versuchte mir auf all das einen Reim zu machen. Warum hatten die Männer uns nur halbherzig verfolgt? Außer meinen bescheidenen Selbstverteidigungskünsten hätte sie nichts davon abgehalten, uns wieder in ihre Gewalt zu bringen.

Selina kam aus dem Badezimmer; ich sah, dass sie sich die Füße gewaschen hatte. Sie setzte sich zu mir aufs Bett und betrachtete ratlos die auseinandergenommene Pistole.

»Was ist damit?«

»Das hier ist eine Schreckschusswaffe«, klärte ich sie auf. »Die Patronen sind Feuerwerksraketen nicht unähnlich. Es gibt einen Knall und einen Lichtblitz. In Weingegenden setzt man die Dinger gern ein, um Stare von den Reben zu verscheuchen.«

»Du kennst dich echt gut damit aus.«

Ihre Worte waren bei Weitem nicht das, was ich erwartet habe. Keine Erkenntnis, dass wir einer angeblich so gefährlichen Bande mit einer besseren Spielzeugpistole entkommen waren.

»Woher kannst du das alles? Dieses Karate-Zeug? Den Umgang mit so einem Ding? – Ich habe von sowas keine Ahnung!«

Womit wir auch schon beim Thema waren.

»Dann wurdest du wohl nicht anständig gebrieft«, erwiderte ich nüchtern. Ich genoss, dass ihr buchstäblich die Kinnlade herunterfiel. Offenbar hatte ich mitten ins Schwarze getroffen. Doch ich war noch nicht fertig.

»Ich kann nur für dich hoffen, dass dein Job gut bezahlt ist, wenn er dir schon so viel körperlichen Einsatz abverlangt.«

Ein paar Sekunden verstrichen, ehe bei ihr sickerte, worauf ich anspielte.

»Nein. Nein, so war das nicht!« Sie wollte mir die Hand auf

die Schulter legen, doch ich rückte ein Stück zur Seite. Eine Ohrfeige hätte sie wohl kaum mehr treffen können als das.

»Ich hatte den Auftrag, mit dir in Kontakt zu treten, das ja. Aber alles andere … hatte nichts mit meinem Job zu tun. Ich wollte mit dir schlafen, ehrlich. Und ich wollte dir auch die Wahrheit sagen, aber die Ereignisse haben sich überschlagen. Glaube mir bitte – ich habe dich nicht benutzt. Was an Silvester zwischen uns war, ist passiert, weil ich es wollte – nicht wegen eines Auftrags.«

Sie schluckte und streckte erneut die Hand aus. Diesmal ließ ich zu, dass sie meinen Arm berührte.

»Und ich will es immer noch. Du faszinierst mich. Ich will dich richtig kennenlernen, wenn das hier«, sie stockte kurz, »vorbei ist.«

»Wenn *was* vorbei ist?«

Ich musste mich nicht weiter bemühen, sachlich zu klingen. Im Moment lag mir nichts ferner, als auf ihre gefühlsduseligen Worte einzusteigen.

»Die Auktion. Wenn wir verhindert haben, was es zu verhindern gilt.«

Sie hatte das schon beim Telefonat mit diesem Rolf erwähnt, genauso wie den einen Namen, den ich schon aus den Zeitungsartikeln kannte.

»Der Mann mit der breiten Nase, der geschossen hat. Das ist Dieter Weisskopf, richtig?«

»Ja.« Überraschung lag in ihrer Stimme. »Woher weißt du –«

»Der USB-Stick in deiner Tasche. Würdest du mich freundlicherweise endlich darüber aufklären, was ich mit einem Typen zu tun habe, der anscheinend mit China Geschäfte machen will?«

»Na, eigentlich ja nichts!« Sie seufzte. »Nicht direkt, jedenfalls.«

»Und indirekt?«

Sie war wirklich gut darin, meine Geduld überzustrapazieren.

»Weisskopf ist ein bayerischer Unternehmer – einer, der in

allen möglichen Branchen mitmischt, von Immobilien über Finanzberatung bis zum produzierenden Sektor. Er ist inzwischen international tätig, und er ist bekannt dafür, seine Geschäfte ohne Skrupel zu führen. Für seinen Profit geht er über Leichen, beutet aus, ignoriert Umweltauflagen. Nun will er in Ostchina eine riesige Textilfabrik aufstellen, ausgerechnet in der Provinz Zhejiang, die bekannt ist für ihre noch relativ intakte Natur. Noch weigert sich die chinesische Regierung, ihm das gewünschte Areal zu übereignen. Aber das wird sich ändern.« Selina holte tief Luft, ehe sie fortfuhr: »Es gibt da eine wertvolle Vase, die als Raubkunst nach Europa gekommen ist. Diese Vase wird in zwei Wochen in Wien zur Versteigerung angeboten. Es gibt verlässliche Hinweise darauf, dass Weisskopf die Vase ersteigern und dann an China zurückgeben will. Und jetzt rate mal, was er dafür als Gegenleistung der Regierung bekommen wird.«

Das Areal in Zhejiang, klar. Dennoch klangen Selinas Ausführungen für mich zu spekulativ und auch zu simpel.

»Unser Plan war zunächst, Weisskopf konfrontativ anzugehen ... schlechte Presse, Naturschutz, Klimawandel ... all diese Dinge. Wir haben ihn unter einem Vorwand nach Fuerteventura gelockt und erst dann die Katze aus dem Sack gelassen. Doch unser Vorhaben scheiterte. Das ist ein Typ ohne Gewissen. Schlechte Presse ist er gewohnt. Der will nicht *Everybody's Darling* sein!«

Ach was!

Ich biss mir auf die Lippen, um ihren Redefluss nicht durch einen sarkastischen Einwurf zu bremsen.

»Also trat Plan B in Kraft. Er hat eine Vorliebe für ... nun, sehr junge Mädchen. Es gibt Fotos mit ... ein paar Thailänderinnen. Man versicherte uns, dass sie allesamt minderjährig seien. Also versuchte ich auf diesem Wege, ihn zur Einsicht zu bewegen.«

Allmählich gewann ich ein Bild davon, weshalb Weisskopf Selina, die Erpresserin, und mich, ihre mutmaßliche Komplizin, im Frachtraum eines Schiffes versauern lassen wollte.

»Aber selbst das war ihm egal«, fuhr Selina resigniert fort. »Das Problem ist, dass wir ihn nicht in die Zange nehmen können, denn von diesen Thai-Girls, alle aus Bangkok, sind drei mittlerweile achtzehn, die vierte ist spurlos verschwunden. Und so genau kann keiner sagen, wann die belastenden Fotos aufgenommen wurden. Wir haben also nichts gegen ihn in der Hand.«

Eine Gruppe naiver Umweltschützer, die sich hinter dem hochtrabenden Namen *Network for Environmental and Anti-Globalizing Agendas* versteckt und in der großen Wirtschaftspolitik mitmischen will – noch ehe ich zur Villa Blanca gefahren war, hatte ich einen Blick auf die schlicht gestaltete Website der NGO geworfen und die Rubriken *Wir über uns*, *Unterstützer* und *Mission* überflogen. Selinas Bericht bestätigte den Eindruck, den ich dabei gewonnen hatte.

»Das war vor Silvester«, erzählte Selina weiter. »Weisskopf und ich gingen nicht gerade freundschaftlich auseinander. Auch wenn er cool tat, sah er die NEAA nun als Gegner, der ihm ans Bein pinkeln will. Er schickte diesen Steven, um mich einzuschüchtern. Sicherlich wollte er auch an die Fotos kommen.«

»Und die waren in deiner Tasche?« Ich hatte die Szene des versuchten Überfalls von La Pared vor Augen.

»Nein, in dem Schließfach am Flughafen. Aber vermutlich dachte er, sie wären in meiner Tasche.«

Das alles klang nicht unbedingt logisch, doch sie selbst schien daran zu glauben.

»Und jetzt wollte er mich als Geisel nehmen, um die NEAA von weiteren Aktionen gegen ihn abzuhalten, bis der Deal mit den Chinesen unter Dach und Fach ist.«

Diesen Part hatte ich mittlerweile verstanden. Ein anderes Puzzleteil verlangte dagegen noch immer nach Aufklärung.

»Und was habe ich damit zu tun?«

Selinas dunkle Augen wurden groß. »Na, wenn du dir den USB-Stick angeschaut hast, dann bist du doch auf dieses Foto gestoßen ... Weisskopf und dein Vater.«

Mein Vater und seine Sammlung asiatischer Artefakte.

»Willst du damit sagen, die Vase gehört ihm?«

»Momentan ja. Aber er hat sie schätzen und katalogisieren lassen und lässt sie am sechzehnten Januar versteigern.«

»Aber wenn Weisskopf so wild auf diese Vase ist, warum kauft er sie ihm nicht einfach direkt ab?«

»Die beiden stehen in der Tat in engem Kontakt. Wir wissen davon, weil wir gute Informanten haben, sowohl in Asien als auch in Europa. Es ist anzunehmen, dass der Nennpreis nicht dem tatsächlichen Marktwert entspricht, sondern zwischen deinem Vater und Weisskopf abgesprochen ist. Die Versteigerung soll einen Höchstpreis plausibel erscheinen lassen. Weisskopf wird ganz bestimmt über einen Strohmann bieten und selbst im Hintergrund bleiben. Was er so alles mit den Chinesen treibt, ist wirklich ein Skandal! «

Wir, das war wohl die NEAA.

»Ich halte es für ausgeschlossen, dass sich mein Vater in irgendeiner Form auf krumme Geschäfte einlässt«, stellte ich klar. »Ich weiß nicht, wo er diesem Weisskopf über den Weg gelaufen ist, aber dass er dubiose Absprachen deckt, kann nicht sein. Redet mit ihm und klärt ihn auf. Vielleicht zieht er dieses Artefakt von der Auktion zurück, und die Sache ist erledigt.«

»Das war das Erste, was wir getan haben«, entgegnete Selina finster. »Ich habe ihn kontaktiert und sogar zweimal persönlich getroffen, um ihm die Brisanz des Ganzen zu erläutern. Aber er ist komplett uneinsichtig. Er hat gesagt, was auch immer es mit diesem Naturschutzgebiet auf sich hätte, es interessiere ihn nicht! Er hat auch geleugnet, Weisskopf zu kennen, und mir mit der Polizei gedroht, falls ich ihn weiter belästige!«

Sie ist ihm auf die Nerven gegangen, ging es mir spontan durch den Kopf. *As simple as that!* Die mittlerweile altersmilden Gesichtszüge meines Vaters täuschten darüber hinweg, dass er nie jemanden im Unklaren gelassen hatte. Als Diplomat wusste er seine Urteile zwar geschickt zu verpacken – nichtsdestotrotz, die

Botschaft kam zielsicher an. Speziell in den arabischen Ländern hatte ihm das Respekt eingebracht. Wenn Diplomatie allerdings nicht vonnöten war, geizte er nicht mit sehr klaren und direkten Worten. Das hatte Selina offenbar zu spüren bekommen.

»Und warum habt ihr Weisskopf ausgerechnet nach Fuerteventura gelockt?«

»Ganz einfach: Unser Plan C hielt sich hier auf der Insel auf, und die Zeit drängt, weil die Versteigerung ja schon bald stattfinden soll.« Sie sah mich ernst an. »Plan C … bist du, Lena. Falls A und B scheitern, sollte ich Kontakt zu dir suchen.«

»Na, das hast du ja bravourös gemeistert!« Ich lachte trocken, obwohl mir nicht danach war. »Mit vollem Einsatz. Dein Boss muss sehr zufrieden mit dir sein.«

»Ach, hör doch auf!« Sie klang nun richtig verärgert. »Ich habe dir schon gesagt, das eine hat nichts mit dem anderen zu tun. Mein Auftrag war ein ganz anderer, und bisher bin ich nicht einmal dazu gekommen, mit dir darüber zu sprechen. Wir wollen, dass du die Vase von der Auktion zurückziehst«, ließ sie endlich die Katze aus dem Sack. »Solange sie als unverkäufliches Artefakt in der Sammlung Marensperg-Töbeln verbleibt, kann Weisskopf seinen China-Plan nicht umsetzen.«

Ein paar Sekunden verstrichen, ehe ich vollumfänglich begriff, was sie da von mir forderte. Mein Lachen kam aus tiefstem Herzen.

»Ich?! – Die NEAA muss wirklich besser recherchieren! Ich habe mit der Sammlung meines Vaters genau gar nichts zu schaffen.«

»Von wegen. Du wirst sein neues Museum betreuen.«

Wo hatte sie denn diese Information her?

»Das ist noch längst nicht beschlossen«, ernüchterte ich sie.

»Egal. So oder so kannst du mit ihm besser reden. Du überzeugst ihn am ehesten.«

Ich verzichtete darauf, ihr einen Einblick in die Komplexität meiner familiären Beziehungen zu geben, und begann stattdessen, die Schreckschusspistole wieder zusammenzubauen. Es gab keinen Grund, hier noch Zeit zu verschwenden. Das alles war ein einziges Hirngespinst.

»Warum sollte ich das tun?«, wollte ich dennoch wissen. »Wieso sollte ich mich deshalb mit meinem Vater anlegen? Wie naiv bist du eigentlich? Seit wann rettet eine Vase die Welt? Was geht mich der Naturschutz in China an? Denkt ihr wirklich, wenn ich mich vor euren Karren spannen lasse, käme die Globalisierung zum Stehen?«

»Wie bitte? So denkst du also darüber?«

Leise Abscheu legte sich wie ein Schatten über ihr Gesicht. Sie stand auf, ging zum Fenster und öffnete es. Der leichte Windzug, der die abgestandene Luft im Raum wohltuend auffrischte, blähte die vergilbten Gardinen wie die Segel eines Schiffes auf hoher See. Sie hatte mir den Rücken zugedreht und sah hinaus in den nächtlichen Hafen. Stimmen von ein paar offensichtlich angeheiterten Nachtschwärmern drangen von der Straße aus nach oben.

Als sie sich wieder zu mir umwandte, stand nicht mehr Abscheu, sondern bittere Enttäuschung in ihren Augen. Um nicht weiter in Selinas Gesicht sehen zu müssen, konzentrierte ich mich auf die Waffe, die jetzt theoretisch wieder einsatzbereit war.

»Ich habe gedacht, du wärest anders.« Ihre Stimme drang in mich wie ein unsichtbares Messer. »Aber du bist anscheinend genauso wie alle Reichen. Dir geht es nur um deinen Komfort. Euer ach so soziales Engagement, eure Spenden für Arme und Benachteiligte, euer Gelaber vom ökologischen Bewusstsein und Klimaschutz – alles nur Selbstbeweihräucherung! In Wahrheit habt ihr alle kein Gewissen.«

»Wie du meinst«, gab ich mich unbeeindruckt und stand auf. »Was auch immer du und deine stümperhafte Organisation vorhabt – es ist nicht mein Problem. Ich gehe jetzt.«

»Lena – nein!« Panisch griff sie nach meinem Arm. »Das darfst du nicht! Bitte! Ich habe Angst. Ich sitze hier ohne einen einzigen Euro, ohne dich komme ich gar nicht zum Flughafen.

Was ist, wenn Weisskopf und seine Leute mich finden? Bitte, bleib da!«

»Lass mich los.«

Sie klammerte sich weiterhin an mich wie eine Ertrinkende.

»Selina! Zwing mich nicht, dir wehzutun.«

Die Drohung saß. Sie gab meinen Arm schleunigst frei.

Ich warf die gesicherte Pistole aufs Bett.

»Hier. Die Patronen bringen niemanden um, aber du kannst damit Angreifer zumindest für ein paar Sekunden ablenken und abhauen.«

»Lena … bitte …«, begann sie von Neuem, doch ich war schon zur Tür hinaus.

Im Treppenhaus hastete ich die fünf Stockwerke zu Fuß hinunter, weil ich nicht riskieren wollte, auf den Lift warten zu müssen. Erst als ich am Parkplatz angekommen war, gönnte ich mir eine Atempause. Ich lehnte mich gegen meinen Wagen und sehnte mich zum ersten Mal seit siebzehn Jahren Abstinenz nach einer Zigarette. Aufgewühlt stieg ich ein und fuhr zurück nach Corralejo. Als ich um kurz nach ein Uhr im Hotel ankam, schickte ich Jo, die mittlerweile schon einige Male auf meinem stumm geschalteten Handy angerufen und besorgte Nachrichten auf meiner Mobilbox hinterlassen hatte, ein SMS.

Bin wieder zurück. Alles gut. Erzähle es dir beim Frühstück.

Wie ein Stein fiel ich in die Kissen und schlief sofort ein.

Als ich am nächsten Morgen erwachte, kam mir die letzte Nacht wie ein wahnwitziger Traum vor. Nur das Fehlen meines Rucksacks und des zweiten Kissens im Bett belegte, dass alles real war.

Trotzdem konnte ich Jo wenig später beim Frühstückskaffee eine abgespeckte, sehr unaufgeregte Version der Erlebnisse servieren, in der ich Selina die Rolle der naiven Öko-Aktivistin und Weisskopf den Part des großspurigen Geschäftsmannes zuwies, der ihr eine Lektion habe erteilen wollen. Was eine chinesische Vase, mein Vater und ich damit zu tun hatten, handelte ich in einem Nebensatz ab. Mehr sei mir Selinas wirres Gerede nicht mehr wert, endete ich cool.

Als Jo vorschlug, nach all diesen Aufregungen den Urlaub lieber vorzeitig abzubrechen, willigte ich dankbar ein. Auch wenn mich kaum die Furcht vor einer neuen Begegnung mit Weisskopf und seinen Leuten umtrieb, war es mir doch lieber, nichts zu riskieren. Darüber hinaus hatte ich keine Lust, am Strand Cocktails zu schlürfen oder die Insel zu erkunden.

Denn in mir hatte sich etwas verändert.

In den Stunden, die noch verblieben, um unsere Abreise zu organisieren, fühlte ich mich völlig entwurzelt und zugleich lebendiger denn je. Allein die Erinnerung an die Waffe in meiner Hand und das Adrenalin, das mir durch die Adern geschossen war, als ich Weisskopfs Cousin außer Gefecht gesetzt hatte, ließ meine Haut vor Erregung prickeln. Ich hatte mich stark und unbesiegbar gefühlt – nicht wie ein passives Schmuckstück, das brav in Kameras lächelt. Eher wie eine Art Lara Croft.

Es war berauschend.

Heinrich Eberhard von Marensperg-Töbeln

In den ersten Wochen des neuen Schuljahres hatte ich Farah einfach links liegen lassen. Allein die Tatsache, dass mein Vater wollte, dass ich mich um sie kümmerte, machte sie für mich uninteressant. Obendrein war sie so still und in sich gekehrt, dass auch kein anderes Kind Lust darauf hatte, sich näher mit ihr zu beschäftigen. Von sich aus sprach sie kein Wort, nicht einmal im Unterricht. Die ersten rissen schon Witze über sie, als sie aufhörte zu essen. Einfach so, von heute auf morgen. Sie saß mit uns zu Tisch, weil sie es musste, stocherte im Essen herum und ließ es beinahe unberührt wieder zurückgehen. Ein paar Tage lang blieb das konsequenzlos. Dann schaltete sich die Direktorin ein und zitierte Farah zu sich, als hätte sie ein Verbrechen begangen.

Immerhin fand sie dabei heraus, warum Farah nicht sprach: Ihr Englisch war so schlecht, dass sie Mühe hatte, dem Unterricht zu folgen. Sie sprach nicht mit uns, weil sie sich schämte. Da erinnerte sich die Direktorin an meinen Lebenslauf, und schon wurde ich auch seitens der Schulleitung zwangsverpflichtet, Zeit mit der Neuen zu verbringen. Denn ich war das einzige Mädchen an der Schule, das immerhin ein paar Sätze auf Arabisch sagen konnte. Vieles, was mir die einheimischen Nannys während unserer Aufenthalte in Tunesien, Marokko und Dubai beigebracht hatten, war mit den Jahren in Vergessenheit geraten. Farah, dankbar um die unerwartete Ansprache, holte es wieder hervor. Ohne zusätzliches Englisch wäre kein Gespräch zustande gekommen, aber es nahm langsam Farah die Scheu, auch mit anderen zu kommunizieren. Anfangs sprachen wir nur über Banalitäten, dann über Persönlicheres. Farah begann wieder zu essen, und irgendwann war sie mir wichtiger als Jo, mit der ich noch immer am Sonntag reiten ging, und schließlich sogar wichtiger als Claudio, der sowieso viele andere Freunde hatte.

Anfangs fühlte ich mich in Farahs Gegenwart nur unglaublich stark und selbstbewusst. Doch bald schon ergriff etwas ganz Neues, Aufregendes und zugleich Beängstigendes von mir Besitz: die Gewissheit, ohne sie nicht mehr leben zu können. Ohne sie verstrichen die Stunden in qualvoller Langsamkeit, ohne sie fühlte ich mich leer und überflüssig.

Das war viele Jahre her, und doch: Nun, da ich aus meinem Fuerteventura-Abenteuer zurückgekehrt war, erging es mir ganz ähnlich. Zwei Nächte zu Hause, und die Euphorie, die mich nach meinem erlebnisreichen Neujahrstag erfüllt hatte, war verflogen. Es kostete mich viel Energie, nicht einfach in dem dunklen Loch zu bleiben, das jetzt Teil meiner Lebensrealität war: Ich saß allein in einer Zwei-Zimmer-Wohnung im Herzen Wiens und keiner schien sich mehr für mich zu interessieren. Statt Einladungen zu Empfängen, Charity-Aktionen und sonstigen Events lagen in meinem Postkasten nur Werbeflyer von Pizzaservices oder Installateuren, die zu besonders günstigem Preis meine Gastherme warten wollten. Es war, als hätte mich das Unterzeichnen der Scheidungspapiere in die gesellschaftliche Bedeutungslosigkeit gestoßen. Der *Club der Geschiedenen*, wie ich meine oberflächlichen Freundinnen nannte, weilte mit seinem Nachwuchs beim Skifahren in Ischgl oder Kitzbühel. Manche hatten die Kinder auch gerne dem Ex überlassen und genossen noch ein paar schöne Tage mit dem derzeitigen Lebensabschnittspartner.

Ich ertappte mich des Öfteren dabei, mir Selina an meine Seite zu wünschen – ganz besonders, wenn ich allein im Bett lag. Der Sex mit ihr war zweifelsohne überwältigend gewesen.

Doch dann führte ich mir wieder vor Augen, dass sie einzig

142

und allein aus dem Grund mit mir Kontakt aufgenommen hatte, um mich für ihre Zwecke zu missbrauchen. Die Worte, die sie mir im Hotelzimmer in Puerto Rosario an den Kopf geschmissen hatte, brannten mir auf der Seele. War ich wirklich gewissenlos und einzig auf meinen eigenen Komfort bedacht, nur weil ich nicht darauf brannte, die Welt zu retten?

*

»Prinzessin!«

Erst füllte nur Claudios rote Ballonmütze das Display meines Handys, dann, als er es in die richtige Position drehte, sah ich auch sein Gesicht. Wieder fiel mir auf, wie grau und müde er aussah, doch darin stand ich ihm an diesem Morgen wohl um nichts nach. Ich hatte schlecht und unruhig geschlafen, mein Gedankenkarussell war nicht zur Ruhe gekommen. Inzwischen machte ich mir sogar noch Sorgen um Selina. Hatte sie Spanien wirklich unbeschadet verlassen? Oder saß sie nun, wieder aufgegriffen von Weisskopfs Leuten, im Frachtraum eines Fischkutters und wartete auf Rettung?

»Guten Morgen, Claudio.«

Ich war gerade aus der Dusche gestiegen und hatte nur ein Handtuch um meinen Körper gewickelt, weshalb ich erst einmal darauf verzichtete, die Video-Funktion zu aktivieren.

»Habe ich deine SMS richtig verstanden? Du bist schon seit drei Tagen wieder zu Hause? Warum? Ist etwas passiert?«

»Kann man so sagen.« Ich suchte passende Klamotten zusammen, während ich eine Kurzfassung der Geschehnisse auf Fuerteventura zum Besten gab, inklusive meiner Nacht mit Selina. Es wäre mir falsch vorgekommen, sie Claudio gegenüber nicht zu erwähnen, weil ich Jo ja schon davon ins Bild gesetzt hatte.

»Es ist vollkommen absurd, dass sie sich an mich wendet wegen dieser Vase«, schloss ich meinen Bericht ab. »Schließlich geht mich die Sammlung meines Vaters gar nichts an.«

Ich hatte das Handy laut gestellt und es beiseitegelegt, um in meinen Pulli zu schlüpfen. Auf meine Worte hin kam keine Antwort, vermutlich war die Verbindung abgerissen. Doch als ich das Gerät wieder aufnahm, sah ich Claudio, wie er nachdenklich in die Kamera schaute. Ich schaltete nun auch auf Video.

»Ab Mitte März geht dich die Sammlung dann wohl schon was an«, sagte er. Sein Tonfall hatte sich verändert. Er klang jetzt verletzt. »Warum hast du mir eigentlich nicht ehrlich gesagt, dass du deinem Vater längst zugesagt hattest? – Das musste ich über meine Medienbeobachtung erfahren, während du noch vor Weihnachten mir gegenüber so getan hast, als sei das noch offen!«

»Wie bitte?« Irgendetwas hatte ich offenbar verpasst. Dass Claudio meinen Namen von der Agentur, die die deutschsprachige Medienlandschaft scannte, mitbeobachten ließ, war ein Spleen von ihm, der mich nicht weiter störte. Was er mir da unterstellte, versetzte mir jedoch einen Schlag. »Ganz im Gegenteil! Kurz vor meiner Abreise habe ich mich mit ihm deshalb noch fast gestritten. Er wollte, dass ich mich dafür entscheide, aber ich habe ihm gesagt, dass ich mich zu keiner Zusage drängen lasse!«

»Dann verstehe ich diesen Zeitungsartikel nicht.« Claudio wirkte skeptisch, was mich ärgerte. Seit wann glaubte er mir nicht mehr? Und überhaupt, von welchem Zeitungsartikel sprach er da?

»Ich habe ihn dir per Mail geschickt. Ist am dreißigsten Dezember in der LANDSHUTER ZEITUNG erschienen.«

Ich griff nach meinem Tablet.

Augenblicke später hatte ich den eingescannten Artikel am Schirm. Ein Foto zeigte meinen Vater mit dem Landshuter Bürgermeister und, wie die Bildunterschrift verriet, einigen anderen Honoratioren der Stadt. Die Überschrift des Zweispalters lautete: *Asiatische Kunst im Herzen von Niederbayern: Museum eröffnet im April.*

Schon der erste Absatz ließ mir den Atem stocken.

Beim Jahresabschlussempfang des Bürgermeisters gab Heinrich Eberhard von Marensperg-Töbeln weitere Details zu Niederbayerns erstem Asiatika-Museum bekannt: Die umfangreiche Privatsammlung soll am 1. April der Öffentlichkeit zugänglich gemacht werden. Die Leitung wird Marensperg-Töbelns Tochter Helene Roßloch übernehmen. Laut dem Kunstsammler wird Helene Roßloch, die momentan noch in Wien lebt, in Kürze auf den Familiensitz im Landshuter Vorort Painting zurückkehren.

Der Ärger, den ich eben noch gegenüber Claudio empfunden habe, konzentrierte sich nun vollständig auf meinen Vater. Wie kam er dazu, so etwas zu verbreiten – genau einen Tag, nachdem ich ihn um Bedenkzeit gebeten hatte? Und wie konnte er öffentlich verkünden, dass ich mit ihm und Mutter wieder unter ein Dach ziehen würde?

»Keine Ahnung, wie er darauf kommt«, sagte ich Claudio. »Ich bin selbst völlig schockiert.«

»Vielleicht hast du dich ihm gegenüber nicht klar genug ausgedrückt.«

»Das wird's sein!« Am liebsten hätte ich laut geschrien.

»Jetzt beruhige dich erst mal wieder.« Immerhin blieb Claudio mein Gemütszustand nicht verborgen. »Und dann frag einfach deinen alten Herren, was das soll.«

»Das werde ich ganz sicher!«

»Ich muss jetzt was erledigen. Melde mich später nochmal, okay?«

»Okay.«

Ich legte auf und starrte eine Weile vor mich hin, bemüht, einen klaren Kopf zu kriegen. Claudio hatte natürlich recht: Ehe ich in die Luft ginge, sollte ich zumindest sicherstellen, dass der Artikel nicht auf einem Missverständnis beruhte. Meine Erfahrung sagte mir jedoch, dass ein Redakteur keine bloßen Phantasien zu Papier brachte – zumindest nicht seine eigenen.

Die Maschine schnaubte und dampfte solidarisch, als ich

mich mit einem doppelten Espresso versorgte. Danach fühlte ich mich soweit gestärkt, um mit dem Löwen in den Ring steigen zu können.

»Schloss Painting, Familie von Marensperg-Töbeln.«

Eine unbekannte Stimme. Ich erinnerte mich dunkel, dass meine Mutter von einer neuen Haushälterin gesprochen hatte, die mit Jahreswechsel ihren Dienst antreten sollte. Ihr Tonfall klang so blasiert, als sei sie mit uns in direkter Linie verwandt.

»Helene Roßloch. Können Sie mich bitte mit meinem Vater verbinden?«

Schweigen am anderen Ende. Dann wieder die blasierte Stimme: »Tut mir leid. Herr von Marensperg-Töbeln ist in einer Besprechung.«

In einer Besprechung? Um halb neun in der Früh an einem Feiertag?

»Ich bin seine Tochter«, stellte ich mit Nachdruck klar. Vielleicht hatte sie das zuvor nicht ganz verstanden und wollte mich deshalb abwimmeln.

»Bedaure. Herr von Marensperg-Töbeln möchte nicht gestört werden. Ich habe strikte Anweisung –«, sie stockte, als hätte sie sich verplappert. Ihr Schweigen fühlte sich an wie ein Schlag in die Magengrube. Sie hatte genau gewusst, wer ich bin.

»Dann geben Sie mir bitte meine Mutter.« Mein Tonfall war jetzt nicht mehr so freundlich.

»Bedaure. Auch Frau von –«

»Entweder Sie schaffen sie sofort ans Telefon, oder ich rufe den ganzen Tag über an. Immer wieder. Viertelstündlich. Wenn Sie also Telefonterror bevorzugen ...«

Sie verzichtete auf eine Erwiderung. Stattdessen hörte ich im Hintergrund undeutliches Gemurmel.

»Helene?«

Nun hielt meine Mutter den Hörer in der Hand. Schon an der frostigen Art und Weise, wie sie meinen Namen aussprach, erkannte ich, dass ich bei ihr ebenfalls abblitzen würde.

»Was fällt dir ein, das Personal unflätig zu beschimpfen?«

Wie bitte? Entweder hatte die neue Haushälterin eine Wahrnehmungsstörung oder meine Mutter. Vermutlich beide.

»Warum lässt sich Vater verleugnen?«, kam ich zur Sache.

»Lass die Unterstellungen! Er hat zu tun, weiter nichts.«

»Er will nicht mit mir reden, weil er schon ahnt, dass mir dieser Zeitungsartikel in die Hände gefallen ist. Der, in dem er mich als Leiterin des Museums vorstellt, bevor ich überhaupt zugesagt habe.«

»Ich weiß nicht, wovon du sprichst.«

Unbewegter Tonfall, leise Verachtung. Meine Mutter war schon immer gut darin gewesen, andere gegen die Wand fahren zu lassen und dabei die verständnislose Unschuld zu mimen. Als Kind hatte sie mich damit zur Verzweiflung getrieben. Doch jetzt war ich erwachsen. So einfach ließ ich mich nicht mehr aus dem Konzept bringen.

»Ihr macht es mir wirklich leicht, mich gegen euer Angebot zu entscheiden.«

Ich hörte Schritte auf den Bodenfliesen, dann das Schließen einer Tür. Offenbar hatte meine Mutter sich in den Salon zurückgezogen, wahrscheinlich, damit die Angestellte nicht weiter zuhörte. Denn jetzt wurde sie direkter.

»Als ob du so viele Optionen hättest! – Niemand hat von dir verlangt, deine Ehe in den Sand zu setzen. Wenn ich dich daran erinnern darf, meine Liebe: Du bist mehr denn je auf deine Apanage angewiesen. Dass sie an gewisse Auflagen geknüpft ist, wird dir bewusst sein.«

Ich biss mir auf die Lippen. Was meine finanziellen Zuwendungen aus der Familienstiftung betraf, so hatte sie leider ins Schwarze getroffen.

»Ich nehme an, du hast nicht vergessen, wie weit unser Stammbaum zurückreicht. Keine einzige Scheidung wurde da je dokumentiert«, goss Mutter zusätzliches Öl ins Feuer. »Ich muss dir also nicht erklären, was dein törichtes Vorgehen für die Familiengeschichte bedeutet. Etwas mehr Bescheidenheit und Demut stünden dir gut zu Gesicht.«

Ich schluckte eine passende Entgegnung herunter; mit meiner Mutter zu diskutieren machte einfach keinen Sinn. »Bitte richte Vater aus, dass er mich zurückrufen soll. Ich möchte mit ihm vernünftig über diese Sache reden.«

»Ich werde sehen, was ich für dich tun kann.«

Was hieß, dass ich bis zum St. Nimmerleinstag warten konnte.

Umso überraschter war ich, als kurz darauf das Festnetztelefon klingelte. Doch der Anrufer war nicht mein Vater.

»Du bist also zu Hause. Nicht gut. – Mach besser die Tür nicht auf, wenn es läutet«, überfiel mich Alexanders Stimme. Dann kam mein Ex-Mann gleich zur Sache.

»Sofia ist da gerade was passiert. Eine deutsche Journalistin hat bei ihr angerufen ... Sofias Handynummer steht ja quasi überall auf *Social Media,* darüber muss ich noch mal mit ihr reden ... jedenfalls, die Pressefrau wollte deine Kontaktdaten.«

»Die sie ihr doch hoffentlich nicht gegeben hat?«

Mein Magen zog sich zusammen.

»Sie hat es wirklich sehr geschickt angestellt. Es war natürlich naiv von Sofia, aber –«

»Naiv?!«

Es war selten dämlich von Sofia! Er würde noch viel Spaß mit dieser sogenannten Influencerin haben, die Hotels, Spa-Oasen und andere Hotspots getestet und bewertet hatte, ehe sie ihm über den Weg gelaufen war.

»Sie gehört eben einer anderen Generation an«, versuchte Alexander seine Herzensdame zu verteidigen. »Privatsphäre genießt da nicht denselben Stellenwert wie für uns.«

Plötzlich war ich also *seine Generation.* Interessant. Als wir zusammen waren, hatte er sich mir gegenüber zeitweise aufgeführt wie mein eigener Vater.

»Was wollte diese Journalistin? Hat sie das gesagt?«

»Es geht um irgendeine chinesische Vase. Du sollst in einen Kunstraub-Skandal verwickelt sein.« Alexander lachte. »Wenn ich am Telefon gewesen wäre, hätte ich ihr direkt erklärt, dass das nicht sein kann. Als ob ausgerechnet du eine Ahnung von Kunst hast! Das einzige, worin du dich bekanntlich auskennst, ist die Anzahl der Galoppsprünge, die zwischen zwei Hindernisse passen.«

Das und die Vorstellung, wie er dabei in seinen Frühstückskaffee schmunzelte, bewogen mich zu einem folgenreichen Entschluss.

*

Wie ein ergrauter Koloss überragte unser Familienstammsitz die schlichten Nebengebäude, die sich lose um das vierstöckige Haupthaus gruppierten. Schloss Painting hatte eine lange Geschichte, die irgendwann im 12. Jahrhundert begann und von mehreren Besitzerwechseln, Eroberungen, Plünderungen und Bränden geprägt war. Seit dem frühen 19. Jahrhundert war es im Besitz der Familie meines Vaters und wurde traditionell an den zweitältesten Sohn weitergegeben. Der Familienälteste und Patriarch, in diesem Fall mein Onkel, residierte in einem prunkvollen Stadtpalais in Regensburg und verwaltete von dort aus die Besitztümer, die sich unser Adelsgeschlecht im Laufe der Jahrhunderte angeeignet hatte.

Im Verhältnis zum Stadtpalais war das Anwesen in Painting so schlicht, dass es kaum die Bezeichnung *Schloss* verdiente. Bedingt durch den Beruf meines Vaters, hatte ich während meiner Kindheit nur wenig Zeit in dem »hässlichen, zugigen Kasten« verbracht, wie meine Mutter den Stammsitz nannte. Regelmäßig regte sie sich über den Zustand der alten Zentralheizung, über marode Wasserleitungen, quietschende Türen und knarzende Treppen auf. Sie hätte es damals gerne verkauft, scheiterte aber an der Weigerung meines Vaters und an der Realität. Niemand hätte für ein Gebäude wie dieses den Preis bezahlt, den sie sich vorstellte.

Dann aber war Painting für meine Eltern zum Rückzugsort geworden. Plötzlich schätzten sie die ländliche Umgebung. Sie steckten ein halbes Vermögen in die Sanierung. Nun gab es warmes Wasser, Fenster, die im Winter nicht mehr von innen vereisten, und nur noch ganz selten Stromausfall. Streitthema blieb das Schloss dennoch. An Weihnachten war es um die Außenfassade gegangen: Mutter verzweifelte an herunterbröckelndem Putz und grauem Mauerwerk, Vater aber steckte sein Vermögen lieber in das Museum und die Asiatika-Sammlung.

Ich verband Painting während meiner Kindheit stets mit zwei Dingen: dem Reitstall im Dorf und dem leichten Modergeruch, den das alte Gebäude ausströmte. Trotz Sanierung war er nicht völlig verschwunden. Auch jetzt, als ich die Eingangshalle betrat, nahm ich ihn wahr. Die neue Haushälterin – um die fünfzig, mausgraues Haar, füllige Figur – verfolgte mit strengem Blick, wie ich Schal und Mantel ablegte.

»Wenn Sie mir bitte die Möglichkeit geben, Sie anzumelden.«

Sie missbilligte mein forsches Auftreten, aber ich war nicht viereinhalb Stunden aus Wien angereist, um mich an der Haustür vom Personal abweisen zu lassen.

»Ich melde mich selbst an, danke.«

Umstandslos ließ ich meinen kleinen Koffer in der Halle stehen und marschierte schnurstracks in Richtung Salon. Ohne anzuklopfen, öffnete ich schwungvoll die Flügeltür. Drinnen verstummte das Gespräch abrupt. Auf der Sofalandschaft vor dem lodernden Kamin saßen mein Vater, meine Mutter, mein Bruder Harald und eine junge Frau mit brünettem Pferdeschwanz bei Kaffee und Kuchen. Im Hintergrund leuchtete der mit unzähligen Lichtern bestückte Weihnachtsbaum noch in derselben Pracht wie bei meiner Abfahrt vor über einer Woche. Bachs Weihnachtsoratorium untermalte in dezenter Lautstärke die Kulisse.

»Helene. Was für eine nette Überraschung.«

Meine Mutter erhob sich aus den Polstern, deren fliederfarbener Ton mit der Farbe der bodenlangen, schweren Vorhänge harmonierte, und kam auf mich zu. Sie umarmte mich kurz und mit einer Sprödheit, die zu der klitzekleinen Pause zwischen *eine* und *nette Überraschung* passte.

»In der Tat. Eine Überraschung.«

Vater rutschte im Sessel hin und her, als würde er mich am liebsten mit einem Fingerschnipp wieder verschwinden lassen.

»Hi«, sagte Harald. Er löste unsere Umarmung mit einem kameradschaftlichen Klopfen auf meine Schulter, beinahe so, als wollte er mir sagen, dass mehr Vertrautheit in diesem Rahmen gerade nicht passte. Augenblicke später verstand ich, weshalb.

»Das ist Marie Paumann. – Marie, meine Schwester Le… äh, Helene.«

»Hallo.«

Ich schüttelte der Brünetten die Hand. Sie lächelte mich scheu an und ich spürte, dass ihr dieses Treffen mit der Familie ihres neuen Freundes leises Unbehagen bereitete, auch wenn meine Eltern sich gerade bemühten, höfliche Gastgeber zu sein. Harald hatte sie auf den Besuch suboptimal vorbereitet, wie ihr Outfit – Blue Jeans und dunkler Rollkragenpulli – verriet. Ich konnte mir vorstellen, dass sie sich besonders in Gegenwart meiner Mutter, die eines ihrer Haute-Couture-Kostüme trug und deren schulterlanges graues Haar in sorgsame Wellen geföhnt worden war, unwohl fühlte.

»Bitte, nimm doch Platz«, sagte Mutter, die sich vor Marie ganz offensichtlich keine Blöße geben wollte. »Eine Tasse Kaffee vielleicht?«

Ich kam gar nicht dazu, zu antworten, obgleich ich nach der langen Autofahrt nichts gegen Koffeinzufuhr gehabt hätte, denn mein Vater ergriff das Wort. »Helene ist wegen des Museumprojekts hier«, erklärte er leichthin in die Runde, sein großväterliches Lächeln im Gesicht. »Ich glaube, da sollten wir zunächst das Geschäftliche bereden. Bitte entschuldigt uns.«

Mir war es recht, die traute Runde zu verlassen. Bereitwillig folgte ich ihm ins erste Stockwerk und in sein Arbeitszimmer. Ich mochte den Raum, es war der einzige des Hauses, in dem der Modergeruch keine Chance hatte. Seit ich denken konnte, hing hier stets leichter Zigarrenqualm in der Luft, der sich auch im Sommer bei geöffnetem Fenster nie verflüchtigte.

Kaum hatte er die Tür hinter uns geschlossen, verlor sich sein Lächeln, als hätte man es per Knopfdruck ausgeschaltet.

»Was willst du hier? Mir Vorwürfe machen? – Statt den weiten Weg aus Wien hierherzufahren, hättest du deine Zeit besser genutzt, einfach nur einmal gründlich nachzudenken.«

Unaufgefordert ließ ich mich auf dem unbequemen Biedermeier-Sofa nieder, das rechts neben seinem imposanten, altertümlichen Schreibtisch in einer Ecke platziert war. Ich schwankte zwischen Wut und Enttäuschung.

»Ich möchte mit dir über eine Vase sprechen«, begann ich ohne Umschweife. »Eine chinesische Vase aus deiner Sammlung, die in zehn Tagen in Wien versteigert werden soll.«

Zwei steile Falten gesellten sich zu den vielen anderen in seinem Gesicht.

»Was ist damit?«

»Sag du es mir.« Ich griff in die Tasche meines Blazers und legte das ausgedruckte Foto von ihm und Weisskopf auf den Tisch. »Was hast du mit diesem Mann zu schaffen?«

Er ging damit zum Schreibtisch, knipste die Leselampe an und warf einen Blick darauf. Dann kam er zurück zum Sofa und gab es mir wieder.

»Nichts. Wer soll das sein?«

»Dieter Weisskopf, ein Unternehmer aus München, der illegale Geschäfte mit China macht. Was wollte er von dir?«

»Nichts. Ich kenne den Mann nicht.«

»Du schüttelst ihm die Hand! Also werdet ihr doch irgendetwas miteinander zu tun gehabt haben?«

»Nein. Ich habe diesem Mann niemals die Hand geschüttelt.«

Mein Vater hatte auf seinem Schreibtischstuhl Platz genommen. Er wirkte jetzt nicht mehr feindselig, sondern ratlos.

»Ihr seid zusammen auf diesem Foto«, wiederholte ich ungeduldig. »Mag sein, dass du seinen Namen nicht mehr in Erinnerung hast, aber –«

»Unsinn! Das sagte ich dir doch schon!«, unterbrach er mich verärgert. »Das Foto wurde Ende November bei einer Preisverleihung im Lesesaal des Maximilianeums in München aufgenommen. Ich habe dort als Keynote-Speaker eine Rede über Landschafts- und Kulturkonzepte in Bayern gehalten. Danach habe ich den Preis überreicht und dem Gewinner die Hand geschüttelt. Der Gewinner war definitiv nicht dieser Mann! Das ist eine Fotomontage«, erklärte er unumwunden.

Ich wusste nicht, was ich von seinen Worten halten sollte.

»Aber die Vase, die gibt es doch?«

»Ja, natürlich. Ein nicht sonderlich wertvolles Ding.«

»Die Chinesen sind angeblich ganz wild darauf.«

»Sagt wer?« Mein Vater sah mich an, als hätte ich einen unpassenden Witz gerissen.

Ich schwieg, weil mir noch immer nicht klar war, was für ein Spiel hier gespielt wurde.

»Wenn die Chinesen – wer auch immer das genau sein soll – die Vase gewollt hätten, hätte ich sie ihnen mit Handkuss direkt verkauft! Ich will das Stück schon seit einer ganzen Weile loswerden. Bisher wollte es niemand. Also habe ich vor einem Jahr eine Schätzmeisterin beauftragt, die es bei der nächsten Auktion für asiatische Kunst einreihen soll. Was sie getan hat. Am sechzehnten Januar kommt es unter den Hammer, und ich verstehe wirklich nicht, was da zu diskutieren wäre.«

»Schon vor einem Jahr?«

Was, wenn die Chinesen erst später davon erfahren hatten?

»Das braucht natürlich eine gewisse Vorlaufzeit. Diese Spezialauktionen finden nicht alle zwei Wochen statt. Asiatische Artefakte sind großteils Liebhaberstücke. Zumindest, wenn es sich um Stücke handelt, die keinen hohen Wert haben.«

»Was ist als Rufpreis angesetzt?«

»Eintausend Euro. Ich rechne mit dem Doppelten, vielleicht auch mit zweitausendfünfhundert. Mehr ist nicht drin.«

»Das sind Peanuts«, sprach ich aus, was mir durch den Kopf ging. »Jeder könnte das Ding ersteigern.«

»So ist es.«

Er knipste die Schreibtischlampe aus. Für ihn war alles gesagt. Für mich noch lange nicht.

»Selina Bergmair. Vom *Network for Environmental and Anti-Globalizing Agendas*, kurz NEAA. Sagt dir das etwas?«

Seine verschlossene Miene verriet, dass ihm meine Fragerei lästig war. *Ich* war ihm lästig. »Nein. Noch nie gehört.«

»Sie sagt, sie hätte mit dir gesprochen. Angeblich ist diese Vase einst illegal aus China herausgeschafft worden.«

Ich rechnete mit vehementem Widerspruch und Verleugnung, doch nun spiegelte sich so etwas wie Erkenntnis in seinen Gesichtszügen wider.

»Ach, *die*! – Daher weht der Wind.«

»Du kennst die Frau also? Dunkelhaarig, zierlich, attraktiv?«

»Und verrückt«, setzte er ungerührt hinzu. »Sie hat mich zweimal nach öffentlichen Empfängen abgefangen. Ich habe bis heute nicht begriffen, was die Frau eigentlich will. Seit ich ihr mit einer Anzeige gedroht habe, ist Ruhe. Das ist die einzige Sprache, die diese Leute verstehen.«

Selina hatte mich also nicht belogen.

»Woher hast du diese Vase und seit wann?«

Er ging ungeduldig zum Schreibtisch, zog eine der großen Laden auf und legte den Hochglanzkatalog eines Wiener Auktionshauses nach kurzem Blättern aufgeschlagen vor mich auf den Tisch.

»Hier hast du ein Foto«, bemerkte er mit unverhohlenem Spott. »Nebst Kurzbeschreibung. Das sollte genügen. Zu wissen, wie jedes einzelne Stück den Weg in meine Sammlung gefunden hat, ist nicht dein Business.«

»Ach ja?« Er hatte mir die perfekte Überleitung zu der zweiten Causa geliefert, die mich hierhergeführt hatte. »Wenn ich, wie du offenbar bereits beschlossen hast, deine Museumsleiterin werden soll, *ist* es definitiv mein Business!«

»Sei nicht albern.« Er stand bereits bei der Tür. »Du kennst die Statuten der Stiftung und weißt daher sehr gut, warum ich dich aus Wien zurückhole. Für eine unverheiratete Frau unserer Blutlinie ist der Bezug der monatlichen Apanage an Bedingungen geknüpft. Und eine davon lautet, dass du in den Schoß der Familie zurückkehrst und Repräsentanzpflichten nachkommst.«

Beinahe hätte ich laut gelacht.

»Leben wir im Mittelalter oder was?«

Natürlich kannte ich die Statuten. Es überraschte mich dennoch, dass mein Vater und mein Onkel, der die Finanzhoheit über den Familienfond hatte, einem Regelwerk Folge leisten wollten, das Mitte des 19. Jahrhunderts zum letzten Mal überarbeitet worden war.

»Eine weitere Auflage ist die Änderung deines Nachnamens«, fuhr er fort, meinen Einwurf ignorierend. »Ich nehme an, du hast das schon in die Wege geleitet?«

Das wurde ja immer absurder.

»Nein, habe ich nicht.« Ich gab mir nun keine Mühe mehr, mein Unverständnis und meine Gereiztheit zu verbergen. »Ich finde Roßloch einen durchaus annehmbaren Namen!«

»Bis im Jahr 1919 der Adelsstand in Österreich aufgehoben wurde«, erwiderte Vater kühl. »Seither ist es ein Name wie jeder andere. Die Ritter von Roßloch, einst ein angesehenes steirisches Adelsgeschlecht, sind Geschichte, und der österreichische Adel sorgt längst selbst für den Verfall der Prinzipien. Ist nicht Alexanders Mutter eine Bürgerliche?«

Dass er meine ehemalige Schwiegermutter, eine liebenswürdige Person mit geschliffenen Manieren, auf diese subtile Weise in Misskredit zog, schürte meinen Ärger. Ich war nahe daran, die Fassung zu verlieren und aus dem Haus zu stürmen. Sicher stand mir das auf der Stirn geschrieben, denn mein Vater fragte lauernd: »Du bleibst zum Abendessen?«

»Ich bleibe sogar über Nacht, wenn es recht ist!«

Nicht, dass ich das gern tat, aber noch einmal über vier Stunden Fahrt wollte ich mir nicht zumuten, und ein Hotelzimmer zu suchen, kam mir dann doch lächerlich vor.

»Gut. Dann lasse ich Dorothea eines der Gästezimmer herrichten.«

Damit ließ er mich einfach sitzen. Das Knarzen der hölzernen Treppenstufen verriet, dass er auf dem Weg nach unten war.

Ein paar Minuten verharrte ich bewegungslos auf dem Biedermeier-Sofa. In meinem Kopf rangen die verschiedensten Gedanken um ihren Platz in einem Bild, das nur die Logik zeichnen konnte.

Was sollte ich von alldem halten? Mein Vater hatte zu mir dasselbe gesagt wie zu Selina: Er bestritt, dass er Weisskopf kannte. Welche Rolle der bayerische Unternehmer bei der Auktion spielte, wurde mir auch immer unklarer. Denn nach wie vor hatte ich keine Antwort auf die Frage, die auch mein Vater zu Recht gestellt hatte: Wenn die Chinesen die Vase wollten, weshalb wandten sie sich nicht einfach an den Inhaber der Sammlung? Warum ließen sie sich auf einen Deal mit Weisskopf ein und riskierten internationale Kritik? Die Umwidmung eines Naturschutzgebietes würde sich vor der Welt nicht langfristig verbergen lassen.

Und dann dieser Weisskopf. Ein Mann, der einerseits damit drohte, uns in den Frachtraum eines Fischkutters zu sperren, uns andererseits aber fast schon bereitwillig entkommen ließ. Ein Mann, dessen Bodyguards – wenn man die Männer um ihn herum überhaupt so nennen konnte – eine Schreckschusspistole benutzten.

Irgendetwas hatte ich sicher übersehen, ein Detail, das schlagartig Licht in die Sache bringen würde. Es wollte mir nur einfach nicht einfallen.

Der Auktionskatalog lag noch immer vor mir. Ich nahm ihn hoch. Auf der aufgeschlagenen Seite leuchtete mir die Vase entgegen. Ein fast schon kitschiges Ding mit vergoldeten Henkeln, die die Form von Drachen hatten. Ihre Krallen saßen auf hellblauem Porzellan, das mit einem feinen Goldnetz durchzogen war. Auch der Sockel und ein Großteil des Deckels waren vergoldet. Auf der Vorderseite prangte ein grüner Drachenkopf, verziert mit bunten Ornamenten.

Vase, Qing-Dynastie, 40 cm hoch. Trägt eine Markierung aus der Zeit des Kaisers Qianlong (1711-1799).

Der Text darunter war kurz gehalten, ebenso wie bei den anderen Auktionsartefakten. Es gab zig Vasen, Schalen und Tassen, einige sogar aus derselben Epoche, wie ich beim Durchblättern des Katalogs feststellte. Was war so interessant an diesem Stück, dass die chinesische Regierung sich auf einen fragwürdigen Deal mit einem bayerischen Schlitzohr einließ?

*

In dieser Nacht fand ich kaum Schlaf. Die Fragen, auf die ich keine Antworten fand, das Gespräch mit meinem Vater und der schwere Bordeaux, der zum Rinderschmorbraten serviert worden war, lagen mir im Magen.

Als ich gegen acht Uhr am Frühstückstisch erschien, platzte ich in eine Diskussion meiner Eltern, die wie zumeist sehr einseitig von meiner Mutter bestritten wurde. Sie echauffierte sich lebhaft über das Mädchen, das Harald mit nach Hause gebracht hatte – eine Bürgerliche ohne Manieren, eine, die ihren schwäbi-

157

schen Dialekt nicht verleugnen konnte, eine, die nach dem Essen doch tatsächlich nach draußen gegangen war, um zu rauchen. Meine Mutter stellte besonders Letzteres dar, als handelte es sich um ein Kapitalverbrechen.

Mein Vater, Zigarrenraucher, sagte nichts dazu. Ab und zu brummte er jedoch zustimmend, während er sich den Honig auf sein Butterbrot tropfen ließ. Ich hielt mich raus. Im Grunde hatte ich diese Marie ganz nett gefunden, aber da Harald erst vierundzwanzig war und schon häufiger irgendwelche Kurzzeit-Freundinnen vorgestellt hatte, schien sie es mir nicht wert, Partei zu ergreifen.

Als Mutter kurze Zeit später verschwand, um etwas mit der neuen Haushälterin zu besprechen, blieb ich mit meinem Vater alleine am Tisch zurück.

»Von wem hast du die Vase nun eigentlich gekauft?«, griff ich die offene Frage von gestern wieder auf, ab der unser Gespräch in Streit übergegangen war. »Und was hast du dafür bezahlt?«

Vater ließ die Süddeutsche Zeitung sinken, in deren aktuelle Ausgabe er sich gerade vergraben hatte. Seine Miene ließ mich nicht im Unklaren, was er von meinen Fragen hielt.

»Ich dachte, ich hätte mich gestern klar ausgedrückt«, sagte er unwirsch. »Ich wünsche darüber keine weitere Diskussionen. Als Museumsleiterin benötigst du keine Ankauf-Informationen.« Damit widmete er sich wieder seiner Lektüre.

»Du meinst wohl, als Gallionsfigur ohne irgendwelche Entscheidungsbefugnisse und -kompetenzen«, bemerkte ich bitter.

Er ließ meinen Einwand an sich vorbeilaufen und an den getäfelten Wänden des Esszimmers abprallen wie einen verschossenen Fußball.

Claudio hatte recht: Wenn ich den Job annahm, würde ich wie eine Marionette nach dem Willen meines Vaters tanzen müssen.

Sein stures Verhalten versetzte mich unwillkürlich in meine Kindheit und Jugend zurück. Alles, was ihm zu emotional vorkam, wurde immer schon mit Ignoranz gestraft. Nie hatte ich das Gefühl gehabt, wirklich wahrgenommen und verstanden zu werden. Auf andere eingehen konnte mein Vater nur dann, wenn es um diplomatische Interessen ging. Mutter kapselte sich immer mehr von ihm ab und wurde dabei genauso unnahbar wie er selbst. Unsere Rolle als Kinder war es, zu funktionieren, ohne störend aufzufallen.

Das einzige Kind, bei dem zumindest Mutter mehr Gefühle zeigte, war Harald. Als Nachzügler genoss er einen Sonderstatus, der ihm mittlerweile wohl eher zusetzte. Mit ihrer Kritik an seinen Freundinnen hielt sie auch ihm gegenüber nicht hinter dem Berg. Ich wunderte mich, dass er überhaupt noch jemanden mit nach Hause brachte. Vielleicht waren Freundinnen wie Marie aber auch seine spezielle Art, unsere Mutter zu provozieren.

Ich schob meine noch halbvolle Müsli-Schale zur Seite. Die Sinnlosigkeit meines Besuchs und die Einsicht, dass ich hier auch mit meinen vierunddreißig Jahren nicht ernst genommen wurde, hatten jeden Appetit verfliegen lassen.

Entschlossen erhob ich mich und ließ den Blick auf meinem Vater ruhen. Nach einigen Sekunden spürte er, dass ich ihn ansah, und schaute von seiner Zeitung auf.

»Dass ich meinen Kopf für deine unsauberen Geschäfte im Kunsthandel hinhalte, kannst du kaum erwarten. Und wenn ich von dir keine Antworten auf meine Fragen zu dieser Vase bekomme, werde ich eben im Alleingang recherchieren.«

Ich nahm meine Handtasche und war bereits dabei, das Zimmer zu verlassen, als er mich aufhielt.

»Das wirst du nicht.«

»Und warum nicht?«

Glaubte dieser Mann wirklich, dass er einfach so über mich bestimmen konnte? Ich war kurz davor, hell aufzulachen. Doch dann sagte er ruhig: »November 2002«, und das Lachen blieb mir im Halse stecken.

Das Zimmer begann sich um mich herum zu drehen. Die

Konturen der Möbel verschwammen vor meinen Augen. Einen Moment lang musste ich mich an der Mauer abstützen, um mein Gleichgewicht zu wahren.

Ich war wieder siebzehn.

Ich hatte den falschen Leuten vertraut.

Die Schande lastete auf mir wie ewige Schuld. Verdrängt, aber nicht vergessen.

Irgendwann, als mir meine Glieder wieder gehorchten, schaffte ich es hinaus ans Auto. Ich saß geschlagene zehn Minuten einfach nur da und starrte ins Leere.

Erst dann sah ich mich in der Lage, die Rückfahrt nach Wien anzutreten.

Rebecca Chan

Auf Schloss Nippe herrschten strenge Sicherheitsvorgaben. Ein Portier kontrollierte den Haupteingang und notierte, wer wann kam und ging. Fremde kamen ohne Termin nicht durch das Portal.

Im Park und an sämtlichen Nebeneingängen patrouillierte ein privater Wachtdienst – Männer mit Schlagstöcken und scharfen Schäferhunden, die knurrten, wenn man auch nur in ihre Nähe kam.

Man sagte uns, alles wäre zu unserer Sicherheit: die Alarmanlagen, die Kameras im Haus und an den Zäunen, die hellen Lichter, mit denen das Gebäude nachts angestrahlt wurde. Wir galten als Risikoklientel, was Entführungen betraf. Für einige mochte das auch wirklich zutreffen – für Massimo Giordano beispielsweise, dessen Vater als Richter zahlreiche Mitglieder der Camorra hinter Gitter gebracht hatte, für Jennifer Mells, deren Eltern über so viel Reichtum verfügten, dass wir gemessen daran alle arme Kirchenmäuse waren, oder für den kleinen William Saint-Wells, der bereits zweimal von seinem tunesischen Vater entführt und jedes Mal im Auftrag seiner verzweifelten Mutter von speziell ausgebildeten Truppen zurückgeholt worden war.

Massimo, Jennifer und William waren sogenannte Stufe-A-Kinder. Sie lebten auf Schloss Nippe wie in einem komfortablen Gefängnis. Das Gelände außerhalb des Schlossparks war für sie tabu. Bei Klassenausflügen wurden sie von Sicherheitskräften begleitet. Vor den Zimmern, die sie im Hauptgebäude bewohnten, stand nachts ein Wachdienst.

Die Schulleitung hatte kein Problem mit Stufe-A-Kindern, denn sie verdiente an ihnen gut. Sämtliche Extras wurden den Eltern in Rechnung gestellt, und es galt selbst unter uns Schülern als relativ offenes Geheimnis, dass auch allgemeine Posten – wie beispielsweise die Modernisierung der Alarmanlage – auf diesem Wege finanziert wurden. Den schwerreichen Eltern fiel das nicht einmal auf. Im Gegenteil: Je fetter die Rechnung ausfiel, desto beruhigter waren sie, was die Sicherheit ihres Nachwuchses betraf. Überraschenderweise wurde auch Farah als Stufe-A-Kind kategorisiert, obwohl wir alle nicht verstanden, inwiefern ausgerechnet sie gefährdet war.

Die meisten waren – wie ich – Stufe-B-Kinder. Wir mussten uns an- und abmelden, sagen, wohin wir gingen und uns exakt an die Rückkehrzeiten halten. Da Schloss Nippe in ländlicher Umgebung lag und das nächste Dorf nicht einmal einen Supermarkt hatte, hielten sich die Freizeitmöglichkeiten außerhalb des Internats sowieso in Grenzen. Zudem waren unsere Tage zu angefüllt mit Unterricht und außerschulischen Aktivitäten, als dass noch Motivation und Energie geblieben wäre, draußen auf Erkundungstour zu gehen.

Stufe-C-Kinder wie Claudio hatten im Prinzip alle Freiheiten. Natürlich mussten auch sie sich an- und abmelden, allerdings hatte es außer einer Ermahnung keine großen Konsequenzen, wenn sie zu spät zurückkehrten.

Dass es nicht nur darum ging, uns zu schützen, sondern auch darum, uns zu überwachen, realisierte ich erstmals nach den Sommerferien 2001, als mir Farah unter Tränen erklärte, sie würde niemals Anwältin werden. Ihr Vater plane, sie nach dem Schulabschluss an einen zwanzig Jahre älteren Mann zu verheiraten. Alles sei schon geregelt. Unsere Träume zerbrachen an diesem Nachmittag unter den schattenspendenden Kastanienbäumen des Schlossparks in tausend Stücke. Wir würden niemals gemeinsam in Manhattan wohnen; wir würden uns nie ein Haus auf Long Island teilen. Auch ich weinte und hasste den Mann, der mit Farah all das machen würde, was mir verweigert blieb, mit der ganzen Inbrunst eines verliebten Teenagers. Zwanzig Jahre älter – allein das klang in unseren jugendlichen Ohren wie ein Todesurteil.

Irgendwann hörte ich auf zu weinen.

Ich musste handeln.

Ich würde Farah retten.

Fortan bereitete ich mich intensiv darauf vor, die Chance zu ergreifen, wenn sie sich mir bot. Der Tag würde kommen.

*

Ich parkte meinen Wagen in der Tiefgarage gegenüber meiner Wohnung und überquerte die kleine Gasse, meinen Trolley hinter mir herziehend. Den Kopf hielt ich gesenkt, um keine aufgedrehten Touristen sehen zu müssen, die mit ihren Kameras und Rucksäcken im 1. Bezirk herumwuselten und die wenigen Einheimischen, die unterwegs waren, in die Unsichtbarkeit drängten.

Mit nur einem Wort und einer Jahreszahl hatte mein Vater eine gewaltige Lawine von Erinnerungen und Schuldgefühlen in mir losgetreten, die mich mitgerissen und meinen Glauben unter sich begraben hatte, dass nach siebzehn Jahren Gras über die Sache gewachsen war; dass ich durch meine Ehe und damit verbundene gesellschaftliche Stellung auch meine Reputation wiederhergestellt hätte. Dass ich keine in Ungnade gefallene Tochter mehr war. Verantwortlich für die unehrenhafte Entlassung ihres Vaters aus dem Diplomatischen Corps. Schuld daran, dass er fortan ein langweiliges Dasein als Beamter in der Bayerischen Landesregierung fristete, das großteils darin bestand, juristische Gutachten zu prüfen – woraufhin seine Ehe tiefe Risse bekam, die sich nicht mehr kitten ließen.

Auf den über vier Stunden Autofahrt hatte ich mich immer schlechter gefühlt. Das Bedürfnis, mit jemandem zu reden, war groß. Doch bei wem hätte ich anrufen und mich offenbaren können? Selbst bei Claudio konnte ich mich nicht ausweinen. Ich hatte ihm damals vor meiner Hochzeit von Farah erzählt, doch den wichtigsten Teil dieser Geschichte hatte ich ihm verschwiegen. Ich war nicht in der Lage gewesen, den Verrat zu gestehen, der mich und meine Familie in den Abgrund gestoßen hatte – war es noch immer nicht.

Ich hatte mich zuvor schon gelegentlich einsam gefühlt, jedoch nie zugelassen, mich in diesem Gefühl leerer Trostlosigkeit zu verlieren. Während ich nun mit dem engen, altmodischen Lift in den vierten Stock des Altbaus fuhr, fraß mich die Erkenntnis beinahe auf, dass ich niemanden hatte, der mich verstand und mich einfach in den Arm nahm. Erstmals gestand ich mir ein, dass Claudio vielleicht recht haben könnte: Auch ich brauchte einen Menschen, der für mich da war.

Dann aber dachte ich an Alexander und wie fremd wir uns in Wahrheit gewesen waren. Ich verwarf den Gedanken an eine Beziehung wieder. Für so viel Nähe war ich einfach nicht geschaffen.

Ich hatte den Schlüssel bereits in der Hand, als ich die Gestalt bemerkte, die neben einer quietschpinken Reisetasche vor meiner Wohnungstüre auf dem Gang kauerte. Schwarzer Mantel, blaue Mütze. Dunkles Haar, das satt darunter hervorquoll.

Ich blieb ruckartig stehen, als ich erkannte, wer sich da nun aufrappelte und mich verhalten anlächelte.

»Endlich«, sagte Selina. »Ich warte hier schon seit Stunden!«

»Schon möglich, wenn man sich nicht anmeldet«, erwiderte ich kühl, meine Überraschung über ihr Auftauchen in Wien gekonnt verbergend. »Dann warst wohl du die angebliche Journalistin, die Sofia so raffiniert meine Adresse entlockt hat.«

»So raffiniert war ich gar nicht. Die ist total naiv. Ein paar Minuten länger, und sie hätte mir am Telefon noch ihre Kreditkartennummer durchgegeben.«

»Wie auch immer.« Ich hatte keine Lust, ausgerechnet mit Selina über Sofia abzulästern. Dafür war meine Erinnerung an ihr stümperhaftes Vorgehen auf Fuerteventura noch zu wach. »Was willst du?«

»Mit dir reden. Wir müssen nochmal über die Vase reden … und über Weisskopf.«

»Da gibt es nichts zu reden. Ich habe nichts damit zu tun«, erwiderte ich und kam mir beinahe vor wie mein eigener Vater. Ich drängte sie mit sanfter Gewalt zur Seite, um aufzuschließen.

»Oh doch, das hast du! Wir haben eindeutige Beweise, dass dein Vater schon beim Kauf der Vase wusste, dass es sich um Raubkunst handelt. Was glaubst du wohl, warum er sie unbedingt loswerden will? – Weil er Angst hat, dass ihre illegale Beschaffung öffentlich wird und auf ihn zurückfällt.«

»Die Vase ist quasi wertlos, und mein Vater hat auch mir versichert, dass er Weisskopf nicht kennt«, stellte ich klar, während ich die Tür öffnete. Mein Versuch, den Trolley als eine Art Barriere zwischen die Türschwelle und Selina zu bringen, scheiterte. Schon stand sie mit ihrer Reisetasche in meinem Vorraum.

»Bitte. Hör dir zumindest an, was ich zu sagen habe. Du wirst sehen: Das Ganze ist hochbrisant!«

Damit begann sie, Mütze und Mantel abzulegen. Als sie den Reißverschluss ihres Stiefels öffnete, gebot ich ihr Einhalt.

»Stopp. Wenn du etwas zu sagen hast, dann tu es hier und jetzt. Du wirst keinen weiteren Schritt in meine Wohnung setzen.«

»Und warum nicht?« Verwirrung stand in ihrem Gesicht. »Warum behandelst du mich so … ablehnend?«

Ich war zu niedergeschlagen, um laut zu lachen.

»Meinst du diese Frage ernst? – Abgesehen davon, dass du auf sehr üble Weise mein Vertrauen erschlichen hast oder es zumindest wolltest, hast du mich auch noch als gewissenlos bezeichnet, nur weil ich mich nicht für deine Rette-die-Welt-Aktion einspannen lasse.«

»Tja, danke.« Sie verschränkte die Arme vor der Brust. »Und gerade hast du wieder bewiesen, dass ich dich völlig zu recht so bezeichnet habe! Nur einer gewissenlosen Person ist es egal, wenn tausende Quadratmeter Natur einer Industrieanlage zum Opfer fallen und Menschen als billige Lohnsklaven ausgebeutet werden!«

Ich seufzte.

»Selina, dass wir uns ideologisch nicht im Gleichklang bewegen, hatten wir in Puerto Rosario schon geklärt. Was also willst du?«

»Deine Hilfe.«

»Ich habe dir schon gesagt, dass ich die Vase nicht einfach aus der Auktion nehmen kann. Noch habe ich keine Entscheidungsgewalt, was die Sammlung meines Vaters betrifft.« Und später auch nicht, aber das ging sie nichts an.

»Diese Vase darf Weisskopf nicht in die Hände fallen. Wir müssen eine andere Möglichkeit finden!«

»Du«, verbesserte ich hart. »Du musst eine andere Möglichkeit finden.«

»Ich habe da eine Idee ... aber wir brauchen deine Hilfe!«

»Warum sollte ich dir oder der NEAA helfen?!«

Wir drehten uns im Kreis. Ich war müde, niedergeschmettert und erschöpft von der langen Autofahrt. Für solche Diskussionen hatte ich weder Kraft noch Muse.

»Du willst es nicht anders, oder?« Selina betrachtete mich prüfend. Sie seufzte. »Wenn Weisskopf die Vase tatsächlich ersteigert, wird die NEAA an die Presse gehen und alles öffentlich machen. Dann wird euer Name in den Dreck gezogen. Willst du das?«

»Ich bin ganz heiß drauf«, erwiderte ich, meine wachsende Sorge hinter Ironie verbergend. Warum, verdammt, hatte mir mein Vater nicht einfach sagen können, woher das kitschige Ding stammte? Es wäre mir ein Genuss gewesen, Selina den völlig legalen Weg dieser chinesischen Antiquität auf den europäischen

Markt erklären zu können. So aber konnte ich ihr nur eines mit Gewissheit sagen: »Das Bild auf deinem USB-Stick ist eine Fotomontage.«

»Behauptet dein Vater das?«

Mein Schweigen gab ihr die Antwort.

»Er lügt. Er kennt Weisskopf sehr gut. Und er weiß über den Deal sehr wohl Bescheid.«

»Bringt doch Weisskopf in die Medien, der ist ja wohl der Bösewicht!«

»Gegen den haben wir im Moment leider weit weniger in der Hand. Weisskopf verschleiert seine illegalen Machenschaften geschickt hinter Mittelsmännern. Aber dein Vater handelt nachweislich mit Raubkunst aus China. Genau *das* wird die Medien interessieren. Der Name Marensperg-Töbeln und unsaubere Geschäfte!«

Sie hatte die Arme noch immer vor der Brust verschränkt, als sie hinzufügte: »Du könntest es verhindern. Aber du willst das offenbar gar nicht.«

November 2002.

In mir kämpften die widersprüchlichsten Gefühle.

Letztendlich siegten meine Loyalität der Familie gegenüber und die alte, unvergessene Schuld.

»Gut. Du hast maximal eine Stunde, um mir zu erklären, was dir als Lösung vorschwebt. Dann werden wir sehen, ob ich tatsächlich in der Lage bin, dich zu unterstützen.«

*

Ich setzte Teewasser auf. Anschließend wechselte ich im Schlafzimmer meinen Hosenanzug gegen eine bequeme Jogginghose und ein flauschiges Kapuzenshirt. Als ich mit der Kanne Earl

167

Grey und zwei Tassen ins Wohnzimmer zurückkehrte, hatte es sich Selina schon auf meinem Sofa bequem gemacht. Mit angezogenen Beinen kauerte sie auf dem Polster, den Rücken gegen die Seitenstütze gelehnt. Ihr weinrotes Kleid reichte in dieser Position nicht einmal bis über die Knie und umspannte ihren zierlichen Körper.

Ich unterdrückte ein Seufzen. Sie war attraktiv und sexy – und sich ihrer Wirkung zweifelsohne voll und ganz bewusst. Mein erster Groll auf sie hatte sich bereits wieder verzogen. Im Grunde meines Herzens war ich erleichtert, dass sie Fuerteventura hatte verlassen können, ohne Weisskopf und seinen Männern erneut in die Hände zu fallen.

»Deine Wohnung ist schön«, sagte sie, während ich ihre Teetasse füllte. »Ich mag dieses Zusammenspiel von Grau, Weiß und Türkistönen. War das deine eigene Idee?« Sie strich über den Stoff der Sofakissen.

»Im Prinzip ja«, antwortete ich und fühlte mich unweigerlich geschmeichelt. »Nur den Feinschliff habe ich Profis überlassen. Ich ... hatte allerdings nicht viele Möbelstücke, als ich hier eingezogen bin.«

Sie nickte und ließ ihren Blick weiter durch das Zimmer schweifen. Am CD-Regal blieb er hängen. Sie erhob sich und inspizierte meine Sammlung. Ich gab ihr die Zeit und nahm einen vorsichtigen Schluck aus meiner dampfenden Tasse.

Vielleicht lag es am Bergamotte-Aroma, dem bekanntlich eine harmonisierende Wirkung zugeschrieben wird, möglicherweise aber auch nur an der heißen Flüssigkeit, die meinen Körper wärmte und entspannte. Mit einem Mal fand ich es gar nicht mehr unangenehm, dass Selina hier war. Besser, als alleine zu sein, in der Vergangenheit zu wühlen und mich weiter in meiner Schuld zu suhlen.

»Darf ich?«

Sie hatte die CD einer US-amerikanischen Jazzmusikerin in der Hand und ging zögernd zu meiner Stereoanlage. Ich gab ihr mit einer Geste mein Okay. Augenblicke später füllte Esperanza Spaldings kräftige, schöne Stimme den Raum.

Als Selina wieder auf der Couch Platz nahm, trennte uns kaum eine Ellenbogenlänge. Ich konnte die Hitze spüren, die von ihr ausging, und roch ihr Parfum. Unwillkürlich dachte ich an unsere gemeinsame Nacht. Ein Kribbeln durchlief meinen Körper. Wir hatten wirklich gut miteinander harmoniert.

Als hätte sie dieselben Bilder im Kopf, rutschte sie etwas näher an mich heran. Unsere Oberschenkel berührten sich nun fast. Der Saum des Kleides war weiter nach oben gerutscht.

Einen Moment lang wollte ich die Hand nach ihr ausstrecken und sie berühren, egal wo. Dann aber kam mir wieder zu Bewusstsein, dass sie mich hintergangen hatte und benutzen wollte. Sie war genau das, was Weisskopf ihr an den Kopf geworfen hatte: eine Erpresserin.

»Also, wie willst du dieses Naturschutzgebiet retten?«, rief ich uns den Grund ihrer Anwesenheit in Erinnerung.

»Indem wir möglichst verhindern, dass Weisskopfs Strohmann die Vase auf der Auktion ersteigert.«

Zustimmend hob ich die Schultern.

»Das dürfte einfach sein. Sie ist nicht besonders wertvoll. Laut eurer Website habt ihr ein paar prominente Unterstützer. Da wird sich schon jemand finden, der gerne ein paar Cent für die Umwelt springen lässt.«

Selina verzog das Gesicht, als hätte sie Zahnschmerzen.

»Das Risiko, dass da noch jemand mitbietet, ist groß. Der Rufpreis könnte um ein Vielfaches übertroffen werden. Stell dir vor, er schießt in satte sechsstellige Höhen! Dann sind unsere Förderer raus. Das sind großteils Lokalpolitiker, junge Bundestagsabgeordnete der Grünen, Künstler und Schauspieler! Und deshalb brauche ich dich.«

Ich lachte auf, als ich zu begreifen glaubte, wie sie sich meine Hilfe vorstellte. Die Vermutung, dass ich die Vase meines Vaters ersteigern sollte, war amüsant, aber auch absurd.

169

»Ich muss dich enttäuschen. Ich bin nicht so wohlhabend, wie du dir offenbar vorstellst. Du setzt mit mir aufs falsche Pferd.«

Selina kam aus bürgerlichen Verhältnissen. Kein Grund, nicht offen über Finanzen zu sprechen. Mit beschränkten Ressourcen kannte sie sich gewiss aus, wenn ich nur an ihre billige Tasche dachte.

»Natürlich sollst nicht *du* diese Vase ersteigern, sondern jemand anderes. Du kennst viele Leute mit Geld und –«

»Du willst mich nicht ernsthaft bitten, meinen Bekanntenkreis abzuklappern und für die Rettung eines Stückchens Natur in Ostchina zu werben?«

Die Leute, die ich in Wien kannte, waren Unternehmer und Wirtschaftstreibende. Sie würden eher Weisskopf unterstützen als den Aktionismus einer kleinen NGO.

»Nein. Ich weiß, dass das nicht funktioniert.« Selina hatte ihre Tasse Tee ausgetrunken und schenkte sich selbstständig nach. »Es gibt da aber zwei Leute, für die ein paar Hunderttausend nichts sind und die wir überzeugen könnten, die Vase zu ersteigern.«

»Und was genau hindert dich daran, diese zwei Leute einfach aufzusuchen und sie für das Projekt zu gewinnen?«

»Na, was wohl.« Selina seufzte. »Die reden nicht mit mir … also, uns, der NEAA. Ich komme nicht an die heran. Die sind so reich … und leben so abgeschirmt … wenn ich da anrufe, werde ich nicht mal zu denen durchgestellt!«

Ich lachte trocken.

»Deinen Namen kennt man in solchen Kreisen«, gab sie unumwunden zu. »Die Frau eines Banken-CEO findet definitiv eher Gehör.«

»Ex-Frau«, korrigierte ich. »Und ich glaube nicht, dass es für mich so einfach ist. – Oder kenne ich die beiden, um die es geht?«

»Das glaube ich nicht. Sie leben sehr zurückgezogen.«

Sie reichte mir zwei Ausdrucke, die auf den ersten Blick an

Lebensläufe erinnerten, wie sie Bewerbungsschreiben beilagen. Es gab Portraits, die eindeutig aus einem größeren Bild ausgeschnitten worden waren, und darunter eine tabellarische Zusammenfassung über Werdegang, Engagement, politische Einstellungen. Interessant war das jeweils letzte Blatt der Elaborate. Hier hatte sich jemand die Mühe gemacht, eine persönliche Beurteilung über die Beeinflussbarkeit und über Schwachstellen der Zielperson abzugeben. Die Notizen lasen sich wie eine Art Bedienungsanleitung. Ich stellte mir vor, wie Selina sich anhand eines ähnlichen Leitfadens auch auf die Begegnung mit mir vorbereitet hatte. Wie gerne hätte ich dieses Papier in die Hand bekommen – schon allein, um ein Gefühl dafür zu bekommen, wie fit diejenigen waren, die im Hintergrund der NEAA die Fäden zogen.

Die beiden Leute, deren Leben mir schwarz auf weiß in den Schoß gelegt wurden, kannte ich tatsächlich nicht. Die Deutsche wohnte in der Nähe von Düsseldorf und zehrte von dem Vermögen, das ihr Vater durch Handel mit sogenannten Blutdiamanten aufgebaut hatte; der Österreicher residierte am Wörthersee und hatte mehrere Patente für Baumaschinen sehr gewinnträchtig verhökert, während er gleichzeitig geschickte Investitionen tätigte. Ich hatte noch nie von ihm gehört. Genau das schürte mein Misstrauen. Österreich mit seinen knapp 9 Millionen Einwohnern war ein viel zu kleines Land, als dass die finanzielle Elite nicht zumindest namentlich voneinander wusste.

»Und wie stellst du dir das genau vor? Soll ich an das ökologische Gewissen dieser Herrschaften appellieren oder sie vielleicht mit irgendetwas erpressen, so, wie es dem Stil deines Arbeitgebers entspricht?«

Selina machte wieder ihr Zahnschmerz-Gesicht.

»Steht doch alles im Beitext«, sagte sie und meinte die Beurteilung. »Jeder hat seine wunden Punkte.«

Meine waren offensichtlich familiäre Loyalität und die Befürchtung, erneut schuld daran zu sein, falls unser Name in

Misskredit kam. Ich fragte mich, ob, und wenn ja, von wem die NEAA wohl erfahren hatte, was im Jahr 2002 passiert war. Und woraus sie schloss, dass die Vergangenheit noch immer an mir nagte. Sie mussten eine Spürnase in ihren Reihen haben, die über ein extrem feines psychologisches Gespür verfügte, denn ich selbst hatte noch nie mit jemandem darüber gesprochen – nicht einmal mit Claudio.

Schweigend legte ich die Exposés zur Seite. Selinas Augen weiteten sich.

»Und? Bist du dabei?«

»Ich werde darüber nachdenken.«

Ein verständnisloser Blick.

»Nachdenken? – Ich hab dir doch gesagt, die NEAA geht an die Medien!«

»Hab ich ja kapiert!«, fiel ich ihr hart ins Wort. »Aber ich brauche Fakten. Du kannst mir nicht einfach eine Geschichte auftischen und erwarten, dass ich sofort darauf anspringe.«

»Ich lüge nicht!«

Selinas Nasenflügel bebten vor Empörung.

»Das habe ich auch nicht behauptet!«, stellte ich entschieden klar. »Ich werde es mir überlegen, aber dazu brauche ich Fakten.«

»Und was genau?«

»Einen Beweis, dass diese Vase illegal nach Europa kam und dass mein Vater davon wusste«, forderte ich unnachgiebig. »Ein Gespräch mit einem Experten, der mir etwas über ihren tatsächlichen Wert sagen kann. Es gibt widersprüchliche Informationen dazu; ich will das aus dem Mund von unbeteiligten Dritten hören. Außerdem Belege dafür, dass mein Vater und Weisskopf sich kennen, denn dass er mit diesem dubiosen Geschäftsmann unter einer Decke stecken soll, halte ich nach wie vor für absurd.«

Mein Vater achtete auf seinen Ruf. Er filterte sehr sorgfältig, mit wem er sich umgab.

»Das meiste kannst du einfach im Internet nachschauen«,

erwiderte Selina schulterzuckend. Ihre Empörung war blanker Verständnislosigkeit gewichen. Offenbar konnte oder wollte sie meine Vorbehalte nicht nachvollziehen. »Und mach am besten gleich einen Termin mit dieser Asiatika-Expertin vom Auktionshaus aus. Ihr dürften alle Unterlagen vorliegen.«

Sie griff in ihre Tasche – diesmal schwarz, aber der Optik nach ein ebenso günstiges Modell wie die weiße – und reichte mir eine Visitenkarte mit dem Logo des Auktionshauses. *Dr. Rebecca Chan, Schätzmeisterin Asiatische Kunst.* Darunter eine Mailadresse und eine Handynummer. Ich runzelte die Stirn.

»Woher hast du die?«

»Die liegen dort beim Empfang aus. Wenn du ein Kunstwerk zur Versteigerung einbringen willst, musst du einen Termin mit dem jeweiligen Spezialisten ausmachen. Der prüft und bewertet es und entscheidet dann, ob es etwas für die Auktion ist oder für den Freiverkauf. – Sag bloß, du warst noch nie dort?«

»Nein«, gab ich unumwunden zu. »Kunst ist nicht mein Ding.«

Erst als ich sah, wie sich ihre Lippen amüsiert kräuselten, wurde mir bewusst, was ich da gerade gesagt hatte.

»Ich … ich … meinte das nicht grundsätzlich. Nur in diesem speziellen Fall … also, d…dieses Auktionshaus.«

Selina klopfte mir auf die Schulter.

»Jaja, natürlich, Frau Asiatika-Kuratorin.«

Ihre Stimme triefte vor Süffisanz.

Ich erhob mich. Zwei Stunden war Selina nun schon hier, draußen herrschte inzwischen Finsterkeit. In der Wohnung gegenüber brannte Licht – das erste Mal seit meinem Einzug. Die Räume waren leer. An einem der Fenster entdeckte ich einen Mann, der einen Fotoapparat in der Hand hielt. Ein dicker, schwarzer Kastenkoffer stand neben ihm. Er schaute kurz zu mir herüber, als hätte er bemerkt, dass ich ihn beobachtete. Dann richtete er die Kamera auf den Innenhof drei Stockwerke tiefer. Ich sah den Blitz aufleuchten, auch wenn ich mir nur schwer vorstellen konnte, dass er auf die Entfernung etwas bewirkte. Aber ein Makler, der offenbar neue Fotos von Wohnung und Umgebung anfertigte, war eben kein Profi-Fotograf.

»Ich glaube, für den Moment ist alles besprochen«, sagte ich zu Selina, die sich mittlerweile die türkis gemusterte Wolldecke übergelegt und sich eines der Kissen in den Rücken geschoben hatte. Sie tippte auf ihrem Handy herum. »Gib mir deine Nummer, dann melde ich mich morgen, wenn ich Antworten auf meine Fragen habe.«

»Ja, klar.« Selinas betont unschuldiges Lächeln ließ bereits ahnen, dass sie keineswegs vorhatte, sich so schnell aus meiner Wohnung bugsieren zu lassen. »Aber jetzt habe ich gerade den Lieferservice bestellt. Du willst sicher nicht zwei riesengroße Pizzen allein bewältigen müssen. Also lass uns erst essen, dann sehen wir weiter.«

Ich widersprach nicht. Die Diskussion wurde mir allmählich zu anstrengend. Außerdem gab es da dieses kleine neue Gefühl, das mir hartnäckig signalisierte, dass ich lieber mit ihr zusammen war als alleine. Allerdings war es mir ein Bedürfnis, für Klarheit zu sorgen. »Das zwischen uns ist rein geschäftlich. Ich lasse mich sicher nicht nochmal auf dich ein.«

Sie erwiderte nichts. Ich schaute noch einmal nach dem Makler. In der Wohnung gegenüber war es nun dunkel. Doch das Fenster stand immer noch offen und der schwarze Kasten war auch noch da. Ich zog die Vorhänge zu.

*

»Ja, hallooooooo?«

Ich stutzte, als ich die dunkle Frauenstimme mit dem breiten amerikanischen Akzent am anderen Ende der Leitung hörte. Mit einem schnellen Blick auf das Display vergewisserte ich mich, dass ich wirklich Claudios Handynummer angerufen hatte.

»Lena, bist du das?«, setzte die Stimme nach, und nun erkannte ich Priscilla, Claudios Assistentin. Ich verzichtete auf die Videofunktion. Schließlich lag ich schon im Bett, das Haar zerrauft, ohne Make-up und im verwaschenen T-Shirt – kein Anblick für Leute, die ich nur von zwei, drei Premierenfeiern kannte.

»Kannst du mir bitte Claudio geben?«

»Oh, das tut mir leid! Hat er dir denn nichts gesagt?« Es folgte eine gewichtige Pause, die mich Schlimmes ahnen ließ: Irgendein Unfall. Claudio auf der Intensivstation. Im Koma. Wenigstens war er nicht tot, sonst hätte Priscilla haltlos ins Telefon geschluchzt.

»Er hatte heute seinen Krankenhaus-Tag«, ließ mich die Assistentin nicht lange im Ungewissen. »Ich habe ihn danach nach Hause gefahren. Du kannst dir ja vorstellen, wie es ihm dann geht. Er hat sich gleich hingelegt und ist eingeschlafen. Er war völlig erschöpft. Es ist ein Jammer, dass ausgerechnet er …«

»Priscilla!«

Im Hintergrund hörte ich Claudios Stimme. Ein kurzer Wortwechsel folgte, den ich nicht verstand, weil Priscilla offenbar die Hand übers Mikro hielt. Dann hatte ich Claudio selbst am Apparat.

»Prinzessin! Schön, dass du anrufst.« Er klang beschwingt wie eh und je. »Wie geht's?«

»Äh … was ist los mit dir? – Priscilla sagte irgendetwas von Krankenhaus.« Ich saß inzwischen aufrecht.

»Keine Panik. Es geht um meinen neuen Film; wir hatten einen langen Drehtag in einem Hospital. – Was tut sich bei dir? Schon was Neues von deinem Vater?«

Erleichtert sank ich in die Kissen zurück. Dann fasste ich kurz zusammen, was sich in Painting zugetragen hatte. Ich rechnete mit Nachfragen, wie es sonst so Claudios Art war, doch die Frage, die er mir stellte, überraschte mich.

»Warum flüsterst du?«

Ich seufzte. Diesen Teil der Geschichte kannte er noch gar nicht.

»Selina schläft im Wohnzimmer auf der Couch.«

Was folgte, war Schweigen. Ich ersparte es Claudio, weiter nach passenden Worten zu suchen: »Ja, sie ist wieder aufgetaucht. Und sie hat mich um Hilfe gebeten. Oder erpresst. Wie man‘s nimmt.«

Ich schilderte ihm Selinas Plan, er hörte geduldig zu.

»Dann hast du wohl zwei Möglichkeiten: Entweder du lässt dich darauf ein oder du sagst dich endlich los von deiner Sippschaft. In dem Fall kann es dir egal sein, ob euer Name durch den Dreck gezogen wird. Wenn du meine Meinung hören magst: Dein Vater will, dass du den Kopf hinhältst, schafft es aber nicht mal, dir ehrlich zu sagen, wo er die Vase her hat. Allein das sollte reichen, um endgültig den Schlussstrich unter euren Clan zu ziehen.«

Ich unterdrückte ein Seufzen.

Claudio wusste nichts von der Schuld, die ich auf mich geladen hatte, und ich musste es dabei belassen. Es tat schon viel zu weh, wenn ich nur daran dachte. Hinzu kamen Scham, mein Versagen und meine damalige Unbedarftheit.

»Ich wähle Variante eins.«

Ich konnte spüren, dass Claudio schmunzelte.

»Könnte das auch an dieser Selina liegen?«

Es lag klar auf der Hand, worauf er abzielte.

»Nein. Das war nur eine Bettgeschichte«, wiederholte ich unwirsch, kam mir gleichzeitig aber schäbig vor. Dass ich eine Frau nach einer gemeinsamen Nacht noch einmal getroffen hatte, war noch nie vorgekommen. Mit Selina aber hatte ich ein echtes Abenteuer erlebt, einen netten Abend bei Pizza und Rotwein verbracht und sie sogar bei mir übernachten lassen. Vermutlich war *Bettgeschichte* nicht mehr ganz passend, wenngleich mir eine treffende Bezeichnung nicht in den Sinn kommen wollte.

»Schade«, sagte Claudio und klang enttäuscht. »Kann ich dir sonst irgendwie helfen?«

»Ehrlich gesagt, ja«, gab ich zu. »Ich habe gerade zwei Stunden mit Internetsurfen verbracht und dabei herausgefunden, dass mein Vater mich tatsächlich angelogen hat – er saß jahrelang mit Weisskopf in irgendeinem Wirtschaftsausschuss. Er kennt ihn also! Die beiden haben mit dieser chinesischen Vase wohl was am Laufen. Es gibt zudem einige Artikel über Raubkunst aus China, ich habe jetzt also zumindest eine gewisse Ahnung von der Thematik. Auch über die sonstigen Aktivitäten der NEAA fand ich Einträge – nicht so viele, wie ich erwartet hätte, aber genug. Aber über wen ich nicht das geringste im Internet finde, ist Selina Bergmair. Die gibt es nicht.«

»Ach«, sagte er überrascht. »Wirklich?«

»Ja. Und darum wollte ich dich bitten, mal ein wenig über sie zu recherchieren. Du als alter Nerd konntest dir immer schon leicht Zugang zu Quellen verschaffen.«

»Aber warum? Ich dachte, ihr arbeitet jetzt zusammen?«

»Ich will wissen, ob sie wirklich die Person ist, die sie vorgibt zu sein.«

»Gibt es etwas, was dich zweifeln lässt?«

In meinem Kopfkino surrte im Zeitraffer der Film unseres Kennenlernens, unserer Nacht, unserer Flucht aus der Villa Blanca, unseres Zusammenseins heute Abend, das sich schon beinahe angefühlt hatte wie eine Freundschaft.

»Es ist nur so ein Gefühl. Irgendetwas stimmt nicht.«

»Wenn sie Aktivistin in einer zur Militanz bereiten Organisation wie der NEAA ist, kann sie vielleicht nicht alle Fakten offen auf den Tisch legen«, gab Claudio zu Bedenken.

»Ich weiß nicht«, erwiderte ich unschlüssig. »Bitte, schau mal, ob du etwas über sie herausfindest. Mit ihr zusammenzuarbeiten setzt ein gewisses Maß an Vertrauen voraus.«

»Du kleine Skeptikerin«, scherzte Claudio. Wir plauderten noch ein bisschen über Alltägliches, dann legten wir auf.

177

Ich löschte das Licht und starrte in die Dunkelheit.

Wenn ich Selina nicht vertraute, lag das an dem unstimmigen Bild, das sie von sich abgab: Einmal war sie die coole, professionelle Agentin, die felsenfest hinter ihrer Organisation stand und nur deren Ziele im Blick hatte, das andere Mal wirkte sie wie das etwas unsichere, aber witzige Mädchen von nebenan, das mir unbedingt gefallen wollte. Ein Fingerschnipp, und sie läge längst neben mir … auf mir, unter mir, wie auch immer.

Nach dem zweiten Glas Wein war sie immer näher gekommen, hatte mich wie zufällig berührt. Ich ertappte mich dabei, ihre Berührungen zu erwidern. Spätestens als wir unsere Hände für ein paar Sekunden ineinander verschlungen hatten, zog ich die Notbremse und verabschiedete mich ins Bett. Noch konnte ich nicht darüber hinwegsehen, dass sie mich in etwas hineinzog, mit dem ich eigentlich nichts zu tun haben wollte, und mich im Auftrag ihres Arbeitgebers mehr oder weniger erpresste.

*

Ich traf Rebecca Chan am nächsten Nachmittag im Café Mozart in der Innenstadt, einem Kaffeehaus, dessen in Weinrot und Gold gehaltenes Interieur so altbacken wirkte, dass ich am liebsten gleich wieder kehrtgemacht hätte. Selina begleitete mich und senkte das Durchschnittsalter in dem Etablissement um mindestens zehn Jahre.

Inmitten Kaffee trinkender Hofratswitwen und deutscher Touristen – Rucksack, Outdoorjacke über der Stuhllehne, Mann und Frau mit ähnlichem Haarschnitt – fiel die Asiatika-Expertin sofort ins Auge. Sie war sehr auffällig gekleidet: in einen blauen Kimono-ähnlichen Mantel mit Kirschblütenprint. Dazu trug sie eine farblich passende Hornbrille in ihrem zarten, von einem schwarzen Haarhelm gerahmten Gesicht. Ich schätzte sie auf vierzig, fünfundvierzig Jahre.

Sie winkte uns zu, als sie uns erblickte. Anscheinend waren wir hier mindestens so auffällig wie sie.

»Sie haben also Fragen zu dieser Vase.« Rebecca Chan kam gleich zur Sache, nachdem wir die Vorstellungsformalitäten erledigt hatten. Vor ihr lag ein aufgeschlagenes Exemplar des Auktionskataloges. »Was ich nicht ganz verstehe: Sie sind doch die Tochter des Einbringers. Warum fragen Sie ihn nicht selbst?«

Die Frau war direkt. Das gefiel mir. Zumal ihre Frage berechtigt war.

»Ich werde in Kürze die Sammlung Marensperg-Töbeln kuratieren«, sagte ich und entschied, genauso geradlinig zu sein. »Mein Vater konnte oder wollte mir leider keine klare Antwort auf meine Frage nach der Herkunft der Vase geben. Aber ich möchte Gewissheit haben, dass es im Nachhinein keine juristischen Probleme geben wird, wenn das Stück unter den Hammer kommt.«

Sie nickte verstehend.

»Juristische Probleme sind nicht zu erwarten«, sagte sie dann knapp.

Ehe ich mich erkundigen konnte, was sie da so sicher machte, kam der Kellner, um unsere Bestellungen aufzunehmen. Selina und ich bestellten eine Melange, während Rebecca Chan zum Milchkaffee gleich zwei Tortenstücke orderte. Ich wunderte mich, wie das zu ihrer Figur passte. Sie war zwar nicht puppenhaft zierlich, wie man es von Asiatinnen häufig gewohnt war, aber auf eine ansprechende Art schlank mit fraulichen Rundungen an den richtigen Stellen. Ich ertappte mich dabei, dass ich ihr in den Ausschnitt starrte. Unsere Blicke trafen sich. Sie lächelte. Schnell wandte ich mich Selina zu, die wieder ihr Zahnschmerz-Gesicht schnitt.

»Aber sagtest du nicht etwas von Raubkunst?«, bezog ich sie in unser Gespräch mit ein.

Selina rutschte auf dem Stuhl herum wie eine nervöse Schülerin, die Angst hatte, gleich an die Tafel zitiert zu werden. Und da war es wieder: das Gefühl, dass sie etwas vorspielte.

»Raubkunst«, griff Rebecca Chan den Faden auf. »Ein zunehmend inflationär gebrauchter und fehlbesetzter Begriff, mit dem Sie Kunsthändlern keine Freude machen! Es stellt sich immer die Frage, wie eng Sie Sachverhalte definieren.«

Die Verwirrung musste sich in meinem Gesicht widerspiegeln, denn sie präzisierte sogleich: »Für eine gewisse Lobby von engstirnigen Archäologen und politischen Umweltaktivisten ist inzwischen alles Raubkunst, was aus ehemaligen Kriegs- und Kolonialgebieten kommt und irgendwann in Europa gelandet ist – gerade wenn die Stücke schon Jahrhunderte alt sind. Wie will man nachweisen, unter welchen Umständen vor tausend Jahren ein Kunstwerk aus China nach Europa kam! Das ist nahezu unmöglich. Aber diesen Hardlinern haben wir zu verdanken, dass eine ganze Branche in Verruf geraten ist und sich Kunsthandel nahezu nicht mehr lohnt! Seit 1970 hagelt es internationale Abkommen und Gesetze, die es Staaten wie China, Griechenland und Ägypten einfach machen, Kunstgegenstände zurückzufordern.«

Das Thema bewegte sie anscheinend sehr. Sie sprach voller Emotion, beinahe so, als wäre ihr dadurch persönlich etwas entgangen. Ich hatte am Vorabend über die politischen Maßnahmen im Internet gelesen und glaubte, den Grund zu kennen.

»Diese Abkommen sind geschaffen worden, um etwaiger Terrorismusfinanzierung durch den Verkauf gestohlener Kunstwerke den Riegel vorzuschieben«, führte ich an. »War es nicht so, dass aktuell aus dem Jemen, Syrien und dem Irak immer wieder antike Kunstgegenstände nach Europa kamen und das dafür gezahlte Geld in Ausbildungslager für IS-Terroristen geflossen ist?«

Rebecca Chan lachte auf.

»Jaja, die ewige Mär vom illegalen Antikenhandel, der den Terrorismus finanziert. – Glauben Sie mir, wer gezielt Terroristen ausbilden lässt, für den sind die paar hundert Millionen, die auf diese Weise zusammenkommen, allenfalls ein nettes Taschengeld. Da wird aus ganz anderen Geldquellen geschöpft, zum Beispiel Steuern oder Ölverkäufe! Die neuen rechtlichen Rahmenbedingungen erschweren dem Kunsthandel die legale Einfuhr von Objekten aus dem Ausland, erleichtern es umstrittenen Machthabern aber, sie unter dem Deckmantel angeblicher Raubkunst zu reimportieren. So ist das!«

Der Kellner brachte den Kaffee und die Tortenstücke. Rebecca Chan stieß freudig ihre Kuchengabel in den Berg aus Schlagobers, Buttercreme und Biskuit. Mir drehte es schon beim Zuschauen den Magen um, als ich zusah, wie sie die voll beladene Gabel zu ihren knallrot geschminkten Lippen führte.

»Und wie ist das mit dieser Vase?«, kam ich wieder zum eigentlichen Thema. »Könnte sie mit *Raubkunst* in Verbindung gebracht werden?«

»Mhmmmm«, machte Rebecca Chan. Sie kaute, schluckte, spülte mit Kaffee nach und antwortete dann in einem Tonfall, als spräche sie mit einem begriffsstutzigen Kind: »Ich habe es ja gerade erklärt: hängt davon ab, wie eng man die Dinge definiert.«

Der Reiz, den sie kurz auf mich ausgeübt hatte, schwand. Ihre Überheblichkeit begann mich zu nerven. Mir lag schon eine scharfe Bemerkung auf der Zunge, doch sie schien einen Sensor dafür zu besitzen, dass sie den Bogen überspannt hatte. Hastig tupfte sie sich mit der Stoffserviette Sahne, Kaffee und Lippenstift aus den Mundwinkeln. Dann erklärte sie in neutralem Tonfall: »Man muss leider sagen, dass sich die Europäer im zweiten Opiumkrieg nicht gerade wie Gentlemen verhalten haben. Aus genau dieser Zeit stammt die Vase. Briten und Franzosen haben den Sommerpalast des Kaisers Qianlong in Peking gestürmt, um freien Opiumhandel im Land durchzusetzen. Das ist ein wirklich düsteres Kapitel der Kolonialgeschichte, denn damit erzwangen sie quasi per Militärschlag die Verseuchung des gesamten Landes mit Rauschgift. Jedenfalls könnte die Vase durchaus aus diesen Plündereien stammen.«

»Damit gehört sie meinem Rechtsempfinden nach dem chinesischen Staat«, sagte ich. »Diese Abkommen, von denen Sie gesprochen haben, ermöglichen doch sicher, dass die Vase unverzüglich und ohne irgendwelche Mittelsmänner und Geldflüsse zurückgegeben werden kann.« In Gedanken sah ich das Stück bereits aus der Onlineausgabe des Auktionskatalogs verschwinden und gewiefte Anwälte Übergabe und Rücktransport nach China in die Wege leiten. Mein Vater würde sich wahrscheinlich eine Weile ärgern, aber Weisskopfs Plan wäre gescheitert. Gefahr gebannt!

»Es könnte aber auch sein, dass diese Vase ganz legal auf einem Markt vor den Toren des Palastes von einem britischen Seemann und Händler erworben und in Europa weiterverkauft wurde«, brachte Rebecca meine schöne Vorstellung unbarmherzig zum Einsturz. »Und für diese Variante spricht in der Tat vieles. Urkundlich erwähnt wurde das Stück erstmals 1789, als ein gewisser Earl of Perryborough seine Kunstsammlung aus dem Orient katalogisieren ließ. Da ist die Rede davon, dass er es von einem Händler namens George Walker erwarb. Und dieser George Walker hatte damals nachweislich eine Firma, die regen Handel mit China betrieben hat.«

»George Walker könnte die Vase gestohlen haben«, warf ich ein.

»Ja, klar, könnte er. Aber das werden wir niemals wissen. Und daher können die Chinesen das Stück auch nicht so einfach zurückfordern. Wir bewegen uns da in einer Grauzone.« Rebecca Chan widmete sich wieder ihren Tortenstücken. Sie tat es mit etwas weniger Gier als zuvor, doch ihr Zauber auf mich war vollkommen verflogen. Ich sah in ihr nur noch eine Wichtigtuerin, die inhaltlich nicht wirklich etwas beisteuern konnte, was uns nützte.

»Hat sich China eigentlich je bemüht, dieses Stück zurückzubekommen?«

Ein überraschter Blick, dann ein deutliches Nicken von ihrer Seite.

»Ja. 1912, als die Perryboroughs ihre Sammlung auflösten, und dann vor zehn Jahren, als eine Doktorarbeit über die Vasen der Qing-Dynastie erschien. Da gehörte das Stück, das vier Jahre später von Ihrem Vater erworben wurde, einem Frankfurter Großindustriellen.«

»Warum kam es nicht zur Rückgabe?«

Die Kunstexpertin zuckte mit den Schultern.

»Man wurde sich über den Preis nicht einig.«

»Halten Sie es für möglich, dass die chinesische Regierung diesmal jemanden schickt, der bei der Aktion für die Vase mitbietet?«

»Einen offiziellen Abgesandten? – Das halte ich für komplett ausgeschlossen. Selbst wenn einige Minister Kunstliebhaber sein sollten, haben sie keine Chance, sich gegen die Hardliner unter den Funktionären durchzusetzen. Diese Kader sind nicht bereit, für den Rückkauf hohe Summen auszugeben. Derzeit sitzen da sogar Politiker an den Schalthebeln, die überhaupt nichts zahlen wollen.«

»Mein Vater sagt, die Vase wäre nicht besonders wertvoll.«

»Wirklich?« Rebecca Chan sah mich durch ihre auffällige Brille ungläubig an. »Nach meiner Definition ist eine Vase, deren Rufpreis für zehntausend Euro angesetzt ist, durchaus wertvoll! Es handelt sich um ein besonders rares Stück in tadellosem Zustand. Allein dieser Blauton war in der Qing-Dynastie extrem selten, da haben Rosa, Rot und Purpur den Markt dominiert. Auch das Motiv – der chinesische Feuerdrache – ist für die Epoche sehr ungewöhnlich. Blumen und mythologisch-verklärte Frauenbilder haben damals beim Dekor überwogen.«

Nun war es an mir, überrascht zu sein.

»In dem Katalog, der mir vorliegt, ist aber ein Rufpreis von eintausend Euro angegeben – genau der Preis, den mein Vater mir auch genannt hat!«

»Ach herrje! Das gibt es doch nicht!« Rebecca Chan schlug mit der flachen Hand so schwungvoll auf den Tisch, dass unsere Kaffeetassen kräftig klirrten. Ein paar Gäste an den Nebentischen sahen kurz herüber, ehe sie sich wieder ihren eigenen Themen widmeten. Trotzdem senkte die Asiatika-Spezialistin nun die Stimme, beinahe so, als wollte sie uns ein Geheimnis verraten.

»Ihr Vater hat wohl immer noch die Liste mit diesen absolut peinlichen Druckfehlern! Hat ein Praktikant gemacht, der es nicht so genau nahm. Der hat sich sogar mit der Uhrzeit vertan: Statt 13 Uhr hat er doch tatsächlich 16 Uhr auf die Einladung geschrieben! Sie können sich gar nicht vorstellen, was das für einen Aufwand bedeutet hat, sämtliche potentielle Bieter erneut zu informieren.«

Sie seufzte theatralisch und überreichte mir einen mehrseitigen Ausdruck.

»Hier. Das ist die neue Version. Ich hatte sie Ihrem Vater schon kurz vor Weihnachten per Mail geschickt …«

»Möglicherweise ging das in der Flut von digitalen Weihnachtsbotschaften unter«, sagte ich in dem Wissen, das mein Vater sich mit der Organisation seines Mailfachs schwertat. »Am besten, Sie schicken sie ihm erneut. Er hat wirklich keine Ahnung von dieser Verzehnfachung des Wertes.«

»Ja, das werde ich.« Sie hatte ihre Teller geleert und trank nun den letzten Schluck Kaffee. Dann warf sie einen kurzen Blick auf ihre Armbanduhr. »Leider muss ich zurück an den Schreibtisch. Es ist noch so viel aufzuarbeiten vor der Auktion. Aber wenn Sie noch Fragen haben – jederzeit! Sie haben ja meine Nummer. Vielleicht können wir Weiteres dann auch bei einem stilvollen Abendessen klären, anstatt in einem überfüllten Kaffeehaus?«

»Möglicherweise«, erwiderte ich galant, weil ich sie mir für weitere Fachfragen warmhalten wollte, und staunte insgeheim über das Interesse, das mir seit meiner Scheidung von Frauenseite entgegengebracht wurde. Während all der Jahre an Alexanders Seite hatte keine einzige Frau mit mir geflirtet.

»Frau Roßloch ist derzeit sehr beschäftigt«, hörte ich Selina neben mir zischen.

»Ach ja?« Rebecca Chan schien von meiner Begleiterin erst jetzt Notiz zu nehmen, was ich sogar verstehen konnte. Bisher hatte sie kein einziges Wort beigesteuert. Doch da hatte ich schon den Ober herbeigerufen und zahlte die Rechnung. Rebecca Chan schüttelte mir zum Abschied die Hand, nickte kurz Selina zu und verließ das Café.

Wir folgten ihr fünf Minuten später.

»Du hast es gehört: Ich habe nicht gelogen«, sagte Selina, als wir die kühle Winterluft einatmeten. »Alles, was ich über die Vase und die Chinesen gesagt habe, hat sie bestätigt.«

»Nicht alles«, wandte ich ein, musste ihr aber insgesamt recht geben. Die Vase war wertvoll, das wusste ich jetzt, und die Chinesen interessierten sich tatsächlich seit vielen Jahren dafür. »Der Name Weisskopf ist jedenfalls nicht gefallen.«

»Wie denn auch. Sie weiß ja nichts von dem Vasen-Deal.«

»Und wie hat die NEAA davon erfahren?«

Mein Interesse war ehrlich.

»Wir haben unsere Informanten. Ich darf darüber nicht sprechen. Die Leute, die verdeckt für uns arbeiten, riskieren viel.«

Ja, klar. Da war sie wieder, die Agentin 007.

Mein Handy klingelte. Als ich sah, wer anrief, ging ich sofort dran.

»Claudio?«

In L.A. war es früher Vormittag.

»Hallo Prinzessin. Ich habe Neuigkeiten für dich!«

»Moment.«

Ich gab Selina zu verstehen, dass ich kurz etwas Privatsphäre brauchte, und trat ein paar Schritte zur Seite.

»Und zwar?«, fragte ich dann erwartungsvoll.

»Selina ist am 23. Juni 1991 in Köln geboren; sie ist dort im Stadtteil Neubrück auf die Sankt-Martin-Grundschule gegangen; war zwei Jahre am Heinrich-Heine-Gymnasium und wechselte dann aufgrund eines herrlich miesen Zeugnisses, dessen Kopie noch immer auf dem Server der Schule ruht, auf eine Gesamtschule. Sie machte nach der Mittleren Reife eine Ausbildung zur Physiotherapeutin und –«

»Halt«, unterbrach ich ihn. »Gibt es da auch noch irgendetwas Spannendes? Eine Ungereimtheit vielleicht?«

»Ja«, antwortete Claudio ohne zu Zögern. »Auf den Schulfotos sieht sie aus wie eine süße Puppe, aber ... du wirst es nicht glauben ... sie spielte Fußball in einer Jugend-Mädchenmannschaft!«

Ich stöhnte. Nichts also.

»Und sonst?«

»Später zog sie nach Berlin und steht auf der Payroll der NEAA. Ich habe sogar ihre Sozialversicherungsnummer ...«

»Danke.«

»Bist du etwa enttäuscht? Wolltest du, dass ich was finde? Dass ich eine Lüge aufdecke?«

Vielleicht. Vielleicht wollte ich einfach einen Grund haben, Selina auf Distanz zu halten.

Laut sagte ich: »Nein. Vermutlich muss ich nur daran arbeiten, weniger misstrauisch zu sein.«

»Gute Idee.« Claudio lachte. »Also, Prinzessin, dann will ich dich mal nicht aufhalten!«

»Bei was?«

Auch ich lachte, wenngleich deutlich verhaltener.

»Bei der Rettung der Welt«, kam zurück. »Vielleicht würdest du dich so richtig gut fühlen, wenn du die Pläne eines schmierigen Kapitalisten durchkreuzt. Könnte doch sein, oder?«

Ich lachte nochmals.

»Pass auf, was du sagst«, warnte ich ihn. »Du bist selbst einer! Wer hat denn die vielen Millionen?«

»Reich sein darf man«, erwiderte er todernst. »Aber Leute ausbeuten und Landschaft zerstören – das ist was anderes. Denk mal drüber nach. Vielleicht kommst du irgendwann zu derselben Erkenntnis.«

Seine Worte trafen mich. Ich beendete das Gespräch rasch

und ging hinüber zu Selina, die auf der Stelle, an der ich sie zurückgelassen hatte, auf und ab hopste wie ein frierendes Kind.

Wilfried Kattnig

Er hieß Peter Queens und war einer der Sportlehrer. Er war knapp über dreißig, gab sich uns gegenüber aber jünger und war wohl gerade deshalb sehr beliebt. Mit seinem mittelbraunen Haar, seiner eher kleinen Statur und dem sonnengebräunten Teint hätte ich ihn als durchschnittlich attraktiv bezeichnet, aber möglicherweise hatte ich schon damals nicht diesen gewissen Blick, denn gut die Hälfte der Mädchen auf Schloss Nippe himmelte ihn an wie einen Popstar. Plötzlich war Sportunterricht auch wieder für diejenigen interessant, die sich sonst von mir die ärztlichen Atteste fälschen ließen.

Das Gerücht machte die Runde, er hätte früher für den MI6 gearbeitet, den britischen Geheimdienst. Ich begann ihn zu beobachten. Die Art, wie er sich bewegte. Wie er einen Raum inspizierte, ehe er sich niederließ. Wie er mit geschickt gestellten Fragen vielen von uns Antworten entlockte, die wir nicht einmal unseren Tagebüchern anvertraut hätten. Ich kam zu dem Schluss, dass es stimmen musste. Die Jahre meiner Kindheit, die ich in Botschaften gelebt hatte, waren nicht ganz spurlos an mir vorübergegangen. Es waren viele Besucher gekommen, und manche Treffen und Besprechungen verliefen so konspirativ, dass es schon wieder auffällig war. Mutter sagte dann immer, die Leute vom Geheimdienst wären da, wir sollten uns fernhalten. Genau das hatte meine Neugier geweckt und ich tat alles, um diese mysteriösen Besucher aus sicheren Verstecken heraus zu beobachten, ohne auch nur ein Wort von dem zu verstehen, was da am Tisch meines Vaters diskutiert wurde. Ich stellte sie mir damals vor wie die Spione aus Comics und Filmen – aufregende Leben mit Verfolgungsjagden und Schießereien. Heute weiß ich, dass die meisten dieser Leute nach ihrer umfangreichen Ausbildung zu einem langweiligen Schreibtischjob verdammt gewesen waren.

Ich entschied, dass Peter *unser* Mann war. Der Plan, Farah zu retten, nahm Gestalt an. Denn Peter erteilte Sportunterricht auf eine Art und Weise, die für unser Vorhaben nur nützlich sein konnte: Statt monotonem Waldlauf veranstaltete er eine Art *Hide and Seek* im Schlosspark oder einen Orientierungslauf mit Kompass und Landkarte, ließ uns auf Bäume, über Mauern und Zäune klettern. So kamen wir sportlich in Topform und beherrschten einige Tricks, um Schloss Nippe und seinen Kontrollmechanismen zu entkommen.

Farah war anfangs nicht recht überzeugt. Sie konnte Sport so wenig abgewinnen wie meinem Plan, einfach abzuhauen und ihren Vater mit dem Heiratskandidaten im Sandsturm stehen zu lassen. Nach den Ferien, als sich die Lage für sie zuzuspitzen begann, änderte sich ihre Meinung. Das letzte Schuljahr hatte begonnen; in Farahs Familie bereitete man sich bereits auf die anstehende Hochzeit vor. Den Bräutigam hatte sie inzwischen gesehen, wenngleich auch nicht mit ihm gesprochen. Sie fand ihn alt und hässlich und erzählte mir, er hätte einen bösen Ausdruck in den Augen. Sie weinte viel, wollte wieder weder essen noch sprechen.

Letztendlich willigte sie dann doch ein, mit Peter zu trainieren. Mir war von vornherein klar, dass allein das nicht ausreichen würde, um unterzutauchen. Aber noch konnten wir Peter nicht vertrauen. Der Sport war das Trittbrett, um ihm näherzukommen. Ich wusste das. Farah nicht. Sie hatte ihr Schicksal in meine Hände gelegt und überließ mir sämtliche Entscheidungen. Ich fühlte mich geschmeichelt und stark.

Dass sie schließlich sogar mit Enthusiasmus an Peters Training teilnahm, gefiel mir. Zumindest würde sie schnell genug rennen können, wenn es drauf ankam. Dass sie ihn toll fand und ihn aus meiner Sicht viel zu häufig anlächelte, gefiel mir weniger. Ich erstickte meine Eifersucht mit dem Bewusstsein, dass wir Peters Vertrauen und Freundschaft brauchen würden. Vielleicht war Farahs verhaltenes Flirten die richtige Strategie, um beides zu gewinnen.

Wenn ich jetzt an Peter, Farah und unsere zusätzlichen Sporteinheiten zurückdachte, konnte ich kaum mehr begreifen, warum ich mir damals meiner Sache so sicher gewesen war. Weshalb war mir nie aufgefallen, dass ich nur das dritte Rad an einem Gefährt war, das auch auf zwei Rädern hervorragend rollte?

Ich hatte mir diese Frage schon unzählige Male gestellt. Nun, da ich in meinem Bett lag und in die Dunkelheit starrte, glaubte ich die Antwort zu wissen: Ich hinterfragte zu wenig. Und das bis heute.

Claudios Bemerkung am Nachmittag hatte mich tief getroffen. Wenn mir Selina unterstellte, eine gewissenlose Person zu sein, war das absurd, denn sie kannte mich nicht genug, um Urteile über mich fällen zu können. Bei Claudio war das anders. Er kannte mich in- und auswendig und war offenbar zu demselben Schluss gekommen.

Sein Stich schmerzte gerade deshalb so sehr, weil er recht hatte: Ich hatte mich nie für irgendetwas engagiert. Nicht gegen soziale Ungleichheit, nicht für Tiere, nicht für die Umwelt, nicht für Minderheiten, nicht gegen Rassismus, nicht gegen Gewalt an Frauen. Als Ehegattin von CEO Alexander Roßloch hatte ich zwar unzählige Charity-Galas unterstützt, als Schirmherrin blühende Reden gehalten, die aus einer PR-Agentur kamen, und Leuten, die von Misslagen betroffen oder auf andere Weise involviert waren, mein Bedauern ausgesprochen. Doch mit dem Herzen war ich nie richtig dabei gewesen. Es war einfach eine Rolle, die ich erfüllte, und ich fühlte mich gut dabei, Gelder an Bedürftige zu verteilen.

Damit unterschied ich mich vermutlich nicht von anderen Damen der sogenannten gehobenen Gesellschaft und schon gar nicht von denen, die zu Internatszeiten mein soziales Umfeld bildeten. Wir hatten alles, konnten uns alles kaufen. Geld zu haben war selbstverständlich. Woher es kam, wurde nie weiter hinterfragt.

Kritische Ansätze wie beispielsweise die Dependenztheorie, die die sozioökonomischen Probleme der Entwicklungsländer in deren Abhängigkeit von den Industrieländern sah, wurden im Unterricht auf Schloss Nippe nur kurz gestreift. Rassismus war etwas, was uns nicht betraf – wir waren im Internat so bunt durchmischt, dass die Vorstellung, jemand könnte irgendwen wegen seiner Hautfarbe diskriminieren, für uns völlig absurd war.

Mit einer anderen Sicht auf die Gesellschaft wurde ich erstmals in Berlin konfrontiert, als ich Claudios neue Freunde von der Filmakademie kennenlernte. Doch ihre langatmigen philosophischen Diskussionen über Marx, Lenin und den Sozialismus ödeten mich schnell an. Ich wollte in Berlin meine Vergangenheit vergessen und etwas erleben, nicht über Theorien diskutieren, die in der Umsetzung bisher nur gescheitert waren.

In der Ehe mit Alexander war ich dann nur noch von Menschen umgeben, für die das tägliche Studieren von Aktienkursen einer Art Bibelstunde gleichkam. Menschen, die ihr Kapital gewinnbringend einsetzen wollten und Umweltauflagen und Arbeitnehmerschutzgesetze nur als lästige Hürden ansahen, die man durch entsprechende finanzielle und parteipolitische Unterstützung des jüngsten Bundeskanzlers der österreichischen Geschichte umgehen konnte.

Ich hatte die politischen Lamentos in all diesen geselligen Runden immer kommentarlos über mich ergehen lassen und mir derweil Gedanken über den Turnierplan, über neues Mineralfutter oder vielversprechendes Training gemacht und es kaum erwarten können, mit einer guten Ausrede in den Stall zu flüchten.

Ein Klopfen an meiner Zimmertür setzte der ernüchternden Bilanz meines Lebens vorerst ein Ende. Im Lichtkegel der nun halboffenen Tür erkannte ich Selina in ihrem kurzen Spitzennachthemd. Ich knipste die Nachttischlampe an.

»Ich kann nicht schlafen«, sagte Selina. »Kann ich noch ein bisschen mit dir plaudern?«

Nein, nein, nein, schrie in mir die Stimme der Vernunft, doch Lena, die sich gerade einsam fühlte, sagte: »Ja, okay. Solange wir nur plaudern.«

»Was denn sonst?« Selinas koketter Augenaufschlag widerlegte ihre unschuldige Frage. Ich rutschte möglichst weit zur Seite, um körperlichen Abstand zu wahren, als sie unter meine Bettdecke glitt.

Sie drehte sich auf die Seite und sah mich an.

»Du warst so still seit dem Termin mit Rebecca Chan«, sagte sie. »Bist du sauer, weil ich dich vor einem Date mit ihr bewahrt habe?«

»Bewahrt?« Unwillkürlich musste ich lachen. »Du hast versucht, es mir zu vermasseln. – Aber nein, keine Sorge, ich bin nicht sauer. Wenn ich wirklich interessiert gewesen wäre, hätte dein Eifersuchtsanfall ohnehin keine Rolle gespielt.«

Der erwartete Widerspruch blieb jedoch aus.

»Was ist dann passiert?«, fragte sie ernst. »Lag es an dem Anruf, den du bekommen hast? – Seither bist du komisch. Irgendwie anders als vorher. So nachdenklich.«

Entweder waren die Folgen von Claudios Worten so offensichtlich oder sie war eine ausgesprochen gute Beobachterin.

»Ich denke über mein Leben nach.« Meine Offenheit überraschte mich selbst.

»Und zu welchem Ergebnis kommst du?«

Ich seufzte, unschlüssig, ob ich den Weg, den ich da eingeschlagen hatte, weiter beschreiten sollte. Doch Selinas Blick ruhte erwartungsvoll auf mir, und meine Niedergeschlagenheit war im Moment größer als der Wille, mich selbst zu schützen.

»Dass du mich vielleicht nicht ganz zu Unrecht als gewissenlos bezeichnet hast«, gab ich zu. »Ich habe mir bisher zu wenig Gedanken über das Leben von Menschen gemacht, die nicht so privilegiert sind wie ich. Die von einem Job abhängig sind, der schlecht bezahlt ist, beispielsweise. Die ausgebeutet werden. Stattdessen sorge ich mich um mich selbst, obwohl ich eine schuldenfreie Eigentumswohnung besitze und ein finanzielles Polster am Konto, das andere in dreißig Jahren harter Arbeit nicht aufbauen können.«

»So ist das wahrscheinlich, wenn man reich geboren ist«, schlug Selina versöhnlich vor. »Du kannst quasi nichts dafür.«

Ich lächelte dünn, zwar wenig überzeugt, aber etwas getröstet, und sie setzte hinzu: »Ich habe das in Puerto Rosario nicht so gemeint. Ich wollte, dass du mir hilfst. Dass du verstehst, dass Weisskopf nichts Gutes im Sinn hat.«

Trotz meiner niedergedrückten Stimmung musste ich nun doch herzhaft lachen. Sie sah mich überrascht an.

»Was?«

»Sonst hätte ich ihm nie und nimmer was Schlechtes unterstellt«, sagte ich voller Sarkasmus. »Einen Mann, der dich entführt und uns einsperren will, hielt ich bis dahin für einen Heiligen!«

Jetzt lachte sie auch. Dann griff sie nach meiner Hand und drückte sie leicht.

»Ich bin froh, dass du kamst und mich befreit hast. Allein hätte ich das nicht geschafft. Für mich warst du wirklich eine Art Superwoman ... Wie du diesen Cousin von ihm niedergeschlagen und ruckzuck die Pistole entsichert hast ... echt krass! – Wieso kannst du das? Karate, meine ich. Und schießen.«

»Es ist nicht Karate, sondern eine Mischform aus mehreren Kampfsportarten – eigentlich nur Selbstverteidigung auf höherem Niveau. Ein Sportlehrer an meiner Schule hat es uns ... mir beigebracht. Auch das Schießen.«

»War das legaler Unterricht?«

»Nein, sicher nicht. Aber es hat Spaß gemacht. Ich hatte das Gefühl, etwas Sinnvolles zu tun und zu lernen.«

Es war das erste Mal, dass ich jemandem von Peters Training erzählte, und ich fühlte, dass es mir guttat.

»Er gab mir auch Fahrstunden, noch ehe ich überhaupt den Führerschein machen konnte, brachte mir bei, Autos kurzzuschließen, mich nachts an den Sternen zu orientieren, mich in der Wildnis und in fremden Städten ohne Karte zurechtzufinden, Verfolger abzuhängen, keine Spuren zu hinterlassen ... all solche Dinge.«

»Warum hat er das getan? Was war der Sinn dieser Übungen?«

»Mich auf das Leben vorzubereiten.« Über Farah würde ich nicht sprechen. »Vielleicht wollte er uns auch nur den langweiligen Schulalltag durch ein paar inszenierte Abenteuer auflockern.«

»Cool. Und so kannst du dich nun aus jeder Lebenslage selbst retten!«

Ich sah ihr an, dass sie mich darum beneidete.

»Aus *jeder* sicher nicht. Aber ehe ich mich von einem Typen, der mir noch dazu mit einer Schreckschusspistole kommt, zu Fischfutter verarbeiten lasse, bin ich zu allem bereit. – Mich wundert, dass dich die NEAA nicht besser ausbildet und schützt, ehe sie dich auf so gefährliche Missionen schickt.«

Selina seufzte.

»Ich glaube, niemand hat damit gerechnet, dass die Situation dermaßen eskalieren kann.«

»Das kommt mir naiv vor. Ihr habt ihn immerhin erpresst. Bist du sicher, dass du langfristig für die NEAA arbeiten willst? Eine Organisation, die sich nicht mal um die Sicherheit ihrer Leute kümmert?«

Über die NEAA zu sprechen war besser, als zu riskieren, dass sie weiter nach dem Warum von Peters Sonderausbildung fragte.

»Es ist halt ein Job – der beste, den ich finden konnte.«

Selinas nahezu emotionslose Antwort überraschte mich. Sie passte nicht zum Image von der engagierten Umweltaktivistin, die sich für die gute Sache in Lebensgefahr gab.

»Er muss dir doch unglaublich viel bedeuten«, sprach ich aus, was mir durch den Kopf ging. »Die Umwelt schützen, dem gierigen Kapitalismus Grenzen setzen, Verbrechern das Handwerk legen – das alles bietet bestimmt viel mehr Erfüllung als irgendein x-beliebiger Nine-to-five-Job im Büro oder«, ich erinnerte mich an ihre eigentliche Ausbildung, »alten Männern die verhärteten Muskeln zu massieren.«

»Einen Bürojob hatte ich noch nie.« Selina hielt den Blick jetzt auf mein Leintuch gesenkt. Sie wirkte ungewohnt ernst und beinahe so, als hätte sich meine schlechte Stimmung von zuvor auf sie übertragen. »Und die Physiotherapie … das war ja nicht mein eigener Wunsch. Das, was ich im Augenblick mache, tue ich nur wegen des Geldes. Ich brauchte einen Job, und dieser wurde mir angeboten. Anfangs dachte ich wirklich, ich hätte das große Los gezogen. Mittlerweile sehe ich das anders. So oder so, ich musste ihn annehmen, weil ich schon mit der Miete im Rückstand war.«

Ich zog die Augenbrauen hoch. Eine so klare Aussage hatte ich nicht erwartet.

»Es ist wirklich nicht das, was ich will: andere zu erpressen und anzulügen, um zu erreichen, was erwartet wird«, fuhr Selina fort, und einen Moment lang hatte ich den Eindruck, als spräche sie gar nicht mehr zu mir, sondern zu sich selbst. »Das bin nicht *ich*.«

Plötzlich schien sie sich wieder zu erinnern, dass sie nicht alleine war, denn nun sah sie mir geradewegs in die Augen.

»Erinnere dich daran, falls du wieder einmal Grund haben solltest, mich zu hassen.«

Das klang so melodramatisch, dass ich nicht anders konnte als einzulenken.

»Ich glaube, wegen Weisskopf brauchst du wirklich kein schlechtes Gewissen haben. Mittlerweile tendiere ich auch dazu, dass er die Vase nicht bekommen sollte – unabhängig davon, dass mein Vater da anscheinend mit drinhängt. Also gib mir die Chance, mein Karma zu verbessern, und lass uns gemeinsam ein

Stück Natur retten. Wenn uns das gelingt, kriegst du Geld auf dein Konto und ich fühle mich nicht mehr ganz so überflüssig. Klingt doch gut, oder?«

Selina lächelte unsicher. So ganz überzeugt schien sie nicht. »Danke«, sagte sie dennoch, um nach kurzem Zögern hinzuzufügen: »Darf ich hier bei dir schlafen? – Das Bett ist bequemer.«

»Wenn du auf deiner Seite bleibst.«

Ich knipste die Lampe aus und kehrte ihr den Rücken zu. In meinem Kopf rotierten es. Unter anderem fragte ich mich, mit wem ich zuletzt so offen gesprochen hatte. Claudios Besuch vor Weihnachten war viel zu kurz gewesen für tiefergehende Gespräche, und Alexander gegenüber hatte ich ein solches Maß an Ehrlichkeit eher vermieden, ihm meine innersten Gefühle und Zweifel nie offenbart. Vermutlich hätte er mich sowieso nicht verstanden.

*

Selina schlief noch, als ich am nächsten Morgen in aller Frühe erwachte. Ich schlich mich aus dem Zimmer, zog Sportleggins und Trainingsjacke über und nutzte den trockenen, kalten Januarmorgen, um im nahen Stadtpark meine Runden zu drehen.

Als ich nach einer Stunde verschwitzt und durchgefroren in die Wohnung zurückkehrte, war bereits der Frühstückstisch gedeckt. Es roch nach frischen Semmeln und Kaffee.

»Du hast den zweiten Wohnungsschlüssel gefunden?«, erkundigte ich mich überflüssigerweise.

»Klar, hing ja am Schlüsselbrett.« Selina antwortete mit der Selbstverständlichkeit einer Frau, die ihre Existenzberechtigung in meiner Wohnung nicht infrage stellte, und ich wunderte mich, warum mich das nicht einmal störte.

Als ich mich frisch geduscht und mit noch feuchtem Haar an den Tisch setzte, servierte sie mir den Kaffee mit einer kunstvoll aufgetürmten Portion Milchschaum und etwas Zimt, von dessen Existenz in meinen dürftig gefüllten Küchenkästen ich bislang keine Ahnung hatte. Und plötzlich erfasste mich eine Welle kalter Angst: Was, wenn ich mich an Selinas Anwesenheit zu sehr gewöhnte? Wenn sie irgendwann zwangsläufig wieder verschwinden und mich in meiner inneren Leere zurücklassen würde?

Ich darf sie nicht zu nahe heranlassen, nahm ich mir vor, während ich mit ihr über Belanglosigkeiten plauderte, als wären wir gute Freundinnen.

Nicht nahe heranlassen war aber gar nicht so einfach, wenn sie vierundzwanzig Stunden nonstop um mich herumschwirrte und nun sogar in meinem Bett schlief.

Es gab nur eine Möglichkeit: Ich musste unsere Zweisamkeit kontrolliert beenden – indem ich sicherstellte, dass auf der Auktion am 16. Januar einer der von der NEAA ausgespähten potenziellen Mitbieter in die Bresche sprang und sich den Streitapfel sicherte.

*

Ich brauchte sechs Versuche, um Privatdozent Wilfried Kattnig ans Telefon zu bekommen, und es wurde ein schwieriges Gespräch. Kattnig war kein Idealist, der sich für Umweltthemen starkmachte, sondern ein auf seinen Vorteil bedachter Wirtschaftstreibender. Selbst wenn es nicht in dem Exposé gestanden hätte, das ich von Selina bekommen hatte, wäre mir das nach wenigen Minuten klar gewesen. Erst als ich Weisskopfs Namen erwähnte, wurde er hellwach und versprach, mich in Kürze zurückzurufen, er müsste nach einem freien Termin suchen.

Ebenfalls nicht so einfach war es mit der älteren Dame, die in der Nähe von Düsseldorf wohnte. Ich passierte ungefähr sieben Instanzen, angefangen von der Putzfrau bis zum Privatsekretär, ehe ich sie selbst in der Leitung hatte. Nachdem ich mich vorgestellt und mein Anliegen in groben Zügen umrissen hatte, willigte sie jedoch ein, mich zu einem persönlichen Gespräch zu treffen. Allerdings erst in ein paar Tagen – kurz vor der Auktion. Bis dahin werde sie, wie sie selbstbewusst zugab, Erkundigungen über mich einholen. Sollte sie. Viel gab es da aus meiner Sicht ohnehin nicht zu erkunden.

Trotzdem fühlte ich mich nach den Telefonaten frustriert. Es war inzwischen Donnerstag, und mich plagte das Gefühl, dass mir die Zeit davonrannte. Jetzt, wo ich mir vorgenommen hatte, die Welt – oder zumindest ein kleines, grünes Stück davon – zu retten, wollte ich das möglichst schnell und effizient erledigen.

Selina schien meine Ungeduld nicht nachvollziehen zu können.

»Hauptsache, sie treffen uns«, versuchte sie mich zu beschwichtigen. »Dann wirst du schon einen von beiden überzeugen, und die Sache ist geritzt.«

Ich hatte da meine Zweifel. Auch wenn ein paar Hunderttausend für diese Leute nur Taschengeld sein mochten – es konnte immer noch sein, dass sie den Sinn der Aktion nicht einsahen. Was dann?

Ich sprach meine Bedenken aus, erntete von Selina aber nur ein überzeugtes »Wenn du mit ihnen sprichst, werden sie mitsteigern!«.

»Ein Plan B würde mich mehr überzeugen.«

»Was sollte das sein?«

Ich hob die Schultern. »Keine Ahnung. Hat die NEAA denn gar nichts in petto? Da hätte ich mehr erwartet. Beispielsweise, dass wir als *Ultima Ratio* die Vase in einer Nacht- und Nebelaktion klauen.«

Selinas Augen wurden groß. »Das würdest du tun?«

Tatsächlich hatte ich darüber nicht ernsthaft nachgedacht. Der Gedanke, in ein alarmgesichertes Auktionshaus einzubrechen, um etwas zu stehlen, das rein rechtlich meiner Familie gehörte, war nahezu absurd. Allerdings gefiel es mir, auszutesten, wie weit Selina und ihr mysteriöser Arbeitgeber wohl gehen würden.

»Nicht ich«, stellte ich klar. »Sondern du. Die NEAA. Ihr habt doch sicher Spezialkräfte für solche Aktionen? – Wenn es den Leuten von Greenpeace gelingt, eine Ölplattform zu stürmen, werdet ihr es wohl schaffen, eine Vase verschwinden zu lassen!«

Selinas Gesichtszügen verrieten deutlich, wie unangenehm ihr allein die Vorstellung sein musste. Sie war nicht verwegen, nicht über alle Maßen abenteuerlustig, nicht für Herausforderungen zu haben. Das begriff ich spätestens jetzt. Alles, was sie mir in der Nacht zuvor anvertraut hatte, war wahr: Selina wollte einfach nur einen Job, um ihre Miete zahlen zu können. Sie war nicht die blind entschlossene Idealistin, als die sie sich zeitweise verkauft hatte. Seltsamerweise machte diese Erkenntnis sie mir noch sympathischer, denn Idealisten waren mir fast genauso unheimlich wie Extremisten.

Statt mir eine Antwort auf meine Frage zu geben, verschwand sie mit ihrem Handy wortlos auf die Toilette. Die Vorstellung, dass sie der NGO vielleicht wirklich meine neue Idee unterbreiten wollte, entlockte mir ein amüsiertes Lächeln.

Währenddessen zog ich mich um. Ich hatte andere Pläne für den Nachmittag, als zu Hause auf dem Sofa auf einen Anruf des Privatdozenten zu warten.

Selina runzelte die Stirn, als sie mich in Reithose und Stiefeln sah. »Fährst du jetzt etwa zu deinem Pferd?«

»Ja.«

»Was, wenn Kattnig sich meldet?«

»Er hat meine Handynummer.«

Sie wirkte wenig überzeugt, sagte aber nichts. Unschlüssig sah sie mir dabei zu, wie ich Karotten und Äpfel aus dem Kühlschrank nahm und in einer Stofftasche verstaute.

»Kann ich mitkommen?«, fragte sie dann unvermittelt.

Ich hielt in der Bewegung inne. Bisher hatte ich nie jemanden mit in den Stall genommen, nicht einmal Claudio – was vielleicht auch daran lag, dass sich niemand, der mich in Wien besucht hatte, für Pferde interessierte. Auf der anderen Seite – wenn ich ablehnte, würde Selina einen ganzen Nachmittag allein in meiner Wohnung verbringen. Auch wenn ich ihr nicht unterstellte, mit meinem Schmuck das Weite zu suchen: Es gab da alte Fotoalben und Ordner, und ich wollte ihr und ganz besonders der NEAA nicht noch einen tieferen Einblick in meine Privatsphäre geben. Also stattete ich sie mit einer Reithose aus, die mir selbst etwas zu klein geworden und ihr immer noch zu groß war, und wir fuhren in den Stall.

*

Zwei Wochen Reiterferien als Zwölfjährige. Darauf basierte Selinas Erfahrung mit Pferden. Dass sie dennoch ganz versessen darauf war, sich in den Sattel zu schwingen, entlockte mir ein Schmunzeln.

Andererseits wollte ich es ihr nicht verweigern. Ich selbst drehte unter der Anleitung meiner Reittrainerin ein paar Runden – mit verhaltener Motivation. Der Unfall hatte nicht nur etwas in mir verändert, sondern auch in Hector. Auch er war vorsichtiger geworden, zurückhaltender in seinen Bewegungen. Die Cavaletti-Übungen, die Bettina, die Trainerin, für uns beide vorgesehen hatte, stellten sich als echte Herausforderung dar. Hector benahm sich, als würde ich ihn mit verbundenen Augen über einen Wassergraben in Kombination mit einem Doppeloxer jagen. Ohne Bettina wäre es mir ganz gewiss nicht gelungen, ihn dazu zu bewegen, über die Stangen zu traben. Es war entmutigend.

»Das ist ein Sportpferd«, schärfte ich Selina ein, als ich ihr in den Sattel half und die Steigbügel auf die richtige Größe einstellte. »Kein abgebrühter Reitschul-Haflinger.«

»Das heißt?«, fragte sie und zog sich den Helmgurt enger.

»Stell dir vor, du sitzt in einem Ferrari. Da trittst du auch nicht das Gaspedal durch, wenn du gemäßigt anfahren willst.«

»Okay.«

Aus den Augenwinkeln sah ich Bettina breit grinsen. Was auch immer sie dachte, seit ich mit Selina im Schlepptau aufgetaucht war – sie behielt es für sich, und ich war ihr dankbar dafür. Im Laufe der fünf Jahre, die ich inzwischen bei ihr war, hatten wir ein lockeres, freundschaftliches Verhältnis aufgebaut. Dabei vergaßen wir jedoch beide nie, was uns voneinander unterschied: Sie hatte das Können, ich das Geld. Nur weil sie Hector regelmäßig trainierte, konnte ich Siege verzeichnen. Umgekehrt trugen Leute wie ich dazu bei, dass Bettina nicht als Sachbearbeiterin in einem stickigen Büro sitzen musste, sondern ihr Hobby zum Beruf hatte machen können.

Selina ritt vorsichtig an. Hector stapfte los – anfangs nicht so, wie sich seine Reiterin das vorgestellt hatte, denn statt an der Hallenwand entlangzugehen, zog er immer kleinere Kreise. Irgendwann hatte sie den Dreh raus und lenkte ihn auf den Hufschlag.

Bettina und ich sahen zu, wie sie ihre Bahnen zog, erst im Schritt, dann im Trab, wobei ich inständig hoffte, dass mein Pferd auf einen spontanen Schlenker verzichtete. Selinas Schenkel und Hände waren so unruhig, wie bei einer Anfängerin zu erwarten. Doch die beiden schlugen sich von Runde zu Runde tapferer.

»Vielleicht ist das die Zukunft«, sagte Bettina, die neben mich getreten war.

»Wie meinst du das? Ich als Reitlehrerin?«

»Eine interessante Vorstellung. Reitlehrerin für Kinder vielleicht, falls du die Geduld dafür aufbringst.« Sie schob sich grinsend eine blonde Haarsträhne hinters Ohr, wurde dann aber sogleich ernst. »Ich meinte, für Hector. Er wird nie wieder für ein Springen in höheren Leistungsklassen einsetzbar sein. Und das liegt nicht nur an seiner Verletzung, denke ich.«

Es war das erste Mal, dass sie sich so deutlich äußerte. In den vergangenen Monaten hatte sie vage Andeutungen gemacht, dann aber gleich wieder beschwichtigt, man müsse dem ganzen mehr Zeit geben. Insgeheim hatte ich sowieso nicht mehr recht daran geglaubt. Ihr Urteil war für mich nahezu eine Erleichterung.

»Ich glaube, er wäre ein gutes Freizeitpferd«, fuhr Bettina fort. »Er ist dreizehn Jahre alt, also im besten Alter. Ich kann dir helfen, ihn entsprechend zu vermitteln.«

Das ging mir nun doch etwas zu schnell.

»Ich muss darüber nachdenken.«

Sie nickte verständnisvoll.

»Ja, klar. Ist nicht leicht, auch für mich nicht. Wir haben viele gute gemeinsame Jahre mit ihm verbracht.« Ihr Gesicht hellte sich auf. »Aber ich weiß von einem vielversprechenden As in einem Turnierstall in der Steiermark. Ein Westfälisches Warmblut, Wallach, acht Jahre alt. Dem fehlt noch etwas Schliff, aber er ist ein Traumpferd. Hat schon eine ganze Reihe an Siegen in der höchsten Leistungsklasse vorzuweisen. Wenn du willst, stelle ich den Kontakt her und unterstütze dich bei den Preisverhandlungen. Ein paar Tausender könnte ich für dich rausschlagen, ich kenne den derzeitigen Besitzer ganz gut.«

Ein paar Tausender bei einem Pferd, für das gewiss ein sechsstelliger Betrag verlangt wurde.

»Ich muss darüber nachdenken«, wiederholte ich. Ich würde mit Bettina weder über Geld sprechen noch über meine Ängste vor dem Springen. Ich wusste, sie würde gerade letzteres nicht verstehen.

Nachdem Selina nach einer halben Stunde immer noch nicht genug hatte, zog ich einen Schlussstrich und holte sie vom Pferd. Ihre Augen leuchteten, ihre Wangen glühten, und sie fütterte

Hector hingebungsvoll mit geschnittenen Äpfeln und Karotten, während ich die Decke über sein leicht verschwitztes Fell legte.

Ihre Begeisterung erwärmte mich. Es war die richtige Entscheidung gewesen, sie mitzunehmen. Damit hatte ich ihr eine große Freude gemacht – und mir selbst auch. Während der gesamten Rückfahrt schwärmte sie von meinem Pferd und den dreißig Minuten im Sattel, so kam ich nicht dazu, weiter über meine und Hectors Zukunft zu grübeln.

*

»Das war heute ein grandioser Tag.« Selina hatte die Überbleibsel unseres Thai-Currys gerade im Hausmüll entsorgt und setzte sich zu mir auf das Sofa. »Mit einem phantastischen Essen! Du bist wirklich eine ganz außergewöhnlich gute Köchin!«

»Ja, nicht wahr?«, stieg ich bereitwillig auf ihren Scherz ein, der sich auf meine nicht vorhandenen Kochkünste und meine Bestellung beim Thailänder um die Ecke bezog. »Butterweicher Jasminreis, schmackhafte Soßen und exotische Gewürze – genau mein Metier!«

Selina amüsierte sich prächtig. »Allerdings muss ich in einem Punkt reklamieren: Das Dessert fehlt!«

»Stimmt. Man kann nicht alles haben.«

»Schade eigentlich. Ich hätte es mir genauso dezent, genussvoll und appetitlich zu Gemüte geführt wie neulich unsere liebe Freundin Rebecca ihre Tortenstücke!«

Ich lachte.

»Ja, sie hatte offenbar Hunger.«

»Wie sie geschlungen hat!« Selina griff sich theatralisch an die Brust. »Da vergeht dir alles, hab ich nicht recht? – Vorher noch hopp, nach der Torte ein Flopp!«

»Du bist … unausstehlich!«

Angestachelt von ihrem Übermut, bohrte ich Selina einen Finger in die Rippen, bis sie quiekte und sich wand.

»Nein … bitte … nicht … nein …!«

Japsend ließ sie sich nach hinten kippen und zog mich dabei mit. Durch ihr Shirt fühlte ich die Wärme ihres Körpers. Ich roch den leichten Blumenduft, der von ihrem Haar und Nacken ausging, sah ihre schönen Lippen. Meine Vorsätze verpufften und überließen der Libido das Feld. Ich küsste sie, und sie erwiderte den Kuss, als hätte sie nur darauf gewartet. Unsere Hände fanden ihren Weg unter die Kleidung, unsere Körper schmiegten sich aneinander, Zungen liebkosten sich, Lippen verschmolzen miteinander.

Doch dann klingelte das Handy, und mein Verstand kehrte mit aller Vehemenz zurück. Ich überging Selinas Bitte, den Anruf zu ignorieren, befreite mich aus ihrer Umarmung und hob ab. Es war Kattnig, der kurz und knapp kundtat, wann ich mich bei ihm einfinden sollte. Eine mögliche Diskussion über den Termin: ausgeschlossen.

»Ich werde meine Assistentin mitbringen«, sagte ich vorsorglich.

»Bringen Sie mit, wen Sie wollen, aber seien Sie pünktlich!«, donnerte seine Stimme an mein Ohr. Dann legte er einfach auf.

»Das war dein Privatdozent«, teilte ich Selina mit, die sich wieder aufgesetzt hatte. »Er hat uns für morgen, neun Uhr, einbestellt. An den Wörthersee, genauer gesagt in ein Hotel in Velden.«

Ich wartete auf ihre Reaktion. Vergeblich. Schließlich wurde mir klar, dass sie mit der Geographie Österreichs nicht so vertraut war wie ich.

»Wir brauchen von hier aus gut dreieinhalb Stunden.«

Selina blinzelte. Ich konnte zusehen, wie die Information langsam bei ihr sickerte.

»Der spinnt doch!«, empörte sie sich prompt. »Da müssen wir schon um halb sechs losfahren!«

»Eher um Viertel nach fünf, ich will auf jeden Fall pünktlich sein.«

Mit einem gequälten Stöhnen ließ sie sich in die Sofakissen zurückfallen und streckte die Arme nach mir aus.

»Komm«, sagte sie leise. »Lass uns dort weitermachen, wo wir aufgehört haben.«

»Viertel nach fünf«, rief ich ihr in Erinnerung und stellte die leeren Weingläser ins Spülbecken. »Wir müssen morgen ausgeschlafen sein. Besser, es schläft jede von uns dort, wo sie schlafen sollte: ich im Bett, du auf der Couch.«

»Lena … bitte … du willst doch auch …«

Ich hob die Hand und gebot ihr Einhalt.

»Nein – oder muss ich mir Gedanken machen, warum dir dein Job plötzlich komplett egal geworden ist?«

Meine Worte ernüchterten sie anscheinend schlagartig. Sie ging zu ihrer Reisetasche, griff nach ihrem Nachthemd und dem Kulturbeutel und verschwand im Badezimmer.

Ich spülte die Weingläser und verstand mich selbst immer weniger. Seit Corralejo herrschte in mir ein Gefühlschaos, das sich in den vergangenen zwei Tagen verstärkt hatte. Ich hatte wieder Lust auf Sex, aber definitiv nicht mit einem Mann. Auch nicht mit *irgendeiner* Frau, und das machte mir am meisten Angst. Ich wollte Selina, egal, wohinein sie mich gezogen hatte, egal, was sie mir schon an den Kopf geworfen hatte.

Immerhin war ich mir noch bewusst, wie verrückt ich das fand und wie wenig es zu der beherrschten Frau passte, die ich mit den Jahren geworden war. Diese Lena hatte sich für nichts und niemanden wirklich begeistert. Diese Lena verliebte sich nicht, schon gar nicht in eine Frau. Diese Lena hatte kein Herz mehr, seit es damals herausgerissen und zertreten worden war.

Ich ging an diesem Abend mit dem Vorsatz ins Bett, Selina nie wieder körperlich nahezukommen. Ich musste mich schützen – nicht so sehr vor ihr als vor mir selbst.

205

*

Um zehn Minuten vor neun Uhr trafen wir am Schlosshotel in Velden ein. Ich hatte Schnee erwartet – schließlich lag der Wörthersee in einer bergigeren Region, doch die weiße Puderzuckerschicht, die den Rasen vor dem Gebäude überzog und auf dem Asphalt bereits zu hässlich-braunem Matsch mutiert war, verdiente die Bezeichnung kaum. Die Luft war dennoch klirrend kalt. Selina zog den Mantel eng vor der Brust zusammen, als sie mir ins Foyer folgte.

Dort war der Betrieb gerade erst im Anlaufen. Die wenigen Leute, die zielstrebig die Lobby durchquerten, steuerten auf einen Gang zu, an dessen Ende ich den Frühstückssaal vermutete. Das Zimmer, dessen Nummer mir an der Rezeption genannt wurde, befand sich im dritten Stock. Ich klopfte dreimal kurz, dreimal lang – wie abgesprochen.

Kattnig selbst öffnete die Tür – ein lässig gekleideter Zwei-Meter-Mann Mitte sechzig, dichtes Haar, grauer Bart. Mit seinem solariumsgebräunten Gesicht wirkte er betont sportlich. Sein Lächeln überraschte mich. Nachdem er am Telefon so unfreundlich gewesen war, hatte ich etwas anderes erwartet.

»Bitte sehr, die Damen, treten Sie ein. Hier können wir in Ruhe reden. Ich habe mir erlaubt, diese Suite auf Ihren Namen zu reservieren, werte Frau Roßloch.«

Doch nicht so charmant. Ich verkniff mir eine bissige Bemerkung und nahm mir vor, die NEAA in Grund und Boden zu verklagen, falls sie mir die Kosten dafür nicht umgehend erstattete.

»Und ein üppiges Frühstück gibt es auch. Sie sind gewiss hungrig von der Anreise.« Er wies auf den Esstisch vor dem Panoramafenster mit Seeblick. Dort stand neben einer Kanne Kaffee eine geöffnete Keksdose. Der Mann hatte die Art von Humor, die ich nicht teilte.

Wir ließen uns von ihm aus den Mänteln helfen, die er kurzerhand über seine eigene Lammfelljacke warf, und nahmen am Tisch Platz. Kattnig bedachte Selina mit einem Lächeln, das die Anweisung enthielt, uns Kaffee einzuschenken. Sie rührte sich erst nicht, gab aber schließlich nach.

»Nach allem, was Sie mir am Telefon berichtet haben, verbindet uns also ein gemeinsamer Feind«, eröffnete er das Gespräch. »Dieter Weisskopf. – Es wäre mir neu, dass Ihr Gatte mit solchen Leuten Geschäfte macht, ergo, was genau hat Weisskopf Ihnen getan?«

»Mein Mann … Ex-Mann hat damit nichts zu tun«, stellte ich klar, doch er unterbrach mich mitten im Satz.

»Langweilen Sie mich nicht. Ich habe den Zusammenhang zwischen der Vase Ihres Vaters und dem Naturschutzgebiet in Südostchina durchaus begriffen; verkaufen Sie mich nicht für dumm. Ich frage Sie konkret: Was hat Ihnen Dieter Weisskopf getan, sodass Sie ihm den Deal mit den Chinesen vermiesen wollen?«

»Er hat mich mit einer Pistole bedroht und auf einem Schiff gefangensetzen wollen. Was für mich aber viel mehr wiegt, ist, dass der Name meiner Familie beschädigt werden wird, wenn –«

»Langweilen Sie mich nicht mit Familiengeschichten, Frau Roßloch. Es geht mir um Weisskopf. Ich will wissen, was er Ihnen wirklich angetan hat. – Er hat sie nicht nur bedroht, richtig?«

Ich verstand nicht, worauf der Mann hinauswollte.

»Nun, ich war durchaus in der Lage –«, begann ich zögernd.

»Hat er Sie vergewaltigt?«

Der Schock über die unerwartete Frage verschlug mir die Sprache. Kattnig setzte in väterlichem Tonfall hinzu: »Ich habe Augen im Kopf. Als ich gestern nach unserem Telefonat Ihr Foto im Internet sah, war mir sofort klar, was passiert ist. Eine bildhübsche Frau wie Sie! Sie müssen sich nicht schämen. Ich weiß, was für ein Widerling dieser Mann ist, keine Sorge! Also, erzählen Sie mir, wie es dazu kam. Er wird dafür büßen, das verspreche ich Ihnen!«

Der väterliche Tonfall war verschwunden. Kattnig war aufgestanden, hatte die Hände auf den Tisch gestützt und fixierte mich aus stechend blauen Augen. Etwas Wildes lag in seinem Blick. Allmählich machte er mir Angst.

»Er *wollte* sie vergewaltigen«, meldete sich Selina unerwartet zu Wort, während ich bereits überschlug, wie schnell wir wohl unsere Mäntel packen und flüchten konnten. »Ich habe es gerade noch verhindern können.«

Wie bitte? – Ich musste mich sehr zusammenreißen, um ihr unter dem Tisch nicht einen heftigen Tritt gegen das Schienbein zu verpassen.

»Frau Roßloch ist seither völlig fertig«, fuhr Selina unbeirrt fort. »Sie leidet unter einer posttraumatischen Belastungsstörung. Ihre Therapeutin sagt, das wird sich erst bessern, wenn sie Weisskopf einer Strafe zuführt. Sie hat uns geraten, zur Polizei zu gehen, aber das werden wir nicht. Sie ahnen ja nicht, wie man dort mit Vergewaltigungsopfern umgeht!«

»Oh doch! Oh doch! Das weiß ich! Das weiß ich nur allzu gut!« Kattnig richtete sich zu seiner vollen Größe auf und wirkte nun wie ein Wikinger auf Beutezug. »Liebe Frau Roßloch, ich verspreche Ihnen, ich werde diesem Widerling für immer das Handwerk legen, koste es, was es wolle! – Vertrauen Sie sich mir an. Ich will die ganze Geschichte hören.«

»Ich … ich kann nicht«, flüsterte ich, noch immer fassungslos. Auf die Schnelle fiel mir keine gute Lügenstory ein. Also tat ich, was mich schon als Teenager aus brenzligen Situationen gerettet hatte: Ich brachte ein paar Tränen hervor. »Es … es war so beschämend!«

Der bärtige Riese nahm mit einem mitleidigen Seufzen wieder Platz.

»Entschuldigen Sie.« Seine Stimme klang nun wieder sanft und fürsorglich. »Entschuldigen Sie vielmals. Ich hätte das nicht fragen dürfen. Es ist nur … ich habe mit ihm etwas Ähnliches erlebt.«

»Sie?« Ungläubig blinzelte ich durch meinen Tränenschleier. Dass dieser kräftige Hüne zum Opfer eines Vergewaltigers geworden war, erschien mir völlig absurd.

»Meine Tochter«, fuhr Kattnig fort. »Es passierte vor einundzwanzig Jahren bei einem Urlaub auf den Cayman Islands. Weisskopf und ich waren damals noch befreundet, hatten viel geschäftlich miteinander zu tun. Melanie … nun, sie war erst siebzehn. Blond, schlank, sportlich … ein ähnlicher Typ wie Sie. Er hat sie zu einem Segelausflug überredet. Ich dachte mir nichts, warum auch, er war ein Freund, kannte meine Tochter, seit sie klein war. Als sie im Hafen anlegten, sah ich an Melanies Gesicht sofort, dass etwas nicht stimmte.« Kattnig schluckte. Die Erinnerung daran schien ihn komplett mitzunehmen. »Aber sie wollte nicht mit uns reden, sagte, es sei alles okay. Nach diesem Urlaub wurde sie immer stiller und depressiver. Vier Monate später lag sie im Badezimmer mit durchgeschnittenen Pulsadern und einer Überdosis Tabletten. In ihren Tagebucheinträge fanden meine Frau und ich den Grund. Aber da war es schon zu spät.«

Der Kaffee schmeckte mit einem Mal schal. Die Vase, das Naturschutzgebiet, der Name meiner Familie – all das kam mir schrecklich banal vor im Vergleich zu diesem Schicksal.

Kattnig atmete tief durch, rang um Fassung und fuhr fort: »Zwei Jahre später hat meine Frau denselben Weg gewählt wie unsere Melanie. Sie kam über den Tod ihres einzigen Kindes nicht hinweg. Weisskopf hat meine Familie zerstört!«

Ich fühlte mich mehr als beklommen und hätte Selina am liebsten den Hals umgedreht. *Sie* hatte mich in diese Situation gebracht. *Sie* hatte die Narben dieses Mannes wieder aufgerissen! War das unter dem Vorwand, ein Naturschutzgebiet zu retten, wirklich gerechtfertigt? – Ich hatte da meine Zweifel.

»Ich warte seither nur auf eine Gelegenheit, mich an Weisskopf zu rächen«, knurrte unser Gesprächspartner nun düster.

»Ich soll ihm ein lukratives Geschäft vermiesen? – Nur zu gerne! Ich soll ihn bloßstellen? – Wunderbar! – Und das alles, indem ich eine lächerliche Vase ersteigere? – Noch besser! Seit Melanies Tod geht mir dieser Verbrecher aus dem Weg; lässt sich rund um die Uhr von Bodyguards bewachen! Ich warte seit Jahren auf meine Chance, ihm zu begegnen.«

Und schon sah ich das Problem. Wäre auch zu schön gewesen, wenn mit Kattnigs spontaner Zusage schon alles erledigt wäre ...

»Es ist unwahrscheinlich, dass Weisskopf bei der Auktion selbst anwesend sein wird. Ein Strohmann soll die Vase ersteigern.«

Die Faust des Mannes sauste auf die Tischplatte und ließ Unterteller und Kaffeetassen erzittern. Selina zuckte zusammen. Kattnigs blaue Augen sprühten Funken.

»Dann sorgen Sie dafür, dass er auftaucht! Sonst bin ich draußen!«

Ich versicherte, ihn zu verständigen, sobald mir Weisskopfs Teilnahme bestätigt worden sei. Wie ich die Bestätigung bekommen sollte, war mir allerdings ein Rätsel. Schweigend stand ich auf, ergriff unsere Mäntel und nickte Selina zu, als Zeichen des Aufbruchs. Inzwischen hatte ich es eilig, die Suite zu verlassen. Dieser Wilfried Kattnig war mir nicht geheuer.

Kaum standen wir wieder unten in der Lobby, meldete sich mein Bauchgefühl mit leisen Zweifeln. Hatte Kattnig die Wahrheit gesagt? Und wäre sein offensichtlicher Hass auf Weisskopf befriedigt, wenn er ihm lediglich ein Geschäft durchkreuzte?

»Der war gruselig«, sagte Selina, als wir im Auto saßen. Und im nächsten Moment: »Suchen wir uns ein nettes Café zum Frühstücken? Ich sterbe vor Hunger!«

Ich starrte sie entgeistert an.

»Du hast mich total gegen die Wand fahren lassen.« Ich bebte vor Wut. »Dein Exposé zu diesem Mann war lückenhaft! Du hast mir den Kern seines Hasses verschwiegen! – Und jetzt behaupte bloß nicht, du hättest von dieser Vergewaltigungsgeschichte das erste Mal gehört und nur spontan darauf reagiert!«

»Nein ... ja ... ich ...« Selina suchte verzweifelt nach Worten. »Ich hab selbst erst jetzt davon erfahren, ich schwöre es! Die NEAA hat mir heute Nacht ein SMS mit diesem Detail geschickt.«

»Selina!« Allmählich geriet ich an den Rand meiner Selbstbeherrschung. »Wir saßen dreieinhalb Stunden zusammen im Auto!«

»Die NEAA hat gesagt, ich darf es dir nicht sagen«, brach es aus ihr hervor. »Sie meinten, du würdest sonst nicht mitspielen!«

Die Verzweiflung in ihrem Gesicht verriet mir, dass sie diesmal nicht log. Sie hatte einen Maulkorb verpasst bekommen.

Ich brauchte ein paar Sekunden, um mich zu sammeln.

»Selina, das war das allerletzte Mal«, erklärte ich dann ruhig. »Das allerletzte Mal, dass du mir etwas verschwiegen oder mich angelogen hast, ist das klar? Du bist hier an der Front mir eindeutig mehr verpflichtet als diesen Schreibtischtätern der NEAA! Verstanden?«

Sie nickte, sah mich aber dabei nicht an. In ihren Augen glitzerten Tränen.

Wir fuhren zu einer Bäckerei und bestellten jeweils ein Fitness-Frühstück, dazu frischgepressten Orangensaft. Selina knabberte lustlos an ihrem Kornspitz und aß den Obstsalat nur zur Hälfte auf. Meine Warnung hatte ihr offenbar den Appetit verdorben.

Auf der Rückfahrt bekam sie einen Anruf von ihrem Chef. Er pfiff sie nach Berlin zurück.

Ihr Flug war noch für den Abend gebucht. Als ich sie mit ihrer Reisetasche ins Taxi steigen sah, war ich für einen kurzen Moment erleichtert.

Das Gefühl verflog, als ich allein und verlassen auf meinem Sofa saß und die Flasche Weißwein vom Vorabend leerte. Ich versuchte, Claudio zu erreichen, aber der hob nicht ab. Eine Stunde später schickte er ein SMS, dass er gerade bei Dreharbeiten sei, und erinnerte mich daran, dass die meisten Menschen einem Job nachgingen, während ich mich in den Erdboden langweilte.

Adelinde von Knottau-Webern

Selina erwartete mich in der Ankunftshalle des Düsseldorfer Flughafens und flog mir in die Arme, als wäre ich ihre nach langer Abwesenheit zurückgekehrte Lebensgefährtin. Vor lauter Enthusiasmus stieß sie meinen Trolley um, merkte es aber nicht mal, denn sie war zu beschäftigt, mich zu küssen.

»Ich habe dich so vermisst«, stieß sie atemlos hervor, um mich gleich weiterzuküssen.

Auch ich freute mich, sie wiederzusehen, obwohl mir diese Begrüßung etwas zu viel war. Schon jetzt sahen einige Leute zu uns herüber. Abwehr hätte nur mehr Aufmerksamkeit auf uns gezogen. Ich beendete den Kuss so dezent wie möglich, löste Selinas Arme von meinem Hals und angelte nach dem Griff meines Trolley.

»Komm, lass uns jetzt erst einmal gehen.«

»Das Auto steht im Parkhaus«, sagte sie, während sie zügig dem P-Zeichen zustrebte. »Hat sich Kattnig noch mal bei dir gemeldet?«

»Ja, gestern.«

Selina blieb stehen.

»Und?«

»Seine Bedingungen haben sich nicht geändert. Er nimmt nur an der Versteigerung teil, wenn Weisskopf vor Ort ist.«

Selina verdrehte die Augen. »Immerhin haben wir einen vertraulichen Hinweis bekommen, dass der Termin in Weisskopfs Outlook-Kalender eingetragen ist.«

»Das sagt gar nichts.«

»Du hast recht: Wir können uns nicht darauf verlassen, dass er tatsächlich selbst aufkreuzt. Deshalb sollten wir alles daran setzen, Frau von Knottau-Webern für die Sache zu gewinnen.«

Ich hatte meine Zweifel, was diese Dame betraf. Nichts von dem, was im Exposé der NEAA stand, war mir aufschlussreich genug erschienen. Nach meiner eigenen Internetrecherche wusste ich nun zudem, dass sie arabische Vollblüter züchtete, aber auch das würde uns wohl kaum weiterhelfen.

Im Parkhaus führte mich Selina zu einem schwarzen Audi A8.

»Nicht schlecht. Dein Wagen?«, fragte ich verwundert, als ich meinen Koffer im Kofferraum verstaute.

Sie verdrehte die Augen.

»Ja, klar. Den habe ich dir nur die ganze Zeit verschwiegen. Ich wollte sichergehen, dass du mich wegen meiner inneren Werte liebst, nicht wegen meines Geldes!«

Ich lachte. Das Geplänkel mit ihr hatte mir gefehlt.

»Ja, das ist ein ernstes Problem. Man kann sich gar nicht genug absichern.«

Sie startete den Audi und lenkte ihn in Richtung Stadtautobahn, wo sie sich kurze Zeit später in den zähfließenden Verkehr einreihte. Auch wenn es kaum vorwärtsging, schien es ihr Freude zu machen, hinter dem Lenkrad zu sitzen.

»Hast du dir den Wagen ausgesucht?«

»Das ist ein Mietwagen. Himmel!« Sie rollte mit den Augen.

»Das habe ich schon kapiert, Herzchen.« Das Kosewort rutschte mir so heraus. Sie quittierte es mit einem amüsierten Lächeln.

»Ich wollte eigentlich nur wissen, ob du dieses Modell ausgesucht hast oder dein Chef.«

»Ich«, gab sie unumwunden zu. »Warum fragst du? Leitest du irgendetwas daraus ab?«

»Natürlich. Du liebst Luxus.«

»Nicht schwer zu erraten«, stimmte sie zu. »Das zeigt ja schon meine Begeisterung für dich.«

Einerseits freute mich ihr unverhohlenes Interesse. Andererseits erschien es mir nicht ganz geheuer. »Eine Begeisterung per Auftrag«, rief ich ihr nüchtern in Erinnerung.

»Ich hatte den Auftrag, mit dir Kontakt aufzunehmen«, stellte sie erneut klar. »Nicht mit dir zu schlafen.«

Der Stau hatte sich aufgelöst. Wir fuhren nun zügig Richtung Westen.

»Woher wusstest du in Fuerteventura eigentlich, dass ich für deine Flirtversuche empfänglich sein könnte?« Die Frage beschäftigte mich schon seit Längerem. »Stand das in dem Exposé, das du über mich bekommen hast?«

»Ja, klar.«

»Und woher bezieht dein Arbeitgeber seine Information?«

Sie warf mir einen schnellen Seitenblick zu. Ihr Mundwinkel zuckte nervös, offenbar spürte sie, dass sie sich auf dünnes Eis begeben hatte.

»Ich weiß nicht. Vielleicht stand es auch gar nicht drin. Ich hab's halt gespürt, okay?«

Es war mir klar, dass sie nun log. Aber sie würde nur noch mehr mauern, wenn ich weiter herumbohrte.

»Jedenfalls habe ich mich für dieses Gefährt entschieden, weil wir schließlich bei einer adeligen Multimillionärin vorfahren«, lenkte Selina unser Gespräch wieder auf das unverfängliche Thema von zuvor. »Wir wollen ja halbwegs ebenbürtig auftreten.«

Das klang plausibel, war vermutlich aber verschenkte Liebesmüh. Adelinde von Knottau-Webern hatte die Rollenverteilung bereits bei unserem Telefonat vorgenommen: Wir waren für sie Bittstellerinnen, denen sie Audienz gewährte.

Bei der nächsten Ausfahrt fuhr Selina ab. Wir hatten die Stadt hinter uns gelassen. Die Gegend war ländlich, hauptsächlich Felder mit einzelnen größeren Ortschaften und Dörfern. Bald kam ein Schild, das auf einen Golfclub hinwies.

Die Straße wurde hier so schmal, dass Gegenverkehr ein Problem dargestellt hätte. Unter dem Grau des Himmels wirkte das

Ackerland mit seinen schwarzen Furchen beinahe bedrohlich. Das Land war flach – ohne Erhebungen, ohne Wald.

Vor uns zeichnete sich eine Ansammlung von Gebäuden ab: Ein Gutshof mit imposantem Hauptgebäude, mehreren Nebengebäuden und einer modernen Reithalle. Davor weiß gestrichene Koppelzäune, eine weite, im Winterschlaf ruhende Weidefläche. Ich stellte mir die Weiden im Sommer vor, mit saftigem Gras und vielen eleganten Araberpferden.

»Gibt es irgendetwas, das ich zu dieser Frau noch wissen sollte?«, fragte ich vorsichtshalber. »Irgendetwas, was die NEAA noch herausgefunden hat?«

»Nein, da kam nichts weiter.« Ein gewaltiges, schmiedeeisernes Tor versperrte uns die Einfahrt. Selina drückte den Klingelknopf.

»Von Marensperg-Töbeln und Begleitung. Wir haben einen Termin.«

»Parken Sie links neben dem Haus. Sie werden empfangen«, knarrte eine Männerstimme durch den Lautsprecher. Das Tor schwang auf. Sobald wir es passiert hatten, schloss es sich wieder.

Falls sich dieser Termin als genauso unangenehm entpuppte wie der mit Kattnig, würde es schwerfallen, einfach zu gehen.

*

»Leute wie Sie und ich, wir haben eine ethische Verantwortung zu tragen.«

Seit über einer Stunde saßen wir im Teesalon des Gutshauses, einem schlecht beheizten Raum mit barocken Möbeln und Stofftapeten mit altmodischem Blumenmuster. Adelinde von Knottau-Webern, eine Frau um die fünfzig, passte dazu wie das Tüpfelchen auf dem i. In ihrem wallenden rosa Rüschenkleid, mit hoch aufgetürmtem Haar und behangen von schwerem Schmuck, verschmolz sie geradezu mit dem Ambiente des Raums. Ihr dunkelrot geschminkter Mund und die viel zu stark nachgezogenen Augenbrauen gaben ihrem Gesicht eine groteske Note.

Sie lispelte beim Sprechen und hatte bisher kein einziges Mal gelächelt oder gar gelacht. Wenn sie ihre Teetasse zum Mund führte, spreizte sie den kleinen Finger ab.

»Es ist unsere Pflicht, der guten Sache zu dienen, nicht wahr?«

Die Hausherrin sah mich an, als erwarte sie meine Zustimmung, fuhr dann aber fort: »Mittelmäßigkeit ist nicht das, wofür Familien wie die unseren stehen, meine liebe Frau von Marensperg-Töbeln. Wir sind dafür geboren, Herausragendes anzustreben. Uneigennützig, versteht sich.«

»Selbstverständlich«, pflichtete ich bei. Nach über zehn Jahren mit meinem Geburtsnamen angesprochen zu werden, war befremdlich, aber unabdingbar, damit sie mir überhaupt Gehör schenkte. Selina, in der Rolle meiner Assistentin, wurde bisher geflissentlich ignoriert.

»Zum Wohle aller zu handeln, das ist unsere Berufung. So sind wir erzogen worden, nicht wahr?«

Ich nickte und dachte unwillkürlich an meine Mutter, die sich diese Wertvorstellungen ebenfalls gerne gut sichtbar an die Stirn heftete, dabei aber den eigenen Vorteil nie aus den Augen verlor. Sie hätte sich mit dieser Frau, der die Bodenhaftung gewiss schon in der Wiege verlorengegangen war, gut verstanden.

»Ich sehe es als meine Pflicht, hier einzugreifen«, ließ Frau von Knottau-Webern endlich die Katze aus dem Sack. »Selbstverständlich werde ich diese Vase ersteigern!«

Selina richtete sich überrascht auf. »Das ... das ist phantastisch! Endlich legt jemand diesem Gauner das Handwerk!«

Die Adelige streifte meine Begleiterin mit einem kurzen, abfälligen Blick, ehe sie sich wieder auf mich konzentrierte.

»Es ist schon zu viel Unrecht auf dieser Welt geschehen. Völker wurden ausgebeutet. Menschen wurden versklavt. Es ist mir und meiner Familie seit jeher ein Anliegen, zum Wohle der Armen und Schwachen zu wirken.«

Selina verschluckte sich prompt am Tee, hustete und presste sich hastig ein Taschentuch vor den Mund. Wäre nicht so viel auf dem Spiel gestanden – ich hätte sie am liebsten für ihre ehrliche Reaktion umarmt und geküsst. Mir wurde in diesem Augenblick bewusst, was sie von all den Menschen, die mir sonst begegneten, unterschied: Sie verbarg ihre Meinung und Emotionen nicht hinter einer Maske aus Selbstbeherrschung und dem Bestreben, sich nicht in die Karten schauen zu lassen. Wenn sie sagte, dass sie mich vermisst hatte, dann war das so. Und wenn sie in Fuerteventura mit mir geschlafen hatte, dann, weil sie es wollte.

»Nichtsdestotrotz bedauere ich sehr, dass Ihr Vater die Brisanz seines Handels nicht erkennt«, sagte die Dame nun.

»Es liegt offenbar in den Händen unserer Generation, die Fehler unserer Eltern und Großeltern wiedergutzumachen«, erwiderte ich und sah Frau von Knottau-Webern dabei fest in die wässrigblauen Augen. Sie wandte den Blick ab, und ich wusste, dass sie genau verstanden hatte, worauf ich anspielte.

»Ich werde die Vase den Chinesen zurückgeben«, erklärte sie dann. »Es ist immerhin *ihr* Kulturgut. Vorab erwarte ich natürlich eine offizielle Entschuldigung der chinesischen Regierung für ihren rücksichtslosen Umgang mit den Uiguren in Xinjiang, ein Einlenken in ihrer Tibet-Politik und ein bedingungsloses Bekenntnis zu den Menschenrechten.«

Ich war froh, dass Selina das Teetrinken aufgegeben hatte. Möglicherweise hätte sie sonst haltlos losgeprustet und uns in einen feuchten, braunen Sprühnebel gehüllt. Auch ich hatte diesmal Mühe, angesichts von so viel Realitätsverlust meine Fassade zu wahren.

»Selbstverständlich«, brachte ich dennoch heraus.

»Gut. Dann sind wir uns also einig. Ich werde übermorgen bei der Auktion sein und mit dieser Vase nach Hause reisen.« Sie erhob sich und wandte sich an das Dienstmädchen, das die ganze

Zeit über wartend in einer Zimmerecke gestanden hatte. »Luise, bringen Sie meine Gäste zur Tür.«

Mir reichte sie zum Abschied die Hand, Selina nicht.

»Noch etwas«, sagte sie, als wir den Salon schon fast verlassen hatten.

»Mit diesem unsagbaren Menschen … Weisskopf … möchte ich nicht in Kontakt kommen. Sorgen Sie also dafür, dass er der Auktion fernbleibt!«

*

»Du lieber Himmel, war das schräg!«, platzte Selina heraus, nachdem wir wieder auf der Landstraße waren. »Diese Frau ist doch irre! Faselt vom Wohlergehen aller und zehrt selbst von dem Vermögen, das ihre Vorfahren durch den Handel mit Diamanten aus Krisengebieten gescheffelt haben! Die scheint echt gut verdrängen zu können, wenn sie vergisst, unter welchen menschenverachtenden Umständen der Abbau solcher Schätze stattfand und dass der Erlös Waffen und ganze Invasionstruppen finanziert hat!«

»Sie ist sich darüber sehr wohl bewusst«, korrigierte ich. »Sie will es wiedergutmachen. Daher das ständige Betonen, wie wichtig ihr Menschenrechte sind.«

»Sie war einfach nur überheblich. Sie hält sich für etwas Besseres, weil sie Geld hat.«

»Nicht allein wegen des Geldes. In erster Linie deshalb, weil sie einen Adelstitel trägt«, erklärte ich ruhig. »Sie hat sich die ganze Zeit auf den Kodex des europäischen Adels berufen.«

»Wie … was?«

Selina bremste scharf ab. Beinahe hätte sie vor Aufregung eine rote Ampel übersehen.

219

»Welcher Kodex?«

»Es gibt ein paar Verhaltensregeln, denen Angehörige des europäischen Adels in der Regel folgen«, erläuterte ich geduldig. »Dazu zählt, Menschen ungeachtet ihrer Religion und Hautfarbe zu achten. Und natürlich: die Familie wahren, für ihren Fortbestand sorgen, das kulturelle Erbe tradieren, die Verstorbenen ehren ... und so weiter.«

»Und danach richtest du wirklich dein Leben aus?«

Selina schaute mich entsetzt an.

Ich lachte.

»Es ist ein so definierter Lebensstil, und ich bin danach erzogen worden.«

»Also meine Eltern haben mir auch beigebracht, an andere zu denken, Leute zu unterstützen und nett zueinander zu sein. Ist ja beschämend, wenn man dafür einen Kodex ins Leben rufen muss!«

Insgeheim musste ich ihr recht geben.

»Es geht um mehr«, sagte ich in dem vagen Gefühl, meine Herkunft verteidigen zu müssen. »Es geht auch darum, dass wir unsere Berufswahl unter dem Aspekt treffen sollten, der Allgemeinheit zu dienen und gesellschaftlich etwas zu bewirken.«

»Ich kotze gleich.« Selina machte ein finsteres Gesicht. »Du checkst aber schon, dass es sich mit voller Hose gut stinken lässt, oder? – Ich meine, wenn man eh schon Geld hat, kann man locker Gutes tun und wohltätige Jobs machen, unabhängig vom Gehalt.«

Sie fühlte sich persönlich angegriffen. Das war mir spätestens jetzt klar.

Die Ampel sprang auf grün und Selina fuhr wieder an, den Blick starr geradeaus gerichtet. Sie sagte nichts, aber ich spürte die Wut, die in ihr tobte. Sie hatte nie die Wahl gehabt, nicht auf ihr Einkommen zu schauen. Besänftigend legte ich meine Hand auf ihren Oberschenkel.

»Du arbeitest für eine NGO. Das ist nichts Schlechtes. Und

du musst das ja nicht für ewig machen, sondern kannst dir irgendwann etwas Neues suchen.«

»Ich weiß nicht, was ich sonst machen soll«, kam es zurück, diesmal nicht mehr aggressiv, sondern niedergeschlagen. »Ich wollte mal berühmt werden. Das war mein Traum. Aber irgendwie wird alles von Jahr zu Jahr und von Job zu Job nur schlimmer.«

»Berühmt werden?« Ich runzelte verwundert die Stirn. »Du meinst, als Fußballerin?«

Sie sagte eine ganze Weile nichts. Wir waren inzwischen auf der Autobahn und näherten uns zügig dem Düsseldorfer Stadtrand.

»Stell dir vor, du bist total am Boden«, begann sie dann ruhig und mit ungewohnter Ernsthaftigkeit. »Und dann kommt jemand, der ist für dich … ja, so was wie dein größtes Idol. Und der fragt dich, ob du für ihn arbeiten willst. Du kannst kaum glauben, dass er ausgerechnet dich fragt! Was er von dir erwartet, ist einfach – und irgendwie auch lustig. Aber dann, als du mittendrin steckst, geht dir auf, dass du deine Seele verkauft hast. Dass du etwas tust, was dir zutiefst zuwider ist. Du überlegst andauernd, wie du da wieder rauskommst, und du hast wahnsinnige Angst.«

»Angst, die Miete nicht zahlen zu können?« Ich wollte verstehen, worum es ihr eigentlich ging.

»Angst, jemanden zu verletzen«, erwiderte sie leise.

»Wenn du etwas Illegales tust – du kannst jederzeit aussteigen.«

Ich war mir jetzt ziemlich sicher, dass sie nicht mehr von der NEAA sprach, sondern von einem anderen Job, einem zweiten, den sie mir bisher verschwiegen hatte.

»Es ist nichts Illegales. Aber es gibt Verträge. Wenn ich die breche, ist mein Leben zerstört.«

Ihre Worte jagten mir einen kalten Schauder über den Rücken. Offenbar sah sie sich mit dem Rücken an der Wand.

»Es gibt immer einen Ausweg«, beharrte ich. »Tu nichts, was dir nicht guttut. Hör einfach auf. Nichts und niemand ist das wert!«

»Du hast leicht reden. Du warst bestimmt noch nie in so einer Lage.«

»Oh doch! Ich war auch schon verzweifelt und habe keine Zukunft mehr gesehen.« Beklommen dachte ich an den Zustand, in dem Farah und Peter mich in Berlin zurückgelassen hatten. Hätte mich die Polizei nicht rechtzeitig aufgegriffen – ich hätte mich vermutlich vor die nächste Bahn geworfen.

»Und wie bist du da wieder rausgekommen?«

Selina klang ehrlich interessiert.

»Durch … Ablenkung.«

In Wahrheit hatte ich mich betäubt, mit Partys, Sex, Alkohol, hin und wieder mit bunten Pillen.

Selina lachte bitter. »Dann war es ein Luxusproblem. Davon kann man sich ablenken. Bei mir ist das was anderes. Bei mir hängt meine ganze Existenz daran.«

Das hatte ich einst auch über Farah gedacht: dass mein ganzes Leben von ihrer Liebe abhinge. Doch siehe da, ich lebte noch immer, trotz Zurückweisung. Wenngleich auch nicht mehr so glücklich wie in den Jahren, als ich mich ihrer Zuneigung sicher fühlte. Doch all das konnte und wollte ich Selina gegenüber nicht weiter ausführen.

»Mein Rückflug geht erst morgen früh«, hörte ich mich stattdessen sagen. »Wollen wir den restlichen Tag zusammen verbringen? Es gibt immerhin was zu feiern! Wir haben jemanden gefunden, der Weisskopf das Handwerk legen will.«

Ich sah an ihrem Gesicht, dass sie mit diesem Angebot nicht gerechnet hatte. Dann huschte ein kleines Lächeln über ihre Lippen.

»Klingt gut.«

*

In der Düsseldorfer Altstadt fanden wir ein kleines französisches Bistro, das auch tagsüber warme Küche bot, bestellten Moules marinières – Muscheln im Weißweinsud, Flammkuchen und anschließend noch klebrig-süße Crêpes, tranken Sauvignon Blanc und unterhielten uns über dies und das. Es war, als gäbe es keine Vase, keinen vermeintlichen Kunstraub und keinen Dieter Weisskopf.

Ich genoss das heitere Geplänkel genauso wie die Komplimente, die sie mir machte für meine Frisur, meinen elegant geschnittenen Hosenanzug, meine schönen Hände.

Ich mochte die Art, wie sie ihr dunkles Haar in den Nacken warf, ihr Lachen, das Aufblitzen ihrer weißen, makellosen Zähne. Um ihre Augen herum zeigten sich erste kleine Lachfältchen. Ich stellte mir vor, wie sie als ältere Frau aussehen würde. Das Bild, das sich in meinem Kopf formte, gefiel mir. Warum Selina mich anfangs an Farah erinnert hatte, verstand ich selbst nicht mehr. Sie war unmöglich mit einer so ruhigen, melancholischen Person zu vergleichen. Selina war lebhaft, unterhaltsam und charmant – ganz anders als Farah, ganz anders auch als die sich permanent selbst bemitleidenden Frauen des Clubs der Ex-Gattinnen und auch ganz anders als Jo, die ich als meine beste Freundin bezeichnet hätte. Im Gegensatz zu ihr konnte Selina witzig und eloquent sein, ohne zuvor zwei Drinks konsumiert zu haben.

Wir blieben rund zwei Stunden. Als die Flasche Wein leer und unsere Mägen voll waren, beglichen wir die Rechnung und verließen das Lokal, bereit für neue Taten. Der frostige Januarwind setzte unserem Plan, durch die beleuchtete Altstadt zu bummeln, ein schnelles Ende.

Selina deutete auf ein Plakat, auf dem in knallig-pinkem Schriftzug für ein Musical geworben wurde.

»Schau mal, das ist heute! Hast du Lust? – Bestimmt kriegen wir an der Abendkasse noch Karten!«

Ich zuckte mit den Schultern.

»Okay, warum nicht?«

»Toll! Dann los, in eineinhalb Stunden beginnt die Vorstellung.«

Damit sprintete sie auch schon auf einen Bus zu, der an der Haltestelle gegenüber zum Stehen gekommen war, und zog mich mit sich. Eingepfercht ließ ich mich bei der Fahrt durchschaukeln und zog mir den Schal tiefer ins Gesicht, um nicht die Viren einzufangen, die der Mann neben mir in die Welt hustete, und zugleich das olfaktorische Potpourri aus billigem Parfum, verrauchten Kleidern und Schweiß abzuwehren, das mich umgab. Meine letzte Fahrt in einem öffentlichen Verkehrsmittel lag Jahre zurück.

»Woher willst du wissen, dass dieser Bus zum Theater fährt?«

»Ich weiß es eben.« Selina grinste, amüsiert von meiner Skepsis. »Ich habe hier mal gewohnt.«

»Was? Ich dachte, du bist direkt von Köln nach Berlin gezogen?«

»Zwischendurch war ich für drei Monate in Düsseldorf. Ich hatte hier einen Job. Keine Sorge, ich bin diese Strecke oft gefahren.«

Mir lag auf der Zunge zu fragen, ob sie sich damals auch das Ticket gespart hatte, doch ich wollte mich zwischen all den Menschen nicht als Schwarzfahrerin outen.

Vor der Theaterkasse hatte sich bereits eine lange Schlange gebildet. Wir stellten uns an und warteten gut eine halbe Stunde, bis sich überhaupt etwas zu bewegen begann. Nur noch drei Paare trennten uns vom Schalter, als die resolute Dame hinter der Kasse lautstark verkündete: »Ausverkauft!«

Enttäuschtes Gemurmel, lange Gesichter. Die Leute, die leer ausgegangen waren, strebten dem Ausgang zu. Ich wollte mich ihnen gerade anschließen, als Selina meine Hand packte und mich zur Seite zog.

»Sieh mal.« Sie wies mit dem Kinn zu einer Tür, die vom großen Foyer aus offenbar in einen Nebensaal führte. Zwei sehr wichtig aussehende, in pinkfarbene Uniformen gekleidete Hostessen hakten ankommende Gäste auf einer Liste ab. Ein buntes Rollup neben ihnen verkündete: MUSICAL HIGHLIGHTS AUS 5 JAHRZEHNTEN – GALAABEND ZU EHREN VON DR. ROLF-JÜRGEN BEHRENS. Darunter, etwas kleiner: GESCHLOSSENE GESELLSCHAFT.

Ehe ich mich versah, standen wir vor dem Empfangstisch. Selina zog eine kleine Plastikkarte mit ihrem Foto aus der Geldbörse und legte sie vor die Damen auf den Tisch.

»Presse«, verkündete sie mit einer Selbstsicherheit, die mich verblüffte.

Eine der Hostessen betrachtete die Karte noch kritisch, während die andere nur einen flüchtigen Blick darauf warf und sagte: »Ach, Sie sind sicher die Dame von den Düsseldorfer Nachrichten, die heute anstatt Herrn Peters hier ist.«

»Ganz genau.«

»Dann einen schönen Abend, Frau Marković.«

Die Pink Lady gab Selina den Presseausweis zurück.

Selina machte einen zielstrebigen Schritt nach vorne und ich folgte ihr, wurde aber sogleich gestoppt.

»Und Sie sind …?«

»Schon okay«, erklärte Selina schnell. »Das ist eine neue Kollegin. Sie ist sozusagen in der Einarbeitungsphase.«

»Aber es ist nur ein Platz für die DÜSSELDORFER NACHRICHTEN vorgesehen.«

»Wie bitte?« Selina spielte die Empörte. »Da muss ein Irrtum vorliegen. Auch der Kollege Peters wäre mit Begleitung gekommen. Ich saß ja selbst daneben, als er sich akkreditiert hat!«

Die Hostessen tauschten unsichere Blicke.

»Wie stellen Sie sich das vor? – Wir planen einen Sonderbericht, da müssen wir mindestens zu zweit vor Ort sein!«, legte Selina nach und ich konnte nur noch staunen. Doch das, was ich da erlebte, gefiel mir. Diese neue Seite an ihr weckte in mir Erin-

225

nerungen an ein paar Schummeleien, die ich früher selbst begangen hatte.

»Na gut … dann … gehen Sie. Wir lassen noch ein weiteres Gedeck auflegen.«

Wir passierten, ohne uns noch einmal umzudrehen. Als wir unsere Mäntel bei der Garderobe abgegeben hatten, sah ich Selina an.

»Und du bist sicher, dass wir damit durchkommen?«

»Sind wir doch schon.« Sie grinste breit. »Und wenn es später auffliegt, hatten wir zumindest ein paar nette Stunden.«

So gesehen hatte sie recht.

»Wo hast du den Presseausweis her?«

»Das willst du nicht wissen.«

Eigentlich schon. Doch ich akzeptierte, dass sie mir die Antwort nicht geben wollte.

Der festlich geschmückte Saal begann sich zu füllen. Vorne gab es eine Bühne; der schwere Samtvorhang war noch zugezogen. Die Gäste wurden runden Achtertischen zugewiesen. Unserer lag etwas weiter hinten, von fern sahen wir bereits drei auffallend salopp gekleidete Männer in Jeans und eine Frau mit grasgrünem Haar dort sitzen.

»Eindeutig Presse«, flüsterte Selina.

»Du hast wohl schon eine gewisse Routine darin, dich irgendwo einzuschmuggeln?«

»Könnte man so sagen. Geldnot treibt einen zum Äußersten. Ich wollte hin und wieder auch mal gut essen und etwas erleben.« Sie lächelte. »Bist du schockiert?«

»Eher fasziniert«, erwiderte ich wahrheitsgemäß. »Vor allem, weil mich dein Wandel in Sachen Moral ziemlich überrascht. Erst beteuerst du, du willst nicht lügen, und dann das hier!«

»Es gibt da einen Unterschied. Ich will niemanden verletzen. *Das hier* tut keinem weh.«

»Außer der Journalistin, die nun vor verschlossenen Türen steht.«

Selina hob die Schultern.

»Wenn schon. Dann muss sie beim nächsten Mal eben pünktlich sein.«

Damit wollte sie unseren Tisch ansteuern, doch ich hielt sie zurück.

»Warte kurz. Wir sollten zumindest wissen, wer dieser Herr Behrens ist, zu dessen Ehren wir uns hier eingefunden haben.«

Ich hielt bereits mein Handy in der Hand. Die Suche lief.

»Doktor Rolf-Jürgen Behrens«, klärte ich Selina Augenblicke später auf. »Vorstandsvorsitzender eines Automobilkonzerns.«

»Das erklärt den hohen Männeranteil.« An unserem Tisch hatten sich inzwischen zwei weitere Journalisten niedergelassen. Selina zog eine Augenbraue hoch. »Die sind wahrscheinlich von AutoBild, Auto, Motor, Sport und was weiß ich. Wird ein unterhaltsamer Abend.«

»Wir können noch immer gehen.«

»Bist du verrückt?« Ihre Augen blitzten. »Das ziehen wir jetzt durch!« Auf dem Weg zischte sie mir noch ins Ohr: »Und denk dran, du bist in der Einarbeitungsphase!«

»Sehr wohl, große, weise Chefin«, erwiderte ich schmunzelnd. »Ich werde nicht mal atmen ohne deine Erlaubnis.«

»Oh, das bitte schon. Ein Abtransport im Krankenwagen würde dann doch zu viel Aufmerksamkeit erregen.«

»Aber uns das Taxi zum Parkhaus sparen.«

Wir stellten uns der Tischrunde vor. Selina nannte den Namen, der in ihrem wahrscheinlich geklauten Presseausweis stand: Zorana Marković. Ich beließ es bei Roßloch, weil der Nachname hier in Düsseldorf völlig unverfänglich war. Niemand kannte mich oder Alexander.

Als ein Gong ertönte, nahmen auch die letzten Gäste Platz, der Vorhang ging auf, und jemand hielt eine Rede auf das Geburtstagskind. Der Gratulant hätte gut in die Runde von Alexanders Geschäftspartnern gepasst: ein großer, beleibter Mann um die fünfzig mit ergrautem Haar, der sich selbst weit lieber reden hörte als den professionellen Moderator, der durch den Abend führen sollte. Endlich war die Ansprache zu Ende. Das Musicalprogramm wurde mit einem bekannten Stück aus *Cats* eröffnet. Ich entspannte mich.

Das hier war eindeutig besser, als in Reihe fünfunddreißig im Theatersaal zu sitzen, womöglich schräg hinter einer Säule und mit nur der halben Bühne im Blick. Die Tanz- und Gesangseinlagen waren vielfältig und professionell. Ein eifriger Tischservice brachte nebenbei Drinks und schließlich ein mehrgängiges Menü. In den kurzen Programmpausen führten wir Smalltalk mit unseren Tischgenossen, die sich als überwiegend sympathisch entpuppten. Allerdings hatte Selina richtiggelegen: Fast alle schrieben entweder für Automobilmagazine oder den Autoteil einer Tageszeitung. Dementsprechend drehten sich die meisten Gespräche um die neuesten Modelle, Drehzahlmessungen, Dummy-Tests und ähnliches.

Ich tat das, worin ich geübt war, Interesse vortäuschen – während ich unter dem Tisch Selinas Hand hielt und mich auf beinahe schon dümmliche Weise glücklich fühlte.

Die Zusage von Adelinde von Knottau-Webern hatte den Druck von mir genommen, der seit Selinas Auftauchen vor meiner Wohnung auf mir gelastet hatte. Die Androhung der NEAA, den Namen meiner Familie im Zusammenhang mit Kunstraub in die Medien zu bringen, war deshalb nicht vergessen, doch ich hatte inzwischen verstanden, dass Selina nur die Mittelsfigur war. Sie hasste ihren Job, aber wenn sie erfolgreich verhinderte, dass Weisskopf die Vase ersteigerte, würde sie innerhalb der NEAA gewiss viel Anerkennung ernten. Vielleicht bekam sie in Zukunft dann weniger unangenehme Aufträge zugeteilt oder fasste sogar den Mut, sich beruflich komplett umzuorientieren. Sie war jung und hatte im Gegensatz zu mir schon eine gewisse Arbeitserfahrung in unterschiedlichsten Branchen. Verglichen mit mir hatte sie gute Karten. Wahrscheinlich fehlte es ihr nur an Selbstvertrauen.

Kurz vor dem Dessert meldete sich meine Blase zu Wort.

»Bin gleich wieder da«, flüsterte ich auf Selinas fragenden Blick hin und erhob mich. Die Toiletten lagen im Keller. Dort unten war niemand außer mir, doch die Stille tat gut. Ich ließ mir das kalte Wasser länger über die Hände laufen als notwendig. Dann griff ich in meine Tasche und zückte den Lippenstift.

Ich hatte ihn noch nicht angesetzt, als mir etwas auffiel: Mein Gesicht leuchtete, als hätte jemand in meinem Kopf eine Glühbirne angeknipst. Es war ein Strahlen, das von innen kam und das so ungewohnt für mich war, dass ich mich verblüfft anstarrte. Automatisch griff ich an meine Stirn. Hatte ich Fieber?

Das war es nicht, ich fühlte mich gut. Sogar auf ganz unglaubliche, irritierende Weise gut. Hätte jemand von mir verlangt, im nächsten Wald einen Baum auszureißen – ich hätte kein Problem darin gesehen.

Aber eigentlich wollte ich in gar keinen Wald, sondern schnell wieder nach oben. Bisher hatte ich mich aus gesellschaftlichen Veranstaltungen mit einem höflichen Lächeln weggeträumt. Nun aber wollte ich zurück – zu Selina.

Noch ganz in dem Gedanken gefangen, wann dieses Bedürfnis, in ihrer Nähe zu sein, so mächtig geworden war, trat ich hinaus in den Gang – und prallte beinahe gegen meine Begleiterin.

»Wir müssen sofort fliehen!«, verkündete sie melodramatisch. »Schnell zu den Mänteln und dann ab durch die Mitte!«

»Hab ich was verpasst?«

»Die PR-Frau von Rolf-Jürgen ist gerade gekommen und hat mir gesagt, dass das Exklusiv-Interview mit dem Geburtstagskind in fünf Minuten losgeht.«

»Oh!« Ich grinste. »Und du willst diesen Vorstandsvorsitzenden eines Automobilkonzerns nicht näher kennenlernen? Vielleicht hätte er einen Job für dich. Der zahlt sicher besser als die NEAA.«

»Danke, kein Bedarf!«

Wir grapschten unsere Mäntel und verließen lachend das Theater.

Draußen in der Kälte waren nur noch wenige Leute unterwegs. Selina schlug zielstrebig die Richtung ein, in der ich das Parkhaus vermutete. Ich ging neben ihr her, die Hände in den Manteltaschen. Unsere Schritte hallten im Gleichklang zwischen den Häuserschluchten. Die Luft roch nach Stadt und auch ein bisschen nach Schnee.

Ich dachte an Selinas Berührung vorhin unterm Tisch, an ihre Zartheit, ihre Wärme. Jetzt, wo ich sie nicht spürte, war mir plötzlich, als wäre ein Teil von mir amputiert worden. Da griff ich nach ihrer Hand und genoss es, dass sich ihre Finger um meine schlangen.

Ein paar Meter gingen wir schweigend, dann blieb sie plötzlich stehen und sah mich an. Ihre dunklen Augen leuchteten im Schein der Straßenlampe. Ich las in ihnen Sehnsucht, Begehren und etwas, was ich nicht zu deuten vermochte. Noch bevor ich dazu kam, mir den Kopf darüber zu zerbrechen, küsste sie mich, und die Welt stand still.

Eine Gruppe Nachtschwärmer brachte mich schließlich dazu, mich von ihr zu lösen. Augenblicke später erreichten wir das Parkhaus.

*

Das Navi lotste uns zum Hotel. Erst als ich meinen Trolley aus dem Kofferraum nahm, fiel mir auf, dass Selina selbst kein Gepäck dabei hatte.

»Ich sollte nach dem Termin nach Berlin zurückkehren«, erklärte sie. »Der Flug war gebucht.«

»Aber?«

»Musst du das fragen?« Ein unsicheres Lächeln huschte über ihre Lippen. »Ich wollte den Abend mit dir verbringen«, antwortete sie schließlich doch, und wir wussten beide, dass es nicht nur um den Abend, sondern auch um diese Nacht ging.

Das Zimmer war klein und zweckmäßig eingerichtet. Der weinrote Teppichboden und die ockerfarbenen Vorhänge schrien nach einem Umstyling, und das klemmende Fenster, das meinen energischen Lüftungsversuch zum Scheitern brachte, hätten mich normalerweise dazu gebracht, auf ein anderes Zimmer zu bestehen. Doch jetzt hatte ich anderes im Sinn.

Wir küssten uns, zogen uns gegenseitig aus, landeten in Unterwäsche auf dem Bett, küssten uns weiter. Es war nicht wie auf Fuerteventura, wo hitziges Verlangen schnell gestillt werden wollte. Diesmal erkundeten unsere Körper in süßer Langsamkeit, waren zärtlicher und mehr darauf bedacht, die Bedürfnisse der jeweils anderen zu erkennen.

Irgendwann ließ ich von ihren Lippen ab, küsste ihren Hals, das Schlüsselbein, biss sanft in die Brustwarzen, ging tiefer, über den Bauch, bis ich die leichte Salzigkeit ihrer intimsten Stelle schmeckte. Ich wollte sie spüren, in mir aufnehmen, und so beließ ich es nicht bei diesem ersten, tastenden Kuss.

Meine Zunge begab sich auf eine Reise über glatte Hügel und feuchte Schluchten, ehe sie um die geschwollene, rosa Perle kreiste, die sich ihr hungrig entgegenreckte. Selina wand sich unter mir, während ich sie mit meinem Mund liebkoste, und als sie mit einem Stöhnen zum Höhepunkt kam, leckte ich sie weiter, weil ich einfach nicht genug von ihr bekam.

Erst, als sie sich aufsetzte und zwischen meine Beine schob, konnte ich akzeptieren, dass es nun an mir war, verwöhnt zu werden. Genau das tat sie auf so kunstvolle, raffinierte Weise, wie ich es noch nie zuvor erlebt hatte. Ihre Zunge tanzte so geschickt zwischen meinen Beinen, dass mein ganzer Körper innerhalb kurzer Zeit in Flammen stand. Ich hörte mich selbst stöhnen, klammerte mich mit den Händen am Leintuch fest, sehnte mich nach jenem kostbaren Augenblick, an dem sich meine Lust wie eine Explosion entladen und ich für teure, köstliche Sekunden abheben würde.

Ich war so kurz davor, als sie plötzlich von mir abließ.

»Dreh dich«, forderte sie mit heiserer Stimme. »Dreh dich auf den Bauch.«

»Nein!« Ich setzte mich abrupt auf. Meine Mitte pulsierte, mein Körper brannte, doch was sie da von mir verlangte, ging über das hinaus, wozu ich mich bereit fühlte.

»Warum?« Selina kniete noch immer zwischen meinen Beinen. Die Irritation über meine entschiedene Weigerung stand ihr ins Gesicht geschrieben.

Ich wusste nicht, was ich sagen sollte. Auf dem Bauch zu liegen bedeutete, verwundbar zu sein. Wehrlos. Ausgeliefert. Solange ich sie im Blick hatte, konnte ich mich wehren, weglaufen, mich abschotten. War sie hinter mir, gab ich die Kontrolle vollständig auf.

Selina schob sich neben mich und hauchte mir einen Kuss auf die Wange.

»Versuch es einfach, Lena«, raunte sie mir ins Ohr. »Es wird wunderbar. Ich verspreche es. Wenn nicht, darfst du mich anschließend foltern.«

Damit brachte sie mich unweigerlich zum Lachen. Die Beklommenheit trat den Rückzug an. Nun kam ich mir lächerlich vor.

Was sollte schon sein, hier in diesem Zimmer, mit einer Frau, die kleiner und zarter war als ich?

Ich bezwang meinen Widerstand und drehte mich auf den Bauch. Sie legte sich auf mich wie eine warme, weiche Decke. Ihr langes Haar kitzelte am Hals. Ich fühlte ihre weichen Brüste auf meinem Rücken und ihre feuchte Scham auf meinem Po.

Sie schob mir die Haare zur Seite, küsste meinen Nacken – kleine, heiße Küsse, die meine abgeklungene Erregung wieder schürten, vor allem, da sie nun ihre Hand zwischen das Leintuch und meine Mitte schob und sich auf mir zu bewegen begann.

Sie hatte nicht zu viel versprochen: Es war wunderbar. Unter dem Gewicht unserer Körper presste sie ihre Hand gegen mich und wir bewegten uns im selben Rhythmus. Es war, als wären wir eins geworden, noch ehe sich mein Körper versteifte und ich mit einem langen Keuchen zum Höhepunkt kam. Selina blieb auf mir liegen. Ihr schneller Herzschlag und ihr warmer Atem an meinem Ohr hatten längst etwas Vertrautes. Ich fühlte mich geborgen und sicher und staunte über mich selbst. Selina erregte mich nicht nur, sie berührte mich – nicht nur äußerlich, sondern in meinem Innersten. Ich fühlte mich ihr nahe.

Wir lagen so noch einen Moment, dann ließ sie sich neben mich gleiten und streichelte mir über die Wange. In ihrem Blick lag so viel Gefühl und Zuneigung, dass ich einen Moment lang die Augen schließen musste.

»Was ist das für ein Ding bei dir?«, hörte ich sie leise fragen.

Ich öffnete die Augen, runzelte die Stirn.

»Glaubst du, mir wäre es nicht aufgefallen?«, fragte sie. »Im Restaurant wandert dein Blick von einer Ecke zur anderen. Jeden Raum, den du betrittst, untersuchst du nach Ausgängen, du checkst Personen ab, als könnte sich irgendeine davon plötzlich in … keine Ahnung … eine Art Werwolf verwandeln. – Warum?«

Weil Peter mich so trainiert hat in all diesen Monaten, in denen ich nur ein Ziel hatte: mit Farah durchzubrennen, sobald sich die Chance bot. Weil ich seit unserer Trennung in Berlin nur noch mit dem Schlimmsten rechnete. »Weil ich auf alles vorbereitet sein will. Ich hasse Überraschungen.«

»Du hasst es, keine Kontrolle über eine Situation zu haben«, brachte es Selina nüchtern auf den Punkt. »Das macht dir Angst.«

»Ich weiß nicht, ob es Angst ist. Eher Abneigung. Ich will die Zügel in der Hand behalten.«

»Hört, hört, hier spricht die Reiterin! Was lustig ist, denn beim Reiten ist eben nicht alles vorhersehbar.«

»Da irrst du.« Ich stupste sie mit meinem Finger auf die Nase und lächelte. »Ich plane sogar die Anzahl der Galoppsprünge zwischen zwei Hindernissen. Deshalb schätze ich das Springrei-

233

ten. Im Grunde lässt sich alles genau berechnen: die Hindernishö-
he, die Absprungstelle ...«

»Und doch war da dein Unfall«, hielt mir Selina entgegen.

»Da hatte ich mich verrechnet.«

Das stimmte nicht ganz. Ein schmieriger Boden, ein nicht
ganz perfekter Beschlag und ein unruhig im Wind flatterndes
rot-weißes Band hatten zu meinem Sturz geführt.

»Pferde und Menschen bleiben unkontrollierbar«, beharrte
Selina unbarmherzig. »Es ist unmöglich, sich gegen alle Eventua-
litäten abzusichern, auch wenn du dich noch so sehr bemühst.«
Sie drückte mir einen Kuss auf die Lippen. »Und es ist doch ganz
schön, wenn man überrascht wird, oder? Andernfalls geschieht
sonst so gut wie nichts, was noch Salz in die Suppe bringt!«

»Meiner Erfahrung nach passieren meist nur Katastrophen.«
Ich fuhr mit gespreizten Fingern durch ihr Haar. »Und auf die
kann ich gern verzichten.«

»Und was ist eine Katastrophe, nach deiner Definition?«

»Hintergangen zu werden.« Meine Antwort kam wie aus der
Pistole geschossen. »Von jemandem, dem ich vertraut habe, belogen und ausgenutzt zu werden.«

Selina sagte eine ganze Weile nichts. Da sie die Augen geschlossen hielt, nahm ich irgendwann an, sie wäre eingeschlafen.
Ich hatte gerade die Nachttischlampe ausgeschaltet, als ich sie in
die Stille des Zimmers hinein sagen hörte: »Mir ist wichtig, dass
du etwas weißt, Lena: Ich liebe dich.«

Ihre Worte trafen mich wie ein Schlag. Es waren Worte, die
ich noch nie aus dem Mund einer Frau gehört hatte, Worte, die
eine regelrechte Panik in mir aufsteigen ließen. Ich setzte an, um
zu protestieren, doch ihr Finger verschloss mir die Lippen und
legte meinen Widerstand auf Eis.

»Dass ich mich in dich verliebe, war nicht geplant«, fuhr sie
fort. »Aber ich kann nichts daran ändern. Meine Gedanken kreisen ausnahmslos um dich, wenn du nicht in meiner Nähe bist.
Ich würde am liebsten alles von dir wissen, alles mit dir teilen,

alle Probleme für dich lösen. Vermutlich geht es dir nicht so, und das muss ich akzeptieren. Aber ich wollte … dass du es weißt.«

Ihre Stimme brach, und sie schloss wieder die Augen. Im Mondlicht sah ich eine einzelne Träne, die in qualvoller Langsamkeit über ihre Wange rann. Sanft strich ich sie weg.

Mein Herz pochte wie wild. Ein Teil von mir kämpfte gegen die Panik, die sich wie Gift ausbreitete. Ein anderer war tief berührt von ihren Worten. Sie waren ehrlich gemeint. Und diese schonungslose, entblößende Ehrlichkeit war das, was mich am meisten aufwühlte.

Ich mochte Selina. Ich war gern mit ihr zusammen. Ich wollte weiterhin mit ihr schlafen. Aber selbst diese Erkenntnisse konnte ich mir nur schwer eingestehen. Die Vorstellung, sie bald nicht mehr zu sehen, war schlimmer. In zwei Tagen würde die Versteigerung stattfinden; wenn sie über die Bühne gegangen war, gab es keinen geschäftlichen Grund mehr, den Kontakt aufrechtzuerhalten.

Die Kluft, über die mich meine Verlustangst trieb, war gefühlt breiter als der Ärmelkanal.

»Ich würde mich freuen, wenn wir uns in Zukunft auch noch sehen.« Obwohl ich mich bemühte, locker zu klingen, gelang es nicht ganz. »Wenn du mich ab und zu besuchst. Oder ich dich. Wir können auch irgendwann zusammen Urlaub machen.«

Ich erwartete hoffnungsvolle Freude oder zumindest Zuversicht, doch was ich sah, war Schmerz. Er sprang auf mich über wie ein Virus und erstickte meine Angst mit Traurigkeit.

Falls ich jemals zu Empathie und Emotionalität fähig gewesen war, dann hatte Farah diese Fähigkeiten abgetötet. Es war wohl besser, wieder zu meiner gewohnten Strategie zurückzukehren: Nicht persönlich werden. Gefühle waren etwas für andere.

Selina drehte mir schließlich den Rücken zu, und ich tat es ihr gleich. Ich fühlte mich schon jetzt einsam und verlassen, wollte mit ihr reden, klarstellen, dass mein Angebot ernst gemeint war und ich sie nicht verletzen wollte. Aber mir fehlten die Worte.

Irgendwann muss ich eingeschlafen sein. Als ich am nächsten Morgen gegen halb sieben Uhr früh vom Geräusch eines Staubsaugers vor der Zimmertür erwachte, war Selina verschwunden.

Zorana Marković

Wie in Trance hatte ich mich frisch gemacht und angezogen. Nun starrte ich auf mein Handy in verzweifelter Erwartung, dort eine erklärende Nachricht zu finden. *Das Hotelfrühstück ist grauenvoll, ich hole uns gerade was vom Bäcker.* Das oder ähnliches hätte mich von der Last befreit, die auf mein Herz drückte. Doch die einzige WhatsApp, die eintraf, war die Guten-Morgen-Prinzessin-Nachricht von Claudio. Gewöhnlich wünschte ich ihm darauf immer eine Gute Nacht, denn in L.A. war es später Abend. Jetzt ignorierte ich ihn.

Ich überwand sämtliche Vorbehalte und meinen erziehungsbedingt verankerten Stolz, als ich Selinas Nummer wählte. In der Leitung blieb es seltsam still, sodass ich unsicher war, ob die Technik nicht gerade versagt hatte. Dann erklang eine Roboterstimme, die mir mitteilte, die Nummer sei nicht vergeben.

Was zum Teufel sollte das? Unter dieser Nummer hatte ich sie bisher immer erreicht. War ihr etwas zugestoßen?

Spontan dachte ich an Weisskopf und seine Männer. Was, wenn sie sie erneut als Geisel genommen hatten?

Ich verwarf den Gedanken. Was wäre in so einem Fall auffälliger, als ihr Handy abzumelden oder ihre Rufnummer zu deaktivieren?

Eilig packte ich meinen Trolley. In zwei Stunden würde mein Flieger nach Wien abheben. Ich war bereits eingecheckt. Hier zu bleiben und Selina zu suchen, war sinnlos. Wo sollte ich anfangen, wo aufhören? Die NEAA, schoss es mir durch den Kopf. Sollte ich dort anrufen? Aber was hätte ich ihrem Chef, falls ich dieses Phantom überhaupt an den Hörer bekam, sagen können? Dass Selina ohne Abschied aus meinem Bett verschwunden war, ich sie nicht erreichte und Panik schob? – Lächerlich.

Ich schloss gerade den Koffer, als das Handy läutete. Sofort nahm ich es in die Hand. Doch am Display stand nicht Selinas Name, sondern eine österreichische Handynummer.

»Frau Roßloch?«, schnarrte eine Männerstimme.

Ach, du lieber Himmel. Über der Sache mit Selina und unserem Erfolg bei Adelinde von Knottau-Webern hatte ich den potenziellen Mitbieter beinahe vergessen.

»Herr Doktor Kattnig?«

Ich klang atemlos und ärgerte mich darüber. Gerade ihm gegenüber wollte ich weiterhin die Unnahbare spielen.

»Frau Roßloch. Seit Tagen warte ich auf Ihren Anruf. – Was ist mit Weisskopf? Wird er bei der Auktion anwesend sein?«

»Ähm … keine Ahnung«, sagte ich und biss mir auf die Lippen. Es ist falsch, auf nur ein Pferd zu setzen, lautete einer der Lieblingssprüche meines Vaters. Auch wenn aus seinem Mund nicht immer das goldene Wort kam, hatte er in diesem Punkt sicher recht. Allerdings war die Vase und alles, was damit im Zusammenhang stand, gerade völlig nebensächlich für mich.

»Wie bitte? Sie haben das noch nicht in Erfahrung gebracht, obwohl ich bereit bin, so viel für Sie zu tun?«, wetterte Kattnig durch die Leitung. »Das war meine Bedingung!«

Dass er bereit war, etwas speziell *für mich* zu tun, ging dann doch etwas zu weit.

»Was Sie tun, tun Sie in erster Linie, um Ihre Tochter zu rächen«, stellte ich klar. Die abgehobene Adelinde war mir eindeutig angenehmer. »Ich erwarte jeden Moment einen Rückruf von meiner Informantin, was Weisskopfs Teilnahme betrifft. Selbstverständlich hatte ich vor, Sie anschließend zu informieren.«

»Die Auktion ist schon übermorgen! Ich muss meine Reise nach Wien planen und organisieren; wie stellen Sie sich das vor!«

»Spätestens heute Nachmittag bekommen Sie die Information«, behauptete ich ruhig, aber ohne die geringste Ahnung, woher ich sie bekommen sollte.

»Das will ich hoffen!«

Er legte auf. Ich atmete tief durch. Ohne Selina war ich machtlos. Ohne sie hatte ich keinerlei Zugang zu Weisskopf, wusste nicht einmal, wo sein Büro war.

Ich zog meinen Mantel an und wollte gerade gehen, als mein Blick auf etwas Silbernes fiel, das auf dem Nachtkästchen glänzte. Selinas Ring – der Silberring mit dem Opal, den sie sonst nie ablegte. Jetzt lag er dort neben einem Päckchen Kaugummi. Ich nahm ihn und betrachtete ihn nachdenklich. Sie musste das Zimmer so hastig verlassen haben, dass sie den Ring ihrer Großmutter vergessen hatte! Gerade wollte ich das Schmuckstück einstecken, als ich die Gravur auf der Innenseite entdeckte.

Za Zoranu od njene bake.

Das klang nicht Spanisch, sondern erinnerte mich eher an das Hinweisschild in der Praxis meiner kroatischstämmigen Hausärztin, die Landsleute unter den Patienten auch in ihrer Muttersprache informierte.

Ich tippte die Worte am Handy in einen Online-Übersetzer ein. *Für Zorana von ihrer Oma.*

Zorana Marković. Der Name in Selinas Presseausweis.

Noch beinahe betäubt von dieser Erkenntnis stand ich Minuten später an der Rezeption, um das Zimmer zu bezahlen – und erlebte die nächste Überraschung.

»Die Rechnung wurde bereits beglichen«, ließ mich die Rezeptionistin wissen.

»Von wem?«

»Ähm …« Die junge Frau starrte in ihren Computer. »Das kann ich Ihnen nicht sagen. Das Zimmer wurde heute Nacht beim Kollegen bezahlt; ich bin erst seit einer Stunde im Dienst.«

»Wurde bar bezahlt?«

»Ähm …« Wieder ein langer Blick auf den Monitor. »Äh nein, mit Kreditkarte.«

»Und die lautete auf welchen Namen?«

»Also, ich weiß nicht, ob ich ... äh ... Ihnen das sagen darf. Datenschutz und so.«

Ich lehnte mich über den Tresen und kam ihr dabei gefährlich nahe.

»Hören Sie mir gut zu. Es ist *mein* Zimmer. *Ich* hatte es gebucht. Und wenn Sie nicht wollen, dass ich Ihrem Chef eine Geschichte auftische, wie unverschämt Sie mir gegenüber waren, dann rate ich Ihnen dringend, mir unverzüglich den Namen zu nennen!«

Die Rezeptionistin schluckte.

»Die Karteninhaberin ist eine – Zorana Marković.«

Nun hatte ich Gewissheit: Selina hieß in Wahrheit Zorana. Falls eine Selina Bergmair überhaupt existierte, war sie jedenfalls nicht die Besitzerin des Ringes, der zusammen mit dem Kaugummipäckchen in meiner Handtasche steckte.

Ich stieg in eines der Taxis vor dem Hotel.

»Zum Flughafen«, trug ich dem Fahrer auf, während ich *Zorana Marković* in die Suchmaske meines Handys tippte. Prompt spuckte das Internet tausende Einträge aus. Es schien ein geläufiger Name zu sein. Die Zoranas, auf die ich als Erstes stieß, arbeiteten als Anti-Corruption-Officer für die UNO und Produktmanagerin bei einem französischen Pharmakonzern, tanzten im russischen Staatsballett, führten eine Gynäkologiepraxis in Kopenhagen und spielten Geige in einem Barockensemble. Die Bildsuche zeigte mir, was sie verband: Keine davon sah Selina ähnlich.

Als der Taxifahrer vor dem Terminal hielt, war ich kein bisschen schlauer.

Ich stieg in den Flieger nach Wien mit der Gewissheit, irgendein wichtiges Detail übersehen zu haben.

*

»Was ist jetzt mit Weisskopf? Wird er am Donnerstag da sein? – Ich verlange sofort eine klare Antwort!«, bellte Kattnig mir ins Ohr. Ich saß im Taxi vom Flughafen zu meiner Wohnung und bereute bereits, den Anruf überhaupt entgegengenommen zu haben. »Es ist jetzt halb zwei Uhr nachmittags; Sie haben mir zugesichert, dass …«

Allmählich hatte ich genug.

»Ich verbitte mir diesen impertinenten Tonfall!«, herrschte ich ihn an, dass der Taxifahrer unwillkürlich zusammenzuckte. Von einer Blondine mit Kaschmirschal hatte er das offenbar nicht erwartet. »Ich biete Ihnen eine Chance, sich zu rächen, also behandeln Sie mich gefälligst nicht wie einen Ihrer Untergebenen!«

Verblüfftes Schweigen am anderen Ende der Leitung.

»Wenn Sie mir zuhören würden, wären Sie bereits auf dem aktuellen Stand der Dinge und wüssten nun, dass ich inzwischen die verlässliche Zusage habe, dass sowohl Weisskopfs Strohmann als auch er selbst bei der Auktion anwesend sein werden!«

Wieder kurzes Schweigen.

»Wunderbar«, sagte Kattnig dann, aber der Klang seiner Stimme passte nicht. Unsicherheit schwang darin mit. Er hatte wohl mit einer anderen Antwort gerechnet. »Und … Weisskopfs Strohmann, ist das ein Mann oder eine Frau?«

Sicher bildete er sich ein, mit einer Frau leichtes Spiel zu haben. Ich freute mich schon darauf, wie dieses Alphamännchen mit Adelinde von Knottau-Webern um die Wette bieten würde in dem Glauben, sie wäre Weisskopfs Trumpf – und wie sie ihn ausstechen wurde, weil Geld bei ihr nun wirklich keine Rolle spielte.

»Eine Frau«, erklärte ich daher selbstsicher. »Sie werden gegen eine Frau bieten.«

»Bieten?«

241

Sein Lachen irritierte mich.

»Meine Liebe, ich habe doch nicht wirklich vor, eine Vase zu ersteigern.«

Dieser Mann war der personifizierte Alptraum, tragische Familiengeschichte hin oder her.

»Was haben Sie stattdessen vor?«

Wieder dieses Lachen, das keines war.

»Eigentlich wollte ich Sie damit nicht belasten. Aber nachdem Sie jetzt so nett fragen …« Er machte eine bedeutungsvolle Pause. Dann verkündete er ohne die geringste Spur von Scham oder Zweifel: »Ich werde ihn töten!«

Ich riss das Handy weg vom Ohr, als wäre es plötzlich glühend heiß geworden.

»Das kann nicht Ihr Ernst sein!«

»Ich werde Weisskopf erschießen. Mit einer Glock siebzehn. Oder würden Sie ein anderes Modell empfehlen?«

Nichts ließ darauf schließen, dass der Mann mich zum Narren hielt. Ein kalter Schauer lief mir über den Rücken. Meine Hände waren schweißnass.

»Was macht Sie so sicher, dass ich mit dieser Information nicht sofort zur Polizei gehe?«

»Nichts«, lautete die unaufgeregte Antwort. »Tun Sie, was Sie nicht lassen können. Im Zweifelsfall steht Aussage gegen Aussage. Ich werde alles abstreiten, dann stehen Sie ziemlich dumm da. Mehr noch: Ich wäre dann sogar gezwungen, die unschöne Thematik, dass Ihr Vater mit Raubkunst handelt, selbst in die Medien zu bringen.«

»Die Herkunft ist umstritten«, hielt ich entgegen. »Das sagt sogar eine ausgewiesene Asien-Expertin.«

»Ha! Sie meinen Rebecca Chan vom Auktionshaus? Nun, meine eigenen Recherchen sprechen eine andere Sprache. Davon abgesehen: Ist solch eine Nachricht erst mal im Umlauf, dann ist der gute Ruf dahin, selbst wenn sie eventuell eines Tages als Falschmeldung enttarnt wird.«

*

Diese verdammte Vase, Quell allen Unheils.

Wut schwelte in mir, als ich meine Wohnung betrat. Ich hasste dieses Gefühl der Ohnmacht und des Ausgeliefertseins. Der Strudel der Ereignisse zog mich immer weiter in die Tiefe. Jetzt war ich sogar Mitwisserin eines geplanten Mordes! Und die einzige Person, mit der ich darüber hätte reden können, war spurlos verschwunden. Ich verstand das alles einfach nicht!

Was ich aber verstand, war, dass ich diesen Mord verhindern musste. Und wenn Weisskopf die größte Schuld auf sich geladen hatte – ich konnte nicht tatenlos zusehen, wie er auf der Auktion niedergeschossen wurde! Allerdings lag auf der Hand, dass mir die Polizei diese verworrene Geschichte nicht glauben würde. Ich hatte schließlich keinen einzigen Beweis für Kattnigs Androhung.

Es gab nur einen Weg: Die Vase durfte nicht zur Versteigerung angeboten werden! Dann bliebe auch Weisskopf fort und Kattnigs Plan wäre vereitelt. Aber wie brachte ich meinen Vater dazu, sie kurzfristig aus der Auktion zu nehmen?

Nochmals an seine Vernunft zu appellieren, machte keinen Sinn. Er würde mich genauso abblitzen lassen wie bei meinem ersten Versuch, die Herkunft der Vase in Erfahrung zu bringen. Mir blieb nur eine Möglichkeit, zu erreichen, dass er sie zurückzog: Ich musste umgehend den lückenlosen Beweis erbringen, dass es sich dabei um Raubkunst handelte! Wenn Kattnig auf Quellen gestoßen war, die das angeblich belegten, würde ich sie auch finden.

In Gedanken ließ ich das Gespräch mit Rebecca Chan Revue passieren. Sie hatte eine Doktorarbeit erwähnt, die vor zehn Jahren über die Vasen der Qing-Dynastie geschrieben worden war. Was, wenn es darin eindeutige Hinweise gab? Und wieso hatte ich nicht früher danach gesucht?

Ich warf mein Notebook an. Zwei Minuten später war ich schlauer: Nicole Laufer hatte an der Uni Bonn über die Vasen dieser Epoche promoviert. Nicole Laufer-Schmidt, wie sie mittlerweile hieß, arbeitete am Lehrstuhl ihrer ehemaligen Ausbildungsstätte als wissenschaftliche Mitarbeiterin. Eine freundliche Sekretärin versicherte mir, dass sie meinen Anruf ausrichten wollte.

Kurz darauf hatte ich eine Nachricht auf dem Handy: *Senden Sie mir ein Foto, wir könnten dann per Skype sprechen.*

Keine Viertelstunde später saß ich am Bildschirm einer rothaarigen Frau mit fröhlichen Augen und Sommersprossen gegenüber.

»Danke, dass Sie so schnell Zeit hatten«, eröffnete ich das Gespräch.

»Na, beim Stichwort *Raubkunst und Asiatika* bin ich sofort dabei. Worum geht es?«

Ich legte die Fakten auf den Tisch und konnte beobachten, wie die zwei Falten, die sich auf der Stirn meines Gegenübers gebildet hatten, bei jedem Wort steiler wurden.

»Moment!«, gebot sie mir Einhalt. »Verstehe ich Sie richtig? – Rebecca Chan hat Ihnen erzählt, bei dieser Vase sei Raubkunst nicht hundertprozentig auszuschließen?«

»Ja. So habe ich sie verstanden.«

Sie schüttelte den Kopf.

»Das kann nicht sein. Ich kenne Rebecca, die Asiatika-Szene im deutschsprachigen Raum ist klein. Sie als Expertin würde so einen Unsinn niemals über die Lippen bringen!«

»Unsinn?«

»Ja, Unsinn«, bestätigte Frau Laufer-Schmidt mit fester Stimme. »Die Vase auf Ihrem Foto – das ist quasi Massenware. So etwas wurde zu Zeiten Kaiser Qianlongs tausendfach hergestellt. Ja, klar, die Opiumkriege sind ein paar Tage her, die Zahl der gut erhaltenen Stücke ist seither gewiss zurückgegangen – aber mehr als zweitausend Euro sind für ein Stück wie dieses sicherlich nicht drin.«

»Aber … was … was ist mit der Herkunft?«

»Was soll damit sein?« Sie lachte irritiert. »Es gibt eindeutige Quellen, die belegen, dass Vasen wie diese auf den Märkten vor dem Palast verkauft wurden. Es wurde auch reger Handel mit Europa betrieben. Ich halte es für sehr wahrscheinlich, dass sie ganz legal erworben worden ist. – Hat denn Rebecca etwas anderes gesagt?«

Nein, im Grunde nicht direkt.

»Sie hat gesagt, dass alles möglich ist – und nach all der Zeit schwer zu beweisen.«

»Jaaaaa«, erwiderte Nicole Laufer-Schmidt gedehnt. »Mag schon sein. Aber glauben Sie mir: Material und Ausarbeitung sprechen eine eindeutige Sprache. Ich erkenne schon anhand des Fotos, dass das Ding nicht viel wert ist. Und selbst wenn ich mich täuschte: Würde es sich wirklich um kostbare Raubkunst handeln, hätte die chinesische Regierung sie zurückgefordert.«

»Das hat sie versucht«, führte ich an, was Rebecca Chan erzählt hatte. »Aber man ist sich wohl über den Preis nicht einig geworden.«

»Das kann gar nicht sein«, hielt mir Nicole Laufer-Schmidt entgegen. »Im Falle von Raubkunst ist der Letztbesitzer zur kostenlosen Rückgabe verpflichtet. – Ehrlich gesagt, ich glaube, da hat jemand Ihnen einen ordentlichen Bären aufgebunden.«

»Aber Frau Chan …«

»Sie sollten nochmal mit ihr reden. Bestimmt haben Sie da etwas missverstanden.«

Nein, das hatte ich ganz sicher nicht, doch darüber mit dieser freundlichen Rothaarigen zu streiten, würde zu nichts führen. Die ehemalige Doktorandin hatte recht: Ich musste unbedingt noch einmal mit Rebecca Chan sprechen. Meine Uhr zeigte 17:02. Mit etwas Glück erreichte ich sie noch an ihrem Arbeitsplatz.

Zwanzig Minuten später betrat ich das Auktionshaus, ignorierte den Portier, der sich jetzt *Infostelle* nannte, und orientierte mich an der Beschilderung, die in den dritten Stock verwies.

245

Ich nahm zwei Stufen auf einmal.

Hinter der Tür zu Frau Chans Büro rührte sich nichts. Ich klopfte, klopfte erneut, drückte dann die Klinke. Mein Blick fiel auf einen mit Ordnern und Mappen überladenen Tisch und ein raumhohes Bücherregal. Eine gedimmte Schreibtischlampe tauchte das Zimmer in schummriges Licht. Es roch etwas muffig – wie in einer alten Bibliothek oder einem Museum, das selten gelüftet wurde.

»Kann ich Ihnen helfen?«

Ich fuhr herum. Hinter mir stand eine Asiatin um die sechzig, in schwarzem Faltenrock und weißer Bluse. Ihr graues Haar war zu einem Pferdeschwanz gebunden. Sie trug eine Brille, die an einem Bügel mit Tesafilm geklebt war.

»Ich suche Frau Doktor Chan.«

»In welcher Angelegenheit?«

Frau Chans Sekretärin sprach mit weicher Stimme und leichtem Akzent.

»Das würde ich lieber persönlich mit ihr besprechen. Könnten Sie mich bitte melden? – Mein Name ist Helene Roßloch. Sie kennt mich bereits.«

Die Frau schaute mich mit unergründlicher Miene an.

»Ich bin Rebecca Chan. Und ich sehe Sie zum ersten Mal in meinem Leben.«

*

Nicole Laufer-Schmidt sollte recht behalten. Rebecca Chan hatte es bestätigt: Die Vase war nicht viel mehr als ihren Rufpreis wert – und zwar den auf jener Liste, die mir mein Vater ausgehändigt hatte.

Er hatte mich also nicht angelogen. Alles entsprach den Tatsachen. Er hatte nur schlichtweg keine Lust gehabt, weiter mit mir darüber zu diskutieren.

Und ich hatte ihm nicht vertraut, sondern war blindlings in dieses Schlamassel hineingestolpert. Aber wenn mein Vater die Wahrheit sagte, von wem stammte dann die Fotomontage, auf der er mit Weisskopf zu sehen war? Wer führte mich dermaßen an der Nase herum, ohne Kosten und Mühen zu scheuen?

Und welche Rolle spielte dabei Selina beziehungsweise Zorana?

Ich saß auf meinem Sofa, ein Glas Wasser vor mir anstatt Wein. Ich musste an diesem Abend einen klaren Kopf behalten. In meinen Gedanken ließ ich die ganze Geschichte auf Fuerteventura Revue passieren. Details, die mich da allenfalls irritiert hatten, gewannen nun an Gewicht.

Jos Magenverstimmung. So plötzlich. Womöglich hatte jemand dafür gesorgt, dass ich den Silvesterabend mit Selina verbringen sollte ...

Selinas Garderobe auf Zimmer 124. Ich sollte sie finden.

Der Mann, der später mit ihrem Koffer in das Taxi stieg. Es war beabsichtigt, dass ich ihn damit sah!

Die Männer in der Villa Blanca. Welcher Leibwächter ließe sich von einem Leichtgewicht wie mir mit ein paar simplen Kampfsport-Kicks außer Gefecht setzen! Und welcher Leibwächter trug Schreckschusspistolen?

Dann Kattnig mit seinem mörderischen Racheplan. Warum hätte er das Risiko eingehen und mir davon erzählen sollen?

Und dann Selinas ständiges Beteuern, wie sehr sie ihren Job hasste. Dass sie mich mochte und alles nicht so geplant gewesen sei und, und, und.

Im Seitenfach meiner Handtasche tastete ich nach ihrem Opalring, bekam aber als erstes das Päckchen Kaugummi zu fassen. *Minty Mint.* Nicht ein einziges Mal hatte ich Selina Kaugummi kauen sehen.

Warum vergaß sie einen Ring, der ihr viel bedeutete?

Weil sie mir etwas damit sagen wollte, etwas, das sie – aus welchen Gründen auch immer – nicht aussprechen durfte. Sie hatte mir ein Zeichen hinterlassen! Getrieben von dieser neuen Erkenntnis, setzte ich mich wieder vor mein Notebook.

Zorana Marković. Journalistin.

Es gab eine, aber die schrieb für eine Hamburger Lokalzeitung und war zwanzig Jahre älter. Wahrscheinlich war dieser Presseausweis nicht gestohlen, sondern einfach nur eine Fälschung gewesen.

Zorana Marković. NEAA.

Nichts.

Mehr noch: Die Seite der NEAA war offline! Als Grund wurde eine vorübergehende technische Störung angegeben.

In einer Mischung aus Wut und Verzweiflung schnappte ich mir das Kaugummipäckchen. Womöglich war auch das ein Zeichen?

Zorana Marković. Minty Mint.

Ich landete auf der Seite eines amerikanischen Kaugummi-Herstellers, der eine Niederlassung in der Nähe von Köln hatte. Der Name Zorana Marković unter dem Sucheintrag war durchgestrichen. Also doch kein Hinweis?

Zorana Marković. Selina Bergmair.

Nichts.

Kaugummi. Zorana Marković.

Wieder spuckte die Suchmaschine eine Reihe nichtssagender Einträge aus, die ich gerade ignorieren wollte, als mein Blick an einem davon hängen blieb.

Glanzundglamour.de/archiv/stars&sternchen.
01.07.2012. Frech, dynamisch und frisch präsentiert sich die neue Kaugummimarke des US-Konzerns Hallyway in Europa, und dies mit einer Reihe junger Gesichter. Den Auftakt macht Zorana Marković. Die 21-jährige Kölnerin mit … mehr.

Ich klickte weiter und hatte nun den gesamten Artikel vor mir nebst einem Foto, das Bände sprach: Selina, sechs Jahre jünger, auf einem Werbeplakat. Den Kopf leicht nach hinten gelegt, blies sie eine riesige Kaugummiblase auf.

Tief in mir kämpfte sich eine vage Erinnerung an die Oberfläche. Ich hatte dieses Plakat damals vor sechs Jahren gesehen, sogar an die Fernsehwerbung konnte ich mich jetzt wieder erinnern. Und das war der Grund, weshalb Selina mir bei unserer ersten Begegnung bekannt vorgekommen war!

Die 21-jährige Kölnerin mit kroatischen Wurzeln ist eigentlich ausgebildete Physiotherapeutin. Sie sieht den Werbevertrag als Trittbrett für ihre geplante Filmkarriere. »Ab Herbst besuche ich eine renommierte Schauspielschule in Berlin«, lässt uns Marković wissen. »Und in spätestens vier Jahren möchte ich mich auf der Kinoleinwand sehen – in einer Hauptrolle.« Ihr größter Traum? – »In einem Film von Regisseur Claudio LePré mitspielen.«

Mehr brauchte ich nicht zu wissen.

Claudio hatte vor Jahren mit seinem Filmkonzept Geschichte geschrieben. Seine Werke bestanden aus zwei Teilen: einem Reality-Part und einem Spielfilm mit international bekannten Hollywood-Stars. Die echten Szenen wurden stellenweise in den Spielfilm eingeflochten – ein völliges Novum in der Branche.

Die Machart hatte bei mir heftige Kritik hervorgerufen wegen der Art und Weise, wie das Reality-Material zustande kam. Es basierte auf dem Konzept der versteckten Kamera; die Hauptperson wusste nicht, dass sie in einem Film mitwirkte. Für sie war das Erlebte Realität. Und wohinein sie da geriet, riss sie mit Macht aus ihrer Komfortzone. In *Crazy Cruising* wurde der unfreiwillige Hauptdarsteller damit konfrontiert, dass sein Schiff aufgrund einer Virus-Erkrankung an Bord keinen Hafen mehr anlaufen durfte und für einundzwanzig Tage unter Quarantäne gestellt wurde. Im Laufe dieser Zeit verschlimmerte sich die Situation für ihn zusehends: Erst wurde seine Kabine zum Krankenzimmer umgewandelt, dann musste er sich mit hundert Mitreisenden ein provisorisches Matratzenlager im ehemaligen Speisesaal teilen und andere Passagiere machten ihm das Leben schwer. Letztere waren natürlich Schauspieler, die genaue Instruktionen hatten, wie sie den ahnungslosen Mann in schwierige Lagen brachten und ihn quasi zwangen, nach Auswegen zu suchen.

Der unfreiwillige Star von *Crazy Cruising*, Sachbearbeiter in einer Steuerkanzlei, trug sein Schicksal offenbar mit Humor. Irgendwo hatte ich allerdings gelesen, dass die Ehe des Mannes an dem Film zerbrochen war, was dem Ganzen eine schale Note gab.

Crazy Cruising wurde Claudios erfolgreichster Film. Bei der Premiere in einem New Yorker Großkino hatte er mir freimütig verraten, dass es teilweise bis zu zwanzig Anläufe brauchte, um den Reality-Teil zu drehen. Die Umsetzung scheiterte nämlich häufig an der Hauptperson. Verhielt sie sich zu passiv, wurde keine Geschichte daraus. Begann sie dagegen auszurasten – was in jede erdenkliche Richtung gehen konnte –, musste das Projekt gestoppt werden. Claudio erzählte mir von Leuten, die man quasi in letzter Sekunde davon abhielt, jemanden umzubringen, oder von solchen, die massive psychische Probleme entwickelten. Wenn die Betroffenen am Ende der Dreharbeiten nicht die Einwilligung zur Ausstrahlung gaben, musste ein neues Opfer gefunden werden, und das Ganze begann von vorne. Drei der Leute hatten Claudios Produktionsgesellschaft sogar verklagt, waren aber vor Gericht gescheitert. Die Firma war rechtlich offenbar gut abgesichert.

Dass diese unfreiwilligen Darsteller allesamt Geld und Tantiemen bekamen, sah ich nur als kleinen Trost. Einen so drastischen Eingriff in die Privatsphäre wog das nicht auf.

Was mich betraf, ergab aber so einiges plötzlich Sinn!

Das Selfie mit der Palme, das Claudio an Jo geschickt hatte. Ein Mülleimer im Hintergrund hatte mich irritiert; in Miami gab es erstaunlicherweise die gleichen wie auf Fuerteventura. Nun wusste ich, warum: Claudio war über Silvester ganz in meiner Nähe gewesen.

Und Jo hatte das gewusst ... Bei ihrem Treffen vor Weihnachten hatte sie wohl alles mit ihm ausgeheckt: dass sie die unwissende Freundin vor Ort spielen und mich bei der Stange halten würde, ja, sogar auf unseren gemeinsamen Silvesterabend verzichten wollte, damit Selina die Chance bekam, sich an mich heranzumachen.. Unfassbar, wie aalglatt Jo mich die ganze Zeit belog!

Die Villa Blanca. Mein erster Blick über die Mauer hatte nicht getrogen. Was wie eine Grillparty aussah, war in der Tat eine gewesen. Ich dachte an den schmächtigen Mann, dessen Gestalt mir so vertraut vorkam. Es war kein anderer als Claudio gewesen.

Der kanarische Richard Gere – viel zu schön und unwirklich für einen Polizisten.

Der Hotelmanager. Der Rezeptionist, der mir nicht hatte glauben wollen.

Die falsche Rebecca Chan. Kattnig. Adelinde von Knottau-Webern.

Und nicht zuletzt Zorana.

Allesamt waren sie Schauspieler, die mich in eine abstruse Story verwickeln sollten.

Mein Mund war mit einem Mal ganz trocken. Meine Hände zitterten. Ich kam mir betrogen vor, hintergangen, aufs Glatteis geführt. Nicht nur, dass mich dieser Einsatz für nichts – für nichts außer zum Zwecke der Volksbelustigung! – an meine Grenzen gebracht und schmerzlichste Erinnerungen in mir wachgerufen hatte. Nein, ich war dabei auch noch gefilmt und belauscht worden!

Die Wahrheit war: Ich spielte die Hauptrolle in Claudios neuestem Film.

Mehr und mehr Details fielen mir wieder ein und wuchsen sich aus zu Beweisen. Selinas Handy auf dem Tisch bei unserem Silvester-Stelldichein in der Bar. Die überdimensionale Fotokamera auf dem Tisch des Ehepaars, das im Wanderführer geblättert hatte.

Der vermeintliche Makler im Haus gegenüber, der schwarze Kasten auf dem Fensterbrett.

Üppige Vasen, Koffer, Statuen – sie alle hatten dazu gedient, Kameras zu verstecken, um mich zu filmen, und Mikrofone zu verbergen, mit denen ich abgehört wurde.

Mir wurde siedendheiß. Ich dachte an Selina. Dachte daran, dass sie sich zwei Tage lang in meiner Wohnung frei bewegen konnte, und ahnte, wonach ich suchen musste.

Wenige Minuten später hatte ich bereits drei Wanzen gefunden: in der Stehlampe, an der Rückseite eines Blumentopfes und am Kerzenständer Ich fühlte mich am Boden zerstört.

All unsere Gespräche – aufgezeichnet von einem Team, das nun einen Plott daraus bastelte, ein Drehbuch entwarf, dessen Verfilmung quasi beschlossene Sache war. Im Mittelpunkt: eine Frau mittleren Alters, geschieden, an einer Weggabelung ihres Lebens. Eine Frau, so einsam und verzweifelt, dass sie mit der erstbesten Person, die sich dafür anbot, im Bett landete. Zu dieser Conclusio mussten die Zuschauer zwangsläufig kommen.

Wie hatte ausgerechnet mir das passieren können, mir als gebranntem Kind, das die Skepsis quasi für sich gepachtet hatte? Ein paar gefakte Zeitungsartikel und Webseiten, und schon war mein Misstrauen gegenüber der NEAA, Weisskopf und allem anderen dahingeschmolzen!

Ich boxte vor Wut auf mich selbst in die Polster, während sich der Schmerz der Enttäuschung mit wahrer Urgewalt durch meinen Leib fräste.

Seit meinem fünfzehnten Lebensjahr war Claudio meine Stütze gewesen, mein Herzensbruder, mein Seelenverwandter. Der einzige Mensch, dem ich vertraut und dem gegenüber ich mich geöffnet hatte. Der Einzige, der fast alles von mir wusste, der mich durchschaute, der mich als die wahrnahm, die ich war. Er kannte meine Grenzen besser als jeder andere.

Nun hatte ausgerechnet er sie auf solch demütigende Art überschritten! Für seinen eigenen Ruhm! Für einen weiteren Filmerfolg, der weltweit in den Kinos lief, mit hochkarätiger Besetzung und durchsetzt mit Originalszenen. Mit wem er wohl meine Rolle besetzen wollte, die der ahnungslosen Helene Roßloch? Mit Reese Witherspoon? Amber Heard? Oder mit Kate Hudson?

Und den Part von Zorana? – Dass sie sich selbst spielte, war ausgeschlossen, dafür war sie schlichtweg nicht überzeugend genug. Wie oft hatten mich Unstimmigkeiten ihres Verhaltens verwundert. Immer wieder war sie aus der Rolle gefallen.

Doch ich wollte mir keine Gedanken über diese Frau machen. Sie hatte Claudio als Werkzeug gedient, er aber war es, der mein Herz zerfetzt hatte.

*

Knapp zwei Stunden später lag ich noch immer mit rot geweinten Augen auf dem Sofa und starrte ins Leere, als mein Mobiltelefon summte. Claudios Foto erschien auf dem Display.

Am liebsten hätte ich es gegen die Wand gedonnert. Ich wollte ihn weder sehen noch mit ihm sprechen.

Dann aber überlegte ich es mir anders und nahm den Anruf an.

»Hallo, Prinzessin!« Claudios Stimme drang beschwingt wie eh und je an mein Ohr. »Wie geht's? Wie war dein Trip nach Düsseldorf?«

Als ob er das nicht schon längst wüsste.

»Gut«, sagte ich, um eine neutrale Stimmlage bemüht. »Erfolgreich.«

»Heißt was?«

Seine Scheinheiligkeit war nur schwer zu ertragen.

»Frau von Knottau-Webern wird die Vase ersteigern«, stieg ich dennoch auf das hässliche Spiel ein, das er mit mir spielte.

»Super! Klingt ganz so, als müsstest du dich nicht mehr darum sorgen, den Namen deiner Familie in den Schlagzeilen zu sehen. Lena hat die Welt gerettet!«

Wieder verspürte ich den Drang, das Handy an die Wand zu schmettern.

»Was ist denn eigentlich los?«, hörte ich ihn dann fragen. »Warum schaltest du die Kamera nicht ein? Darf ich dich heute nicht sehen, schöne Frau?«

»Mein Handy spinnt«, log ich.

»Ach«, erwiderte er, offenbar etwas ratlos wegen meiner knappen Erklärung. »Bist du ... nicht allein?«

Hoppla. Die Frage war allerdings interessant.

»Wieso? Wer sollte denn bei mir sein?«, erwiderte ich ebenso scheinheilig.

»Na ... deine hübsche neue Bekanntschaft. Wie hieß sie doch gleich?«

»Wir haben uns heute in Düsseldorf voneinander verabschiedet.«

»Ach.« Seine Ratlosigkeit gefiel mir. »Und, hm ... alles gut zwischen euch?«

»Aber ja. – Wieso fragst du?«

»Wirst du sie denn wiedersehen?«

»Weiß noch nicht. Wir haben nicht groß darüber gesprochen.«

Ich merkte an der kurzen Pause, dass er fieberhaft überlegte, wie er die Information bekommen konnte, nach der er gierte.

»Und sie ist ... äh ... nach Berlin zurückgeflogen?«

»Ich nehme es an, ja. – Warum fragst du?«

»Ach ... nur so.«

Offenbar war Zorana nicht nur für mich nicht erreichbar, sondern auch für den von ihr einst so bewunderten Claudio Le-Pré. Meine schlechte Stimmung hellte sich prompt etwas auf.

»Wie geht es eigentlich mit deinem Filmprojekt voran? Läuft alles plangemäß?«

»Oh … ja. Ja. Alles bestens.« Er klang überrascht.

»Das heißt, die ersten Dreharbeiten sind abgeschlossen?«

»So gut wie.«

»Und du hast schon einen klangvollen Namen für deinen neuen Film?«

Es war nicht einfach, gerade so viel nachzubohren, dass er nicht argwöhnisch wurde.

»*Torrid Target.*«

»Dann drücke ich dir mal die Daumen, dass dein Hauptdarsteller nicht abspringt oder rechtliche Probleme macht«, sagte ich locker. »Wäre zu blöd, wenn du ganz von vorne beginnen müsstest«

»Hmm … na ja … ja, hoffe ich auch.«

Ich hörte, dass ihm das Thema unangenehm wurde.

»Ich muss jetzt Schluss machen. Termine und so. – Man hört sich!«

»Selbstverständlich«, versicherte ich verständnisvoll.

Und wie wir uns hören würden!

Torrid Target. Zu Deutsch so viel wie: Heißes Ziel.

Nur dass ich weiter als Zielscheibe seiner filmischen Schnellschüsse diente, konnte Claudio sich abschminken. Wenn *Torrid Target* jemals in die Kinos käme, dann gewiss nicht mit mir! Was als großes Finale von *Torrid Target* geplant war, lag für mich auf der Hand: Adelinde von Knottau-Webern und Weisskopfs Strohmann sollten ein dramatisches Wettbieten um die Vase liefern. Irgendwann würde Kattnig Weisskopf erschießen – vor aller Augen. Und ich sollte fassungslos dabeistehen.

Die Rolle des vom Geschehen überrollten Opfers stand mir nicht zu Gesicht. Da hatte sich Claudio die Falsche ausgesucht.

Mit ernüchternder Klarheit begriff ich, auf was Zorana mich eigentlich hatte hinweisen wollen. Sie hatte verstanden, wie entmachtet und gedemütigt ich mich fühlte, wenn mir die Zügel aus der Hand gerissen wurden, und wollte mir die Chance geben, die Kontrolle zurückzugewinnen.

Nun – ich würde sie nutzen. Claudio bekäme sein großes Finale, wenngleich anders, als er es geplant hatte. Außerdem würde dieser Film niemals auf die Kinoleinwand kommen. Dafür würde ich mit einem Heer von Anwälten sorgen! Er hatte mich hintergangen und mein Vertrauen übel missbraucht. Dafür sollte er bluten, bestenfalls sogar alles verlieren.

Unsere Freundschaft war für mich beendet.

An diesem Abend nahm mein Plan, *Torrid Target* zu meinem eigenen Projekt zu machen, Gestalt an. Als ich Alexander anrief und ihn darum bat, mir Kontakt zu den Geschäftsführern des Auktionshauses zu verschaffen – er kannte die beiden Herren vom Golfspielen –, war ich erfüllt von Tatendrang und Rachedurst.

Bettina und Kamon

Der Saal des Auktionshauses füllte sich. Ich kannte kein einziges Gesicht, was nicht nur daran lag, dass mir die Szene unvertraut war. Die Leute die hier als interessierte Bieter und Kunstliebhaber auf den gepolsterten Stühlen Platz nahmen, waren Statisten.

Dann entdeckte ich Kattnig. Mit einem unmerklichen Nicken signalisierte er mir, dass er mich ebenfalls bemerkt hatte, ehe er sich breitbeinig in der ersten Reihe niederließ.

Im Unterschied zu ihm kam Adelinde von Knottau-Webern, gekleidet in ein bodenlanges Blümchenkleid mit Reifrock, mit ausgebreiteten Armen auf mich zu.

»Meine liebe Frau von Marensperg-Töbeln«, begrüßte sie mich, als wären wir alte Freundinnen. »Ich freue mich sehr, Sie zu sehen.«

Inzwischen wusste ich, dass sie unter ihrem wahren Namen auftrat. Adelinde war eine von Dutzenden Knottau-Weberns in Deutschland, einem verhältnismäßig jungen Adelsgeschlecht, das im 18. Jahrhundert erstmals urkundlich erwähnt wurde. Entgegen dem Wunsch ihrer Familie hatte sie eine Schauspielausbildung abgeschlossen und war in ein paar Provinztheatern aufgetreten, ehe sie auf Pferdezucht umgesattelt hatte.

Diese Biographie machte sie mir schon fast sympathisch. Außerdem hielt ich sie für eine äußerst brillante Darstellerin. Schließlich hatte ich ihr die entrückte Adelige vorbehaltlos abgenommen.

»Sie haben das mit der chinesischen Regierung sicher geklärt, oder nicht?«, schob sie eifrig nach. »Sie erinnern sich, dass ich erst eine Entschuldigung seitens eines Regierungsvertreters erwarte, was Tibet und die Uiguren betrifft!«

Damit hatte ich gerechnet. Das Lächeln, mit dem ich sie bedachte, war voller Zuversicht und Verständnis.

»Aber natürlich. Die Botschaft hat mir ihre Zusicherung gegeben.«

Ich sah Irritation in ihren Augen und schmunzelte in mich hinein. Mein Plan, restlose Verwirrung zu stiften, lief an.

»Und wie und wann soll das geschehen?« Das tapfere Bemühen, mit der Wendung abseits des Briefings zurechtzukommen, war ihr anzumerken. »Die Auktion … beginnt in einer Viertelstunde.« Sie warf einen nervösen Blick auf ihre grazile Armbanduhr. »Ich biete nur mit, wenn sich China uneingeschränkt zur Einhaltung der Menschenrechte bekennt! Das habe ich von Anfang an gesagt!«

Wieder lächelte ich süßlich.

»Wie gesagt, die Botschaft hat es mir zugesichert.«

Ich sah aus den Augenwinkeln, wie Bettina in schwarzem Designerkostüm mit Fedora-Hut den Saal betrat, entschuldigte mich bei Adelinde und tat so, als wollte ich die Toilette aufsuchen. In Wahrheit suchte ich hinter einer Säule Schutz vor den zweifelsohne im ganzen Saal versteckten Kameras.

Bettina steuerte auf mich zu, und einen Moment lang fürchtete ich, sie hätte meine Anweisungen nicht verstanden. Keine Kontaktaufnahme. Offiziell kannten wir uns nicht. Niemand sollte Verdacht schöpfen, am allerwenigsten Claudio, den ich gut getarnt unter den Anwesenden vermutete.

Doch meine Reittrainerin war viel zu intelligent, um ihre Tarnung als mysteriöse Lady in Black auffliegen zu lassen. Wie zufällig ließ sie einen ihrer schwarzen Handschuhe fallen.

»Und du bist sicher, dass diese Versteigerung keine Rechtsgültigkeit hat?«, flüsterte sie mir zu, während sie sich nach ihm bückte. »Ich will nicht auf hunderttausenden Euros Schulden sitzenbleiben!«

»Mach dir keine Sorgen«, beruhigte ich sie und tat so, als spräche ich in mein Handy. »Dazu wird es nicht kommen.«

Sie wählte einen Platz links am Rand. Dass sie aufgeregt war, verriet ihr nervöses Blinzeln. Ich rechnete ihr hoch an, wie schnell sie sich hatte überreden lassen, am diesem Set mitzuwirken, bei dem nun ich die Regie führen würde.

Mein Handy klingelte, kaum dass ich es wieder eingesteckt hatte.

»Wo ist Weisskopf?«, wollte Kattnig grußlos wissen.

»Er wird kommen«, versicherte ich.

»Ich werde ihn töten.«

Ging es noch plakativer?

»Das sagten Sie schon«, erwiderte ich gelassen. Ich trat hinter der Säule hervor. Kattnig saß noch immer ganz vorne, hielt das Handy ans Ohr und spähte gespielt nervös in den Saal. Für Bruchteile von Sekunden trafen sich unsere Blicke.

»Ich rechne damit, dass Sie klug genug waren, die Polizei aus dem Spiel zu lassen!«

Was hatte Claudio in seinem Drehbuch niedergeschrieben? Was glaubte er, wie ich reagieren würde?

»Wenn die Polizei Bescheid wüsste, säßen Sie nicht hier«, entgegnete ich nüchtern.

Meine Antwort schien Kattnig vorläufig zufriedenzustellen. Er legte auf und richtete seinen Blick nach vorne auf die kleine Bühne, wo sich Auktionator und Sensalin gerade einrichteten.

Ich sah mich um. Es waren nur noch wenige Stühle unbesetzt. Ich nahm an, dass man den Stuhl in der ersten Reihe rechts bewusst frei gelassen hatte – für Weisskopf und seinen blutigen Showdown.

Als sich die Flügeltüren des Auktionssaals schlossen, glänzte das Mordopfer in spe noch immer mit Abwesenheit. Allerdings war Kamon in Erscheinung getreten, Student der Politikwissenschaften und Aushilfskellner bei meinem Lieblingsthailänder ums Eck. Im etwas zu knapp sitzenden Anzug seines älteren Bruders wirkte er ungewohnt erwachsen und seriös. Die dezent gemusterte Krawatte und die noble Aktentasche, mit denen ich ihn zusätzlich ausgestattet hatte, rundeten sein Erscheinungsbild ab.

Ich sah, wie er Adelinde von Knottau-Webern ansprach. Zwar hörte ich nicht, was er zu ihr sagte, wusste es aber auch so. Schließlich hatte ich selbst den Text für ihn als chinesischen Diplomaten entworfen. Ich beobachtete, wie Adelinde von Knottau-Webern kurzfristig die Gesichtszüge entglitten, als er sich bei ihr als Regierungsattaché vorstellte und ihr eine hochoffizielle Visitenkarte überreichte, die wir heute in aller Frühe an meinem Computer entworfen und auf Hochglanz-Karton ausgedruckt hatten.

Adelinde von Knottau-Webern wirkte ziemlich verdutzt, was ich nachvollziehen konnte. Kamon hatte ihr immerhin gerade ein Umdenken seiner Regierung im Umgang mit Menschenrechten und Minderheiten in China zugesichert und der erlauchten Dame obendrein angeboten, sich als ausländische Sonderbotschafterin bei einem mehrmonatigen Aufenthalt im Land selbst davon zu überzeugen.

Glaubte sie ihm, oder roch sie Lunte? – Nichts in ihrem Gesicht deutete auf letzteres hin. Sie sah einfach nur verwirrt aus. Mit einem gewissen Amüsement nahm ich zur Kenntnis, wie sich Kamon gelassen an ihrer Seite niederließ. Ich konnte sehen, wie unbehaglich sie sich neben meinem Fake-Diplomaten fühlte.

Ziemlich sicher hatte auch Claudio inzwischen beobachtet, dass hier irgendetwas im Busch war. Doch ohne seine Tarnung auffliegen zu lassen, würde er jetzt und hier nicht eingreifen können.

Mit einem Gongschlag wurde die Auktion eröffnet. Der Auktionator sprach ein paar kurze Worte, dann kam auch schon das erste Stück zur Versteigerung – eine Statue.

Mein Handy vibrierte in der Tasche.

WO ist Weisskopf, schrieb Kattnig und setzte dahinter statt eines Fragezeichens fünf Ausrufezeichen. Ich verzichtete auf Antwort.

Dann war es endlich soweit. Die Vase wurde von einem Saaldiener in weißen Handschuhen auf die Bühne getragen und in einem Glaskasten ausgestellt. Vor ein paar Stunden, als ich sie zum ersten Mal aus nächster Nähe gesehen hatte, war sie mir größer und imposanter erschienen. Aus der Ferne wirkte sie wieder ziemlich kitschig. Ich konnte gut verstehen, dass mein Vater sie abstoßen wollte.

Der erste Bieter, ein untersetzter Mann in Reihe drei, hatte gerade die Hand gehoben, als sich eine der Flügeltüren öffnete und Weisskopf den Raum betrat. Zielstrebig schritt er nach vorn und setzte sich auf den ihm zugedachten Platz.

Prompt ging ein Ruck durch Kattnig, der auffälliger nicht hätte sein können. Ich griff in meine Tasche nach einem kleinen Gegenstand, der noch großes bewirken würde. Noch aber war es nicht soweit.

Bettina hob jetzt die Hand. Das Angebot für die Vase stand damit bei 12.000 Euro. Ein älterer Herr, graues Haar, grauer Anzug, Gehstock neben dem Stuhl, begann sich ebenfalls an der Auktion zu beteiligen. 12.500, 13.000, 14.000 Euro. Bettina trieb den Preis kontinuierlich nach oben.

20.000 Euro.

Nun stieg Adelinde von Knottau-Webern ein. Der ältere Herr bot 25.000, sie ging auf 30.000, er steigerte auf 35.000 Euro. Weisskopfs Strohmann!

40.000 Euro. Bettina wirkte so routiniert als schwerreiche Bieterin, dass ich unwillkürlich schmunzeln musste. Ihre anfängliche Unsicherheit hatte sich anscheinend gelegt.

50.000 Euro. Das war wieder Weisskopfs Strohmann.

60.000 Euro. Adelinde von Knottau-Webern.

Als die 100.000-Euro-Grenze überschritten wurde, ging ein Raunen durch den Saal.

Bettina bot 120.000 Euro.

Mit Genuss malte ich mir aus, wie sich Claudio fragte, wer diese Frau war, die sein Filmset offenbar für eine echte Auktion hielt. Sicher suchte er fieberhaft nach einer Möglichkeit, sie zu loszuwerden, ohne viel Aufsehen zu erregen.

140.000 Euro. Das war wieder Adelinde von Knottau-Webern.

Was aber war eigentlich mit Kattnig? Ich schielte zu ihm hinüber.

Sein Stuhl war leer.

Verdammt! Dass der Mörder den Tatort vor der Tat verließ, war nicht vorgesehen!

180.000 Euro. Weisskopfs Strohmann gab nicht auf.

Adelinde von Knottau-Webern auch nicht. 200.000 Euro.

220.000 Euro. Das war Bettina.

260.000 Euro. Weisskopfs Strohmann hob die Hand.

Der Preis stieg und stieg. Adelinde von Knottau-Webern bot fleißig mit, schien sich aber ebenfalls keinen Reim auf die Unbekannte in Schwarz machen zu können, die das Drehbuch völlig durcheinanderbrachte. Auch der Weisskopf-Strohmann schien verwirrt.

Ich stellte mir vor, dass Claudio inzwischen fast durchdrehte.

Nach zwanzig Minuten hatte die Vase immer noch keinen neuen Besitzer. Der Preis lag inzwischen bei unfassbaren 420.000 Euro.

Bei 450.000 Euro – das Gebot von Bettina – war für Starregisseur Claudio LePré endgültig Schluss. Irgendwie hatte er seinen Akteuren eine Botschaft zukommen lassen, denn weder Weisskopfs Strohmann noch Adelinde von Knottau-Webern boten noch mit.

»450.000 Euro zum ersten …« Der Auktionator sah sich im ganzen Saal um. »450.000 Euro zum zweiten …«

Bettina drehte sich zu mir um. Ein panisches Flackern lag in ihren Augen. Offenbar war es mir nicht wirklich gelungen, sie davon zu überzeugen, dass für sie im Zweifelsfall keine Kosten anfielen.

»450.000 Euro zum dr–«

»Raubkunst! Raubkunst!«, schrie plötzlich eine Stimme aus den Zuschauerreihen, und ich erkannte die falsche Rebecca Chan. »Die Auktion muss sofort gestoppt werden!«

»Was soll das, Frau Chan?« Weisskopfs Strohmann meldete sich erstmals nicht nur per Handzeichen zu Wort. Er war aufgestanden und ging, gestützt auf seinem Gehstock, nach vorn. »Laut Dreh-«, er unterbrach sich, »eh, laut Auktionskatalog ist die Ware von Ihnen geprüft und die Herkunft für einwandfrei beurteilt worden!«

Du lieber Himmel, wie platt. Nun hielten sich nicht mal mehr Claudios Schauspieler an ihren Text.

Ein anderer hielt sich allerdings auch nicht länger an die Vorgaben. Kamon, voll und ganz in seinem Element, trat nach vorne und verdrängte den Auktionator vom Rednerpult.

»Im Namen der chinesischen Regierung, im Auftrag von Staatschef Xi Jinping, Ministerpräsident Keqiang und des nationalen Volkskongresses fordere ich die sofortige Rückgabe unseres Eigentums!«

Alle starrten ihn an, mich eingeschlossen. Kamon, der nur eineinhalb Stunden Vorbereitungszeit für seine Rolle gehabt hatte, beeindruckte mich schwer. Ich würde mir nie wieder Essen von ihm servieren lassen können, ohne an diese Szene zu denken.

Leider glaubte er, noch eines draufsetzen zu müssen.

»Diese Vase«, dozierte er, während er mit langen Schritten über die Bühne ging, »hat meinem ehrenwerten Urgroßvater Quianlong gehört. Sie stand mit Mohnblumen befüllt in seinem Schlafzimmer, als die britischen Truppen den Palast plünderten! Europa hat schwere Schuld auf sich geladen. Der chinesische Staat wird nicht ruhen, ehe das letzte geraubte Artefakt in die Heimat zurückgekehrt ist!«

Irgendwer im Saal prustete los. Ein anderer tarnte sein Lachen als Hustenanfall.

Adelinde von Knottau-Webern war nun auch vorgetreten und ruderte dort hilflos mit den Armen. Anscheinend fehlten ihr die

Worte. Weisskopf hatte sich von seinem Stuhl erhoben und starrte mit gerunzelter Stirn auf das Geschehen.

»Im Namen des chinesischen Staates ordne ich die sofortige Herausgabe dieser Vase an!«, befahl Kamon mit vor Autorität berstender Stimme, und der Schauspieler, der den Auktionator spielte, stotterte ein klägliches »Ähmmm ... hmm ...« ins Mikrophon.

Ich barg mein Gesicht in den Händen. Lena Roßlochs geplanter Actiondreh verkam zur Komödie. Immerhin: Claudios künstlerische Intention, wie immer diese ausgesehen hätte, war dahin.

Vorne näherte sich die Charade einem ungeahnten Höhepunkt.

Adelinde von Knottau-Webern besann sich auf ihre Rolle als Menschenrechtsaktivistin und faselte etwas von hunderttausend Uiguren, die in Lagern gefangen gehalten wurden. Mein Aushilfskellner ließ sie mit staatsmännischer Härte abblitzen und vergaß in seinem politischen Höhenflug ganz, dass er dieser Frau zuvor noch angeboten hatte, als Sonderbotschafterin tätig zu werden. Adelinde von Knottau-Webern allerdings auch. Dafür erinnerte sie sich wieder daran, dass sie darauf bestanden hatte, Weisskopf nicht begegnen zu müssen, denn nun zeigte sie mit dem Finger auf ihn, griff sich theatralisch ans Herz und rief: »Man hatte mir versichert, dass Sie nicht herkommen! Nur deshalb bin ich gekommen. Es ist mir unerträglich, mit einem Schurken wie Ihnen im selben Raum zu sein!«

Weisskopf ließ sich indes nicht beirren. Er trat jetzt auch auf die Bühne und steuerte schnurstracks auf das Exponat zu. Automatisch griff ich wieder nach dem kleinen Plastikteil mit dem Funksender. Sollte der Mann sich die Vase tatsächlich grapschen, würde nicht nur die Alarmanlage des Auktionshauses losgehen ...

Weisskopfs Finger berührten kaum den schützenden Glaskasten, als plötzlich Kattnig aus einem Seitenzugang auf die Bühne platzte.

»Weisskopf, du Schwein!«, brüllte er im schönsten Bühnendeutsch – und zielte mit einer Pistole auf sein Opfer, das erschrocken zurückwich. »Du hast meine Tochter auf dem Gewissen!«

Er fuchtelte konfus mit der Pistole herum. Schauspielerische Erfahrungen als Bösewicht oder Polizist besaß dieser Darsteller sichtlich noch keine.

Weisskopf und er vollführten einen merkwürdigen Tanz aus Zurückweichen und Sichannähern, dessen Zweck mir erst klar wurde, als Kattnig ins Publikum schrie: »Frau Roßloch, diesen Mord haben Sie zu verantworten!«

Okay, jetzt hatte ich begriffen: An dieser Stelle hätte ich wohl auf die Bühne stürzen und eingreifen sollen. Möglicherweise hätte ich das sogar getan, wäre die Situation real gewesen. So aber blieb ich ruhig sitzen.

»Weisskopf, das ist Ihr Ende!« Kattnig drückte den Abzug.

Und ich den Auslöser.

Eine ohrenbetäubende Explosion erschütterte den Saal. Der Boden bebte. Das Publikum brach in Geschrei aus. Einige gerieten in Panik und kreischten, als ginge es um ihr Leben. Die meisten flüchteten zum Ausgang, rissen die Flügeltüre auf, stürzten hinaus.

Die Bühne vor mir war in dichten Rauch gehüllt, was mich irritierte. Was war da los? Es hielt mich nicht länger auf meinem Platz.

Eigentlich hätte es nach dem Knall bunte Papierschnipsel regnen müssen! Aus einer Konfettikanone, versteckt im Inneren der Vase, die per Knopfdruck ausgelöst wurde. Konstruiert hatte das Ganze der gewiefte Bastler, dem ich bereits meine Licht- und Soundanlage in der Wohnung verdanke. Ich hatte die Box mit den Schnipseln mit eigenen Augen gesehen, sie sogar selbst in der Vase verstaut!

Der Rauch verzog sich.

Kattnig hielt noch immer die Pistole in der Hand. Ihr Lauf zeigte gen Boden. Adelinde von Knottau-Webern lehnte an der Wand und tupfte sich mit einem Taschentuch Schweiß und Staub von der Stirn. Kamon wirkte trotz seines dunkleren Teints kalkweiß. Der wortgewandte Diplomat war dem kleinen Kellner und Studenten gewichen.

Weisskopf stand genau dort, wo er sich vor der Explosion befunden hatte. Allerdings breitete sich auf seiner Brust ein dunkelroter Fleck aus. Die Patrone mit Theaterblut war plangemäß geplatzt, nur hatte der frisch Erschossene vergessen, seinen bühnenreifen Tod zu sterben. Stattdessen starrte er jetzt auf den Scherbenhaufen nur wenige Schritte vor ihm.

Die chinesische Vase. Sie lag in Trümmern.

Das Exponat der Sammlung meines Vaters ... Rollengemäß entrang sich ein erstickter Laut meiner Kehle. Meine unterdrückte Verzweiflung klang recht gelungen.

»Du willst mich aufs Kreuz legen? – Dann musst du nächstes Mal früher aufstehen, Prinzessin!«

Ich fuhr herum und schaute in das Gesicht des buckeligen, kleinen Mannes, der als Erster geboten, sich dann aber zurückgezogen hatte. Sekunden verstrichen, ehe ich hinter der nahezu perfekten Maskerade Claudio erkannte. Er starrte mich an, ohne einen einzigen Gesichtsmuskel zu bewegen. Eisern erwiderte ich seinen Blick.

Wortlos sagten wir uns in diesem Augenblick alles, was es zu sagen gab: Er hatte mein Vertrauen missbraucht, ich hatte *Torrid Target* torpediert. Zwischen uns würde nichts mehr so sein wie früher.

Er war es, der sich zuerst abwandte.

Ich sah ihn zwischen seinen Komparsen verschwinden.

»Okay, Leute, wir sind fertig für heute!«, hörte ich ihn energisch rufen. Während aus allen Ecken, Verstecken und Fugen nun Kameraleute und Tontechniker hervorkrochen, wollte ich einfach nur weg. Und tat genau das: Ich flüchtete.

*

KURIER.at, 16. Jänner 2020, 16:32 Uhr

Explosion bei Dreharbeiten zu LePré-Film

Wien. *Bei Dreharbeiten zu ›Torrid Target‹, dem neuen Film-Projekt von Starregisseur und Oscar-Preisträger Claudio LePré, kam es im Auktionshaus in der Dorotheergasse zu einem Vorfall, bei dem eine antike Vase zerstört wurde. Die Anwesenden kamen mit dem Schrecken davon.*

Es war das klassische LePré-Setting: ein realer Ort, versteckte Kameras, gebriefte Schauspieler und ein streng geheimes Drehbuch, in dessen Zentrum eine Person steht, die unwissentlich mitwirkt. In diesem Fall eine Frau, wie LePré der Redaktion verriet. Die inszenierte Auktion war bereits angelaufen, als eine Explosion den Saal erschütterte. Anwesende sprachen von »Zuständen wie an einem Kriegsschauplatz«. Die Berufsfeuerwehr war Minuten später mit Großaufgebot vor Ort, Einsatzkräfte von Polizei und Rettung kümmerten sich um Menschen, die einen Schock erlitten hatten. Das Auktionshaus wurde komplett geräumt und einem umfassenden Sicherheitscheck durch Brandschutzexperten unterzogen. Nach einer Stunde dann Entwarnung; der Geschäftsbetrieb konnte wieder aufgenommen werden. Die Asiatika-Auktion ging später ohne Zwischenfälle über die Bühne – allerdings mit einem Artefakt weniger als geplant.

Die zerstörte Vase entstammte der Qing-Dynastie. Der Besitzer des Stücks, Heinrich Eberhard von Marensperg-Töbeln, reagierte betroffen: »Kein altes Kunstwerk verdient es, auf so respektlose Art und Weise zerstört zu werden. Ich habe nie meine Einwilligung dazu gegeben, dass mein Eigentum als Requisit bei Filmarbeiten zum Einsatz kommt. Ich bin zutiefst enttäuscht,

dass die Geschäftsführung des Auktionshauses dies ohne Rück-
sprache zugelassen hat, und werde rechtliche Schritte gegen sie
und die Film-Firma einleiten.«

Der zuständige Brandschutzmeister spricht von einer Minia-
tur-Bombe, die im Inneren der Vase versteckt war und per Fern-
zünder aktiviert wurde. Polizei und Staatsanwaltschaft ermitteln.

Und Claudio LePré? – Der Regisseur sieht die Aufregung
gelassen. »Ich habe keine Ahnung, wie eine Bombe in die Vase
gelangt ist«, behauptet er. »Der Film bekommt durch dieses
imposante Finale aber gewiss eine andere Note.« Zu der Fra-
ge, wer hinter dem Sabotage-Akt stecken könnte, wollte sich der
34-Jährige nicht äußern. Ob der Film in dieser Form in die Kinos
kommt, ist wie bei allen Werken des Regisseurs zunächst noch
ungewiss. »Ich bin aber überzeugt, dass wir uns mit der Torrid
Target-Hauptperson einigen werden. Sie ist eine Geschäftsfrau –
auch wenn sie das vielleicht noch nicht weiß.«

Mehr will LePré über die mysteriöse Hauptperson nicht ver-
raten. Doch wer ihn kennt, weiß: Der für seine kunstvolle Ver-
knüpfung von Spielfilm und Dokudrama berühmte Regisseur
überlässt selten etwas dem Zufall. Und so liegt der Verdacht
nahe, dass auch die Explosion nicht etwa einer Panne geschuldet
war. Was könnte für bessere PR sorgen als ein Feuerwehr-Groß-
einsatz mitten in Wiens Innenstadt?

Agata Jankowski

Vier Wochen später war meine Wut noch nicht verraucht. Ich fühlte mich schrecklich enttäuscht. Wenn ich nachts aufschreckte, lag ich stundenlang wach und grübelte. Erst Farah, und nun Claudio ... Warum war ich zum zweiten Mal in meinem Leben so schlimm verraten und betrogen geworden?

Claudio hatte mir fünf Tage nach dem Vorfall im Auktionshaus eine Nachricht auf der Mobilbox hinterlassen. Er wolle mit mir reden, ich solle ihn zurückrufen. Ich tat es nicht. Danach rief er täglich an und schickte Mails, in denen er immer wieder um ein Gespräch bat. Ich ignorierte auch sie und blockierte ihn schließlich.

Stattdessen ließ ich ihm von der Rechtsanwaltskanzlei, die ich engagiert hatte, ein Schreiben zukommen, in dem er darüber informiert wurde, dass sich eine Anklage gegen ihn wegen Verletzung der Privatsphäre in Vorbereitung fand. Er reagierte darauf, indem auch er seine Anwälte ins Feld schickte.

Was meine Wut Tag und Nacht am Kochen hielt, war die Erkenntnis, dass diese Leute – Leute, denen *ich* mein Vertrauen geschenkt hatte und für die ich *alles* getan hätte! – sich überhaupt nicht bewusst waren, was sie in mir zerstörten. Da war Claudio nicht anders als Farah.

Als Peter damals in Berlin aufgetaucht war, hatte ich noch immer daran geglaubt, er würde uns außer Landes schaffen. Farah und mich. Ich kapierte tatsächlich erst, als er seinen Arm um Farah legte und die beiden sich demonstrativ küssten.

Danach wurde ich nie wieder die, die ich vorher war. Ich vertraute niemandem mehr. Alexander musste diese Barriere in mir gespürt haben, dachte aber möglicherweise anfangs, er könnte mich schon irgendwie dazu bringen, mich zu öffnen. Doch ich zog mich immer mehr zurück, während ich nach außen dem Bild entsprach, das die Gesellschaft von mir erwartete: das der ewig Lächelnden an Alexanders Seite.

Ich verlor mich in dieser Rolle. Die Oberflächlichkeit der Menschen, mit denen ich während meiner Ehe zu tun hatte, gab mir eine gewisse Sicherheit. Ich wurde in Ruhe gelassen. Meine verwundete Seele interessierte niemanden. Nur wenn ich im Sattel saß, fühlte ich mich manchmal für kurze Zeit unbeschwert. Meistens aber fühlte ich mich ungeliebt, missverstanden und furchtbar alleine.

Vielleicht wäre ich in diesen Momenten verzweifelt. Doch es gab in meinem Leben einen Lichtblick, jemanden, der auf mich einging, ohne mich je unter Druck zu setzen, jemanden, der immer zu spüren schien, wenn ich ihn brauchte – den einzigen Menschen, dem ich vertraute: Claudio. Und nun hatte gerade er mich hintergangen, mich manipuliert, angelogen, abgehört, bespitzelt, gefilmt! Er hatte unsere Freundschaft verraten für seinen persönlichen Erfolg! Ich blieb allein zurück, mit einem Herzen, das nie wieder irgendetwas anderes empfinden konnte als Abscheu für diejenigen, die mir so viel Elend angetan hatten.

Ich ging weiterhin morgens joggen oder, wenn das Wetter nicht mitspielte, ins Fitnessstudio. Am Nachmittag fuhr ich in den Stall und drehte ein paar lustlose Runden auf Hector. Ansonsten kapselte ich mich von der Außenwelt ab. Ich hatte keine Lust mehr, mich mit irgendjemand zu treffen. Nicht einmal, wenn Jo anrief – was seit dem Showdown im Auktionshaus vier Mal der Fall gewesen war –, hob ich ab. Auch sie hatte sich illoyal verhalten.

Zwischen meiner Familie und mir herrschte ebenfalls Funkstille. Für Vater war Claudio schon immer ein rotes Tuch gewesen. Er hatte diese Freundschaft nie gutheißen können. Nun, da die chinesische Vase ausgerechnet im Rahmen von Claudios Dreharbeiten zerbrochen war, hatte mein Vater Eins und Eins zusammengezählt und unterstellte mir, ich sei an dem Plan, sie zu zerstören, beteiligt gewesen.

Wieder hatte ich ihn enttäuscht. Er ließ mich das ungeschönt wissen. Ich verteidigte mich nicht, denn im Grunde hatte er ja recht, auch wenn ich tatsächlich nur eine Konfetti-Bombe in der Vase platziert hatte. Dass ihm der Verlust plötzlich so zusetzte, gehörte zu den klassischen Reaktionen meines Vaters: Dingen, die ihm zuvor egal waren, maß er einen enormen persönlichen Wert zu, sobald sie ihm genommen wurden.

Sein Plan, mich zur Kuratorin zu machen, war mittlerweile vom Tisch. Mein Vater leitete mir kurzerhand eine Korrespondenz mit einem promovierten Kunsthistoriker weiter, aus der klar hervorging, dass dieser ab April im Chefsessel sitzen würde. Zwei Tage später teilte mir unser Familienanwalt mit, dass die Auszahlung meiner Apanage vorläufig ausgesetzt wurde. Ich nahm es hin.

An einem verregneten Dienstag Mitte Februar wurde ich zur Besprechung in die Anwaltskanzlei gebeten, die mich gegenüber Claudio vertrat.

Dr. Agata Jankowski war jene Anwältin, die die Hauptarbeit in der Vorbereitung der Klage leistete – eine kleine, energische Frau um die fünfzig mit kurzem, braunem Haar und gediegen-konservativem Kleidungsstil. Agata und ich kannten uns aus meinem Leben mit Alexander; wir waren nicht befreundet, aber per du. Außer ihr saß noch Michael Flamminger mit am Konferenztisch, Spezialist in Klagen gegen Film- und Fernsehschaffende.

Neben Kaffee und Wasser erwarteten uns drei prall gefüllte Ordner und eine dicke Klarsichtmappe mit der Aufschrift *Roßloch gegen LePré*.

»In dieser Mappe befindet sich die Anklageschrift, die wir für einen Gerichtsprozess vorbereitet haben«, kam Agata gleich zur

Sache. »Zweihundertsechsundsiebzig Seiten. Dass der Film nebst Originalmaterial ohne deine Zustimmung nicht gesendet werden darf, ist sowieso klar. Wir bringen *LePré Productions* wegen Verstoß gegen das Persönlichkeitsrecht in mehreren Punkten, wegen Einbruchs, Sachbeschädigung und Bedrohung von Leib und Leben vor Gericht. Im schlimmsten Fall droht Claudio LePré eine Freiheitsstrafe von mehreren Jahren nebst einer Geldstrafe in Millionenhöhe.«

Ich sagte zunächst nichts, schluckte trocken und fühlte gleichzeitig einen Funken Genugtuung.

»Einbruch?«, griff ich dann das Wort auf, mit dem ich nichts verbinden konnte.

»Nun, irgendwie müssen die Abhörwanzen ja in Ihr Hotelzimmer und Ihre Wohnung gekommen sein«, erwiderte Flamminger.

Nur zu gerne hätte ich Claudio auch das unterstellt. Doch es würde der Beweislage kaum standhalten.

»Wahrscheinlich sind diese Wanzen von einer Schauspielerin installiert worden, die ich freiwillig reingelassen habe«, stellte ich klar.

»Zorana Marković, richtig?« Agata sah mich über den Rand ihrer dunklen Brille an und machte sich eine Notiz.

Ich nickte und fühlte dabei einmal mehr den Kloß in meiner Kehle, der mir immer fast die Luft raubte, wenn ich an sie dachte.

»Leider haben wir sie noch nicht ausfindig machen können«, erklärte Agata. »Sie ist eine wichtige Zeugin. Vermutlich ist sie abgetaucht, weil auch sie einige strafbare Handlungen begangen hat.«

Ich sah das anders. Zorana war verschwunden, weil sie mir nicht mehr gegenübertreten wollte. Weil die zahllosen Lügen, die sie mir aufgetischt hatte, alle offengelegt worden waren. Weil sie mir nicht mehr in die Augen schauen konnte. Die Vorstellung, dass sie auf der Anklagebank sitzen sollte, war mir dennoch zuwider.

»Sie hat im Auftrag von LePré gehandelt«, wendete ich ein.

»Das mindert eventuell ihre Schuld, spricht sie aber nicht frei«, belehrte mich Agata prompt. »Ein Auftragskiller wird auch nicht für unschuldig befunden, nur weil er den Mord für jemand anderen begangen hat.«

Natürlich verstand ich, was sie mir damit sagen wollte. Gleichzeitig sah ich aber zum ersten Mal einen Vorteil darin, dass Zorana nicht auffindbar war.

»Wir haben LePré, *LePré Productions* und deren Anwälte mittlerweile mit den Vorwürfen konfrontiert«, fuhr Agata nun fort. »Wenig überraschend haben sie die strafrechtlich schwerwiegendsten Punkte entschieden zurückgewiesen und uns in anderen Punkten eine außergerichtliche Konfliktlösung vorgeschlagen.«

»Was?« Ich blinzelte irritiert. Bedeutete das etwa, dass Claudio fast ungeschoren davonkommen konnte? »Aber wir steigen darauf nicht ein, oder?«

Agata und Flamminger wechselten einen vielsagenden Blick.

»Dazu bin ich nicht bereit«, erwiderte ich sofort und konnte meine Empörung nur mühsam im Zaum halten. »Ich will, dass es ihm richtig wehtut! Damit er versteht, dass er Grenzen überschritten hat!«

Wieder wechselten Agata und Flamminger einen Blick.

»Ich habe mich in alle Klagen eingelesen, die gegen LePré und *LePré Productions* je eingereicht wurden. LePré ist zwar in einigen Fällen zu Geldstrafen verurteilt worden«, informierte mich Flamminger dann, »die meisten Anklagepunkte wurden aber wegen mangelnder Relevanz und Beweislast abgeschmettert. LePré hat ein eigenes Team hochspezialisierter Rechtsexperten.«

»Und das heißt was genau?« Ich sah beide verständnislos an. »Dass wir die Sache auf sich beruhen lassen? Dass wir ihm nicht einmal einen Denkzettel verpassen? – Das kann es doch wohl nicht sein! Er hat mich betrogen und hintergangen!«

Vermutlich hörte ich mich an wie eine gehörnte Ehefrau, aber das war mir egal. Die Vorstellung, dass Claudio aus dieser Sache womöglich ungeschoren herauskam, ließ in mir die Wut auflodern wie ein Feuer, in das Öl gekippt wurde.

»Na, ordentlich blechen muss er schon«, erwiderte Flamminger flapsig. Er machte eine kurze, nachdenkliche Pause, dann fügte er hinzu: »Wobei das für ihn wahrscheinlich Peanuts sind. Die zahlt er aus seiner Kriegskasse. Aber wie gesagt, Sie werden nicht leer ausgehen!«

»In anderen Worten, ihn kratzt das alles nicht«, brachte ich es auf den Punkt. Warum saß ich überhaupt hier? Weshalb bezahlte ich diese Leute dafür, dass sie meine Interessen vertraten, wenn Claudio im Endeffekt gar nicht spürbar belangt würde?

»Helene, was erwartest du dir?«, fragte Agata nun ruhig. »Willst du ihn im Gefängnis sehen? – Wenn das dein Plan ist, müssen wir das Mandat niederlegen. Das übersteigt unsere Möglichkeiten. *LePré Productions* ist zu stark, und die Öffentlichkeit wird auf seiner Seite stehen, was uns zusätzlich Geld und Zeit kosten könnte. Die Journalisten werden nicht locker lassen, bis genau das passiert, was du nicht willst: Du rückst ins Zentrum der Öffentlichkeit. Die Medien werden in dir diejenige sehen, die ein internationales Idol der Filmindustrie vor Gericht zerrt. Unsere ganze Kanzlei wäre nur noch mit Klagen gegen Medien beschäftigt, die genau das täten, was du LePré vorwirfst: deine Privatsphäre verletzen. Und der Ausgang des Prozesses bleibt ungewiss. Möglicherweise steigt LePré als freier Mann aus dem Ring und du als ruinierte Existenz.«

Ich stand auf. Das musste ich mir nicht länger anhören. Ich wollte Anwälte, die auf meiner Seite standen, nicht gegen mich arbeiteten!

»Ich kann mir auch eine andere Kanzlei suchen«, erklärte ich bissig. »Eine, die mehr Kapazitäten hat!«

»Ja, kannst du«, bestätigte Agata.

Flamminger war aufgestanden und ging schon zur Tür. Ich wollte ihm folgen, doch sie hielt mich zurück.

»Helene, bitte hör mir zu«, begann sie mit fester Stimme, und an Flamminger gerichtet: »Bitte lass uns zehn Minuten allein.«

Eigentlich wollte ich nicht länger zuhören. Ihr nicht und auch niemand sonst. Ich wollte mich in meiner Wohnung verkriechen, unter meiner Bettdecke. Nie wieder nach draußen gehen.

»Claudio LePré und du, ihr wart enge Freunde, so wie ich das verstanden habe.«

Ich verdrehte die Augen, merkte aber selbst, dass ich mich gerade verhielt wie ein pubertierender Teenager, und sagte betont nüchtern: »Bitte komm mir jetzt nicht mit Sentimentalitäten! Das tut nichts zur Sache.«

»Doch, tut es. Denn nur daraus lässt sich dein grenzenloser Ärger erklären.«

Ich schnappte empört nach Luft, doch Agata fuhr unbeeindruckt fort: »Hass und Wut lähmen den Verstand. Aus meiner Sicht geht es dir schon lange nicht mehr darum, ob dein Gesicht auf der Kinoleinwand erscheint, in einer Geschichte, zu der du die Vorlage geliefert hast; auch nicht darum, ob Originalaufnahmen eingespielt werden. Es geht dir nur darum, ihn fertigzumachen.«

Ich zuckte mit den Schultern. War das ihre bahnbrechende Erkenntnis? Dafür brauchte man ja wohl weder ein Juraexamen noch ein Diplom in Psychologie.

»Und wenn schon«, sagte ich.

»Gut.« Sie nickte. »Dann darf ich dir gratulieren, denn das hast du bereits erreicht. Du hast ihn fertiggemacht.«

»Ach ja. Und das weißt du woher?«

Ich musste mich bemühen, nicht patzig zu klingen.

»Das entnehme ich dem Schreiben, das wir von seinen Anwälten erhalten haben.«

Agata schob einen sehr offiziell aussehenden, in englischer Sprache verfassten Brief über den Tisch. Ich überflog ihn, runzelte die Stirn.

»Claudio will mir zwei Millionen überweisen, wenn ich über

eine außergerichtliche Vereinbarung hinaus dazu bereit bin, mit ihm eine Viertelstunde unter vier Augen zu sprechen?«

Nun hatte er wohl vollends den Verstand verloren.

»Zwei Millionen Euro, nur um mit einer ehemaligen Freundin zu reden. – Du siehst, er ist schon am Boden«, erwiderte Agata, und ich spürte, wie meine Stimmung umkippte. Genau das wollte ich nicht. Wütend sein, ja. Aber nicht traurig. Traurig bedeutete schwach. Ich wollte diesen Verräter hocherhobenen Hauptes untergehen sehen!

Also warf ich den Kopf in den Nacken und erklärte kühl: »Ich werde nicht mit ihm reden. Und wenn er mir fünf Millionen zahlt!«

»Das ist selbstverständlich deine Entscheidung.« Agata verzog keine Miene. »Dein Einverständnis vorausgesetzt, werden wir unabhängig davon einer außergerichtlichen Konfliktlösung zustimmen.«

»Das heißt?«

»Wir treffen uns mit LePré und seinen Anwälten und verhandeln darüber, was er dir zahlt, wenn du von einem Prozess – mit, wie ich noch mal betone, sehr ungewissem Ausgang – absiehst.«

Der Plan war nicht das, was mir Genugtuung verschaffte, aber wohl die vernünftigste Option.

»Muss ich bei diesem Termin dabei sein?«, erkundigte ich mich missmutig.

»Ja. Das kann ich dir nicht ersparen.«

Ich presste meine Lippen aufeinander. »Wenn es sein muss«, erwiderte ich. »Aber es wird kein persönliches Gespräch geben!«

Agata sagte nichts. Stattdessen rief sie Flamminger wieder herein. Wir besprachen noch ein paar inhaltliche Punkte, ehe wir uns formell voneinander verabschiedeten.

Anschließend begleitete mich Agata noch zur Tür, was so untypisch für sie war, dass ich bereits ahnte, dass sie noch etwas auf dem Herzen hatte. Sie sah mich ernst an: »Rache ist wie Schokolade. In Maßen schmeckt sie süß. Von zu viel wird dir schlecht.«

Sie meinte es gut mit mir, aber was bitte sollte ich mit solch einem Kalenderspruch?

*

Der Kalenderspruch begleitete mich nicht nur auf dem Weg von der Kanzlei nach Hause, sondern auch durch die folgenden Tage. Irgendwann war ich bereit, mir einzugestehen, dass mich nicht nur Agatas Schokoladen-Rache-Vergleich, sondern das gesamte Gespräch aufgerüttelt hatte. Auf dezente, aber geradlinige Art hatte mir meine Anwältin die Leviten gelesen: Benimm dich nicht wie ein beleidigtes Kind. Lass los und lebe dein Leben.

Denn genau das tat ich nicht. Ich dämmerte dahin, ließ mich vom Fluss treiben wie ein Stück Holz, das irgendwann auf den Grund sinken würde, alt, morsch und vergessen.

Statt zu versuchen, wieder Boden unter die Füße zu bekommen, hatte ich mich in den Hass auf Claudio verbissen – einen Hass, der sowieso nicht ihm allein galt, sondern viel tiefere Wurzeln hatte. Ich hasste meine Eltern, ich hasste Farah – und ich hasste mich.

Die Selbsterkenntnis traf mich wie ein Blitz. Ich musste endlich an mich selbst denken! Ein *von* im Geburtsnamen zu haben, half rein gar nichts, und hehren Grundsätzen zu folgen, war edel und gut, füllte aber weder den Magen noch mein Konto. Zwei Millionen täten beides – doch machten sie auf Dauer glücklich?

Eine schonungslose Analyse meines derzeitigen Tagesablaufs lieferte mir die Antwort: nein, taten sie nicht.

Ich brauchte eine Aufgabe. Etwas, das mit mir wachsen konnte, das mich herausforderte und dazu beitrug, mich lebendig zu fühlen.

Je mehr ich darüber nachdachte, desto konkreter nahm meine Idee Gestalt an. Schließlich saß ich nicht mehr deprimiert auf dem Sofa, sondern eifrig tippend vor meinem Notebook.

Stunde um Stunde arbeitete ich an einem Konzept, und mit jeder weiteren Seite, die ich mit Worten und Prognosen über Umsatz und Gewinn füllte, wurde mein Bedürfnis, meinen alten Freund bei lebendigem Leib zu häuten, kleiner und unbedeutender.

Als ich fertig war, schickte ich mein Elaborat per Mail an Agata und Flamminger. In wohldurchdachten Sätzen brachte ich ihnen zur Kenntnis, wie ich mir die Verhandlungen mit unserem Gegner vorstellte.

Zwei Stunden später erhielt ich das Antwortmail von Agata. Es beinhaltete nur ein einziges Zeichen: einen nach oben gestreckten Daumen.

*

Claudio erschien in Begleitung von vier Anwälten, seiner Assistentin Priscilla und Neil Saunders, einem aalglatten Marketing-Typen, der als Geschäftsführer von *LePré Productions* eingesetzt war. Der Neutralität wegen fand das Treffen im Konferenzraum eines der großen Ringstraßen-Hotels statt.

Die Anwälte, Priscilla und Neil Saunders schüttelten sich zur Begrüßung die Hände. Claudio und ich beließen es bei einem unverbindlichen Nicken. Ich sah hinab auf die Tischplatte, während unsere Rechtsvertretungen die Formalitäten klärten und Agata Jankowski schließlich die an die Produktionsfirma gerichteten Vorwürfe und meine Forderungen vortrug. Den gewaltigsten Punkt hatte sie sich für den Schluss aufgehoben.

Ich spürte, dass Claudio mich ansah, hob unwillkürlich den Kopf – und erschrak, als ich ihn das erste Mal richtig wahrnahm.

Er war auffallend mager und blass, die Haut an seinen Händen und im Gesicht schuppig und gerötet. Hatte ich vor ein paar Monaten noch darüber hatte hinwegsehen und es verdrängen können, sprang mir die Tatsache, dass er an irgendeiner Krankheit litt, nun direkt ins Gesicht.

Ich schluckte und wandte den Blick ab. Es war zu viel zwischen uns zu Bruch gegangen, um mir den Kopf über seinen Gesundheitszustand zu zerbrechen.

»Nur noch einmal, um Missverständnisse zu vermeiden«, begann einer von Claudios Anwälten nun. »Ihre Mandantin Frau Roßloch will sich selbstständig machen und mit ihrem Business unter dem Label *Claudio LePré* agieren? Sie verlangt hierzu die uneingeschränkten Nutzungsrechte des Filmkonzepts unseres Mandanten?«

»Das haben Sie richtig verstanden«, bestätigte Agata ungerührt. »Nach all den Beeinträchtigungen, die meine Mandantin durch ihre unfreiwillige Mitwirkung an den unautorisierten Dreharbeiten Ihres Mandanten erlitten hat, und dem Verlust ihrer Privat- und Intimsphäre ist das eine angemessene Entschädigung.«

»Geradezu lächerlich!«, platzte Neil Saunders heraus. »Wir sprechen von einem Milliardengeschäft!«

»Es ist nicht so, dass Frau Roßloch *LePré Productions* übernehmen will, falls Sie ihr das gerade unterstellen«, stellte Agata klar. »Von einem Milliardengeschäft kann also keine Rede sein.«

»Die Forderung ist in jedem Fall inakzeptabel«, ergriff einer von Claudios Anwälten das Wort. »Der Nutzwert des Markennamens geht weit über das hinaus, was wir als Entschädigung zu zahlen bereit sind.«

»Wenn das so ist, sehen wir uns vor Gericht.«

Agata klappte ihre Mappe zu und erhob sich. Ich wusste, dass sie bluffte. Sie wollte noch immer nicht vor Gericht, zumal das, was ich hier forderte, dort nicht einmal Verhandlungsgegenstand sein würde.

»Moment bitte.« Zum ersten Mal meldete sich Claudio zu Wort. »Ehe wir das hier abbrechen, möchte ich, dass Lena mir in eigenen Worten schildert, was genau sie vorhat. Mit diesen juristischen Verklausulierungen kann ich nichts anfangen.«

Das war typisch Claudio: sich erst einmal dümmer zu stellen, als er es war. Ich tat mir und ihm trotzdem den Gefallen.

»Ich möchte Leuten die Möglichkeit geben zu einem Abenteuer wie in einem Film. Auch Susie Müller und Otto Mayer von nebenan sollen aufregende Dinge erleben können, die sie über ihren Alltag hinausführen. Meine neu gegründete Firma *LePré Adventures* soll das möglich machen. Das Konzept orientiert sich an den Claudio-LePré-Filmen: Menschen geraten in Ausnahmesituationen, mit denen sie zurechtkommen müssen.«

»Werden sie dabei gefilmt?«, fragte Claudio.

»Nur punktuell. Das Material wird nicht veröffentlicht, sondern den Klienten als Filmdatei mitgegeben – eine Erinnerung an ihr persönliches Abenteuer. Im Vordergrund steht das Erleben.«

»LePré-Filme leben vom Überraschungseffekt«, warf Neil Saunders ein. »Bei dem Konzept von Frau Roßloch wäre aber von Anfang an klar, dass alles inszeniert ist. – Warum, um Himmels willen, sollte irgendwer freiwillig bei so etwas mitmachen wollen?«

»Eine interessante Frage – mit der Sie uns gerade bestätigen, dass Frau Roßloch außergewöhnlichen psychischen und physischen Belastungen ausgesetzt war«, konterte Agata.

»Also, das habe ich damit nicht –«, verteidigte sich Saunders lahm, doch Claudio brachte ihn mit einer kurzen Handbewegung zum Schweigen.

»Bitte beantworte uns die Frage, Lena«, sagte er. »Warum sollte sich jemand freiwillig in solche Abenteuer verwickeln lassen?«

»Weil die meisten Leute in ihrem Alltagstrott völlig festgefahren sind«, erklärte ich voller Überzeugung. »Weil sie sich im Kreis drehen, immer nach demselben Muster agieren, immer dieselben Fehler machen und unterm Strich unzufrieden sind. Ich möchte ihnen die Möglichkeit eröffnen, Neues zu entdecken und über sich hinauszuwachsen. Und danach mit gestärktem Selbstbewusstsein und offenem Blick in die Welt zu gehen.«

Ich hatte mich in Fahrt geredet. Meine Wangen waren ganz heiß geworden, während ich über meinen Businessplan sprach. Bisher hatte ich ihn mehreren Anwälten der Kanzlei vorgetragen, einem Wirtschaftsberater und meiner Trainerin Bettina, weil Menschen wie sie womöglich zur Zielgruppe gehören würden. Sie war mindestens so begeistert gewesen wie ich selbst.

»Sie sagen also, dass ein Abenteuer nach dem LePré-Konzept das Leben der Menschen bereichert«, fasste einer der Anwälte auf seine Weise zusammen. »Hat es auch *Ihr* Leben bereichert?«

Ich fühlte Agatas Hand auf meiner Schulter.

»Einspruch!«, rief Flamminger, obwohl wir gar nicht vor Gericht waren. »Unsere Klientin wird die Frage nicht beantworten.«

Ich biss mir auf die Lippen. Wahrscheinlich war es doch besser, Agata das Reden zu überlassen.

»Die Summe, die Sie von uns fordern, scheint uns unabhängig davon völlig überzogen«, griff einer der Anwälte nun einen weiteren Punkt auf. »Zwei Millionen Euro. Das ist lächerlich.«

Ich sah, wie Claudio angesichts der Summe erst unmerklich zusammenzuckte, dann aber blitzte ein Funken Hoffnung in seinen Augen auf. Ich ahnte, was er sich erhoffte.

»Ihre Forderungen sind insgesamt inakzeptabel und –«, setzte der zweite Anwalt der Gegenseite an, wurde aber von Claudio unterbrochen.

»Ich möchte, dass Frau Roßloch alle Forderungen erfüllt werden«, sagte er mit klarer Stimme. »Sie soll ihre Firma *LePré Adventures* nennen können, sie soll das LePré-Logo verwenden dürfen, sie soll ihr Business unter meinem Namen bewerben und von *LePré Productions* jede erforderliche Unterstützung bekommen. Die zwei Millionen Startkapital gehen für mich klar.«

Sanders schnappte nach Luft. Priscilla zog überrascht die Augenbrauen hoch. Die Anwälte wirkten wenig erfreut.

»Herr LePré, wir sollten darüber noch einmal reden«, begann einer von ihnen vorsichtig. »Das sind immense Zugeständnisse.«

»Da gibt es nichts mehr zu reden«, wischte Claudio den Einwand vom Tisch. »Frau Roßloch soll bekommen, was sie sich wünscht. – Und jetzt darf ich alle bitten, das Zimmer zu verlassen. Ich möchte mit ihr ein Gespräch unter vier Augen führen.«

»Nein«, sagte ich. »Es ist alles gesagt.«

Der Hoffnungsfunke in seinen Augen erlosch.

»Aber ... die zwei Millionen ...«

»Unsere Mandantin hat einem persönlichen Gespräch nicht zugestimmt«, stellte Agata strikt klar.

»Herr LePré, akzeptieren Sie die Forderungen der Gegenseite auch unter diesen Umständen?«, erkundigte sich einer der Anwälte. Die Hoffnung auf neuerliche Verhandlungen stand ihm ins Gesicht geschrieben.

Claudio schaute sekundenlang unter sich. Dann hob er den Kopf.

»Ja.« Seine Stimme klang fest.

Ich konnte ihm nicht mehr in die Augen sehen. Was ich als seine Demütigung vorgesehen hatte, wurde zu einer Erniedrigung für mich selbst. Ich hätte alles fordern können – zwei Millionen, vier Millionen, zehn Millionen, die Zerschlagung seiner Firma. Er hätte alles in Kauf genommen. Agata lag mit ihrer Einschätzung vollkommen richtig: Dieser Mann lag bereits am Boden.

Aus eigenem Verschulden, rief ich mir gewaltsam in Erinnerung, während ich Agata sagen hörte: »Unsere Mandantin bittet des Weiteren um die Herausgabe der Kontaktdaten von Zorana Marković.«

Ich war froh, dass sie ihr Lieblingswort fordern gegen bitten ersetzt hatte. Denn genau das entsprach meiner aktuellen Gefühlslage.

Falls Claudio überrascht war, ließ er es sich nicht anmerken.

»Ja«, sagte er direkt an mich gewandt. »Im Gegenzug möchte ich aber mit dir unter vier Augen reden.«

Ich schluckte.

War mir die Adresse seiner Handlangerin wichtig genug, um mich darauf einzulassen? Andererseits: Würde Claudio mich nicht ohnehin weiter mit seinem Gesprächswunsch bedrängen? – Ich gab mir selbst die Antwort: Er gab nie auf. Besser also, es hier und jetzt hinter sich zu bringen. Ich nickte widerstrebend.

Augenblicke später waren wir allein.

Ich stand auf und ging zum Panoramafenster, um in den bepflanzten Innenhof zu schauen.

»Lena. Kannst du dich bitte zu mir setzen?«

Ich warf ihm einen kühlen Blick über die Schulter zu.

»Ich höre dich auch so sehr gut.«

Er seufzte. »Ich wollte doch nur dein Bestes.«

Meine Wut kam mit einem Schlag zurück und explodierte ähnlich wie die chinesische Vase.

»Mein *Bestes*?«, fuhr ich ihn an. »Definier das bitte mal! Mein *Bestes* – meinst du damit, zwischen mich und meine Familie endgültig einen Keil zu treiben?«

»Deine *Familie*.« Claudio schüttelte resigniert den Kopf. »Deine Familie, die deine Meinung ignoriert! Die sich nie aufrichtig mit dir auseinandergesetzt hat! Und der du dich dennoch seltsamerweise so verbunden fühlst, dass du dich auf ewig ihrem Regime unterordnest? Von dieser *Familie* sprichst du? Definier du doch bitte mal *Familie*!«

Seine Worte schmerzten zu sehr, als dass ich darauf hätte eingehen wollen. Lieber konzentrierte ich mich auf das, was in mir brodelte und kurz vorm Überkochen stand.

»Ist es etwa zu meinem Besten, mir eine Art Prostituierte auf den Hals zu hetzen? Oder mich durch *Torrid Target* öffentlich als bisexuell zu outen? Hast du auch nur eine Sekunde darüber nachgedacht, was du mir damit antust?«

Es war falsch und gemein, Zorana als Prostituierte zu bezeichnen. Aber in diesem Moment war mein Zorn größer als mein Gerechtigkeitssinn.

»Und von dieser Prostituierten, wie du sie nennst, willst du also unbedingt die Kontaktdaten«, entgegnete Claudio gelassen. »Im Übrigen bist du nicht bisexuell, sondern lesbisch. Ich weiß es, du weißt es, und wenn du die letzten siebzehn Jahre nicht damit verbracht hättest, diesen Fakt zu verdrängen, hättest du dir viel erspart.«

»Hör auf! Du hast null Ahnung, was ich bin!«

»Du hast es mir damals selbst gesagt – vor deiner Hochzeit.«

Es machte mich rasend, dass er so ruhig blieb, es machte mich rasend, dass er diesen unglückseligen Abend erwähnte.

»Farah und du –«, begann er, und das sprengte meinen letzten Rest an Selbstbeherrschung.

»Es reicht!«, schrie ich ihn an. »Hör auf, mir ständig zu sagen, was ich bin und was nicht! Du hast nicht die geringste Vorstellung, was passiert ist!«

Meine Stimme kippte. Tränen liefen mir über das Gesicht.

»Du warst in sie verliebt«, sagte Claudio. »Und ich habe das eigentlich bereits auf Schloss Nippe gewusst. Ich hatte auch damals schon Augen im Kopf, Lena.«

Er kapierte es nicht. Er kapierte es einfach nicht!

»Nichts hattest du!«, schluchzte ich. »Du warst damals genauso egozentrisch wie heute! Wenn du nur einen Hauch Empathie gehabt hättest, dann … dann …«

Ich verlor den Faden. Die Zeit mit Farah zog an mir vorbei wie ein Film: unsere Gespräche, der erste Kuss. Die Nacht, in der wir das Alarmsystem der Schule lahmgelegt hatten und im Schutz der Dunkelheit querfeldein in den nächsten Ort davongelaufen waren. Wie wir den erstbesten Zug nahmen, auf einer öffentlichen Toilette unser Haar färbten und im Zickzack-Kurs nach Berlin durchbrannten. Wie wir in dieser Billigpension in Berlin bei jedem Geräusch, das wir draußen am Gang hörten, zusammenzuckten. Wir wussten, dass wir gesucht wurden – nicht nur von der Polizei, sondern auch von dem Spezialtrupp, den Farahs Vater auf uns gehetzt hatte. Und als Peter dann endlich kam und die gefälschten Pässe zückte, zersprang mein Herz … Der Schmerz war jetzt wieder so stark, dass ich keine Luft bekam. Der Raum um mich begann sich zu drehen. Meine Knie gaben nach.

Claudio fing mich auf, noch ehe ich zu Boden ging, und bugsierte mich auf einen Stuhl. Lange brachte ich kein Wort über die Lippen, sondern schluchzte in das Taschentuch, das er mir reichte. Er saß reglos vor mir.

»Was ist damals passiert?«, fragte er schließlich leise. »Hat sie dich sitzen lassen? Für diesen Lehrer? Für … Peter Queens?«

Ich hob den Kopf, starrte ihn an.

»Woher weißt du das?«, flüsterte ich matt.

»Weil ich eben doch Augen im Kopf habe.«

»Du wusstest es und hast nichts gesagt?«

»Wie denn? – Du selbst hast alles getan, um dein Verhältnis mit ihr zu verbergen. Ich hätte nicht einmal gewusst, wie ich dich darauf ansprechen sollte. Ich war ein Teenager wie du – unbeholfen und unerfahren. Erzählst du mir jetzt die ganze Geschichte?«

»Damit du daraus einen Film machst?«

Er verzog das Gesicht.

»Das ist ja wohl vom Tisch, oder? Ich kann deinen Ärger verstehen, aber nicht deinen Hass auf mich. Lena, ich will verstehen, warum du mich am liebsten vernichten würdest. Habe ich etwa irgendeine Schuld an dem, was Farah dir angetan hat?«

»Du hast Erinnerungen geweckt … Dinge, die ich vergessen wollte.« Ich fuhr mir mit der Hand über die Augen und verschmierte dabei gewiss meinen Lidschatten. Es war mir egal. Ich fühlte mich nur ausgelaugt und erschöpft. »Lange Zeit hatte ich nicht an Farah gedacht … und jetzt ist alles wieder da. Auch die Schuld.«

»Welche Schuld?«

»Wie du weißt, wurden Farah und ich getrennt voneinander aufgegriffen – ich von der Polizei in Berlin, sie irgendwo in England von den Schergen ihres Vaters. Es war ein ganz großes Drama. Meine Eltern kamen. Auf dem Revier wurde ich stundenlang verhört wie eine Verbrecherin. Ich musste jedes Detail unserer Flucht erzählen. Am Ende stand für alle fest, dass *ich* diejenige war, die Farah eingeredet hatte, gemeinsam abzuhauen. *Ich* hatte die Pläne gemacht und unsere Flucht organisiert, *ich* hatte die Kameras lahmgelegt, die Wächter außer Gefecht gesetzt ... und so weiter, und so weiter.«

»Stimmt das?«

Ich lachte bitter.

»Selbstverständlich stimmt es. Oder glaubst du wirklich, dass Farah da selbst auch nur einen Handgriff getan hätte?«

»Nein«, erwiderte er ohne zu Zögern. »Aber was ist mit diesem Peter?«

»Der wollte sich die Hände nicht schmutzig machen.«

»Er war nach eurer Flucht nicht mehr an unserer Schule. Offiziell hieß es, er hätte den Job krankheitsbedingt niederlegen müssen.«

»Ich weiß nicht, was mit ihm passiert ist. Ich weiß auch nicht, was danach mit Farah geschah. Ich kann es nur vermuten.«

»Und was vermutest du?«

»Dass sie tot ist. Sie hat immer gesagt, ihr Vater werde sie töten, wenn sie sich ihm widersetzt. Angeblich hat er ihre ältere Schwester steinigen lassen.«

Claudio runzelte die Stirn.

»Das klingt ... sehr abenteuerlich.«

»Nun, sie hat es gesagt. Und ich habe ihr geglaubt.«

Mittlerweile glaubte ich auch nicht mehr recht daran, dass ein saudi-arabischer Geschäftsmann der einen Tochter erlaubte, fern der Heimat ein gemischtgeschlechtliches Internat zu besuchen, während er eine andere auf primitive Art töten ließ.

»Später hieß es, du hättest das Abi an einer Abendschule nachgemacht«, sagte Claudio nun. »Was war da wirklich los?«

»Das stimmt.« Ich schluckte. »Mir ging es damals gar nicht gut. Meine Familie ...« Ich atmete tief durch. Sollte ich ihm davon erzählen?

Ja, sagte die Stimme in meinem Inneren. Er würde sonst nie verstehen, weshalb ich ihm seine Aktion nicht verzeihen konnte.

»Mein Vater war damals auf dem Höhepunkt seiner Karriere. Er hatte einen Botschafterposten in Saudi-Arabien. Farahs Vater war ein einflussreicher Mann. Als offiziell feststand, dass *ich* Farah zur Flucht überredet hatte, wurde mein Vater aus Saudi-Arabien abgezogen. Er verlor seinen diplomatischen Status und sein Ansehen.«

»Und gibt dir bis heute die Schuld dafür«, schlussfolgerte Claudio.

Ich nickte. »Ja. Zu Recht.«

»Also bemühst du dich nach Kräften, es wiedergutzumachen. Deshalb hast du dich so gefügig gezeigt, was die Sache mit dem Museum betrifft, und deshalb lässt du dir so viel von ihm gefallen.«

Wieder nickte ich.

»Und dann komme ich, Claudio LePré, und bringe deine selbstauferlegte Loyalität ins Wanken. Als du deinen Vater mit dem Thema Kunstraub konfrontiert hast, musstet du einmal mehr erleben, dass er dir kaum zuhört. – Dafür bist du jetzt sauer auf mich. Habe ich es richtig verstanden?«

»Nein, hast du nicht.« Nicht vollends, zumindest. »Das mit meinem Vater, mit der Familie … ist nicht der Hauptgrund. Böse bin ich dir, weil du dasselbe getan hast wie Farah. Du hast mein Vertrauen missbraucht! Wir haben oft darüber gesprochen, wie schlimm ich es finde, dass ihr die Leute heimlich filmt und das dann veröffentlicht.«

»Nur, wenn sie zustimmen«, kam prompt Claudios Einwand. Ich überging ihn.

»Ihr filmt ohne ihre *vorherige* Zustimmung. Du wühlst sie auf, beförderst Dinge aus ihrem Innersten zu Tage, deren Folgen nicht absehbar sind, und führst sie vor. Du behandelst Menschen wie Schachfiguren, die du nach Belieben verrücken kannst. – Und genau das wolltest du auch mit mir tun, Claudio! Du hast mich zur Schachfigur gemacht. – Was hast du erwartet? Dass ich versuche, Kattnig die Pistole zu entreißen?«

»So in etwa.« Er lächelte zaghaft. Ich konnte sein Lächeln nicht erwidern. »Wäre doch ein gutes Ende gewesen, oder nicht? – Stattdessen musste die alte Vase daran glauben. Welch Jammer.«

»Weil du meine harmlose Konfettibombe ausgetauscht und mich damit sogar noch einmal hintergangen hast!«

Er hob die Schultern. »Ich bin der Regisseur. Ich sage, wie die Geschichte laufen wird.«

»Ja, und jetzt läuft sie gar nicht, und nicht nur die Vase, auch unsere Freundschaft liegt in Scherben!«

Er schaute auf seine blankgeputzten Lederschuhe, als suchte er verzweifelt nach einem Staubkorn, das er hätte fixieren können. Einen Moment lang sah er aus wie ein zerknirschter Schulbub, der sich die Standpauke zu Herzen nahm. Dann hob er den Blick. Tiefer Ernst lag darin.

»Es wäre mein letzter Film gewesen. Ich wollte dir und mir ein Denkmal damit setzen.«

»Darauf verzichte ich gerne!«

»Ich wollte nur das Beste für dich. In jeder Hinsicht.«

Wir drehten uns im Kreis. Ich hatte ihm alles gesagt, doch er wollte es nicht verstehen. Vor mir stand nicht mein Freund, sondern nur noch Regisseur LePré. Die Erkenntnis traf mich mit einer Endgültigkeit, die meinem Gefühlschaos ein abruptes Ende setzte.

Ich stand auf und griff nach meiner Handtasche.

Ich hatte alles, was ich wollte: ein mehr als nur saftiges Startkapital, einen soliden Businessplan und ein starkes Marketing im Hintergrund. Ich musste nur noch loslegen.

Eines aber fehlte noch.

»Zoranas Kontaktdaten«, erinnerte ich ihn.

Er entsperrte sein Handy, drückte ein paar Tasten und leierte die Emailadresse herunter.

»Das ist alles? – Nicht dein Ernst!«

»Ihr Handy ist seit Wochen inaktiv, und selbst ihre Agentur weiß nicht, wo sie steckt. Ihr Künstlername ist Zoya Berg. Tut mir leid, mehr kann ich dir auch nicht bieten!«

Abends setzte ich mich mit dem festen Willen, Zorana ein paar verbindliche Sätze zu schicken, an mein Notebook. Eine halbe Stunde später schaltete ich es ab, ohne einen einzigen Buchstaben getippt zu haben. Ich hatte ihr so viel zu sagen und gleichzeitig so wenig.

Nüchtern betrachtet, lebten wir in zwei verschiedenen Welten. Das Migrantenkind und die Prinzessin. Arm und reich, jung und ... nun ja, älter. Eine Tatsache, denn Zoya Berg war laut ihrer Agenturwebsite gerade mal fünfundzwanzig. Mit meinem exponentiellen »Mehr« an Lebenserfahrung kam ich mir als Mittdreißigerin da vergleichsweise alt vor.

Was wollte ich also von dieser Frau? – Ich wusste es selbst nicht.

Aber ich vermisste sie.

Und je mehr ich an sie dachte, desto quälender wurde die Sehnsucht, sie einfach nur an meiner Seite zu haben und in die Arme schließen zu können.

Claudio LePré II

Die Vorbereitungen für *LePré Adventures* gingen gut voran. Kamon hatte einen Kumpel, der Websites bastelte, und so kam meine Firma schneller als erwartet zu einem professionellen Online-Auftritt. Über den Webmaster wiederum lernte ich eine engagierte Grafikerin kennen, die mir Vorschläge für Werbeflyer lieferte. Ich machte mich unterdessen über Werbemöglichkeiten und potenzielle Kooperationspartner schlau, mit deren Hilfe ich mein neues Business auch unabhängig von *LePré Productions* bewerben konnte: Foren, auf denen sich Kletterer, Kite-Surfer und Gleitschirmflieger austauschten, Magazine, die über Autorennen und Sportsegeln berichteten, Fachzeitschriften für Extrem-Mountainbiking und Profi-Bergsteigen. Überall dorthin, wo es nach Adrenalin roch, würde ich in Zukunft meine potenzielle Kundschaft schicken. Ich würde Leute in herausfordernde Situationen und mit Menschen zusammenbringen, die das Abenteuer suchen und ihm auch gewachsen waren.

Daneben schrieb ich Plots, in die ich sie verwickeln wollte, und recherchierte Locations, an denen die Abenteuer stattfinden konnten – sogar ein echtes Spukschloss im deutschen Fichtelgebirge.

Schauspielerinnen und Schauspieler hatte ich über eine Agentur angeworben. Durch die Castings lernte ich viele interessante Menschen kennen. Meine Tage waren so ausgefüllt, das ich kaum Zeit fand, zu Hector in den Stall zu fahren. Abends kippte ich meist todmüde in mein Bett.

Anfang September sollte das erste Abenteuer mit einem Kunden starten. Ende März gestand ich mir ein, dass sich die Arbeit nicht mehr alleine bewältigen ließ, und stellte eine Sekretärin ein. Bea und ich arbeiteten zwei Wochen lang in meinem Wohnzimmer, bis ich kapitulierte und ein 60-Quadratmeter-Büro im 7. Bezirk anmietete.

Schließlich kam Ostern, Bea hatte frei, und alle, mit denen ich sonst tagsüber beschäftigt war, flüchteten aus der Stadt. Die Welle quälender Einsamkeit traf mich wie aus dem Nichts und überrollte mich mit brachialer Urgewalt.

Am Ostersonntag lag ich auf meinem Sofa und heulte. Meine sozialen Kontakte lagen in Trümmern – einige hatte ich eigenhändig gekappt. Die Exen von Alexanders Geschäftspartnern hatten mich nur noch gelangweilt, er selbst war mit Sofia und seinem sechs Wochen alten Sohn beschäftigt.

Jo ließ auch nichts mehr von sich hören. Sie hatte es aufgegeben, mich zu einem Versöhnungstreffen zu bewegen. Erst hatte ich es ausgeschlagen, weil ich ihr böse war. Dann war ich zu stolz gewesen, um von mir aus das Gespräch zu suchen. Inzwischen wusste ich einfach nicht mehr, wie ich wieder anknüpfen sollte. Mir war klar, dass ich mich ihr gegenüber nicht ganz gerecht verhalten hatte. Vermutlich hatte sie die Idee, mich zur Hauptperson in einem LePré-Film zu machen, schlicht toll und aufregend gefunden.

Bei meiner Familie hatte ich mich lange nicht mehr gemeldet. Das letzte, was ich erfuhr, war, dass Claudio dreißigtausend Euro für die zerstörte Vase überwiesen hatte, doch selbst diese unfassbare Summe konnte meinen Vater nicht beschwichtigen. So oder so war ich nicht mehr daran interessiert, mich mit ihm und dem Rest des Clans auseinanderzusetzen. Ich hatte jahrelang vergebens um Liebe und Anerkennung gekämpft, nun war ich es satt. Meine Apanage war tatsächlich eingestellt worden. Dank Claudios Entschädigungssumme tangierte mich das herzlich wenig.

Ihn vermisste ich, diese Tatsache konnte ich nicht leugnen. Ich war nicht mehr wütend, nur noch enttäuscht und gekränkt. Ein

Griff zum Telefon, und ich hätte ihn vermutlich am Ohr gehabt. Einzig mein Stolz hielt mich davon ab.

Immerhin brachte ich später am Nachmittag ein Mail an Zorana zustande, auch wenn das Wort »verfassen« dafür zu hoch gegriffen war. Ich wusste noch immer nicht, was ich ihr sagen sollte. Also stellte ich nur den Link zur Website meines Unternehmens ins Textfeld, hängte eine PDF-Datei an und schrieb darunter: *Liebe Grüße, Lena.*

Von da ab rief ich im Fünf-Minuten-Takt meine Mails auf. Doch bis Ostermontag kam nichts zurück. Als am Dienstag Bea aus ihrem Kurzurlaub zurückkkam, stürzten wir uns erneut in die Arbeit und ich konnte das Gefühl der Einsamkeit verdrängen.

*

Der große Karton voller Briefkuverts wog schwer in meinen Armen. Ich presste ihn gegen die Brust, während ich gleichzeitig versuchte, mit der rechten Hand den Büroschlüssel aus meiner Handtasche zu angeln. Kaum hatte ich ihn ins Schloss gesteckt, erklang aus meiner Jackentasche Celine Dion mit »My Heart Will Go On«. Der Anruf kam im falschen Moment, doch Celine Dions Titanic-Song war seit eh und je für Jo reserviert. Als Teenager hatte sie den Film an die hundert Mal gesehen.

Ich wollte auf jeden Fall mit ihr reden! – Beim Versuch, an das Handy zu kommen, geriet der Karton ins Rutschen, hunderte von Kuverts glitten auf den Boden.

»Um Himmels willen, warum klingelst du nicht?«

Bea öffnete die Tür von innen.

»Weil ich nicht angenommen hatte, dass du heute schon wieder Überstunden machst. Bitte, Bea, geh nach Hause! Du bist meine Angestellte, nicht meine Sklavin.«

Sie ignorierte meinen Einwand und half mir, die Kuverts wieder einzuschichten. Als ich wieder auf mein Handy sah, hatte Jo bereits aufgelegt, aber eine Nachricht hinterlassen.

»Hallo Lena. Ich weiß, wir hatten in den letzten Wochen nicht den allerbesten Draht zueinander, aber hör mir zu. Es ist wichtig.«

Sie war aufgeregt, das merkte ich sofort.

»Claudio ist im Krankenhaus. Es geht ihm nicht gut. Ich werde zu ihm fliegen und würde dir dasselbe empfehlen. Ich weiß, du hast den Kontakt zu ihm abgebrochen. Aber es ist möglicherweise deine letzte Chance, ihn noch einmal zu sehen.«

Wieder machte sie eine kleine Pause, um schließlich hinzuzufügen: »Die Lage ist ernst, Lena. Bitte komm.«

Eine Weile starrte ich einfach nur vor mich hin. Bea holte mich aus meiner Schockstarre.

»Lena? – Du bist ja ganz blass.«

Ich schüttelte den Kopf, unfähig, mich zu artikulieren. Dann zog ich mich in den zweiten Büroraum zurück. Jo hob sofort ab.

»Was ist mit Claudio? Ist ein Unfall passiert?«, fragte ich.

»Nein. Etwas anderes«, erwiderte Jo. »Bitte, flieg zu ihm. Lass ihn jetzt nicht im Stich.«

Mein Herz zog sich zusammen. In meiner Brust wurde es so eng, dass ich kaum noch atmen konnte. Kalter Schweiß brach mir aus.

»Wo ist er?«

Meine Stimme hörte sich fremd und heiser an.

Mit zittrigen Fingern notierte ich die Adresse der Klinik in Los Angeles, die Jo mir durchgab.

*

Knapp vierundzwanzig Stunden später betrat ich eine modern gestaltete Privatklinik in Westlake, einem der teureren Vororte von L.A. Jo erwartete mich im Eingangsbereich des Krankenhauses. Wortlos zog sie mich in die Arme, und ich begann sofort wieder zu weinen.

»Was ist los mit ihm?«, presste ich hervor. »Vor ein paar Wochen ... war er doch noch topfit ...«

»Das war er nicht, Herzchen«, korrigierte mich Jo leise. »Er ist schon lange nicht mehr gesund. Claudio lebt seit zweieinhalb Jahren mit CML – chronische myeloische Leukämie.«

Ich befreite mich aus ihrer Umarmung und schnäuzte mich. Wieso wusste ich nichts davon?

»Wurde er denn nicht behandelt?«, fragte ich mit brüchiger Stimme. »Bestrahlung, Chemotherapie ... keine Ahnung, was man da tut!«

»Doch, wurde er.« Jo seufzte. »Er hatte eine Stammzellentransplantation. Aber dabei werden Immunzellen des Spenders mitübertragen. Sein Körper hat sie als fremd erkannt und abgestoßen. Claudio bekam deshalb starke Medikamente, um sein Immunsystem zu unterdrücken. Er liegt jetzt hier, weil er sich einen schweren Infekt zugezogen hat, gegen den sich sein Körper nicht mehr wehren kann. Es sieht nicht gut aus.«

Wieder traten mir Tränen in die Augen. Diesmal gelang es mir, mein Schluchzen zu unterdrücken.

»Warum weißt du von alledem und ich nicht?«

Jo legte den Arm um mich und schob mich mit sanfter Gewalt einen Gang entlang.

»Claudio hat es mir vor Weihnachten erzählt und mich um Stillschweigen gebeten«, sagte sie mir. »Er wollte um jeden Preis vermeiden, dass du davon erfährst. Du würdest das im Moment nicht verkraften, meinte er. Aber jetzt hat er mich darum gebeten, dass ich dich anrufe.«

Im Vorraum zur Intensivstation trafen wir auf eine Gruppe von Leuten: Priscilla, Claudios Assistentin, Neil Saunders von

LePré Productions, ein junger Kerl, der sich als Claudios aktueller Liebhaber entpuppte, und seine Mutter, Irmgard.

Priscilla und der junge Mann schluchzten um die Wette. Neil Saunders starrte mit glasigem Blick ins Leere. Lediglich Irmgard wirkte erstaunlich gefasst. Sie ging auf mich zu und umarmte mich mit derselben Herzlichkeit, mit der sie mich schon zu Schulzeiten als beste Freundin ihres Sohnes begrüßt hatte.

»Danke, dass du gekommen bist«, sagte sie in ihrem bayerischen Dialekt. »Er hat mehrmals nach dir gefragt, als er noch ansprechbar war.«

»Wie?« Ich starrte sie geschockt an. »Was heißt das?«

»Seit ungefähr zwei Stunden liegt er im Koma«, informierte mich Jo. »Irmi und ich waren die letzten, die noch mit ihm gesprochen haben.«

Ich wollte etwas sagen, wollte erfahren, was er gesagt hatte, doch aus meinem Mund kam nur ein einziger gequälter Laut.

Fünf Minuten später brachte mich eine Krankenschwester an Claudios Bett, und ich starrte wie betäubt auf diese Hülle von Mensch, die verkabelt und von diversen Maschinen am Leben gehalten vor mir lag. Als ich nach seiner Hand griff und ihn ansprach, erwartete ich eine Reaktion – flackernde Augenlider, zuckende Finger, einen Ausschlag einer der Kurven auf den Monitoren um ihn herum. Doch es bewegte sich nichts. Ich war zu spät. Claudio, mein Freund, mein Herzensmensch, mein Geliebter im Geiste, war längst nicht mehr erreichbar.

Ich dachte an alles, was ich ihm an den Kopf geworfen hatte, und bereute jedes einzelne Wort. Jetzt, wo Wut und Enttäuschung dem Schmerz über seinen Verlust wichen, erkannte ich, was er für mich getan hatte: Mit *Torrid Target* hatte er mich aus einem Leben befreit, das ich hasste. Er war derjenige, der mich aus meinem Dornröschenschlaf gerissen und wachgerüttelt hatte, damit ich mir die entscheidenden Fragen zu stellen begann: Wer bin ich? Was kann ich? Was will ich?

Möglicherweise war einiges von dem, was bei dem Dreh zu

Torrid Target geschehen war, anders gelaufen als gedacht. Es war nicht geplant gewesen, dass Zorana sich in mich verliebte – wohl aber, dass ich einer attraktiven Frau begegnete. Claudio war davon überzeugt, dass ich mich nie in einen Mann verlieben würde. *Torrid Target* sollte mich dazu bewegen, das auch selbst zu erkennen.

Dass mich dabei die bittere Vergangenheit einholen würde, hatte er nicht wissen können.

Es wäre mein letzter Film gewesen. Ich wollte dir und mir ein Denkmal damit setzen.

Seine Worte hallten noch in meinem Kopf wider, als mich die Krankenschwester nach Ablauf der Besuchszeit aus seinem Zimmer hinausbegleitete. Jo wollte auf mich zukommen, doch ich gab ihr mit einer knappen Geste zu verstehen, dass ich allein sein wollte. Ich setzte mich auf eine Wartebank und fühlte mich für ein paar Minuten wie benommen. Dann informierte ich meine Rechtsanwältin Agata über Claudios Zustand.

Als ich wieder zu den anderen kam, starrte Priscilla trübsinnig in einen Becher mit Automatenkaffee.

»Claudio kann den Film nicht mehr fertigstellen«, sagte ich mit belegter Stimme. »Aber bitte sorge dafür, dass es jemand anderes tut. Ich möchte, dass *Torrid Target* in die Kinos kommt.«

Verwunderung lag in ihren dunklen Augen, als sie den Kopf hob.

»Du meinst ... so richtig? Mit Originalmaterial? Von dir?«

Ich nickte. »Ja. Und meinem vollen Namen und einer Danksagung meinerseits im Abspann.«

Es war das Letzte, was ich für meinen besten Freund tun konnte.

*

Claudio starb zwei Tage später an multiplem Organversagen. Irmgard war bei ihm. Ich selbst hatte mich kurz zum Schlafen ins Hotel zurückgezogen und sah ihn erst wieder, als seine Seele längst den Körper verlassen hatte. Ohne das Atemgerät und die vielen Maschinen sah es so aus, als würde er friedlich schlafen. Ich küsste ihn auf die Wange und atmete ein letztes Mal den unverkennbaren Hauch des Rasierwassers ein, das ein italienischer Parfumeur speziell für ihn zusammengestellt hatte. Selbst Tage im Krankenhaus hatten die letzten Spuren davon nicht tilgen können.

Dann betrank ich mich mit Jo in einer Strandbar. Wir schwelgten in Erinnerungen, tauschten uns über all die Geschichten aus, die wir mit Claudio hatten erleben dürfen, weinten und lachten, bis der Barkeeper irgendwann das Licht abdrehte.

Am folgenden Nachmittag flog ich nach Hause und wurde dort erneut so sehr von Trauer überwältigt, dass ich zwei Tage lang zu nichts zu gebrauchen war. Dann rief mich Irmgard an und bat um Hilfe. Claudios Beerdigung sollte in München stattfinden, seiner Geburtsstadt. Ein Großaufgebot von Prominenten und Fans war zu erwarten. Priscilla und Neil kümmerten sich um die Organisation, doch in manchen Punkten war Irmgards Zustimmung erforderlich, und die Sprachbarriere – Irmi hatte nie Englisch gelernt – machte eine Verständigung schwierig. Das war nun mein Part, und ich war froh, dadurch aus meiner Einsamkeit gerissen zu werden.

*

Am Tag der Beerdigung brach der Frühling aus. Die Bäume standen über Nacht in voller Blüte, Vögel zwitscherten, und kein Wölkchen störte am azurblauen Himmel.

Wie nicht anders erwartet, hatte die Polizei alle Hände voll zu tun, die über siebenhundert Gäste davon abzuhalten, in die Trauerhalle und an das Grab zu drängen. Dies war allein Claudios engsten Freunden und Angehörigen vorbehalten, und allein damit war die Halle bereits auf den letzten Platz gefüllt. Auf Großleinwänden wurde die Zeremonie jedoch nach außen übertragen, sodass seine Anhängerschaft nicht das Gefühl hatte, umsonst angereist zu sein.

Einige Leute hielten ausschweifende Nachrufe, darunter auch Jo. Ich hatte es abgelehnt, als Priscilla mich darum bat. Beerdigungen nahmen mich seit jeher mit. Unabhängig davon, wer zu Grabe getragen wurde, setzte mir die ganze Atmosphäre – die Musik, das Schwarz, die Betroffenheit der Angehörigen – jedes Mal so zu, dass ich fast mitweinen musste. Von klein auf zur Selbstbeherrschung erzogen, hatte ich meist Haltung bewahrt. Diesmal aber konnte und wollte ich mich nicht kontrollieren.

Das hier war Claudio, mein bester Freund, und ich hatte alles Recht der Welt, um ihn zu trauern! Ich hatte es satt, ständig die Contenance wahren zu müssen, und genug davon, meine Gefühle zu dosieren. Also löste ich mich während der offiziellen Zeremonie nahezu in Tränen auf, ohne mich deshalb zu schämen.

Auch wenn nur ausgewählte Medienleute für das Begräbnis akkreditiert und um pietätvolles Verhalten gebeten worden waren, gab es Dutzende von Paparazzi, die mit gewaltigen Teleobjektiven aus der Entfernung Fotos davon schossen, wie Claudios Sarg in der Grube versenkt wurde. Sie schossen auch Fotos von den Trauergästen in der ersten Reihe – von Irmi, von Priscilla, von Neil Saunders, von Claudios jungem Freund, dessen Namen ich noch immer nicht kannte, von Jo und mir. Dass sie sich auf mich fokussierten, die blonde Frau mit Hut, die am allermeisten weinte, konnte ich mir denken. Ich sah jetzt schon die plakativen Schlagzeilen und Artikel: CLAUDIO LePré – WAR ER WIRKLICH HOMOSEXUELL?

Ich führte mich auf wie die am Boden zerstörte Witwe und

fühlte mich auch so. Mit Claudio war ein wichtiger Teil meines Lebens weggebrochen, endgültig. Dieses Loch würde nichts und niemand füllen können. Die Welt versank für mich in Dunkelheit, obwohl die Sonne am Himmel strahlte.

Asche zu Asche, Staub zu Staub. Erde zu Erde.

Ich warf gleich nach Irmgard ein Schäufelchen Erde auf den Sarg und auch die Rose, die ich die ganze Zeit in der Hand gehalten hatte. Es war eine Black Baccara. Claudio hatte diese tief dunkelroten, fast schwarzen Rosen immer geliebt. Dann trat ich zur Seite, um anderen Platz zu machen.

Unter einem Fliederbaum etwas abseits der Trauergesellschaft, aber noch vor der Öffentlichkeit geschützt durch die polizeilichen Absperrungen, entdeckte ich eine Bank. Ich schwitzte in meinem schwarzen Hosenanzug mit dem fast knielangen Gehrock, fühlte mich ausgelaugt und kaputt. Erschöpft nahm ich den Hut ab und schloss die Augen.

Irgendwann spürte ich, dass ich nicht mehr allein war. Jemand hatte sich neben mich gesetzt. Es war aber nicht Jos Parfüm, das ich roch, und auch nicht ihre Art, sich zu bewegen.

Ich hätte die Augen einfach öffnen können, doch ich tat es nicht. Eine vage Ahnung schlich sich in mein Herz und brachte es dazu, schneller zu schlagen. Auf einmal war mir nicht mehr nur wegen der warmen Temperaturen heiß. Als sich eine schmale Hand in die meine schob, war jeder Zweifel beseitigt.

»Es tut mir so leid«, sagte Zorana leise. Dann nieste sie. Nicht nur ein Mal, sondern gleich fünf Mal in Folge. Ich sah ein, dass ihre Anwesenheit sich nicht länger ignorieren ließ.

Sie trug ein schwarzes Trägerkleid, ihr Haar war aufgesteckt. Durch die Niesattacke hatten sich zwei Strähnen gelöst und fielen ihr ins Gesicht. Ihre Augen waren gerötet. Ansonsten hatte sich in den fast vier Monaten, in denen wir uns nicht mehr begegnet waren, nichts an ihr verändert. Wortlos öffnete ich meine Handtasche und reichte ihr ein Taschentuch.

»Danke.«

Sie schnäuzte sich geräuschvoll.

Dann griff ich erneut in meine Tasche. Der Silberring glänzte in der Sonne.

»Dein Ring«, sagte ich. »Für Zorana von ihrer Oma. – Ich nehme an, den möchtest du wiederhaben.«

»Du hast ihn dabei?!« Ihre Augenbrauen rutschten nach oben. »Woher wusstest du, dass ich hier sein würde?«

»Das wusste ich nicht. Wie auch, nachdem du dein Handy abgemeldet hast und nicht auf meine Mails reagierst? Ich trage deinen Ring bei mir, seit du ihn im Hotelzimmer zurückgelassen hast.«

»Wirklich?« Freude schwang in ihrer Stimme, deren Ursache mir erst klar war, als sie hinterherschob: »Als Glücksbringer?«

»Wenn das so wäre, säßen wir wohl kaum auf dem Friedhof.«

Ein paar Augenblicke lang war nur das Gezwitscher der Vögel zu hören.

»Ich glaube nicht, dass ein Talisman etwas so Unausweichliches wie den Tod verhindern kann«, sagte sie dann ernst. »Er ist ein Glücksbringer für die kleineren Dinge. Für deinen Geschäftserfolg, zum Beispiel.«

»Oh.« Ich betrachtete sie prüfend. »Du hast meine Mails also doch gelesen.«

»Mail. Einzahl. Übertreib nicht. Und dass an dir eine Schriftstellerin verlorengegangen wäre, kann man auch nicht gerade behaupten. Ich hatte das Gefühl, dass du allein für die Anrede zehn Minuten überlegen musstest.«

Ich fühlte, wie mir das Blut in den Kopf stieg.

»Bei der Fülle deiner Vornamen ist das auch nicht so einfach«, verteidigte ich mich. »Selina, Zorana, Zoya – woher soll ich wissen, wie du angesprochen werden willst?«

»Na, dreimal darfst du raten, wo mein Geburtsname doch in diesen Ring eingraviert ist«, bemerkte sie süffisant. »Zorana. Ich mag meinen Namen. Weißt du, was er bedeutet?«

»Nein.«

»Die Hübsche.«

Unwillkürlich musste ich lächeln.

»Da haben deine Eltern bei der Namenswahl ja sehr voraus-schauend gehandelt.«

»Ich war schon als Baby hübsch«, schmunzelte sie. Etwas ernster schob sie nach: »Zumindest findest du mich immer noch attraktiv. Immerhin eine positive Eigenschaft.«

»Eigenschaft?«, wiederholte ich nachdenklich. »So würde ich das jetzt nicht nennen. Das ist simple Genetik. Da hast du wenig selbst dazu beigetragen.«

»Ich habe auch noch andere Qualitäten.« Sie atmete tief durch. »Wenn du mir eine Chance gibst, kann ich sie dir die nächsten sieben Jahrzehnte täglich demonstrieren.«

Sie hatte mit scherzhaftem Unterton gesprochen, doch ich sah, dass sie auf ein positives Signal hoffte. Auch ich wollte in diesem Moment und an diesem Ort nicht weiter Geplänkel betreiben.

»Mein Leben ist zurzeit mehr als turbulent«, begann ich ernst. »Mein bester Freund wird gerade beerdigt. Ich habe mit dem Aufbau meiner Firma alle Hände voll zu tun. Und darüber hinaus …« Ich seufzte und sah ihr in die Augen. Diese hoffnungs-vollen, dunklen, großen Augen. Es kostete mich Mühe, aber ich wollte ihr gegenüber fair bleiben.

»Darüber hinaus weiß ich nicht, ob ich überhaupt fähig bin, mich auf einen anderen Menschen einzulassen. Bisher ist mir das nie wirklich gelungen.«

Ein Schatten legte sich über ihr Gesicht. Ich griff nach ihrer Hand und drückte sie leicht.

»Ganz ehrlich, Zorana. Es liegt nicht an dir. Es ist mein per-sönliches Problem.«

»Du bist mir nicht mehr böse?«

»Nein. Ich habe inzwischen begriffen, dass du mir schon da-mals auf der Strandpromenade, nach unserer ersten Nacht, sagen wolltest, wer du bist. Ich wollte dir nur nicht zuhören.«

Ich lächelte schief.

Sie entzog mir ihre Hand. Jetzt sah auch ich, dass Priscilla auf uns zusteuerte, ein Kuvert in der Hand. Ich nahm an, dass sie damit zu Zorana wollte. Doch sie wandte sich an mich.

»Das lag auf Claudios Schreibtisch. Ich denke, er wollte, dass du es bekommst.«

Für meine Prinzessin, stand in seiner schwungvollen Hand-schrift auf dem Umschlag. In Englisch und Deutsch. Er musste gefühlt haben, dass sich sein Gesundheitszustand dramatisch ver-schlechterte, und hatte Vorkehrungen getroffen.

Ich ließ den Abschiedsbrief ungeöffnet in meiner Handtasche verschwinden. Um ihn zu lesen, würde ich allein sein müssen.

Als uns Priscilla wieder den Rücken zugewandt hatte, schob mir auch Zorana etwas zu – eine Visitenkarte mit ihrem Namen.

»Da steht meine neue Telefonnummer drauf. Ich würde mich freuen, wenn du dich mal meldest. – Das Leben ist kostbar.«

Ich nickte.

So schnell gab sie also nicht auf. Doch ewig würde sie nicht auf mich warten. Das hatte sie mir soeben durch die Blume mit-geteilt.

*

Um kurz vor Mitternacht war ich wieder in meiner Wohnung in Wien. Ich setzte mich aufs Sofa und riss Claudios Kuvert auf, eine Packung Taschentücher griffbereit.

Doch der Brief, der schließlich auseinandergefaltet vor mir lag, enthielt lediglich den Link zum Facebook-Profil eines Man-nes namens David P. Craig. Ich rief es sofort im Handy auf und zuckte zurück, als das Profilbild erschien. Der Typ, der im sport-lichen Kombianzug neben einem Hubschrauber stand, den Helm unter den Arm geklemmt, war zwar gealtert, aber unverkennbar Peter.

Ich studierte seine Beiträge. Allem Anschein nach handelte es sich um ein berufliches Profil. Peter Queens alias David P. Craig bot Kurse für Fallschirmspringer an. Sitz seines Unternehmens war in Vaduz, Liechtenstein. Eine genaue Adresse, eine Telefonnummer und auch eine Mailadresse zur Kontaktaufnahme waren angegeben.

Mir war sofort klar, weshalb Claudio ihn gesucht hatte. Er wollte, dass ich einen Abschluss finden konnte, wie immer dieser dann aussehen würde. Ich schlief darüber nicht nur eine Nacht, sondern gleich zwei, und schwankte tagsüber zwischen der Versuchung, Peter zu fragen, was mit Farah passiert war, und der Furcht, dadurch Salz in meine Wunden zu streuen.

Am Morgen nach der zweiten Nacht galt mein erster Gedanke wieder Peter und Farah. Ich begriff, dass die Erinnerung an diese beiden längst in meinen Wunden brannte wie Salz, und zwar seit Jahren. Es war höchste Zeit, sie auszuspülen.

Lena Roßloch

Der kleine Flugplatz lag am Rhein, an der Grenze zur Schweiz – ein paar schmucklose Hallen und eine einzige Start- und Landebahn für Privatflugzeuge, die in der ländlichen Gebirgsidylle völlig deplatziert wirkten. Auf den Bergen lag noch immer Schnee.

Peter löste sich von einer Gruppe von Leuten, die er offensichtlich auf einen Fallschirmsprung vorbereitete, und kam mit großen Schritten und unsicherem Grinsen auf mich zu. In seinem blauen Hoodie und der knallgrünen Sporthose sah er auf den ersten Blick nicht anders aus als vor siebzehn Jahren. Erst als er vor mir stand, sah ich den kleinen Wohlstandsbauch, der sich unter seinem Oberteil abzeichnete, und die vielen kleinen Fältchen um die Augen herum.

»Hallo Lena«, sagte er und streckte mir eindeutig unschlüssig, ob das die angebrachte Begrüßung war, die Hand entgegen. Als ich keine Anstalten machte, sie zu ergreifen, zog er sie zurück und musterte mich schließlich ungeniert.

Mit meinem blauen Blazer, der eleganten weißen Hose und den chicen italienischen Lederschuhen hatte ich bewusst ein Outfit gewählt, das mich von ihm abhob.

Ich hatte mit ihm per Mail Kontakt aufgenommen und war überrascht, dass er sofort antwortete. Auch er wollte sich treffen und, wie er es formulierte: sich aussprechen.

»Gehen wir ins Büro«, sagte er und deutete auf eines der grauen Betongebäude. »Da sind wir ungestört.«

An einem spartanischen Tisch mit Metallfüßen saßen wir uns gegenüber. Er bot mir Orangensaft im Pappbecher an. Ich lehnte ab.

»Wie hast du mich gefunden?« Aus seiner Frage klang leichte Besorgnis. Er wollte nicht mehr Peter Queens sein.

»Das tut nichts zur Sache. Sag mir lieber, was du eigentlich hier machst.«

Er lachte gequält. »Ich biete zahlungskräftigen Kunden am Ende der Welt ein paar Luftsprünge an. Einen Tandemsprung gibt es schon ab zweihundertachtzig Euro.«

»Du weißt, was ich meine«, entgegnete ich hart. »Du hattest andere Optionen. Oder etwa nicht?«

Er hob die Schultern.

»Wenn man sieben Jahre auf der Flucht ist und nie lange an einem Ort bleiben kann, ist man danach für alles dankbar.«

»Erklär mir das.«

»Bist du deshalb hier? Weil du nach Genugtuung suchst?«

Sein Blick ruhte auf mir. Ich erwiderte ihn ausdruckslos und fragte mich, weshalb so viele Mädchen auf Schloss Nippe für diesen Mann geschwärmt hatten. Mit seinen etwas wulstigen Lippen und den vielen Leberflecken – heute noch zahlreicher und dunkler – entsprach er nicht gerade dem klassischen Frauenschwarm.

»Was ich will, ist eine Erklärung«, stellte ich klar. »Ich will wissen, was nach Berlin schiefgegangen ist. Warum Farah wieder in die Hände ihres Vaters fiel.«

Er lachte. Es klang bitter.

»Ich dachte schon, du willst wissen, warum wir dich bei ihrer Flucht überhaupt noch brauchten.«

»Nein. Ich habe schon verstanden, dass du dir einfach nicht die Finger verbrennen wolltest. Erst in Berlin, als du mit den falschen Pässen ankamst, hast du dich sicher gefühlt. – Also, was ist passiert? Sind eure gefälschten Pässe am Flughafen aufgeflogen?«

»Es waren keine gefälschten Pässe. Es waren echte britische Pässe. Ich hatte meine Bezugsquellen.«

»Was dann? – Irgendetwas muss ja schiefgegangen sein. Wenn ich mich recht erinnere, wolltet ihr doch nach Südamerika. Oder war es Afrika? Geschafft habt ihr es aber nur bis nach London.

Dort ist sie von den Häschern ihres Vaters aufgegriffen worden. Zumindest hat man mir das so erzählt.«

Peter seufzte.

»In London ist alles entgleist. Ich hatte uns in einem Hotel am Flughafen einquartiert. Kurz vor unserem Flug in die endgültige Freiheit ist sie plötzlich durchgedreht ... hat wegen einer Kleinigkeit einen Streit angezettelt, mich angeschrien und geheult. Dann hat sie sich eine Stunde ins Bad eingesperrt und telefoniert. Ich habe sie reden gehört, aber kein Wort verstanden, weil sie arabisch sprach. Sie klang sehr aufgebracht und durcheinander, wurde aber im Laufe des Telefonats ruhiger. Ehrlich gesagt dachte ich damals, sie hätte Gewissensbisse bekommen und dich angerufen.«

»Mich?« Wie kam er denn darauf? »Ich saß zu dieser Zeit mit meinen Eltern und dem Familienanwalt bei der Polizei.«

»Wie auch immer.« Peter hob resigniert die Schultern. »Als sie aus dem Badezimmer kam, erklärte sie mir knallhart, sie werde nicht mitkommen. Sie habe ihren Vater verständigt, und der habe Leute losgeschickt, um sie abzuholen.«

Er machte eine kleine Pause und fuhr sich durch sein ehemals braunes Haar, in das sich graue Strähnen geschlichen hatten.

»Das war der Zeitpunkt, wo ich kapierte, dass ich mich so schnell wie möglich vom Acker machen musste. Dass mit diesen Leuten nicht zu spaßen war, lag auf der Hand. Also verdrückte ich mich und tauchte unter. Die haben mich noch jahrelang verfolgt, Lena!«

Ich hob die Augenbrauen.

»Das bildest du dir doch ein«, sagte ich lahm.

»Nein. Glaub mir, die ersten Jahre war ich nirgendwo sicher. Kaum hielt ich mich irgendwo länger auf, waren sie wieder da, diese Typen mit ihrem Suchblick und dem Auftrag, mich um die Ecke zu bringen. Ich weiß, wovon ich spreche. Es waren Profis, die einen Profi jagten.«

»Und trotzdem hast du sie diesen Leuten überlassen«, stellte ich unbewegt fest. »Du wusstest doch, was sie mit ihr machen würden. Sie hat immer gesagt, dass ihr Vater ihr nie verzeihen würde, wenn sie mit einem Mann durchbrennt! Du hast sie ihren Killern überlassen! Warst du in deinem männlichen Stolz so verletzt, dass dich ihr Schicksal kaltgelassen hat?«

Auf seiner Stirn bildete sich eine steile Falte. Seine Augen wurden schmal.

»Was redest du da? – Sie wollte zurück! Freiwillig! Ich hatte überhaupt keine Chance, sie vor irgendetwas zu bewahren!«

»Du hast sie dem sicheren Tod überlassen.« Es lag mir fern, die Vergangenheit zu beschönigen. Peter sollte genauso daran zu kauen haben wie ich. »Sie ist tot. Wegen deiner Feigheit.«

»Tot?« Wieder lachte er sein bitteres, hämisches Lachen. »Du hast ja keine Ahnung, wovon du redest. Du bist hergekommen, um mir Vorwürfe zu machen, richtig? Um mir ein schlechtes Gewissen einzureden. Aber das funktioniert nicht, Lena. Stell dich endlich der Wahrheit: Farah war ein gerissenes Miststück, die alle gegeneinander ausgespielt hat! Sie hat auch uns beide nur benutzt.«

»In deinem Fall wüsste ich wirklich nicht, wofür.«

»Ja. Da hast du allerdings recht.« Er verschränkte die Arme vor seiner Brust. »Genau diese Frage stelle ich mir immer wieder: welche idiotische Rolle ich in ihrem verdammten Spiel hatte. Denn bei dieser ganzen Sache ging's niemals um mich. Genauso wenig wie um dich. Es ging um ihn.«

Er zückte sein Handy, tippte darauf herum und legte es so auf den Tisch, dass ich das Display sehen konnte. Es zeigte einen Mann mit dunklem Teint, bekleidet mit dem Qamis, dem traditionellen weißen Gewand der Saudis, das Haupt mit einem rot-weißen Tuch bedeckt.

»Wer soll das sein?«

»Omar El Said. Er war einer der Leibwächter von Farahs Vater und ist jetzt ... tatata ... ihr Ehemann!«

Ich sagte nichts. Das konnte nicht wahr sein.

Peters kostete seinen Wissensvorsprung sichtlich aus.

»Frag mich nicht, wie das damals zwischen ihrem Vater und Omar El Said genau lief und wie man sich letztendlich einig wurde, Fakt ist: Sie hat ihn ein Jahr nach unserem Fluchtversuch geheiratet, lebt heute mit ihm in Dubai und hat vier Kinder.«

»Wo…woher«, ich musste mich räuspern, ehe ich den Satz zu Ende bringen konnte, »weißt du das so genau?«

»Weil ich es mit eigenen Augen gesehen habe. Es war nicht ganz einfach, aber ich musste es herausfinden. Sie ist nicht in den sozialen Netzwerken und lebt ziemlich zurückgezogen. Sie nennt sich heute Jamila.«

»Der Name ihrer Mutter«, sagte ich nachdenklich. Es fiel mir noch immer schwer zu glauben, was er da sagte, doch warum sollte er lügen?

»Sie ist glücklich«, fuhr er fort. »Zumindest behauptet sie das. Und weißt du, was?« Er lehnte sich so weit über den Tisch, dass ich seinen Atem roch. Er musste kurz vorher etwas Alkoholisches getrunken haben, das über ein Bier zum Mittagessen hinausging.

»Ich glaube das diesem kleinen Miststück sogar!«

Er schnappte sich sein Handy und zeigte mir eine weiteres Foto. Ich zuckte unwillkürlich zurück, als ich völlig unvorbereitet in Farahs erschrockenes Gesicht schaute. Sie war älter geworden, wie wir alle. Sie war stark geschminkt, trug üppigen Goldschmuck – und ein dunkles Kopftuch.

»Du hast sie getroffen?«

»Allerdings – nur ohne Verabredung.« Peter grinste schief. »Ich habe sie abgepasst. Vor zwei Jahren, in der Tiefgarage einer Shoppingmall in Dubai. Du hättest ihr Gesicht sehen sollen, als ich sie angesprochen habe …« Sein Grinsen wurde zu einer hämischen Fratze, die in mir den letzten Rest Sympathie für ihn tilgte. »Na ja. Im Grunde hast du das ja gerade. Sie war *not amused*, mich zu sehen. Hat nach einer Schrecksekunde dann aber so getan, als wären wir nur alte Bekannte, die sich zufällig begegnen.

Fragte mich tatsächlich, wie es mir geht und ob ich Familie habe! Als wäre nichts gewesen. Kannst du dir das vorstellen?«

Es fiel mir in der Tat schwer. Die Farah, die ich kannte, war immer so tiefsinnig gewesen, nicht oberflächig und empathielos, wie Peter sie jetzt schilderte.

»Und? Hast du Familie?«, erkundigte ich mich ehrlich interessiert.

Ein vorwurfsvoller Blick war die Antwort.

»Nein, wie denn, wenn ich jahrelang auf der Flucht war!«

Er machte eine kleine Pause und starrte ins Leere.

»Außerdem hat dieses Miststück irgendwas mit mir gemacht«, setzte er dann mit dumpfer Stimme hinzu. »Die hat irgendwas mit meinem Kopf angestellt ... ich bin nicht mehr der Alte seit dieser Geschichte. Dass ausgerechnet mir das passiert ist.« Er schüttelte den Kopf und schien mich einen Moment lang gar nicht mehr wahrzunehmen. »Ich habe wirklich schon viel erlebt ... aber das ... von einer Siebzehnjährigen ... Ich konnte es einfach nicht vergessen.«

Dann sah er auf seine Armbanduhr und war wieder ganz präsent.

»So. Das war's. Ich muss zu meinen Schülern zurück. War nett, mit dir zu plaudern. Ich hoffe, all deine Fragen sind jetzt beantwortet. Wenn du willst, kann ich dir natürlich gerne flüstern, wo du sie findest. Nur für den Fall, dass du alte Beziehungen wieder aufleben lassen möchtest.«

»Das ist nicht nötig.« Ich überhörte seinen provokanten Unterton bewusst. »Danke für deine Zeit.«

Wir reichten uns zum Abschied förmlich die Hand. Dann ging ich zur Tür, um ihn und alles, was ich erfahren hatte, möglichst schnell hinter mir zu lassen.

»Lena?«, hörte ich ihn meinen Namen rufen.

Als ich mich umdrehte, stand er am geöffneten Kühlschrank, eine offene Gin-Flasche in der Hand.

»Weißt du, was ich an dieser ganzen Geschichte so gar nicht

fassen kann?« Er lieferte die Antwort gleich selbst: »Dass sie all ihre Träume aufgegeben hat. Sie hat mir immer erzählt, dass sie mit mir nach New York ziehen will. Sie wollte Anwältin werden und sich für Menschenrechte einsetzen, so wie diese Amal Clooney, und in einem Penthouse mit Blick über Manhattan wohnen! Die Wochenenden hätte sie dann mit mir in unserem Strandhaus in Long Island verbracht. Sie hatte sich sogar schon ausgemalt, wie dieses Haus aussehen soll! Kannst du dir das vorstellen?«

»Ja, kann ich«, sagte ich kühl und rächte mich in diesem Augenblick für alles, was er mir damals angetan hatte. »Modern, mit riesiger Glasfront und Meerblick, vom großen, weißen Sofa aus.«

Ich sah, wie sein Unterkiefer nach unten sackte. Dann setzte ich meinen Weg nach draußen fort, ohne mich noch ein einziges Mal umzudrehen. Ich fuhr zurück nach St. Gallen-Altenrhein, gab den Leihwagen ab und bestellte im einzigen Restaurant, das der winzige Flughafen zu bieten hatte, ein kühles Bier. Noch ehe ich in den Flieger nach Wien stieg, hatte ich einen Entschluss gefasst: Ich würde den Rest meines Lebens nicht damit verbringen, einer Frau nachzutrauern, die es nicht im Geringsten wert war. Ich würde nicht als eine kaputte Existenz enden wie Peter Queens. Es war höchste Zeit, loszulassen.

*

Zorana war auf Facebook. Ich begann mit ihr zu chatten. Anfangs schickten wir uns belanglose Zeilen im Stil von *Was machst du, wie war dein Tag, was hast du heute Gutes gegessen.* Sie hatte einen für sie vergleichsweise lukrativen Auftrag an Land gezogen: die Vertonung eines historischen Krimis. Während draußen der Frühsommer an die Tür klopfte, verbrachte sie viele Stunden in einem dunklen Tonstudio und las Zeile um Zeile ein.

310

Meine Abenteuerkonzepte waren inzwischen fixiert, meine Kooperationspartner auf Linie gebracht und die Schauspieler gebrieft. Allmählich würde ich die Bewerbung meiner Angebote starten und war schon ganz aufgeregt, wer wohl mein erster Kunde sein würde. Eine sportliche Frau? Ein nach Adrenalin lechzender Manager? Oder ein gelangweilter Pensionist, der endlich einmal etwas Aufregendes erleben wollte? – Zorana und ich verbrachten einen ganzen Abend damit, ihre Lebensgeschichten zu erfinden und herumzualbern.

Sie war nicht nur witzig, sondern auch äußerst kreativ. Sehr rasch vermisste ich unseren Austausch, wenn sie abends einmal keine Zeit hatte. Hin und wieder ging sie aus, das hatte ich inzwischen mitbekommen. Mehr und mehr beschäftigte mich der Gedanke, dass sie eine andere Frau treffen könnte. Als ich mir meine wachsende Eifersucht nicht länger verleugnen konnte, tippte ich beherzt:

Willst du am Wochenende zu mir kommen?

Es dauerte vier qualvolle Sekunden, ehe etwas von ihr zurückkam.

Dieses?, fragte sie.

Ja. Wenn's passt.

Ihre Antwort fiel ernüchternd aus.

Bin am Freitag bis 16.30 Uhr im Tonstudio. Könnte erst Samstag kommen. Habe aber am Montagfrüh ein Bewerbungsgespräch. Mit dem Zug sind es fast 12 Stunden.

Ich starrte auf ihre Zeilen und sah sie in Gedanken bereits mit einer anderen flirten – einer, die so jung und kreativ war wie sie und genauso heiter und lustig durch das Leben tanzte.

Dann erschien ein kleiner, trauriger Smiley auf dem Bildschirm, begleitet von einem *seufz*, und es machte bei mir *Klick!* – Hatte ich von einer Frau, die wahrscheinlich jeden Cent umdrehen musste, wirklich erwartet, dass sie mir nichts, dir nichts eine Reise nach Wien buchen würde, und das für nur eineinhalb Tage?

Was, wenn ich zu dir nach Berlin komme?

Diesmal ließ die Antwort nicht lange auf sich warten.

Würdest du???

Dahinter ein Lachsmiley, das auf dem Bildschirm auf- und abtanzte und kleine Herzchen ausspuckte.

Ja.

Noch zögerte ich, ein ähnliches Smiley auf den Bildschirm zu setzen.

Das wäre toll!!! Ich würde mich sooo freuen!!!!

Unwillkürlich musste ich lächeln. Dann erschien erneut eine Nachricht: *Ich muss dich warnen: ich wohne in einer WG mit zwei sehr kontaktfreudigen und neugierigen Mitbewohnerinnen. Mandy singt in einer Band, aber hat grad kaum Auftritte und zu viel Zeit. Jess studiert noch. Ich weiß bis heute nicht, was genau. Sie wahrscheinlich auch nicht. Stell dich drauf ein, dass sie dich löchern, sobald du den ersten Schritt in die Wohnung setzt.*

Ich schluckte. Allerdings nicht wegen der Mitbewohnerinnen, sondern weil hier wieder so deutlich wurde, wie unterschiedlich unsere Leben waren. Nicht mal als Studentin hatte ich in einer WG gewohnt.

Ich nehme mir ein Hotelzimmer, ließ ich sie wissen. Und als daraufhin ein Fragezeichen erschien: *Zorana, wir müssen das langsam angehen. Es ist viel passiert – zwischen uns und insgesamt. Ich kann dir nichts versprechen.*

Es war die Wahrheit, auch wenn ich mich nach ihr sehnte. Ich hatte verlernt – oder nie wirklich *gelernt* –, meinem Herzen zu trauen.

Eine ganze Weile blieb es still.

Ich rechnete schon nicht mehr mit einer Erwiderung und wollte den Chat gerade verlassen, als doch noch etwas von ihr kam.

Mach dir keine Sorgen. Ich lasse mir was einfallen! Es wird sein, als wäre nie etwas zwischen uns gewesen. Und jetzt sag mir, wann dein Flieger landet. Ich hole dich ab.

*

Zorana konnte ihr Versprechen nicht halten. Im Tonstudio lief eine Aufnahme schief. Ein ganzes Kapitel müsse wiederholt werden, teilte sie mir via WhatsApp mit, wir träfen uns besser bitte gleich in der Pizzeria del Sole in der Oranienburger Straße.

Ich war vor ihr dort, nahm an dem für uns reservierten Tisch am Fenster Platz und vertiefte mich in die Weinkarte.

»Guten Abend. Ist hier noch frei?«

Eine vertraute Stimme ließ mich aufblicken. Sie hatte ihre Hand auf den freien Stuhl gelegt und lächelte mich scheu an, machte aber keine Anstalten, mich zu umarmen. Mir fiel sofort auf, dass sie das kobaltblaue Kleid aus Fuerteventura trug. Das Haar fiel ihr offen über die Schultern. Der Silberring steckte an ihrem Finger.

»Ich wüsste nicht, für wen dieser Platz sonst reserviert wäre«, erwiderte ich, erstaunt über die Distanz, mit der sie mir begegnete.

Sie setzte sich und streckte mir die Hand entgegen.

»Mein Name ist Zorana Marković«, sagte sie. »Ich bin öfters hier; es ist mein Lieblingsitaliener. Aber Sie habe ich hier noch nie gesehen, sonst wären Sie mir schon aufgefallen. Sind Sie beruflich in der Stadt?«

Allmählich dämmerte mir, worauf es hinauslief.

»Nein, in einer privaten Angelegenheit«, stieg ich auf ihr Spiel ein. »Aber vor meiner Heirat habe ich ein paar Jahre in Berlin gewohnt.«

»Oh, Sie sind verheiratet?« Zorana spielte die Überraschte.

»Ich *war* es. Seit Dezember bin ich geschieden. Die traditionelle Ehe entspricht nicht dem, was ich wirklich will.«

»Sie meinen, die Ehe mit einem Mann?«

»Das auch«, gab ich zu, was ich mir endlich selbst eingeste-

313

hen konnte. »Aber in erster Linie meine ich die Ehe mit einem Menschen, dem ich nur schmückendes Beiwerk für sein Ego bin.«

»Das kann ich nachvollziehen.« Zorana nickte verständig.

»Ich bin Schauspielerin. Allerdings keine besonders gute, um ehrlich zu sein. Bisher kam ich mehr schlecht als recht über die Runden. Aber nun ist da ein wirklich tolles Angebot. Kennen Sie Claudio LePré?«

»Schon mal gehört.« Ich legte den Kopf schief und simulierte angestrengtes Nachdenken. »Ist das der mit diesen Filmen á la Versteckte Kamera?«

»Ja, genau!« Zorana nickte aufgeregt. »Ich soll einen Lockvogel spielen. Stellen Sie sich das vor! Und das Einzige, was ich dafür tun muss, ist nach Fuerteventura reisen, in einem 5-Sterne-Hotel übernachten und mit einer bildschönen, klugen Frau zu Abend essen.«

»Das klingt nicht schlecht«, sagte ich. »Aber ich höre leichte Zweifel …?«

»Nun.« Zorana richtete den Blick auf den Brotkorb, den ein Kellner inzwischen nebst einer Karaffe Wasser auf den Tisch gestellt hatte. »Ich finde es eigentlich nicht richtig, jemanden hinters Licht zu führen. Ich bin ein ehrlicher Mensch und mag es nicht, zu lügen. Aber genau das müsste ich tun, um die Geschichte in LePrés Sinne voranzutreiben.«

»Dann würde ich es wohl eher sein lassen.«

Sie nickte.

»Ja. Das ist wohl besser.« Sie seufzte. »Denn sonst endet das ganz sicher in einem furchtbaren Chaos, und ich müsste am Ende für ein paar Monate nach Costa Rica abtauchen, um dort in einem Ferienclub die Kinderanimation für verwöhnte Bälger zu übernehmen, bis sich die Lage beruhigt hat. Wer will das schon?«

Ich lächelte. Da hatte sie also die ganze Zeit gesteckt.

»Zumindest könnten Sie dort Ihr Spanisch perfektionieren«, wandte ich amüsiert ein. »Sie sehen so aus, als hätten Sie eine

Großmutter, die aus Venezuela stammt. Da haben Sie doch sicher eine gute Basis.«

Zoranas Lippen kräuselten sich. Sie hatte alle Mühe, nicht zu lachen.

»Seltsam, das haben schon mehrere zu mir gesagt!«

Nun lachten wir beide. Es war das erste Mal seit Claudios Tod, dass ich so herzlich lachen konnte, und es tat mir gut.

Wir bestellten Pizza und Chianti. Ich fühlte mich wohl in dieser kleinen Pizzeria, in der getrockneter Knoblauch von den künstlich eingezogenen Holzbalken hing und deren Wände Schwarz-weiß-Fotos von Sophia Loren, Adriano Celentano, Monica Bellucci und Ornella Muti zierten. Im Hintergrund berieselte uns Eros Ramazzotti in Dauerschleife. Es roch nach frischen Kräutern, den Pizzen, die immer wieder aus dem Holzofen hinter der Theke geholt wurden, nach gebratenem Fisch, ein bisschen nach Fett und auch nach Frühlingsblumen – Zoranas Parfum.

Die Stunden flogen dahin. Wir blieben in unseren Rollen zweier Frauen, die sich gerade erst kennengelernt hatten. Trotzdem war ich erleichtert, als wir zum Du übergingen, weil ich mich nun weniger konzentrieren musste.

Nach dem Dessert verlor ich allmählich die Lust an diesem Theaterspiel, das Zorana eisern durchzog. Die Intention dahinter hatte ich wohl verstanden. Trotzdem war es jetzt genug. Ich war nach Berlin gekommen, um für klare Verhältnisse zwischen uns zu sorgen, das war mir im Laufe des Abends erst richtig klar geworden. Ich wollte nicht, dass sie aus meinem Leben verschwand. Ich verlangte die Rechnung und zahlte, Zoranas Protest ob der Einladung ignorierend. Gemeinsam traten wir vor das Lokal.

»Willst du noch …«, begann sie unsicher, doch ich gab ihr keine Chance, die Frage zu beenden. Ich ließ meinen Trolley aufs Pflaster fallen, zog sie an mich und tat, was ich schon seit Stunden tun wollte: Ich küsste sie leidenschaftlich. Mitten auf der Straße. Genau in dem Augenblick, als eine Gruppe junger Männer vorüberkam, die prompt grölte und pfiff. Es war mir egal. Ihr offensichtlich auch, denn sie klammerte sich an mich, als fürchte sie, ich könnte einfach verschwinden.

Als wir uns voneinander lösten, musste ich mich beherrschen, um sie nicht direkt wieder an mich zu ziehen.

»Für ein erstes Date bist du sehr zielstrebig.« Zorana zog an ihrem Kleid, das etwas nach oben gerutscht war.

»Sssst. Genug.« Ich legte ihr den Finger auf die Lippen. »Lass uns ein Taxi nehmen und zu deiner Wohnung fahren.«

Sie blinzelte überrascht.

»W…willst du das wirklich? – Ich meine, weil du ja noch gesagt … geschrieben hast, dass …«

»Ich weiß, was ich geschrieben habe. Aber das ist gut achtundvierzig Stunden her, und jetzt denke ich darüber anders.«

»Du willst es *nicht mehr* langsam angehen?«

»Nicht ganz so langsam, nein.«

Wir saßen bereits auf der Rückbank des Taxis, als sie mir zuflüsterte: »Du willst mit mir ins Bett, oder?«

»Natürlich will ich mit dir ins Bett«, flüsterte ich zurück – und begriff zu spät, worauf die Frage abzielte. Sie hatte Angst – Angst, dass ich nur das von ihr nahm, wonach mir im Moment der Sinn stand, und sie danach erneut zurückstieß. Das Maleur war passiert. Sie wandte sich von mir ab und starrte aus dem Seitenfenster. Da der Taxifahrer uns aufmerksam im Rückspiegel beobachtete, beließ ich es erst einmal dabei zu schweigen.

Zoranas WG befand sich in einem Haus nahe dem Jüdischen Friedhof, das schätzungsweise um die Jahrhundertwende herum errichtet worden war und sich von den Altbauten in Wien vorrangig dadurch unterschied, dass es hier Balkone gab. Im Treppenhaus roch es etwas modrig.

Von den Mitbewohnerinnen war keine zu sehen, als wir die Wohnung betraten. »Die sind ausgegangen«, informierte mich Zorana, während sie meine Jacke über den heillos überfüllten Garderobenständer warf, der sogleich bedrohlich schwankte. »Du kriegst sie frühestens morgen Mittag zu Gesicht.«

Um in ihr Zimmer zu kommen, mussten wir die Küche durchqueren. Der Tellerberg, der sich in der Spüle stapelte, gab mir einen ersten Eindruck vom WG-Leben. Aber ich war ehrlich zu mir selbst: Ohne Spülmaschine und meine wöchentliche Putzfee hätte es bei mir nicht wesentlich anders ausgesehen.

Umso überraschter war ich, als Zorana in ihrem Zimmer das Licht anknipste. Hier herrschte nahezu peinliche Ordnung. In zwei einfachen Regalen standen neben allerlei Büchern dekorative Pappschachteln, die alles Kleinteilige in sich aufnahmen. Gegenüber dem Fenster standen ein zweitüriger Schrank, der beinahe bis unter die Zimmerdecke reichte, und ein schlichter Schreibtisch. Das Bett nahm das Zentrum des geräumigen Zimmers ein – ein Himmelbett aus weiß lackiertem Holz und mit einer Matratze, die leicht federte, als ich mich darauf niederließ.

Die Wände waren in einem dezenten Türkiston gestrichen. Oberhalb des Schreibtisches klebten Fotos – ungerahmt und in DIN-A4-Größe. Es waren Erinnerungen an Zoranas Auftritte – in kleineren und größeren Rollen, auf der Bühne, vor der Kamera und als das Kaugummigirl von *Minty Mint*. Dieser Einblick in ihr Leben fühlte sich beinahe intimer an, als mit ihr zu schlafen.

»Willst du vielleicht doch lieber ins Hotel?«

Zorana lehnte an der geschlossenen Tür und sah mich unschlüssig an.

»Nein.« Ich klopfte mit der flachen Hand auf die Bettdecke. »Komm her. Ich muss dir etwas sagen.«

»Was denn?«

Zögernd und mit unverhohlener Skepsis im Blick ließ sie sich neben mir nieder.

»Ich bin froh, dass ich hier bin«, begann ich und fühlte mich dabei genauso verunsichert, wie sie sich gerade gab. Sie sah mich mit einem Gesichtsausdruck an, als rechnete sie mit dem Schlimmsten, und ich fragte mich einen Moment lang, welch furchtbaren Eindruck ich ihr vermittelt haben musste: Lena, die

317

Unnahbare, die in ihr nur ein sexuelles Abenteuer sah? Lena, die ihr jetzt gleich mitteilte, dass sie nie mehr sein würde als eine Affäre? – Im Grunde hatte ich beides tatsächlich zu ihr gesagt, wenn auch nicht in dieser Deutlichkeit. Sie hatte keinen Grund, anderes von mir zu denken.

Ich entschied mich für schonungslose Offenheit.

»Als ich siebzehn war, habe ich mich in ein Mädchen verliebt. Ich tat alles für sie und wurde von ihr herb enttäuscht. Von da ab tat ich alles, um der Liebe aus dem Weg zu gehen. Aber dann bist du an Silvester quasi in mein Leben gerutscht und hast irgendetwas in mir bewegt. Ich habe wieder etwas gefühlt, auch wenn ich es lange nicht wahrhaben wollte.«

Ihre schönen, dunklen Augen ruhten auf mir, als ich kurz schwieg.

»Ich denke jeden Tag an dich«, fuhr ich dann fort. »Und werde unausstehlich, wenn ich nichts von dir höre oder lese. Deshalb bin ich gekommen – nicht, um nur mit dir zu schlafen und dann wieder zu verschwinden. Ich bin …« Ich holte tief Luft. Mein Herz schlug kräftig in meiner Brust und meine Handflächen wurden feucht. »Ich bin in dich verliebt, Zorana.«

Einen Moment lang starrte sie mich nur ungläubig an. Dann löste sich ihre Erstarrung, und sie umschlang mich mit beiden Armen.

»Ich bin mehr als nur verliebt«, rief sie überschwänglich. »Ich bin von dir besessen!«

Sie bedeckte mein Gesicht mit hunderten von kleinen Küssen, bis ich sie auf die Matratze schubste und ihre Zärtlichkeiten vertiefte.

*

»Bleib hier«, sagte Zorana, als sie sich in der Nacht von Sonntag auf Montag an meinen nackten Körper kuschelte. Ihr Kopf lag in meiner Armbeuge, warmer Atem streifte meine Brustwarze. »Ich will nicht, dass du wieder nach Wien fliegst und wir uns ewig nicht sehen.«

»Komm doch nächstes Wochenende zu mir«, erwiderte ich und zeichnete mit dem Zeigefinger ihre Wirbelsäule nach. Ich spürte, wie sie sich ein klein wenig versteifte. Ein heikles Terrain, aber ich musste es aussprechen: »Ich übernehme die Kosten«, bot ich vorsichtig an und, als es eine halbe Ewigkeit still blieb: »Mir tut es nicht weh …«

»Das ist es nicht«, unterbrach sie mich.

»Was dann?«

»Dieses Vorstellungsgespräch morgen früh … wenn ich den Job bekomme, bin ich an den Wochenenden erst mal blockiert.«

»Die Dreharbeiten sind nur am Samstag und Sonntag?«

»Dreharbeiten.« Sie lachte bitter. »Es ist ein Barista-Job im Starbucks. Sie suchen explizit jemanden fürs Wochenende. Und nachdem das Hörbuch jetzt eingelesen ist und es bei den letzten Castings nicht gut lief, brauche ich einfach irgendeinen Job.«

Ich wusste darauf nichts zu sagen.

Das Wochenende war so wunderschön gewesen. Wir hatten Spaß gehabt, uns viele Dinge anvertraut, miteinander geschlafen. Natürlich war mir bewusst, dass ein Abschied bevorstand, doch ich ging wie selbstverständlich davon aus, dass wir höchstens eine Woche getrennt sein würden. Nun bekam ich einen ersten Vorgeschmack auf die Realität, und sie gefiel mir schon jetzt nicht. Auf Anhieb fiel mir jedoch auch keine zufriedenstellende Lösung ein. Zorana Geld anzubieten, damit sie *nicht* arbeitete und Zeit für mich hatte, war keine Option. Ich würde sie damit in eine Abhängigkeit drängen, die ich von mir selbst nur zu gut kannte. Keine Basis für eine Beziehung auf Augenhöhe.

Also küsste ich sie auf den Mund und sagte lediglich: »Mach dir keine Sorgen. Ich lasse mir etwas einfallen.«

»Hej … das waren meine Worte!« Sie knuffte mich in die Rippen. »Du kannst nicht mein urheberrechtliches Eigentum klauen!«

»Doch. Es ist nämlich für einen guten Zweck«, versicherte ich.

Dann liebten wir uns, und ich spürte zum ersten Mal seit Farah tief in mir dieses Bedürfnis, einem Menschen zu sagen, was ich für ihn empfand: das Gefühl, ohne ihn völlig verloren zu sein.

*

Schwerwiegende Entscheidungen soll man eine Nacht überschlafen, heißt es. Daran hielt ich mich, als ich aus Berlin zurückkam, den Kopf voll von Zoranas Lachen, ihren Erzählungen und unseren gemeinsamen Erlebnissen. Als ich abends vor dem Spiegel stand und das Make-up abgelegt hatte, sah mir eine Person entgegen, an die ich mich erst noch gewöhnen musste. Es war eine Frau mit leuchtenden Augen, einem breiten Grinsen im Gesicht und einem knallroten Knutschfleck am Hals.

Als ich am nächsten Tag die Zähne putzte, war der Knutschfleck schon etwas blasser geworden, doch meine Augen strahlten noch genau so wie am Abend zuvor. Nicht ganz unschuldig daran war das WhatsApp, das ich nach dem Aufwachen auf dem Handy gefunden hatte. Alexanders Versuche, mit einem morgendlichen Handygruß etwas Romantik in unsere Beziehung zu bringen, hatte ich immer kitschig gefunden und selten darauf reagiert. Bei Zorana fand ich die lieben Worte, roten Herzchen und Kuss-Smileys einfach süß.

Mein Entschluss stand fest. Ich setzte mich an den PC, bemühte die Layout-Software, mit der ich erst seit Kurzem kleinere Grafik-Arbeiten für *LePré Adventures* selbst erledigen konnte, und entwarf eine Stellenanzeige.

Dann legte ich eine sehr spezielle Mailadresse an und stellte mein Elaborat in den Anhang einer Nachricht an Zorana:

Habe ein Jobangebot für dich gefunden, bei einem Start-up. Vielleicht ist es interessanter als Kaffee kochen?

Ich fuhr ins Büro, arbeitete gemeinsam mit Bea an der Bewerbung unserer Adventure-Angebote weiter und sah wie eine Süchtige alle paar Minuten auf mein Smartphone. Zorana meldete sich nicht. Erst am Nachmittag fiel mir ein, dass es ihr Probetag bei Starbucks war und sie vermutlich gar nicht dazu kam, mir zu antworten – falls sie das Mail überhaupt gesehen hatte.

Abends war ich bei Alexander und Sofia zum Grillen eingeladen. Es war ein seltsames Gefühl, die Villa, in der ich jahrelang die Hausherrin gewesen war, als Gast zu betreten. Noch befremdlicher war, dass Sofia kaum etwas verändert hatte.

»Ich mag deinen Stil«, erklärte sie freimütig, als wir gemeinsam durchs Wohnzimmer zur Terrasse schlenderten, gefolgt von ihrem Windhund Fiffy, der mich begrüßt hatte wie eine alte Freundin. »Die schweren weinroten Vorhänge, dazu diese verwaschene, rotbraune Wandfarbe … mich erinnert dieses Ambiente immer an eine alte, toskanische Villa.«

»Alexander hat das nie besonders gefallen«, warf ich ein, während ich mich gleichzeitig fragte, warum ich die Einladung eigentlich angenommen hatte.

Ah ja – das Baby. Das war es. Sofia, die stolze Mama, hatte mir unbedingt ihren kleinen Sebastian vorstellen wollen. Ich schmunzelte innerlich bei dem Gedanken, wie Alexander wohl reagiert haben mochte, als sie ihm beiläufig verkündet hatte: »Übrigens, Schatz, am Montagabend kommt Helene zu uns zum Essen!«

Alexander stand am Grill und war gerade dabei, das Feuer in Gang zu bringen, als ich mit einer Flasche Rotwein unter dem Arm in den Garten kam. Auf dem Abstelltisch neben ihm stand eine Platte mit saftig-blutigen Rindersteaks.

Wir begrüßten uns mit Wangenküssen.

»Gut siehst du aus«, sagte er und ließ seinen Blick über mein Polohemd wandern. Ich wusste, dass er log. Er hatte Polohemden an Frauen immer gehasst. Frauen wie Sofia – offenes, langes Haar, Trägerkleid bis zu den Knöcheln – waren sein Geschmack. »Wie geht es dir?«, erkundigte er sich, während er die Fleischstücke mit einer jungfräulich wirkenden Grillzange auf dem Rost platzierte.

»Gut, danke.«

»Das freut mich.«

Da unsere Gespräche schon immer in dieser Art abgelaufen waren, hatte unsere Ehe nur in einer Scheidung münden können.

»Tut mir leid ... das mit Claudio«, schob er diesmal allerdings nach. »Muss schlimm für dich sein.«

»Ja – war es und ist es noch immer.«

Glücklicherweise stieß in diesem Augenblick Sofia zu uns, die chinesische Nanny mit Sebastian auf dem Arm im Schlepptau. Er trug einen hellblauen Strampler mit Mickey-Maus-Aufdruck, den Alexander sicherlich entsetzlich fand, aber ich hatte bereits begriffen, dass seine Mitsprache in diesen Dingen begrenzt war.

»Das ist mein kleiner Basti«, erklärte mir Sofia mit unverhohlenem Stolz. »Ist er nicht süß?«

»Sehr süß«, bestätigte ich, weil ich nicht wusste, was ich sonst über ein ziemlich blasses, blondes und vor sich hinnörgelndes Baby sagen konnte, und schon hatte ich den Kleinen im Arm. Ich machte das Beste daraus, doch er fühlte sich für mich an wie ein Fremdkörper. Für seine Größe war er überraschend schwer.

»Irgendwann wirst du sicher auch ein Baby bekommen«, sagte Sofia zu allem Überfluss. »Bitte bald! Es wäre so toll, wenn die beiden zusammen spielen könnten!«

Im Hintergrund rollte Alexander mit den Augen.

Ich grinste nur dumm und wusste nicht recht, was ich darauf hätte erwidern können. Zum Glück nahm mir die Nanny den unglücklichen Säugling wieder ab und verschwand mit ihm ins Haus, während Sofia schon beim nächsten Thema war.

»Ich möchte meine Online-Kanäle wiederbeleben«, erzählte sie, während sie mir einen Aperol-Spritz in die Hand drückte. »Zu meinen aktivsten Zeiten hatte ich auf Instagram über sechzigtausend Follower!«

»Wow«, sagte ich automatisch, obgleich ich mit der Zahl nichts anfangen konnte. War das viel?

Alexanders vernichtender Blick in meine Richtung entging mir nicht. Er hasste es, dass ich ihr deswegen Anerkennung zollte.

»Ich würde gern mit einer Homestory einsteigen«, plapperte Sofia weiter. »Mein Haus, mein Garten ... so was. Mit einem Profi-Fotografen natürlich. Und später dann auch Tipps geben im Umgang mit einem Baby.«

Sagte die Frau, deren erstes Kind seit wenigen Wochen auf der Welt war und von einer Nanny betreut wurde ...

»Es ist nur so«, Sofia legte den Kopf schief und sah mich aus großen blauen Augen an, »das Haus und der Garten sind ja ... hmm ... dein Machwerk. Ich weiß nicht, ob es dir recht ist, wenn ich das unter meinem Namen veröffentliche?«

Ein paar Sekunden verstrichen, ehe ich begriff, dass Sofia wohl eine Art Freigabe wollte.

»Also, ich hab damit kein Problem.« Wieso auch? Mit diesem Leben hatte ich nichts mehr zu tun.

»Wirklich? Du bist ein Schatz!«

Sofia fiel mir um den Hals, und mir war endgültig klar, dass sie in mir weniger die Ex ihres Mannes als eine Freundin sah.

Dann wandte sie sich an Alexander, der mit finsterer Miene noch immer am Grill hantierte, belagert von Fiffy, die offenbar auf ein Fleischstück hoffte und ihm als einziges weibliches Wesen im Moment ungeteilte Aufmerksamkeit schenkte.

»Siehst du – Lena findet auch, dass es eine tolle Idee ist, wieder mehr zu posten!«

»Ähm ...«, setzte ich verblüfft an, doch Alexander kam mir zuvor.

»Wir haben darüber doch schon oft diskutiert, Schatz. Was ich am wenigsten brauchen kann, sind Angestellte oder Geschäftspartner, die wissen, aus welchem Teller ich meine Suppe löffle – abgesehen von dem Risiko, dem du Sebastian aussetzt. Unser Haus hier ist nicht umsonst überwacht, und die Alarmanlage macht durchaus Sinn – solange du keine Homestorys veröffentlichst.«

Er sprach ruhig, aber ich spürte, dass ihn dieses Thema auf die Palme brachte.

»Aber ich will endlich wieder was für mich tun!«, klagte Sofia.

»Du kannst den ganzen Tag etwas für dich tun«, hielt ihr Alexander gereizt entgegen. »Kauf dir was Hübsches zum Anziehen, geh zur Kosmetikerin oder zum Friseur, triff dich mit anderen Müttern!«

»Das ist doch nicht dasselbe.« Sie sah jetzt wirklich unglücklich aus. »Lena hatte doch auch ihr eigenes Leben. Aber ich bin nur noch dein Schatten.«

O je. Ich wandte mich höflich ab und den Pfingstrosen zu. Akustisch konnte ich mich der Fortsetzung des Dramas dennoch nicht entziehen.

»Lena ging reiten. Das war eine stille, weitgehend unauffällige Beschäftigung.«

»Ich will aber nicht reiten!« Jetzt klang sie wie ein trotziger Teenager. »Als wir uns kennengelernt haben, hast du meinen Blog richtig toll gefunden!«

»Damals warst du als Hotel- und Restauranttesterin unterwegs und noch nicht mit mir verlobt. Jetzt gelten einfach andere Regeln.«

»Na, super.« Sofia schnaubte. »Und wenn wir erst verheiratet sind? Legst du mir dann Fesseln an?«

Eine unangenehme Pause entstand. Ich widerstand nur schwer dem Drang, mich still und weitgehend unauffällig zu verabschieden.

»Die Steaks sind soweit«, erwiderte Alexander nüchtern. Damit war die Diskussion für ihn beendet.

Für Sofia auch. Sie sprang auf die Füße und hastete auf ihren Riemchen-High-Heels klappernden Schrittes ins Haus. Alexander zog ein Gesicht, als stünde seine Kreuzigung kurz bevor.

»Es ist so mühsam«, schnaufte er. »Immer dieselben Diskussionen!«

Ich konnte mir ein Schmunzeln nicht verkneifen.

»So ist das mit Teenagern. Aber irgendwann ist die Pubertät vorbei.«

»Haha. Sehr witzig.« Mit der Grillzange legte er die Steaks auf eine Platte und trug sie zu dem dekorativ gedeckten Teakholztisch, der auch als Covermotiv für SCHÖNER WOHNEN hätte dienen können.

»Bitte, nimm doch Platz.«

Während er Bordeaux einschenkte, hörte ich im Haus Sofia mit der Nanny diskutieren. Wir stießen an. Alexander lehnte sich zurück.

»Es war vieles einfacher mit dir«, sagte er unvermittelt. »Manchmal denke ich, wir hätten einfach so weitermachen sollen. Wir waren ein gutes Team.«

Beinahe hätte ich mich am Rotwein verschluckt.

»Bist du nicht zufrieden?«, erkundigte ich mich überrascht. »Du hast jetzt ein Kind. Das wolltest du doch immer.«

»Ja, natürlich. Ich liebe Sebastian ...« Er drehte nachdenklich sein Glas in der Hand. »Genug von mir. Wie geht es dir? Ich mache mir Sorgen um dich.«

»Um mich?« Ungläubig schaute ich ihn an. »Wieso denn das?«

»Weil du so alleine bist, und das ist meine Schuld. Wenn eine also Grund zur Klage hätte, dass sie keine Aufgabe hat, dann bist es wohl du und nicht meine ... zukünftige Frau.«

Es überraschte mich, dass er sich plötzlich Gedanken um mein Seelenleben machte.

»Ich habe dir doch von meinem Business erzählt! Da ist mächtig viel zu tun. Mir wird nie langweilig und einsam bin ich auch nicht.«

»Jaaa«, erwiderte er gedehnt. »Das ist für dich jetzt ein kleiner Zeitvertreib. Aber wir beide wissen doch, dass du irgendwann die Lust daran verlieren wirst. So ein Start-up, das macht Höhen und Tiefen durch. Gerade das dritte Jahr ist sehr sensibel, auch in wirtschaftlicher Hinsicht. Du weißt sicher, dass die Sozialversicherung da nachträglich Bilanz über deinen tatsächlichen Gewinn zieht und es unter Umständen zu hohen Nachzahlungen kommt. Die haben schon manchem das Genick gebrochen. Und du hast so gar keine Erfahrung in diesen Dingen. Da macht es dann keinen Spaß mehr.«

Alexander mochte sich nach außen hin als charmant und großzügig präsentieren, im Grunde seines Herzens war und blieb er ein von sich eingenommener Macho, der Frauen nichts zutraute.

»Danke für deinen Input. Aber eine Existenzgründer-Beratung hatte ich schon«, sagte ich. »Für uns steht ein etablierter Markenname – LePré. Daher werden wir wirtschaftlich wohl kaum ins Strudeln geraten.«

»Wir?«

»Bea und ich. Bea ist meine Mitarbeiterin.«

Er lächelte milde, und ich verspürte kurz das Bedürfnis, ihm meinen Rotwein ins Gesicht zu schütten. Zum Glück kehrte in diesem Augenblick Sofia mit einer Schüssel Salat zurück, gefolgt von der Nanny, die eine Platte mit Folienkartoffeln auf den Tisch stellte.

Während Alexander mir eine große Kartoffel auf den Teller lud, konnte er sich einen weiteren Ratschlag nicht verkneifen: »Wenn das wirklich so toll anläuft, brauchst du zusätzliches Personal. Mit nur einer weiteren Kraft lässt sich das nicht stemmen.«

»Danke. Ich arbeite daran.«

Sehnsüchtig dachte ich ans Handy, das im Vorraum in meiner Handtasche ruhte. Ob Zorana wohl schon das Mail entdeckt und sich gemeldet hatte?

Das Steak war Alexander gut gelungen – *medium rare*, so, wie ich es liebte. Sofia begnügte sich mit Salat und Ofenkartoffeln, war aber immerhin wieder friedlicher gestimmt und erzählte fröhlich von einem Trip nach Barbados und einem Charity Golfturnier, für das sie als Schirmherrin vorgesehen war, obgleich sie noch nie einen Golfschläger in der Hand gehalten hatte. Erst beim Dessert – Zitronensorbet in Sekt – landete sie wieder bei einem heikleren Thema.

»Ist es wirklich wahr, dass du im neuen LePré-Film mitspielst?«

»Ja. Das heißt, es werden Originalszenen mit mir eingefügt, aber besetzt wird die Story mit echten Stars.«

»Und wer spielt dich?«

Ich lächelte.

»Darüber darf ich nicht sprechen. Die Dreharbeiten beginnen erst in einem Monat. Du musst dich also noch etwas gedulden.«

»Und um was geht's?«

»Auch darüber darf ich …«

»… nicht sprechen, oh Gott, hab's kapiert!« Sofia hob beschwichtigend die Hände. »Bist zu wenigstens die Heldin?«

»Definitionssache.«

»Ich bin schon zufrieden, wenn sie sich nicht lächerlich macht.« Alexander tupfte sich mit der Stoffserviette die Mundwinkel ab. »Nachdem im Abspann gewiss dein voller Name steht.«

»Roßloch, genau!«

Es bereitete mir einen Moment diebischer Freude, ihm das unter die Nase zu reiben.

»*Sie* darf in einem Kinofilm mitmachen, aber ich darf nicht mal ein Foto von mir ins Netz stellen«, beklagte sich Sofia prompt. »Das ist so unfair!«

»*Sie* ist auch nicht mehr mit mir verheiratet.« Im Klartext: *Mich* kann er nicht mehr kontrollieren.

»Ich bin auch nicht mit dir verheiratet.« Sofia zog einen Schmollmund. »Erst ab Juni!«

Dass sich Alexander das noch einmal schwer überlegen könnte, schien ihr gar nicht in den Sinn zu kommen. Ich hatte mein Dessert aufgegessen und hielt es für an der Zeit, den Rückzug anzutreten. Noch eine Beziehungsdebatte würde ich mir nicht antun.

»Also, ich packe es jetzt. Ich muss morgen wieder früh raus. Danke für die Einladung.«

»Oh, schade … eigentlich wollte ich dir noch die Stoffproben für meine neuen Schlafzimmervorhänge zeigen und …«

»Ein anderes Mal«, unterbrach Alexander Sofias Redefluss. »Wir sollten Helene nicht aufhalten.«

Er begleitete mich zur Tür.

»War nett, dass du hier warst«, sagte er und trat unschlüssig von einem Bein auf das andere. »Vielleicht könnten wir uns ja mal zum Mittagessen bei *Fabios* treffen. Oder gerne auch abends. Wie es eben für dich passt. Nur wir beide.«

Ein paar Augenblicke lang schaute ich ihn einfach nur an. Trotz des dezenten Lichts, das der kleine Luster über uns abstrahlte, konnte ich sehen, wie ihm die Röte in den Kopf stieg. Das war neu. Verlegen hatte ich ihn noch nie erlebt.

Und in diesem Moment begriff ich, dass es Zeit war, etwas klarzustellen – auch als Vorbereitung für *Torrid Target*. Er sollte es nicht aus den Medien erfahren müssen.

»Alexander, ich bin mit jemandem zusammen.«

Sein Kinn sackte nach unten.

»Sie heißt Zorana, sie ist Schauspielerin und ich liebe sie. Es wird im Film gewisse Szenen geben, die uns miteinander zeigen.«

Nun entglitt ihm seine Gesichtsmuskulatur völlig. Einen Moment lang sah er so dümmlich und hilflos aus, dass er mir beinahe leidtat.

328

»N…nackt?«

»Wie bitte?«

Ich blinzelte irritiert.

»Nackt«, wiederholte er in einem Tonfall, als wäre ich diejenige, die ein Verständnisproblem hätte. »Werdet ihr nackt zu sehen sein?«

»Nein. Es ist ein LePré-Film, kein Porno.« Ich verdrehte die Augen. »Vielleicht wird andeutungsweise eine Bettszene nachgestellt, aber das ist alles.«

»Das ist alles«, wiederholte er, als spräche er zu sich selbst. Dann seufzte er und fügte hinzu: »Wie soll ich das nur Mutter beibringen.«

Wenn das sein einziges Problem war.

»Deine Mutter ist meiner Erfahrung nach cooler als du«, erinnerte ich ihn, dann ging ich zum Auto. Als ich einstieg, stand er noch immer im Türrahmen und sah mir nach.

Einerseits war es typisch für ihn, sich allenfalls den Kopf darüber zu zerbrechen, was dies oder jenes für seinen Ruf und seine Karriere bedeuten konnte. Andererseits: Interessierte es ihn tatsächlich rein gar nicht, seit wann ich homosexuell war und warum ich ihn überhaupt je geheiratet hatte?

Anscheinend nicht. Die einzige Person, für die er sich interessierte, war er selbst. Was ein Glück, dass wir geschieden waren!

*

Zorana hatte dreimal angerufen – zuletzt um kurz vor halb elf. Zu dieser Zeit hatte ich gerade mein Zitronensorbet gelöffelt. Um 22:35 Uhr hatte sie dann eine Nachricht geschickt:

Liebe Lena, ich kann dich leider nicht erreichen. Vermutlich ist der Grillabend bei deinem Ex also doch spannender, als du erwartet hattest ;-) Mein Probe-Arbeitstag war schrecklich. Details folgen. Trotzdem wollen sie mich nehmen ... weiß im Augenblick nicht, ob ich schreiend davonlaufen oder mich freuen soll. Interessanterweise fand ich ein aufregendes Stellenangebot in meiner Mailbox. Ein Wink des Schicksals? Besonders die Absenderadresse hat mich angenehm überrascht. Erst vor Kurzem sagte mir JEMAND doch sehr deutlich, wir sollten unsere Beziehung LANGSAM angehen. Sei's drum, ich werde mich trotzdem bewerben. Gute Nacht und träume von etwas Süßem. Zum Beispiel von mir :-) Kuss, Zorana. P.S. Ich liebe dich auch.

Ich schaute auf die Nachricht und wusste, dass ich wieder dasselbe Grinsen im Gesicht hatte wie so oft in letzter Zeit. Ich konnte mich nicht erinnern, mich jemals so positiv und heiter gefühlt zu haben – schon gar nicht zu der Zeit, als ich glaubte, mit Farah zusammen zu sein.

Ganz gefangen von ihrem letzten Satz und den Kuss-Smileys, schenkte ich dem Rest des Textes erst Beachtung, als ich bereits im Bett lag. Dann aber fuhr ich hoch und aktivierte das Notebook auf meinem Schreibtisch. Sie hatte sich beworben!

Ich loggte mich in mein neues, speziell für sie geschaffenes Postfach ein und fand tatsächlich ein Mail. Im Anhang hatte Zorana einen Lebenslauf mitgeschickt, der jedem Human-Resources-Spezialisten Verzweiflungsschreie entlockt hätte. Kurzfristigste Engagements und Minijobs füllten drei Seiten in Times New Roman, Schriftgröße 8.

zoya.zo.berg@hotmail.com an: << Lena Roßloch >> ichliebedich@lepréadventures.com

Sehr geehrte Frau Roßloch,
völlig überraschend bin ich auf Ihre Stellenausschreibung gestoßen, in der Sie eine Mitarbeiterin Administration/ Eventorganisation/ Außendienst suchen. Auch wenn es für mich auf den ersten Blick so aussieht, als wüssten Sie selbst nicht so genau, was Sie

sich vorstellen, liegt es doch auf der Hand, dass Sie Unterstützung beim Aufbau Ihres Geschäftszweiges brauchen.

Die gewünschten Anforderungen erfülle ich zu 150%. Ich bin äußerst flexibel, kann mich auch mit schwierigen Persönlichkeiten (z.B. Chefinnen) arrangieren.

Ich habe fundierte Erfahrung darin, entführt zu werden, kann (mit etwas Hilfe) aus einem mäßig abgeriegelten Ferienhaus entkommen und verliere nicht die Nerven, wenn vor mir eine Schreckschusspistole losgeht.

Bei meiner derzeitigen Beschäftigung als Barista, in der ich seit heute achtstündige Erfahrung vorweisen kann, habe ich gelernt, auch Kundenwünsche zu berücksichtigen, die meinem persönlichen Geschmack zuwider laufen. Egal, ob Frappuccino mit Mango-Flavour, Ice Tea mit Strawberry-Cream: Sie bestellen, ich liefere!

Nach einer gescheiterten Schauspielkarriere suche ich nun nach einer soliden und vor allem dauerhaften Beschäftigung mit Zukunft. Nach vielen erfolglosen Jahren in Berlin stehe ich einem Ortswechsel prinzipiell offen gegenüber.

Es würde mich freuen, wenn ich mich in Kürze persönlich vorstellen könnte.

Mit freundlichen Grüßen

Zorana Marković

*

Wir erreichten uns am nächsten Morgen, als ich auf dem Weg ins Büro war.

»Lena, du bist völlig verrückt!«, drang ihre Stimme durch die Freisprechanlage. »Das war das lustigste Stellenangebot, auf das ich jemals reagiert habe!«

»Ich freue mich, dass du aufrichtig interessiert bist«, erwiderte ich schmunzelnd, während ich geduldig darauf wartete, bis die Oma mit Gehstock den Zebrastreifen überquert hatte. »Begeisterungsfähige Mitarbeiter sind das A und O.«

Sie sagte etwas, doch ich konnte es nicht verstehen. Eine Durchsage – offenbar die Ankündigung der Abfahrt eines Zuges – überlagerte ihre Worte. Der Durchsage folgte ein kurzes Quietschen, das in ein Rattern überging. Erst dann war es wieder ruhiger. Gedämpft waren im Hintergrund Stimmen zu hören.

»Es ist acht Uhr früh. Wo, um Himmels willen, bist du?«

»Na, in der U-Bahn-Station!«, kam es prompt zurück. »Heute ist doch der zweite Einschulungstag bei Starbucks.«

Die Oma war inzwischen auf der anderen Straßenseite angelangt. Ich fuhr wieder an.

»Gefällt es dir da so?«

»Neiiiin, es ist schrecklich! Aber was soll ich machen? Vorläufig habe ich nichts Besseres!«

Ich runzelte die Stirn. Hatte ich mich nicht klar genug ausgedrückt?

»Ich dachte eigentlich schon, dass mit mir gemeinsam *LePré Adventures* aufzubauen etwas Besseres ist.«

Eine Weile hörte ich nur ihren Atem und die Stimmen anderer Passanten im Hintergrund. Dann Straßenlärm. Offenbar hatte sie gerade die Station verlassen.

»Bist du noch dran?«, fragte ich schließlich, weil von ihr nichts mehr kam.

»Ja. Ich muss das gerade verdauen.« Schritte auf Asphalt. »Du meinst das ernst, was du geschrieben hast?«

»Natürlich!«, erwiderte ich, verblüfft über ihre Frage. »Du doch auch, oder? Du hast dich gestern beworben ...«

»Himmel, ich dachte, du machst nur Spaß! Wir haben gerade mal ein Wochenende miteinander verbracht ... ich meine ... so richtig ... ich als ich und du als du. Du bietest mir ernsthaft an, zu dir nach Wien zu ziehen? Einfach so?«

Der wohlvertraute Kloß, der mir früher die Luft zum Atmen nahm, wenn ich an sie gedacht hatte, machte sich nach langer Zeit der Abstinenz wieder in meiner Kehle breit. Enttäuschung stieg in mir auf und erschwerte mir das Reden. Die Tiefgarage kam mir vor wie ein Rettungsanker. Als ich einfuhr, wurde unsere Verbindung unterbrochen, was ich in diesem Moment nicht einmal bedauerte.

Ich blieb noch zwei, drei Minuten im Auto sitzen, ehe ich bereit war, auszusteigen und den Lift zu betreten. Mit einem knappen Morgengruß zu Bea flüchtete ich mich im Büro hinter meinen PC.

Ich war nicht für die Liebe gemacht. Das musste ich endlich einsehen. Entweder liebte ich gar nicht – oder gleich im Übermaß.

Das Display meines Handys leuchtete.

Lena, ich bin nun bei Starbucks, ich muss das Handy gleich in den Spind sperren. Wir müssen reden. Aber bevor du jetzt durchdrehst: Ich liebe dich! Ich will, dass das mit uns klappt, und ich sehe auch, dass eine Fernbeziehung nicht funktioniert. Ich habe mir in Berlin ein Leben aufgebaut. Ich habe nie daran gedacht, einmal woanders hinzuziehen. Aber ich würde es tun! Auch wenn es ein Sprung ins kalte Wasser ist. Aber gib mir vorher Zeit, um Schwimmflügel zu kaufen, nur für alle Fälle. Kuss, Z.

In diesem Moment begriff ich meinen Fehler. Ich hatte genauso agiert wie Alexander. Mit nicht zu überbietender Selbstherrlichkeit war ich davon ausgegangen, dass eine junge Frau in ungesicherten Lebensverhältnissen, die im Grunde ja wohl nichts zu verlieren hatte, ihre Zelte mir nichts, dir nichts abbrach und sich in meine Arme und damit in völlige Abhängigkeit stürzte.

Wollte ich wirklich, dass Zorana nur noch die Frau an Lena Roßlochs Seite war? – Ganz gewiss nicht. Es würde sie nicht glücklich machen und langfristig auch mich nicht.

Ich atmete tief durch, griff erneut nach meinem Handy und tat etwas für mich völlig Atypisches: Ich schickte ein kleines, blinkendes rotes Herz.

Epilog

Die Deutschlandpremiere von *Torrid Target – Heißes Ziel* fand im Kino International in Berlin statt. Neben Nico Nessels, dem jungen Regisseur, der bei früheren Filmen schon mit Claudio zusammengearbeitet und *Torrid Target* in dessen Sinne vollendet hatte, waren Claudios Mutter Irmi, seine frühere Assistentin Priscilla, Neil Saunders von der Produktionsfirma und jede Menge Prominenz vor Ort. Allen voran schritten natürlich jene beiden Grazien über den roten Teppich, mit denen unsere Rollen besetzt worden waren: Sienna Miller und Camille Belle. Ein Blitzlichtgewitter und die Zurufe von Medienleuten begleiteten sie, ehe sie in einem für die prominenten Ehrengäste abgetrennten Teil des Kinosaals verschwanden.

Auch Zorana und ich hatten hier einen Platz zugewiesen bekommen. Während sie neben Jo platziert worden war, die als eine von Claudios engsten Freundinnen nicht fehlen durfte, saß ich neben Irmi und hielt ihr während des gesamten Films tröstend die Hand. Bei der Beerdigung, die mittlerweile über ein Jahr zurücklag, war Claudios Mutter noch so tapfer gewesen. Jetzt vergoss sie bittere Tränen. Sie musste mir nicht erklären, weshalb. Wir dachten beide die ganzen hundertzehn Minuten lang an Claudio. Nie wieder würde es einen Film von ihm geben, nie wieder käme er mit seiner roten Ballonmütze auf dem Kopf zur Tür hereinspaziert.

Claudio LePré und Lena Roßloch verband bis zu seinem Tode eine tiefe Freundschaft, hieß es im Abspann.

Ich kannte den Text und hatte ihn freigegeben. Dennoch

musste ich jetzt, da ich ihn auf der Leinwand sah, weinen. Nie wieder würde Claudio mich *Prinzessin* nennen.

Zorana spürte, dass es mir schlecht ging, reichte mir ein Taschentuch und legte den Arm um mich – eine Geste, die ihre tröstliche Wirkung nicht verfehlte. Ich war nicht allein. Ich wurde geliebt.

Das war mehr, als Irmi von sich behaupten konnte. Als Alleinerbin von Claudios Vermögen saß sie mit ihren fast siebzig Jahren auf Millionen, schien aber nicht recht zu wissen, was sie damit anfangen sollte. Sie lebte nach wie vor in ihrer kleinen Wohnung in einem Betonblock in München-Giesing, in dem ihr Sohn aufgewachsen war, spielte mittwochs im Senioren-Club ums Eck Bingo und kümmerte sich zweimal die Woche um Flüchtlingskinder aus dem Asylbewerberheim. Schon Claudio hatte es mal verärgert, mal amüsiert, dass seine Mutter all seine finanziellen Hilfsangebote stets abgelehnt hatte und ein Umzug nach L.A. – oder auch nur in eine bessere Gegend innerhalb Münchens – für sie nicht ansatzweise infrage kam.

Wie ich so neben dieser stämmigen kleinen Frau saß, die ihr weißes Haar zu kaschieren versuchte und deren Lippenstiftfarbe von Jahr zu Jahr knalliger geworden war, wurde mir bewusst, dass ich zu ihr eine engere Bindung hatte als zu meiner eigenen Mutter.

Ganz am Anfang unserer Bekanntschaft hatte sie genauso viel Angst vor mir gehabt wie ich vor ihr: Ich war für sie das verwöhnte Kind reicher Eltern, sie für mich eine von jenen sozial Schwachen, die selbst schuld an ihren Lebensumständen waren. So hatten meine Eltern es mir stets vermittelt: Statt in Bildung zu investieren, kauften solche Leute eben lieber Zigaretten, saßen den ganzen Tag vor riesigen Fernsehern, die sie in Raten abstotterten, ernährten sich von Fastfood und tranken Unmengen Bier.

Durch die Bekanntschaft mit Irmi lernte ich, Vorurteile abzubauen und das Weltbild meiner Eltern zu hinterfragen. Wenn ich Claudio während der Ferien in München besuchte, erlebte ich selbst, wie hart seine Mutter arbeitete, um ihren Leben zu stemmen. Das Einzige, worin meine Eltern recht behielten, war das Rauchen. Irmi kam kaum mit zwei Schachteln am Tag aus, und sie schämte sich in gewisser Weise dafür. Da auch ich damals rauchte, verstand ich sehr gut, dass das mit dem Aufhören keine einfache Sache war. Inzwischen war Irmi längst auf e-Zigaretten umgestiegen.

»Da ist nur noch ganz wenig Nikotin drinnen«, beteuerte sie, während wir nach dem Abspann gemeinsam ins Foyer gingen. »Und wenn ich trotzdem noch Lungenkrebs kriege, grüße ich meinen Buben im Himmel von euch.«

Bei ihren Worten kämpfte ich schon wieder mit den Tränen, wofür jetzt, da auch über Zorana und mich ein Blitzlichtgewitter hereinbrach, der denkbar ungünstige Augenblick war. Verstohlen trocknete ich mir die Augenwinkel. Gleich darauf wurden wir auch schon gemeinsam mit Sienna Miller und Camille Belle vor das Backdrop am Ende des Red Carpet platziert, vor dem die Fotografen ihre Fotos von den Stars schossen.

Während Sienna und Camille von ihren Presseattachés gerettet wurden, stürzte sich die hungrige Journalistenmeute nun auf Zorana und mich. Die Fragen prasselten nur so auf uns ein.

»Wann sind Sie dahintergekommen, dass Sie Darstellerin in einem LePré-Film sind, Frau Roßloch?«

»Haben Sie nie irgendeine Kamera bemerkt?«

»Fiel es Ihnen leicht, Ihre Rolle zu spielen, Frau Berg?«

»Sind Sie wirklich ein Paar?«

»Seit wann sind Sie lesbisch, Frau Roßloch?«

»Haben Sie wirklich wie im Film gleich am ersten Abend miteinander geschlafen?«

»Ist es richtig, dass Sie inzwischen gemeinsam eine Eventagentur führen?«

Die meisten Fragen wollte und würde ich nicht beantworten. Die letzte schon, immerhin bot sich die Chance, gratis PR für mein Unternehmen zu bekommen.

»*LePré Adventures* wurde im letzten Jahr gegründet, selbstverständlich noch in Absprache mit Claudio LePré«, sagte ich. »Unser Angebot umfasst bisher vier verschiedene Abenteuerprojekte an ganz besonderen Orten in Deutschland, Österreich und der Schweiz. Normalerweise dauern sie zwei, vier oder sieben Tage. Es gibt aber auch eine Special Edition: zwei Wochen, vier Länder. Unsere Kundschaft ist absolut begeistert!«

»Das Geheimnis bei LePré lag gerade darin, dass der Gefilmte keine Ahnung von seiner Rolle hatte. Bei Ihnen zahlt der Kunde sogar dafür«, bohrte ein Journalist nach.

»Und trotzdem empfindet er denselben Kick«, versicherte ich. Die Erfahrung hatte uns darin recht gegeben. »Mehr noch: Er fühlt sich sogar als jemand, der sein Leben in die Hand nimmt!«

»Werden diese Abenteuer eher von Frauen oder von Männern gebucht?«, wollte eine Journalistin mit kurzem Haar und Doppelaxt-Tattoo auf der Schulter wissen.

»Bisher tendenziell eher von Männern, aber wir arbeiten an speziellen Angeboten für Frauen.«

»Für lesbische Frauen?«, hakte sie prompt nach, was mich nicht wunderte.

Ich lächelte.

»Falls lesbische Frauen spezielle Bedürfnisse haben, wenn es darum geht, Abenteuer zu erleben, werden wir unser Angebot selbstverständlich in diese Richtung adaptieren.«

»Immerhin haben Sie auf diese Weise Zoya Berg kennengelernt!«

Die Journalistin ließ nicht locker, und ich begriff, auf was ihre Fragen tatsächlich abzielten.

»Wir sind keine Paarvermittlung«, stellte ich klar. »Es geht um Abenteuer, nicht um Bettgeschichten oder Hochzeiten.«

Alle lachten, sogar die Journalistin.

»Werden Sie beide heiraten?«, fragte ein anderer aus der Menge prompt.

»Vielleicht«, erwiderte ich galant und griff nach Zoranas

Hand. »Aber so etwas würde ich erst mit meiner Zukünftigen besprechen, ehe ich es Ihnen mitteile.«

»Warten Sie auf einen Antrag?«, wurde Zorana prompt gefragt.

Sie drückte leicht meine Hand und schenkte mir ein Lächeln, ehe sie sich von mir löste. Als sie sich vor den Presseleuten und wieder aktiv gewordenen Fotografen in Pose warf, wurde mir einmal mehr bewusst, wie außergewöhnlich hübsch sie mit ihrem dunklen Haar, den großen Augen und den vollen Lippen war. Ihr mitternachtsblaues Cocktailkleid umschmiegte ihren schlanken Körper und betonte genau jene Stellen, die ich besonders liebte.

»Vielleicht bin ja ich diejenige, die einen Antrag macht«, verkündete Zorana mit kokettem Lächeln. »Das ist nämlich das Tolle an lesbischen Beziehungen: Keine Dame muss auf den Ritter warten!«

Wieder wurde gelacht. Jemand wollte weiterfragen, doch sie schnitt ihm das Wort ab. »Bevor ich über Heiratspläne nachdenke kann, bin ich allerdings noch ziemlich beschäftigt. In drei Wochen beginnen in Köln die Dreharbeiten zu einer neuen Vorabendserie, in der ich mitwirke, und danach spiele ich in einem Stück von Elfriede Jelinek am Burgtheater in Wien.«

Dass es nur eine kleine Rolle war und sie die Jelinek im Grunde hasste, verschwieg sie der geifernden Meute.

»Arbeiten Sie nicht bei *LePré Adventures*?«

»Ich unterstütze in administrativer Hinsicht. Mein Hauptaugenmerk gilt aber weiterhin der Schauspielerei.«

»Warum arbeiten Sie nicht als Schauspielerin für *LePré Adventures*?«

»Meine schauspielerischen Talente liegen definitiv nicht in improvisatorischen Feld.«

Die Journalisten schossen weitere Fragen auf uns ab, doch Zorana griff nach meinem Arm und zog mich sanft mit sich fort.

»Ich habe Hunger«, flüsterte sie mir zu, als wir gemeinsam in den Saal gingen, wo bereits die Premierenfeier anlief. »Und ich

338

will nicht nur noch die ekligen Sachen am Buffet abbekommen, die keiner will – Essiggurken zum Beispiel oder Leberpasteten.«

»Oh, du Arme. Du tust so, als würdest du am Hungertuch nagen. Waren wir nicht erst gestern beim Thai und warst nicht du diejenige, die mir auf dem Heimweg jammernd in den Ohren lag, wie sehr sie sich überfressen hätte?«

»Papperlapapp! Das ist Schnee von gestern!« Sie drückte mir einen Kuss auf die Wange. »Außerdem«, hauchte sie, »habe ich danach im Bett alle überzähligen Kalorien wieder abtrainiert. Und dasselbe werde ich heute auch wieder tun.«

»Ich werde dich daran erinnern, wenn du morgen früh gegen vier Uhr ins Taxi stolperst.«

»Sei nicht so pessimistisch!« Sie knuffte mich liebevoll in die Rippen und steuerte zielstrebig das Buffet an, vor dem einige Hungrige Schlange standen. »Besorg du uns was zu trinken. Ich nehme für dich Essen mit!«, rief sie mir bei einem Blick über die Schulter zu.

Zwei Gläser Wein waren schnell organisiert. An einem der zahlreichen Stehtische erspähte ich Irmgard und Jo und gesellte mich zu ihnen.

»Toller Film«, sagte Jo. »Bist du zufrieden?«

Über die Antwort musste ich nicht lange nachdenken: »Noch zufriedener wäre ich, wenn Claudio hier wäre.«

»Er hat dir ein einzigartiges Geschenk gemacht«, setzte sie nach einer Weile hinzu.

Ich nickte, denn ich nahm an, dass sie von *Torrid Target* sprach. Dann folgte ich ihrem Blick und sah Zorana mit zwei beladenen Tellern auf uns zusteuern. Mit einem Mal fiel mir ein, was Claudio einmal zu mir gesagt hatte; dass ich einen Menschen brauchte, der für mich da sei. Jemanden, der mich liebt und dem auch ich mein Herz schenken kann.

Er hatte recht behalten.

»Ja«, sagte ich leise. »Dass ich der Frau, die ich liebe, begegnen konnte, war Claudios größtes Geschenk an mich.«

© Doris Anna Klinda

CAROLIN SCHAIRER

wuchs in Niederbayern auf. Die Diplom-Journalistin schrieb als Freie für Zeitungen und Magazine, war in der Medienbeobachtung, in der Markt- und Meinungsforschung und als PR-Mitarbeiterin eines Großunternehmens tätig. Sie lebt in Salzburg. Ihre ersten Romanerfolge verzeichnete sie mit »Ellen« und »Die Spitzenkandidatin«.
Inzwischen erschienen mehr als zwanzig Romane von ihr, zuletzt »Zurück auf Los« und der Krimi »Dunkle Erleuchtung« (alle Ulrike Helmer Verlag).

Mehr von Carolin Schairer …

www.ulrike-helmer-verlag.de

Zurück auf Los

Roman. 376 Seiten. 978-3-89741-442-6

Sie ist eine erfolgreiche Ärztin an der Berliner Charité – bis sie durch einen Autounfall in ein Lebenstief stürzt. Astrid Behringer kündigt und flüchtet sich nach Berchtesgaden. Dort, in ihrer Kindheitsheimat, will sie von vorn anfangen. Leicht fällt ihr das nicht, denn es gibt mobbende Kollegen und wilde Gerüchte, auch über Astrids smarte Nachbarin Izzy. Die beiden Frauen kommen sich näher, doch jede kämpft noch mit den Schatten ihrer Vergangenheit. Bis überraschende Wahrheiten ans Licht kommen und sich neue Wege auftun.

Fluss mit zwei Brücken

Roman. 312 Seiten. 978-3-89741-411-2

Lucia kommt mit Mitte zwanzig aus dem Gefängnis und beginnt in Salzburg ein neues Leben. Dort begegnet sie ausgerechnet ihrem früheren Opfer, der Galeristin Romy. Die beiden Frauen wagen sich auf einen mutigen Weg: Um den Kunstskandal aufzuklären, der ihre gemeinsame Geschichte überschattet, stellen sie sich der Vergangenheit – und machen höchst überraschende Entdeckungen. Man trifft sich stets zweimal im Leben – aber bedeutet dies auch eine zweite Chance?

Am Anfang war Neuseeland
Roman. 318 Seiten. 978-3-89741-427-3

Alexa und Susanne gewinnen eine Gruppenreise – nach Neuseeland. Sonst aber liegen Welten zwischen der Juristin und der Buchhändlerin. Doch vier Wochen auf Tour sind eine lange Zeit, um sich kennenzulernen ... Und so erkunden die beiden nicht nur die grüne Insel, sondern machen auch miteinander einige überraschende Entdeckungen. Zwei Frauen auf einer ereignisreichen Reise, die zum gemeinsamen Wendepunkt wird.

Sommer in Barock
Roman. 320 Seiten. 978-3-89741-396-2

Diana Kleedorf singt als Star auf internationalen Bühnen. Unter Erfolgsdruck steht sie auch privat: Ihr Gatte will unbedingt Vater werden – dabei ist Dianas Welt die Oper. Da plötzlich wird die Mezzosopranistin, die oft in Hosenrollen auftritt, auch noch als lesbisch hingestellt. Der Manager sieht einen Skandal, Diana flieht ins nächste Engagement: Der »Anzinger Barocksommer« soll ihr Ablenkung und Beschaulichkeit bieten. Doch als sie der geheimnisvollen Sophie begegnet, wird in den Medien die Zeit in dem idyllischen Städtchen zum Sommer ihres Lebens ...

Ellen
Roman. 447 Seiten. 978-3-89741-277-4

Pressebüro eines Pharmaunternehmens? Kein Traumjob für Nina, denn bisher schrieb sie Kinderbücher. Es ist purer Geldmangel, der sie in die fremde Bürowelt treibt, wo sie direkt vor der Nase der kühlen Chefin Ellen McGill landet. Eine Landung mitten in einem neuen Leben – und in einer neuen Liebe.